Heaven's Rain
天国の雨

朝丘 戻

Illustration yoco

contents

Illustration

yoco

Heaven's Rain 天国の雨

俺が泣き虫だってことを、
きっときみは永遠に知らないままだろう。

うたう鳥

1

欲しいものはすべて与えられる、そういう天命を持って生まれてきたはずだった。

玩具《おもちゃ》も本もゲームもDVDもデジカメもパソコンも、ひとり暮らしのこのアパートの一室も両親が用意してくれたもので、子どものころから自分がねだって手に入らないものはなかった。

――欲しいものやしたいことがあればなんでも言いなさい。父さんたちも凜《りん》の願いを叶えるためなら努力は惜しまない。遠慮する必要はないんだよ、おまえの場合はわがままじゃないんだから。

命の代償、なのだそうだ。

望むことも望みが叶えられることも俺ならば罪ではないらしい。

二十一歳になったいま、欲しいものはひとつだけあった。ただしそれは金ではどうにもならない。

右横に顔をむけると、目を瞑《つむ》って眠る大切な人がいる。朝がこなければいい、とそう思う。

どうかこの人と一日でも長く一緒にいられますように。明日以降もまた会えますように。

視線をさげると彼の左手の薬指には暗がりににぶく光る指輪が嵌《は》められていた。

彼が泊まる日は眠らないと決めている。バイト後で疲れていても彼の横で徹夜して朝をむかえる。玩具や本やゲームや、映画やカメラやネットや、なにとりくんでも心から好きになれることもなく趣味どまりだったが、彼だけは違う。心から欲しい。彼自身ではなく正確には、彼と過ごす時間が。ほかに命をかけてまで欲しいものはもうなにもなかった。


四時二十分。

夜が明けて、室内が夜陰を溶かしたような青白い光に浸っていく。

視線の先で瑛仁《あきと》さんもそっと瞼《まぶた》をあげて目をさました。この人は恐ろしく寝起きがいい。まどろむ気配がなく、目をあけたとたんはっきり覚醒して俺を見つめる。まるで長いまばたきをしていただけのような眠り方だ。

「……おはよう凜」

「おはよう瑛仁さん」

目尻を心持ちさげて微笑した瑛仁さんが、俺の背中に右腕をまわして二度叩き、額《ひたい》に唇《くちびる》を押しあててから洗面所へいく。

鳩《はと》の歌声が聞こえる。

俺も床に落ちていたシャツを拾って着ながらガラス戸へ移動すると、カーテンをあけて外を眺めた。

住居が密集していて視界は悪いが、アパートの二階なので屋根と屋根のすきまに朝陽の帯は望める。

薄桃色に染まる夏の淡い空。

「凜」

瑛仁さんもワイシャツを羽織って横にきた。鳩がうたい続けていて、なんとなくふたりで口を噤《つぐ》んで夜明けの空に見入っていると、一羽の鳩が飛んできて目の前の電線にとまった。

「うたってたのあいつかな」

俺がなにげなく呟《つぶや》いたら、瑛仁さんは「違うよ」と言った。

「うたうのはキジ鳩。カラス鳩はうたわない」

「あいつはカラス鳩なの？」

「キジ鳩は身体が茶色っぽいからね」

茶色い鳩。想像してみたら鳩とは全然違う鳥になった。

「瑛仁さんは物知りだね」

「なんの役にもたたない知識だろ」

苦笑する左頬《ひだりほほ》がゆがんでいて、ちょっと照れているのがわかる。大人の不器用さがにじむ彼のこういう表情を、とても好きだと想う。

「役にたったよ。教えてもらって幸せになれたから」

微笑《ほほえ》み返したら瑛仁さんの笑顔がいっそうゆがんで、俺に見られたくないとでもいうように肩を摑《つか》んで抱き寄せられた。頭に彼の唇の柔らかい感触がつく。

「そろそろ帰るよ」

こめかみの真横にこぼれた囁《ささや》きを、目をとじて受けとめた。奥さんが起きる前に着がえて出勤する。彼の短い言葉にひそんでいる意味を知っている。

「気をつけて帰ってね。今夜もありがとう」

好きだよ瑛仁さん、という言葉は胸のうちだけで続けた。

瑛仁さんは俺が十メートルも二十メートルも遠くかなたの霧《きり》がかった場所にいるような目で微苦笑する。

「夕方、また弁当屋にいくよ」

俺のバイト先だ。

「わかった。ご飯大盛りで用意する」

「あまり気あい入れなくていい、食べきれなくなるから」

はは、と笑いあった。

しずかな夜明けの町に鳩の歌声だけが響いている。

ぽぽ、ぽぽー、と正確にくり返される優しいリズムに聴き入って気をとられていると、左横にいる彼が俺からさっと手を離した。


午後まで寝て、一時になると近所にある図書館へいった。

クーラーがきいているから電気代節約になるうえ、好きなだけ本も読めればネットもできて音楽も聴ける、というのがありがたくて毎日のように通っている。

とくに今日は入荷しているはずの料理雑誌の最新号が読みたかったのだ。一階のカフェ横をとおって二階の図書館へいき、カウンター前の雑誌コーナーで目あての一冊を選びとった。中庭に面したガラス張りの読書エリアへ移動して、ソファーに座る。

バイト先の弁当屋にくる瑛仁さんのことを、俺はいつも深刻な思いで眺めていた。結婚しているのにほとんど毎晩やってきてお弁当を買っていく。単身赴任なのか、あるいは奥さんが料理を作れない事情のある人、たとえば闘病中か……などと想像していたからだ。

最初に声をかけてくれたのは瑛仁さんだった。

俺の名札の名字だけを見て、あ、と目を見ひらき、

——もしかして櫻《さくら》君って、リン……っていう名前?

と言いあてた。

びっくりして『そうです、なんでわかったんですか』と訊《き》くと、苦笑いしてえぇとと困った彼は、『勘だよ』とまた驚くことを言った。

それから会うたびに『勘って本当ですか』『いや、タレントかなんかと同姓同名でピンときたのかも』『おなじ名前のタレントなんていないですよ』『んーと……ああ、店で呼ばれてたのを憶《おぼ》えてたのかな』『ほんと?』と応酬してつつきあうのが恒例になり、やがて個人的な事情も話す間柄に進展していった。

——妻とは微妙な関係なんだよ。

彼は苦々しげにそう吐露《とろ》した。

——手料理はここ数年食べてないな。……あ、この弁当も手作りだけどね。

同情と恋情の、どっちが先に芽生えたかは定かじゃない。ただ『俺がなにか作ってごちそうしましょうか』と申しでたときには下心があった。賭だった。彼が応じてくれたら自分の残りの人生をかけて恋をしよう。彼の人生からその一時《ひととき》だけをもらおう。

瑛仁さんは俺の目をまっすぐ見据えていた。男同士にもかかわらず、彼は俺が女の子を誘うように、もしくは、女が男を誘惑するように口説いているんだとわかっている眼ざしをしていた。

——……凜君の手料理か。食べてみたいな。

初日に作ったのは濃くて塩っぱい肉じゃがだった。

その後カレーもハンバーグも生姜《しょうが》焼きも鰤《ぶり》の照り焼きも作った。すべてがひどい出来栄えだった。

もう一度肉じゃがを作ってようやく美味《おい》しく食べられた日に、初めてキスをした。セックスはそれからさらに二ヶ月後にした。

瑛仁さんは時々俺の家で夕飯を食べて、都合がよければ泊まっていく。

俺の部屋に私物を一切おかないのが彼のルールらしいと、二年近くつきあったいまは心得ている。

歯ブラシも下着も携帯しており、ビジネスホテルへ宿泊するのとなんら変わりない他人行儀さで彼は逢瀬《おうせ》をやり過ごす。

現在の生活に不満はない。

高校を卒業後、バイトをしながらひとり暮らしをして社会勉強したい、と望んだのは自分だったし、両親の願いもおなじだったのを知っている。大学へはいかず、いつ発作が起きても親や主治医が即刻対応でき得る圏内で慎ましやかに生活してほしいと、かねてより懇願されていたからだ。

——おまえの心臓は爆弾だ。

五歳のとき父親に言われた。

——自覚しておきなさい、おまえは強くないんだよ。

父親も母親も涙をこらえていて、あのときふたりがかわいそうでならなかった。

両親は俺の人生を諦めている。一生ものの恋愛に出会えた、とふたりに言えば奇跡だと泣いて喜んでくれるだろうが、相手は男だ、結婚している、と激白すればまた失望させてしまうんだろう。

わかっている。わかっているが他人の哀しみは俺にとって恋愛をやめる理由にはならない。

人と人が恋仲になってべつの誰かが傷つくのは恋愛のさだめで、個人の存在はどんな理由であれ必ず他人に肯定されることになる。つまりそれは生きて己の人生に、世界に、参加している証拠だ。

恋したら孤立することはできない。俺は自分の人生から逃げないと、瑛仁さんに受け容れてもらった日に決めてしまった。恋は覚悟とともにあった。

命の代償。その言葉は一方で俺に、俺を甘やかさせる呪文のようにも響く。

携帯電話をだして、雑誌に載っている料理の作り方や豆知識をメモした。

ガラス越しに夏らしい鋭利な日ざしが入ってきて腕を灼《や》く。はたと顔をあげて見まわすと、ほかの人たちは俺がいる陽向《ひなた》をさけて、日陰に腰かけているのに気がついた。

爆弾に怯《おび》えて距離をおく人たち。そんな映画の一場面が脳裏を過《よぎ》ってばかばかしくなる。

帰宅して、料理の勉強がてら遅い昼食をとっていると携帯電話が鳴った。

『凜、いまからいっていい?』

中学からの友だち、尊《たける》だった。

「いいよ。四時半からバイトだからそれまででよければ」

こたえたら『オッケ』と返ってきて、二十分後にやってきた。

「俺も今夜バイトなんだけどさ、それまで暇ンなっちゃって」

「香澄《かすみ》は？」

「あいつもバイト。あー……凜のうち落ちつくわ。なんだろうな、この癒《い》やし空間」

部屋の中央にあるソファーへ尊がやおら寝っ転がる。

「癒やしって言っても、べつにアロマ薫《た》いてるわけでもないけどな」

「あれかな、ものが少ないからかな？　俺の部屋きったねーのなんの」

「片づければいいだろ」

苦笑しながら麦茶のコップをテーブルにおいてやると、尊も笑って「サンキュ」と飲んだ。

尊は気さくで人あたりのいい爽《さわ》やかな男だ。高校二年になったころ、それまでよく連《つる》んでいた仲間の香澄とつきあいだして、別々の大学に通っているいまも睦《むつ》まじくしている。

「つーかさ、香澄最近おかしいんだよな」

「なにが」

「浮気されてるかも」

「根拠は？」

うーん、と唸《うな》った尊はだいぶためたのち、

「綺麗になった」

と言い、俺は右肩を拳《こぶし》で押すように殴ってやった。「いてーな」「惚気《のろけ》んなよ」「ちげーよ」と笑ってじゃれあう。

「おまえは弁当屋のバイトどうなの？　彼女できたんじゃね？」

今度は自分に話をふられて、一瞬心が黙したのを笑顔で蹴散らした。

「彼女なんてできねえよ。バイトも俺以外いないんだって教えたろ」

「常連客とかはよ」

「常連さんに若い女の子っていたかなあ」

「おかずだけ買う主婦のほうが多いか？　いいじゃん、ひ、と、づ、ま」

「よくねえ」

尊には自分がゲイだと言っていない。言わないのはともかくとしても、彼女云々《うんぬん》の会話にあわせるのはうしろめたいのだが、中学のときについた嘘《うそ》はつみ重なりすぎておたがいのあいだに城壁のごとくそびえたち、打破困難になってしまった。

尊は「言葉的に〝主婦〟っつーより〝人妻〟のほうがエロいよな」とまだにやけていて、俺も「ばーか」と呆《あき》れて返す。

「あー……っとさ、そうそう、凜プールいかないか、夏だし」

「プール？」

「お盆にいこうって話してんだ、石井《いしい》たちと」

唐突な誘いに違和感を覚えた。俺の機嫌をとろうとするような不自然に明るい物言いと笑顔から、尊の過剰なまでの気づかいを察知する。体育の授業に一度も参加した経験のない俺がプールに入れないのは尊もよく知っている。

「凜はプールサイドにいればいいだろ。一緒におなじ空間にいるっていうのが大事なんだよ」

「お盆も休みなしでバイト入れてるわ、悪い」

また嘘を重ねた。尊は「そうか」と苦笑いする。

「じゃあまたなんかあったら誘うよ」

「うん」

——俺、仲間うちで遊びにいくときおまえだけ誘わないの嫌なんだよ。ハブってるみたいで。

高校に入ってすぐのころ尊にそう言われた。それまで海や近場にできたスケート場など、みんなが遊びにいったのだという事実をあとから聞かされることが幾度かあったのだ。

物寂しい気分にはなるものの変に気をつかいあうよりはましだと思っていたが、尊には我慢できなかったらしく、以来必ず〝いこう〟と誘うか、もしくは〝いってくる〟と事前に宣言してくるようになった。

誠実で優しい尊。こいつが友だちでいてくれるのは幸せなことだとわかっている。

「そうだ尊、キュウリとわかめの酢のもの味見してくれないか。さっき作ってみたんだよ」

「酢のもの？　なんだよ、おまえのほうがどんどん主婦みてーになってくな」

「特技が一個ぐらいあるといいだろ」

冷蔵庫から小鉢をとってくる。

尊は「うめー」と喜んで「夏は酢のものいいよな」と言いながらたいらげてくれた。

合格点をもらったし、また瑛仁さんに食べさせてあげよう、と思う。

「ありがとう」

夏は日没が遅い。六時をすぎても依然として明るい夕空には、かぎりなく灰色に近い水色の雲が低く垂れこめていた。

雨が降りそうだなと危ぶみつつ仕事をしていると案の定ぱらぱら降り始めて、アスファルトに水玉模様がひとつふたつ増えていき、やがて跡形もなくなって、地面も町もしっとり雨に濡れていった。

店先に大学生ぐらいの男性やスーツ姿のサラリーマンが駆けこんできて服や髪についた雨を払い、お弁当を買っていく。

「大丈夫ですか」とか「すごい雨ですね」とか思わず声をかけると、みんな眉間《みけん》にしわを寄せていた渋い顔をゆるくほころばせて、「ええ、まいりましたよ」と苦笑いを浮かべる。お客さんには災難だが、雨によってもたらされるこんなささやかな交歓は好きだった。

うちのお弁当屋は三好《みよし》さんという一家が長年維持している家族経営のお店だ。

料理するのは店長のおじいちゃんと、奥さんのおばあちゃんだけと決まっている。

店長夫婦の子どもは長女鈴子《すずこ》さん、次女鏡子《きょうこ》さん、長男晴夫《はるお》さんと三人いて、揚げものやお総菜だけ作るのをまかされているけれど、常勤しているわけではなく曜日ごとかわり番こにくる。バイトの俺は料理どころか真うしろの厨房《ちゅうぼう》へ入るのすら許されておらず、レジ横に立って接客をするのみ。

素材にこだわりがあって値段のわりに味がよく、量も大盛りなので、常連客も多くて毎日忙しい。ところがその繁忙《はんぼう》の合間に、ふと時間が沈黙するような数分がある。

今夜も急な悪天候のせいか、お客さんがひけると電話注文が増えてふいに手持ちぶさたになった。

目の前の道路を犬の散歩をするおばさんが横切っていく。数メートル先に公園の出入口があるから、そこへむかっているんだろうなと予想して目で追う。

――犬なんて育てられないの。

雨と犬には哀しい記憶がある。

子どものころ、梅雨《つゆ》の時期に家のそばの公園へ野良犬が居ついたことがあったのだ。

ゴミ捨て場をあさったり吠《ほ》えて子どもを泣かせたりするのが近隣で問題になり、俺は『飼いたい、うちで飼ってあげようよ、かわいそうだよ』と母親に頼んだが『欲しいならべつの犬を買ってあげるわよ』と反対された。

そのうち忽然《こつぜん》と姿を消してしまって、母親に『いなくなっちゃったね』とふると、『町内会が保健所に連絡したみたい』と言われた。『保健所にいくとどうなるの』と訊き返してもらった返答は、信じがたい残酷なものだった。

——飼い主がいないならしょうがないの。ひとりじゃ生きられないのよ。

ほんの一週間か二週間足らずの出来事で、いまとなっては近所の住人も忘れているかもしれない。でも俺の脳裏には犬の姿が日々のすきまでたびたび蘇《よみがえ》り、雨が降るととりわけ鮮明に現れる。

じっとり濡れた身体で徘徊《はいかい》し、食糧を求めて公園のゴミ箱へ頭をつっこみ、諦めると木陰で雨風をしのいでいた。傍にいくとくぅんくぅんと人懐っこい鳴き声をあげた。

俺はあの犬が、たまに他人とは思えなくなる。

「凜」

突然雨がひときわ強く降りそそいだ。

カウンターの内側まで雨粒を含んだ冷たい風が吹きこんできて、雨音にまぎれてびしょ濡れの瑛仁さんがカウンターの前へ入ってきた。

「いきなり降ってきたよ」

情けなさそうに苦笑して二人がけのベンチへ鞄《かばん》をおく。

「本当ですね。藤岡《ふじおか》さん、傘は持ってないんですか」

「ああ、まあ家も近くだから大丈夫」

近く。どれぐらい近いのか俺は知らない。

鞄からタオルをだした瑛仁さんは、顔やスーツを拭きながら俺の手もとにあるメニューを眺めて「豚キャベにしようかな」と注文した。うなずいて、厨房に「豚キャベひとつ」と注文伝票を渡す。

ベンチに腰かけた瑛仁さんの髪から雫《しずく》が滴《したた》っている。最近散髪する時間がないのかなと勝手に想像していた長めの黒髪を、タオルで丁寧に拭っていく。

物持ちがいいのに傘はないなんて、とタオルを見つめて考えていると、

「傘とは縁がないんだよ」

と彼が言った。

「傘と縁、ですか」

感情のない傘との縁という言葉が、とても優しく聞こえた。

「傘を持ってると晴れる、傘を忘れると雨が降る。そういうのない？」

「ああはい、たまにあります」

「俺は子どものころからなんだ。……昨日まで折りたたみ傘持ち歩いてたんだけどな」

目を細めて雨に視線をむける横顔。背をまるめて両膝《ひざ》に左右の肘《ひじ》をつき、無骨な手を祈るようにあわせている。手首には時計、薬指には指輪。

「傘、お貸ししましょうか」

俺が立っているカウンター横には忘れ物の傘がいくつかある。

「店にずっと放置されてて、どうせ持ち主も忘れてる傘ですから」

「いや、悪いよ」

「つかわれなければ傘もかわいそうだし」

「傘がかわいそうって……」

瑛仁さんが苦笑する。

ふたりして縁やらかわいそうやらと傘を人間扱いしておもしろい。だが笑っている場合じゃない。

無造作にたてかけられていた傘から比較的綺麗めな透明のビニール傘をとった。カウンター横のドアをとおって外にでる。

「どうぞ、これ」とさしだすと「いやいや」と右手をふって拒否されたので、さらに突きだした。

「あなたに濡れてほしくないから」

飼い主のいない孤独で強《したた》かな犬みたいに、濡れそぼってほしくない。

「凜、お弁当できたよ」

厨房から呼ばれて「はい」と返し、ベンチに傘をおいてカウンターへ戻った。

お弁当を受けとって袋に入れ、割り箸をそえる。

「お会計、四百五十円になります」

ああ、と我に返ったように立ちあがった瑛仁さんは、俺の前にきて五百円玉をおいた。

「五十円のお釣りです。ありがとうございました」

レシートと穴ぼこのあいた硬貨ひとつを笑顔でだすと、受けとった瑛仁さんは目と目をあわせたまま俺の指を掌《てのひら》で包んで、

「うちで待ってる」

と囁いて離した。

彼は無表情とほとんど変わらない、かすかな笑みを浮かべることがある。いまがそうだった。

「……はい」

キスが欲しい。

瑛仁さんが身をひるがえして鞄と傘を持つ。自分の手に彼の掌の熱がまだ残っている。

傘をひらいて夜の雨のなかへ踏みだし、彼が帰っていった。俺の家へ。


いいことと悪いことは交互に起きる気がする。だから俺は悪いことが起きても次にいいことがある暗示だろうと自分を励《はげ》ましたりする。いいことが起きると反対に、怖くなる。

豚キャベツ弁当はうちの人気商品のひとつで瑛仁さんもよく食べる。

満腹になってくつろいでいる彼を想像して、軽い足どりでアパートの階段をあがり家の鍵をあけると、ドアが内側からあいて有無を言わさず抱き寄せられた。

たくましい両腕に背中を縛られる。彼の胸にすきまなくおさまってひどく温かい。雨に濡れて身体が冷えているんだと、温もりに束縛されたことで理解する。こんな、底なしの幸福。

「……瑛仁さん」

自分が持っている傘から雨の雫が滴っていたので、彼のスラックスを濡らさないか心配になった。

ただいま、と俺は続けたが、彼は俺の肩に顔を埋めたまま耳に唇を寄せて、凜、と呼んだ。

彼は、おかえり、と言わない。それもたぶん彼のルールなのだ。

「……タオルをちゃんと持ち歩いてる男の人って格好いいね」

俺が彼の背中に左手をまわすと、彼は「は?」と照れたように笑った。

「なのに傘は持ってないところも格好いい」

彼が苦笑を深くさせて俺の腰を抱きすくめる。

「凜、お盆に旅行いかないか」

「旅行……?」

「箱根《はこね》あたりの、車でいける近場で二泊ぐらいしよう。一緒にいたい」

一緒にいたい。その一言が俺の心にどんなふうに響くか、この人はわかっているんだろうか。

「……シフト、確認してみる」

明日は通院の日だから、宿泊旅行が可能かどうか訊いてから返事をしたくて嘯《うそぶ》いた。バイトのシフトはすでに決まっているのだ。

「わかった」

瑛仁さんはしっかりした穏やかな声でこたえてうなずくと、さらに落ちついた、泣く子をなだめるような声色で、今夜は帰るよ、とつけくわえた。

「はい」

俺が彼の肩に瞼を押しつけたら、彼は、もうしばらくいるけどそのあいだに雨がやむといいな、と苦笑いした。そういえば瑛仁さんの身体からまだ雨の匂いがする。

「シャワーした?」

「してない」

「してよかったのに、風邪ひくよ」

「じゃあ借りようかな」

「はやく」

俺の許可を得ないと風呂に入らないのも、彼にとって大事なルールなんだろう。

背を押して浴室に瑛仁さんを押しこむと、自室へ入った。ソファー前のテーブルには綺麗に食べ終えた豚キャベ弁当の器と、持参したのであろうペットボトルの麦茶があった。やけにしずかだなと不思議に思って真っ暗な液晶画面を見つけた直後に、彼がテレビすら勝手につけないことにも気づく。

ソファーに座って、豚キャベのタレだけが残った器と、中身が半分足らずのペットボトルを眺めた。このしずまり返った部屋でひとり黙々と食事をしていた彼が脳裏に浮かぶ。

——妻とは微妙な関係なんだよ。

風呂場から水音が聞こえてきて、外の雨音とまざりあっていた。数歩先の浴室にいる彼と、自分。いつからだろう。一緒にいるのに、ただこれだけの距離でさえ苦しいと感じるようになったのは。

お盆に旅行、お盆に旅行。心のなかでくり返す。

彼を抱き締めたいと唐突に思った。

立ちあがって、着ていたTシャツを脱ぎながら自分も浴室へむかう。


「旅行？　ふうん……いいんじゃない？　なに、家族旅行？」

「……いえ、違います」

「彼女か」

主治医の柿里《かきざと》先生は眠たげな垂れ目をもう数ミリさげてにやりとした。

「彼女なんていません」

一拍遅れて否定する。

ふうーん、とにやにや意味深な表情で椅子の肘かけに頬杖をつく先生は、俺の初恋相手だ。

「一昨年だっけ？『セックスしても平気ですか』って訊いてきたのは。あれから続いてるんだ」

「やめてください、可能かどうか知りたかっただけですから」

「祝福してるんだよ？」

両親ともツーカーの先生に変な勘違いをされたら厄介なことになる。

「本当に恋人ができたら隠しませんよ」

「報告してくれるんだ」

「一応、生まれたときから診《み》てくれてる先生ですし」

唇を左右に大きくひっぱって頬にしわを刻み、にこおと微笑んだ先生が、俺の肩をぽんぽん叩いた。

その左手の薬指にはやはり指輪がある。

物心ついたときから彼の垂れ目はチャームポイントだと思ってきたし、人懐っこい笑顔も見つめていると安心した。発作を起こしたあと目ざめるとたいてい傍にあった安心の顔。

二十年担当してくれているから五十歳は超えているんだろうけど、若々しくて男前で魅力的。

俺の年上好きはこの人のせいだと思う。恋だと自覚してすぐ諦めたのは彼が結婚していたからだ。

諦められた恋だった。

「凜君が結婚したら、俺泣いちゃうだろうなあ」

先生がしみじみ息をつく。

「先生も泣いたりするんですか」

「あたり前でしょう。涙脆《なみだもろ》そうに見えない？」

「陽気で剽軽《ひょうきん》な人だと思ってました」

「きみは可愛くなくなったな。とても生意気だ」

睨《にら》み据えられて、笑顔で返した。

「まあでも、遠出するならご両親にも報告していきなさいね。成人して大人になったんだから、親に心配かけるようなことはしないように」

大人なら自分の判断で自由にどこへでもいっていいんじゃないですか、と反論したかったが、当然それこそが子どもっぽい行為だとわかっているからやめた。

「はい。……ありがとうございました」

頭をさげて病院をでた。

温度調節がされている院内と違って、外はうだるような暑さでげんなりした。さんさんと照る太陽の光を浴びて、数分後に到着したバスへ乗る。

旅行の許可はもらえたが、新たな問題がでてきてしまった。親にどう告げていけばいいんだろう。友だちと旅行にいくんだと言っても、俺の学生時代の交友関係をほぼ正確に把握している母さんは十中八九〝友だちって尊君？　旅行先でなにかあったら彼に連絡すればいいのね？〟と追及してくるはずだ。

尊に口裏をあわせてもらうにしても、あいつも〝親に嘘ついてまで一緒に旅行って彼女しかいねーじゃん、なんで隠してたんだよ〟と不機嫌になるに決まっている。〝こっちを利用するときになって渋々打ちあけてくるって、俺おまえにとってなんなの？〟と怒らせてしまう。誠実な尊は俺の不実をきっと許さない。納得のいく理由がないかぎり。

ガラス窓越しに外の景色がながれていく。雨をまとった葉や、まだらに乾いた地面。水たまり。

――成人して大人になったんだから、親に心配かけるようなことはしないように。

現在の生活費の大半も自分で稼いだものではなく両親の恩恵によるもので、俺は決してひとりで生きているわけではない。養われ、かわいそうがられ、あるいは監視され、飼われている。

贅沢《ぜいたく》なほど愛されているし、見捨てられたらのたれ死ぬだけだと自覚しているが、両親の愛情はときに自分を非力で憐《あわ》れな、ずぶ濡れの野良犬じみた気持ちにもさせる。

誰にも頼らず自分の手で、心で、欲しいと切望したのは瑛仁さんが初めてだった。

瑛仁さんへの想いは俺を勇ましくさせ、自立した男だと錯覚させてくれる。ゆずれないものがある人生を手に入れて、謳歌《おうか》している。この充実感を手放すとしたら、外野からの圧力じゃなく自分自身の意志でと決めていた。ここで問題を起こすわけにはいかない。

両親に〝母さんたちに教えてない友だちといくんだ〟と濁して押しきるか、尊に〝俺はゲイで公《おおやけ》には言いづらい人とつきあっているから力を貸してほしい〟と正直に協力を仰ぐか。どうしようか。

本当なら瑛仁さんにも病のことを話すべきなのだ。旅行先で体調が急変して彼に迷惑をかけることも考慮しなければならなかった。

ため息をついて、携帯電話を尻ポケットからとりだした。着信はない。

瑛仁さんは無駄な連絡をしてこない。俺の部屋に泊まる日だけ〝今夜一晩いいかな〟とうかがいのメールをしてくるのみ。電話は絶対にしない。それも彼のルールらしい。だから俺も恋人のような、足がつくメールや電話はしたことがない。しても彼はすぐに履歴を削除するだろう。

彼は俺をかわいそうがらない。もし病《やまい》について打ちあけたとしても変わらずに接してくれる気がする。そう思わせる、彼の懸想《けそう》の熱の低さごと好きになったはずだった。

俺たちにとっての最善策はなんだろう。結婚している彼と、ゲイで病弱な自分の、最善の幸福は。

雨あがりのまぶしい町を睨んで煩悶《はんもん》しつつも、脳内には全然違う情景が色づいて踊っていた。

夏の箱根の爽快な景色、芦ノ湖《あしのこ》から見られる富士山《ふじさん》。

山々の稜線や、木々の葉ずれの音や、真っ青な空に堂々と佇《たたず》む入道雲《にゅうどうぐも》、それらをうつす湖の水鏡《みずかがみ》。

温泉まんじゅうを食べながら物見遊山する温泉街には硫黄《いおう》の香りがただよい、おみやげ屋や料理店に群がる観光客でにぎわっている。ならんで歩く瑛仁さんと自分はずっと笑っていて、会話も途切れることがない。

そしてそこは車でいくような、ほどよい距離のある場所で、俺と彼を知る他人はひとりもいない。

ただのひとりも。

2

――『泊まりがけの旅行はできません。せっかく誘ってくれたのにごめんなさい』

朝から続いた退屈な会議を終えて喫煙室で一服していたとき、そのメールは届いた。

バイトのシフトを確認する、と聞いていたのに〝無理でした〟ではなく〝できません〟。

表現としての不自然さが、自分たちの関係のうしろ暗さを浮き彫りにして心に蟠《わだかま》る。

できない。たしかにそのとおりだと思ってしまえば断念せざるを得なかった。

『わかった。また今夜、弁当屋にいくよ』

日を改めよう。

またいつか誘うよ。

睦言《むつごと》めいた甘い言葉を返せないのはひとえに、自分の臆病《おくびょう》さゆえだとわかっている。

中学のとき、いかにもな美少年が学年にひとりいた。

二重《ふたえ》の目が大きくて笑顔が晴れやかな、線の細い身体つきをした可愛らしい男。あいつが初恋相手だったんだろうと認められるようになったのは、三十もすぎて凜《りん》に出会ってからだった。

会話をしたのは数えられる程度しかない。遠目では色白で軟弱そうに見えた彼も、傍で眺めると適度に筋肉がついていて美しく、抱き心地のよさそうな男の身体をしており、思わず見惚《みと》れてほうける自分が気味悪く不可解だった。あのきらびやかな笑顔にも弱かった。だからむこうが気さくに会話をふってくれても突《つ》っ慳貪《けんどん》な物言いしかできずにさけていたのだ。

中学生らしい幼稚な恋だった。ただし彼が女なら、あるいは自分が女なら甘酸っぱい大切な想い出になっただろうが、実際は男と男。絶望の始まりでしかなかった。

自分は普通じゃない。女を好きになれない、男を好きになる男かもしれない。その発見が、精神を蝕《むしば》んでいった。両親や周囲の大人に教えられたとおりの普通の、常識的な人生を歩んでいたはずだった。なんにも悪いことはしていないし、人格に障害が生じるような脳みそへの衝撃、事故、事件も経験していない。なのにいつの間にか〝普通〟のレールからはずれていた。

友人たちは小学生のころとは違い、あからさまに性的な事柄への興味を面《おもて》にだすようになっていて、あの子は胸がデカイ、ヤりたい、童貞捨てたい、セックスってどんなだろう、AVで勉強しようぜ、と下卑《げび》た話題で猿《さる》も呆れるほど毎日盛りあがっている。

しかし自分は女性の裸を見ても興奮しないどころか、視界を掠《かす》める同性の級友に身体が反応する。心がむく。抱きたくなる。もう普通には戻れない、誰にも言えない、一生隠れて生きていくしかないのかもしれない——自分だけ異常者だと自覚して奈落《ならく》へ堕《お》ちていく感覚は、辛く孤独で苦しかった。

二年の夏に水泳の授業をさぼったら彼も休んで、プール横の椅子でならんで見学した日があった。

——藤岡《ふじおか》って格好いいよね。憧《あこが》れるな。どうしたらそういう身体になれる？　なんか運動してる？

彼がそう言いながら俺の腕に触ってきた瞬間、腹の底に蓄積していた劣情と苛《いら》だちと恐怖が一気に破裂して、胸ぐらを摑んでプールに突き飛ばしていた。

幸い誰も入水《にゅうすい》していないタイミングだったので大事にはいたらなかったが、制服ごとびしょ濡れになった彼は『なんだよ、意味わかんねえよっ！』と怒った。唇を嚙《か》んで俺を睨みあげていて、そのうすい唇だけが赤く色づいていたのをいまでも鮮明に思い描ける。濡れた黒髪、白いワイシャツに透けた鎖骨《さこつ》、胸。むかついたから制裁をくわえてやったのに余計に、無意識に誘惑してくる彼の存在そのものがますます憎くて愛らしくて腹立たしかった。

教師も驚いて『授業中に喧嘩するな、ひきあげてやれ！』と怒鳴ったが、俺は放置して帰った。

おまえに出会わなければ俺は普通でいられた。たった一点のその理不尽な恨《うら》みに縛られていた。俺にとって常識は絶対だったし世界だった。世界が、俺は怖かった。蔑《さげす》まれるのも責められるのもはみだすのも恐れていた。

覚悟や勇気を持てればよかったのかもしれないが、そんな有り体《あてい》な綺麗事がいつまで保てるだろう。この現実の日常のなかで。〝普通〟が善《よ》しとされる世界の真んなかで。

普通を装って常識にそって生きて、好きになった女性と結婚もした。両親は予想していたとおりに喜んだ。俺も安心した。

妻の明美《あけみ》とは友人を介して知りあった。おたがいに楽しいこと、好きなもの、不快なこと、許せないことなど価値観が細部まで一致して、一緒にいるととにかく楽だった。

彼女はスポーツをするより、映画や音楽や美術を好んだ。俺もそうだった。最初のデートでは映画を観にいき、そのときふたりともそろって好きだとわかった歌手のコンサートへもいく約束をかわした。コンサートの日には、次は美術館めぐりをしようと約束した。

日本語の美しさを保った話し方や、愉快なとき心底おかしそうに笑う顔も好きだった。ドライブ中に食事をすると、ペットボトルのキャップやパンの袋を開封してから渡してくれたりするというのを、ごくごく自然にこなす濃《こま》やかさにも好感を持った。

うちでテレビを観ていてもおなじ場面で怒り、おなじ場面で笑う。唯一食べ物の好みはずれることがあったが、彼女が和食、俺が洋食を選んだら、わけあって食べられるという喜びも教わった。

同棲をしてみると、双方それぞれにちょっとずぼらなところも知った。それはきちんとしすぎているより心地よいことで、彼女が生ゴミをだし忘れても『だらしないなあ』とからかったし、俺が忙しさにかまけて部屋を散らかせば彼女も『瑛仁《あきと》汚なーい』とからかい返してきて笑いあえた。

キスはした。セックスは『淡白なんだ』と言い訳して逃げていた。それまでも三人の女性とつきあったので経験上できることは知っていたが、身体をあわせれば相手も俺の義務感に勘づくのだろう、直後に別れるのがつねだったのでさけていた。明美には自分でも意外なほど執着心があった。

恋人になって二年、同棲して一年が経過しようとしていたころ、上司や同僚に『同棲は結婚のタイミングを失うんだぞ』と脅《おど》されていたのもあって、彼女に、結婚しようか、とプロポーズした。

彼女はそのときになって初めてはっきりと『抱いてくれたらいいよ』と欲してきた。

男と女が数年間つきあってきて一緒に暮らしてもいるのにセックスをしていない。奇妙なのはあきらかだ。彼女の申しでも当然だと思った。

セックスすると別れるのをくり返してたんだ、と懺悔《ざんげ》のごとく告げたら、彼女はいつもなら〝瑛仁テクなしなの？〟とか冗談を飛ばして笑っていたはずなのに、そのときにかぎって『別れるわけないでしょう』としごく真面目に説いた。

――わたしも自分の身体に自信ないの。瑛仁がいままでセックスしようとしなかったのも、ほんとはすこし安心してたよ。あーまだわたしの下っ腹見られないですむーって。でも結婚する人とはしたい。どんなふうでもいいんだよ。瑛仁のこの手に抱かれたいの。

彼女の身体は綺麗だった。だが挿入するにはやはり時間と苦労を要した。

明美を見て、明美に欲情したいのにできない。疲れきって観念すると、女性を抱くときいつもそうしていたように、プールの水に浸かって俺を睨んでいた彼の姿を、目をとじて思い起こした。

好きなのに肉体を欲せない、こんなにいい子で素敵な女性なのに身体は愛せない。性欲に本性を秘めている自分は醜い。汚れている。汚れている俺のこの手で触ってくれればいいんだと彼女は言う。

――……ありがとう瑛仁。

終えたあと明美は涙を浮かべて微笑んでいた。

洗面所へいって顔を洗い、鏡にうつる自分を見て失望感に苛《さいな》まれた。

中学のころからなにひとつ成長していなかった。正しく生きよう正しい自分でいよう、両親のためにも間違った人生を歩んではならないと、自分の性癖を矯正するのに躍起《やっき》になってきた。事実明美を好きになった。喜びも幸せも感じる。優しくもなれる。大切にしたい守りたいとも思う。なのに違う。

どうしてだろう。どうして俺は女性を正しく愛せないんだろう。

結婚は数時間前まで救いであり希望だったのに、明美を抱いたら恐怖でしかなくなった。

自分は、自分が常識的な人間であるために明美の人生を利用しようとしている。すでに三年間どぶに捨てさせてしまった。子どもを産む将来を考えれば女性と男の三年は重みが違いすぎる。俺が得た三年は錯覚に甘え続けた悪足掻き《わるあが》期間にすぎなかった。ゆがんでいるのは性癖だけじゃない、性根《しょうね》すら腐ったままここまできてしまったんじゃないか。

明美と一生ともに生きていくことを望む自分もたしかに存在しているのに、それは心の半分だけで、もう半分とこの身体は望みとはかけ離れた場所にある。

走って逃げだしたかった。明美といる自分は偽物《にせもの》の自分だとわかってしまった。

本当の自分は初めて恋をした瞬間からずっと欠陥品だった。

会社の呑《の》み会は疲れる。

この後輩もこの同僚も目の前の上司も、あいつもこいつもそいつも女を好きなる男。

体臭や香水や煙草の煙がまざった居酒屋の匂いも、時折奇声があがる浮かれた喧騒も苦手だ。

「——藤岡さんはどうですか？」

「え？」

右隣にいる後輩が「もお〜聞いてなかったんですか？」と大げさに肩をすくめる。

「彼女の手料理のことですよ。俺の彼女めちゃくちゃ料理下手なんです。だからこうやって店の料理食ってると安心するなって話してて。藤岡さんは奥さんいるでしょう、手料理ってどうです？」

手料理、と聞いて真っ先に凛の姿と料理を連想した。すぐに打ち消して、明美の手料理を記憶からたぐり寄せる。かつて毎日食べていたはずの味。

「美味《うま》い、と思うよ」

「なんですかその〝いま思い出した〟みたいな言い方。幸せボケですか？」

後輩が酒のグラスを片手にけらけら笑っている。

「結婚なー……俺も年齢的に結婚考えないとな。みんなよく言いますけど、結婚すると人生終了って気がしちゃってどうも踏んぎりつかないんですよね。でもそろそろ潮時なんだろうなあ」

潮時の結婚。

「藤岡さん、結婚っていいですか」

すでに酔っ払っている後輩が肩にのしかかって訊いてきて、酒くささにため息がでた。

「人それぞれの結婚があるだろ。夫婦にも性格があって誰ひとりおなじじゃないんだから、おまえと彼女にとっての幸せな結婚生活を築いていけばいいんじゃないか」

「おお〜、さすが結婚の先輩！」

すかすかのうすっぺらい褒《ほ》め言葉で茶化されて睨み返してやった。後輩はいっそう楽しげに笑う。

「藤岡さんみたいな旦那なら幸せですよね。俺も女だったら藤岡さんと結婚したいわ〜」

ひた隠しにしている性癖を刺激する上《うわ》っ面《つら》な媚《こ》びにも、昔はかき乱されて傷ついたものだった。

ここで異分子なのは自分だけだ。他人にはきちんと溶けこめているように見えているのだとしたら安心だが、俺には全員がカラフルに彩られているのに反し、自分のみが古い無声映画から飛びだしてきたようなモノクロの人間に感じられる。白と黒。もしくは薄暗い灰色。息がつまる。

呑み会の予定を忘れていて、凜に〝今夜もいく〟と返信してしまったのが気がかりだった。

帰り道にある弁当屋は閉店していた。腕時計を見ると日付が変わっている。

自宅につくとリビングには明美がいて、ソファーで酒を呑んでいた。

「おかえり、今夜は彼氏のところへいかないの？」

「……彼氏じゃないよ」

「愛人？」

「いま親しくしてくれてる子。相談相手みたいなものだよ」

ふうん、と明美がグラスをまわして氷を鳴らす。

「今日は会社の呑み会で疲れた。風呂入って眠るよ」

「うん、おやすみ」

自室へいって荷物をおき、スーツを脱いで浴室へ移動する。

ゲイだと思う、と自ら告げたのは明美だけだ。

同棲をすれば当然家族ぐるみのつきあいになる。プロポーズのあと『男にしか欲情しないんだ』と順序がまるでなっていない最低なカミングアウトをして詫びたが、明美はあんな散々なセックスをしてもなお『いいよ』と言った。

――いいよ結婚しよう。おたがいの両親にも挨拶《あいさつ》にいって、またみんなでご飯食べよう。

俺は性癖を正せなかった、もう明美を抱いてあげられないよ、と訴えても彼女は怯《ひる》まなかった。

――三年間そうやってつきあってきたじゃない。わたし幸せだったよ。いままでとおんなじ。なにが問題なの？　瑛仁は幸せじゃなかった？　幸せじゃないのにプロポーズしてくれたの？

無論違う。明美が好きで毎日幸せだった。でも情欲もなしに恋愛だと言っていいのかわからない。

性欲を友情や恋情の物さしにする自分も汚らわしくて、吐き気をもよおしながらも懸命に説得した。別れよう、そのほうが明美のためだよ。明美には幸せになってほしい。

すると明美は激昂《げっこう》した。

──わたしの幸せを勝手に決めないで。

それから泣きだした。

──同性愛はすごく悩むんだって知識ぐらいあるよ、わたしもばかじゃない。瑛仁、わたしといる三年間浮気しなかったでしょ、それってすごいことだと思うよ。そういう真面目な瑛仁が好きなの。結婚しよう。身体はもういらない、わたしも淡白だし。セックスがしたくて結婚するんじゃないの。瑛仁の心だけちょうだい、それでいい。

あのとき彼女の覚悟に感動して心がぐらついた。

──瑛仁のは性癖で、わたしに飽きて風俗に通ったり浮気したりするのとは違うでしょう？ SMの世界にも恋人とはべつに性癖を理解してくれるパートナーをつくって幸せにやってる人たちがいるんだよ、知ってる？ わたしもマゾにもサドにもなれないし、男にもなれない。身体で瑛仁を満たしてあげられない。だから瑛仁もパートナーをつくっていいよ。

明美に説得されていると、自分の異常さは咎《とが》められるだけのものではないのかもしれないと思えた。明美によって俺の存在はたしかに許《ゆる》された。そしてとざされていた世界への扉がひらかれて、洩《も》れいでる光を浴びているような明るい心持ちになれた。

異常だと思ってきた、と言うと、瑛仁は優しくて格好いいただの男だよ、と明美は笑った。

男なのに男が好きなんだ、と嘆いたら、わたしも可愛い女の子好きだよ、と得意げに返された。

ゲイだと認められなかった、ゲイなんて言葉を言うだけで死にたくなった、と頭を抱えて蹲《うずくま》ったら、瑛仁も幸せになっていいんだよ、死んでいい人間なんているわけないでしょ、と抱き締められた。

そのすべてが明美の強がりなのだとわかってしまうほど深くつきあってきた。俺は涙をこぼして、ゲイである自分を捨てよう、この子と生きていこう、と強く想った。

結婚して六年になる。一時期、くり返される日々のなかで心や身体にどろりとまとわりつく鬱屈《うっくつ》や重圧や憤懣《ふんまん》などのストレスが爆発して、衝突することが続いた。

以前ならどちらかから謝罪したり、爆発寸前で双方が察して濁して霧消《むしょう》させられたりしたにもかかわらず、それが不可能になることが増えていた。

——とも働きなんだから瑛仁もちょっとは家事やってよ。なんでわたしにだけやらせるの？　女がやって当然だと思ってる？　そうやって夕飯がでてくるのがあたり前って顔してくつろぐのはやめて。ゴミ捨ても掃除もなんにもしないくせに偉そうに『洗濯物をためるのはやめたら』とか言わないで。男が金を稼いで女は家事をするのが仕事だって思ってるんなら、わたし会社辞めるから。

わかった、もうなにも言わないよ。

——……子どもがいたら違ったのかな。

そうかもしれないね。

——わたし瑛仁と自分の子どもがどんな顔して生まれてくるのか、興味はあったな。

興味か。うん……でも、うまく想像できないな。

明美が疲弊《ひへい》して余裕を失っていく姿を目のあたりにしてきた。

人間と人間の信頼関係は、相手に〝してあげている〟と思ってしまったら終わりなのだ。

思いやりは見返りを求めて与えるものではない。昔はペットボトルやパンの袋をあけてから俺に渡してくれていた明美の、あの手厚い気づかいは遠く懐かしい記憶になっていった。

自宅も空虚な冷たい空間になった。檻《おり》だ。四方を狭苦しく塞《ふさ》がれて、暗く身動きできず出口がない。ここには愛はあるが恋がない。心の空隙《くうげき》を埋める方法を、俺たちはふたりして見いだせずにいた。

自分のせいだという自覚だけが意志を持って呼吸し続けている。毎日心底にたまっていく鬱積に削られて身も心も磨《す》り減って消耗し果てた。明美が俺に対して不信の塊《かたまり》になっていたのを知っていた。とはいえ男と関係を持ってはいなかった。ゲイの自分を捨てる、と結婚前に決めたのは本心からだった。だいたい明美にも相手の男にも不誠実だし、ゲイの集まる場へいってパートナーを探すという、常識から逸脱する一歩を踏みだす勇気が持てない。

——もうやめてよ……っ。

凛と知りあったのは、明美が烈しく暴れて泣き崩れたあとだった。

——もういいから、真面目でいるのはやめてっ……瑛仁がわたしに誠実でいればいるほど、わたしが瑛仁を縛りつけてるみたいで息苦しいのっ……。

塞ぎこむ明美と家事を分担して弁当生活を始めたら、店のカウンターに初恋相手を彷彿《ほうふつ》とさせるバイト店員がいた。だけどやはりそれだけで終わるはずだったのだ。あいつの言葉さえないかぎり。

風呂をでるとリビングから明美の姿は消えていた。俺も自室へ戻って服を身につける。煙草に火をつけて吸った。小さく灯《とも》るオレンジ色の火を眺めていると、煙草を嫌う凛のことを思い出した。

——ごめんね、苦手なんだ。煙草吸ってる男のしぐさは好きなんだけど……。

その柔《やわ》い苦笑は初恋の男と重なって懐かしさも感じた。似てはいないが、男という一致が俺を中学のころの心、目線にひき戻すのだ。あいつに優しくできなかった自分までこぞって蘇ってくると凜に感謝したい気分になる。異常な俺を受け容れてくれてありがたい、申し訳ない。凜の存在は甚《いた》く尊い。

凜は俺にとって痛みをわかちあえる理解者だ。それ以上でも以下でもない。恋人ほど甘く生易しくないし、愛人ほど愚劣で自由でもない。己に抱く失望とたがいへの庇護欲で切実に成りたっている。

灰皿で煙草を潰《つぶ》していると携帯電話が鳴った。画面に表示されている名前を見ていささか不愉快になったが「はい」と応答した。

『兄さん』

ああ、とこたえるより先に弟は詰問してきた。

『リンっていう男の子に会ったか』

正義感のある意志的な声に脱力する。一歳年下の弟は、物心ついたころからおかしなところがある。リンの名前を最初に聞かされたのもこいつの口からだった。

「気持ち悪いなおまえは……超能力だか霊能力だか知らないけど、それやめてくれよ」

『会ったかって訊いてる』

「切るぞ」

『兄さん！』

サクラリンという男に兄さんはいつか必ず会う、そうしたら報告してほしい――弟にすりこまれてきた言葉だ。ほかに災害や事件を予言したことはないのに、なぜかこの件だけ自信を持って宣言してくるときの弟が、俺は気色悪かった。

兄弟仲は非常に冷めていて、幼少期からおたがいに干渉しあったためしがない。ところがリンのことになるといきりたつから余計に気持ち悪い。二年前、予知されたとおり凜に出会ったいまはとくに、俺が同性愛者だということさえ見抜かれている気がしてばつが悪かった。

『兄さんが先に会うのは確実なんだよ』

「先にってどういう意味だよ」

『先は先だ』

「俺がおまえのためにリンに会うっていうのか」

『誰のためでもない、全員のための運命だよ』

「運命なんて滅多なこと言うな」

思わず怒鳴っていた。だいたい全員ってどこまでの範囲をさして言ってるんだ。

『会ってるんだろ』

弟はなおも確信を持って追及してくる。

「気になるなら俺のストーカーでもしたらどうだ」

『わかった』

売り言葉に買い言葉の意趣返しにうなずいたあと、弟は通話を切った。

まさか本気じゃないだろうな、と訝《いぶか》しんで携帯電話を睨み、ベッドへ放る。


うちの会社の昼食には仕出し弁当と出前がある。

仕出し弁当は一食五百円。朝注文して昼に配達され、代金は一ヶ月締めで給料から天引きされる。出前は近くの蕎麦屋《そばや》か中華飯店。それ以外なら持参の弁当だった。

「藤岡さんって昔は奥さんの手作り弁当でしたよね?」

一緒に食事していたおなじ広報の後輩女子社員、鈴木《すずき》さんに指摘された。

「うん、まあ毎日作るのは大変だからね」

「あーたしかに。とも働きなんでしたっけ」

「そうだよ」

にこと笑顔まで繕《つくろ》って嘘をついていると、胃の底で蛆虫《うじむし》がうねっているような不快感に襲われる。

「わたしもこのお弁当自分で作ってますけど、夕飯の残りをつめてるだけですよ。仕出しも出前もお金が嵩《かさ》むから辛くって」

「すき焼きかなんかだったの? おかずの半分が肉だね」

「もうっ、大きな声で言わないでください。お肉好きなんですよ」

「健康的でいいと思うよ」

「夏なのにダイエットもしないでーって思ってるでしょ~?」

「そんなことない」

「藤岡さんは魚派ですか? あ、男の人が好きな手料理っていったらやっぱり肉じゃがかあ」

「なんでも食べるよ、好き嫌いないから」

「え、好き嫌いないってすごい。わたしいまだにピーマン食べられないですもん」

彼女は食べ物を口に放りながらも次々と話を変容させていく。可愛い子ぶった口調には、本当はどの話題にも興味の欠片《かけら》もないんだろうと察せられる上滑り感もあって辟易《へきえき》した。

明美は違うな。食事中の会話も満ち足りた気分なれたのはなぜだったか。……ああそうだ、彼女は料理も会話もきちんと咀嚼《そしゃく》しながら食事を楽しむからだった。横にいる鈴木さんを下品だと思うのは、無意識に明美の品のよさと比較しているからか。

自分の仕出し弁当のなかには里芋《さといも》の煮物が入っている。鈴木さんの話に適当に相槌《あいづち》を打ちながら箸でつまんで口に運びつつ、肉じゃが、という言葉がさっきからひっかかっているのにも気づく。

凜だ。

——俺がなにか作ってごちそうしましょうか。

口調はしずかなのに瞳は真剣で熱かった。断ってくれてもかまわない、と超然としたふうでありながら、必死に縋《すが》っているようでもあった。

あの日の塩っぱい肉じゃがが、初めて作ってくれた料理だったな。手料理が得意だから申しでてくれたのかと思いきや、『ちょうどバイトが終わるから、食材の買い物につきあってください。それでうちにいきましょう』と言った凜の手には携帯電話。検索して、慌《あわ》てて必要な食材や調味料を購入して作ってくれた横顔は、必死で健気《けなげ》だった。料理は初めてなんだと、食後に赤面して告白した。

「藤岡さんの奥さんの得意料理ってなんですか？」

「え、ああ……昨日の呑みの席でも似たようなこと訊かれたな。なんでも美味しいよ」

「うわ、惚気～……」

鈴木さんに腕を叩いてからかわれていると、彼女と同期の男子社員、深山《みやま》が「藤岡さんの惚気っすか」と出前の天津丼《てんしんどん》片手に正面の席へやってきてくわわった。凜との記憶を慌ててかき消す。

傍には俺を揶揄《やゆ》して笑いあう後輩たちがいて、食堂の隅にはかたまってはしゃぐ女子社員、喫煙所のソファーにはテレビを観ながら休憩する男子社員が集《つど》っている。

ここでの俺は広報部の主任で明美の夫だ。愛しい妻と暮らし仕事に精をだす、幸福で正常な社員。凛の部屋でセックスに興じる異常な自分とはてんで別者で、ちりほども相容れないし受け容れがたい。凛は夜の非現実的な一時に巣くう誘惑であり、会社内で物思いに耽《ふけ》っていい相手ではない。わずかでも思考にまざってくると、娼婦に現《うつつ》を抜かしているような寒心《かんじん》にたえない感覚にさえ陥る。

こっちが現実だ。

「ごちそうさま。恥ずかしくなってきたし、先に戻るよ」

「あー、藤岡さん逃げたあー」

凛の好意に気づいていても、数ヶ月間友人関係を保っていた。凛をスムーズに抱けてしまうこと、恋人のような行為ができること、を身体で理解してしまったいまでもきちんと距離を維持している。

凛といる自分を本物だと認識して溺《おぼ》れてしまえばこれまで三十数年間築いてきた自分を否定し、毀《こわ》し、棄《す》てることになる。小中高校を卒業して大学へいき、学んで友人とばかをして絆《きずな》を深め、就職して社会で生き、親に迷惑をかけたぶん孝行しようと努《つと》めてきた年月のすべて。明美と生涯ともに生きていくのだとかたく結んだ誓い。そのなにもかもを覆《くつがえ》すわけにはいかない。

己が身をおいている社会で正しく生きていくために、恋愛や性欲がどれほど重要だというのだろう。親や周囲の人間や自分を絶望させてまで堅持《けんじ》せねばならないものなのか。俺にはそうは思えない。

——瑛仁の心だけちょうだい、それでいい。

言われずとも、心は明美のもとにある。

――誰のためでもない、全員のための運命だよ。

弟の声が覆いかぶさってきて舌打ちした。あいつは狂っている。運命なんて言葉は大嫌いだ。

オフィス側にある喫煙室へ移動して胸ポケットからケースをだした。

凜が嫌いな煙草に火をつける。


電車を下車して地元の駅へおりたつと肩の力が抜けて解放感に包まれる。一日がやっと終わった。

改札をとおり、ほかの人間たちとともに町へまぎれていく。駅前だけファストフード店や牛丼屋やドーナツ屋でにぎわっているが、一歩入ったところにある商店街は近年寂《さび》れてしまって閑散としている。この住み慣れた町の侘《わび》しい空気が気に入っているし、都会にいるより落ちついた。夏の夜は、日中散々太陽に炙《あぶ》られたアスファルトの匂いと草木の香りがただよってとても心地いい。

夕飯で腹を満たして風呂で汗を落としてしずかに寝る。煩《わずら》わしいことは全部忘れてそれだけを念頭に軽快に歩き、コンビニの前へきて、そうだ煙草を補充しなければ、と思い出し立ち寄った。

雑誌コーナーの前をすぎて飲み物のならぶ冷蔵ショーケースへむかう。すると、そこにいたまるい黒髪の後頭部と華奢《きゃしゃ》な身体のうしろ姿にはっとした。……凜?

距離をつめられず立ち尽くしている間に彼もふりむいた。目があう。

「……こんばんは藤岡さん」

「ああ……こんばんは」

凜は外では俺を名字で呼ぶ。両頬をほころばせて嬉しそうに微笑むこの子は、俺が他人のものだとわかっている。

「……昨日、いけなくて悪かったね」

謝罪が自然と口を衝《つ》いてでた。

「いえ、またお待ちしてます」

ああそんなこと言ってましたね、と驚いたようすもなくすっと頭をさげられて、凜は俺のメールを信じて待っていてくれたのかもと予感した。しかしそっけなく視線をショーケースへ戻してしまう。

〝なんでこなかったの〟と理由を追及したりはしない。

「今夜はバイトじゃないの」

「あ、はい、お休みいただいてます」

「そうか。なら、俺もここで夕飯を買ってすませようかな」

「お弁当屋、いってくださいよ」

唇をすこし尖《とが》らせて拗《す》ねながら笑っている。その表情が可愛らしい。

「いや、たまには違う味のものも食べたいしね」

凜がいないならいってもしかたない、と自ら匂わせる。自分が誘惑に落ちて現実世界からはみだし、醜い者になっていくのを感じる。

ウーロン茶をとって、それから豚肉の生姜ダレ弁当と煙草を一緒に買った。凜もオレンジジュースとヨーグルトを選んでいた。

コンビニをでると相談するでもなく、ふたりして弁当屋のほうへむかってならんで歩いた。

「……メールの件、すみませんでした」

凜が地面を見おろして苦笑まじりに言う。旅行のこと、とは言わず、メールの件、とさりげなく伏せてくれたところにも、また凜の気づかいを見た。

「いや。そのうち、いつかいけたらいいね」

社交辞令にほど近い誘いを、凜はやはり微笑むだけで受けとってくれる。

――泊まりがけの旅行はできません。

俺たちがふたりでどこかへいける日はこないと、凜も思っているんだろう。そう考えると凜の我慢とひたむきさに胸が痛んだ。

凜に断られて俺は本当は安堵《あんど》していたんじゃないか――己の深淵《しんえん》をかきまわして、唐突に自戒した。勢いだけで誘って後悔していたんじゃないか。現実から離れた地で男同士の逢瀬に浸る非常識さに、自分はたえきれないと、はなからわかっていたんじゃないか。

「……ごめんね凜」

謝ったが凜は黙っていた。黙したまま数歩歩いて、やがて頭をふるだけで返事をくれた。

おたがいの手にあるコンビニ袋がかさかさ鳴っている。足音と、夏の匂いと、凜の存在感。

夜になって凜といると、昼間凜を嫌忌《けんき》したことを反省して優しくしたくなる堂々めぐりだった。

そろそろ公園を横切る。もうすこし凜と一緒にいて話をしたい欲があり、その甘えに乗じて誘うかどうするか、誰に目撃されるかわからないからやめておくか、と思案していると、

「兄さん」

背後から声をかけられた。

ふりむくと、長袖シャツとジーンズに身を包んだ長身の弟が立っている。

「おまえ……本当につけまわしたのか？」

「兄さんの家へいこうとしてただけだよ」

睨み返すと、けれど弟の視線は凜にむけられた。

「――……リン」

熱情を含んでふっとこぼしたような声だった。口慣れた、不思議な思慕と追懐《ついかい》の内包された声音。

凜も目を見ひらいて、弟を見返している。

3

藤岡暁天《ふじおかあきたか》――瑛仁《あきと》さんの弟さんの名前だ。

「こんばんは」

「どうも、いらっしゃいませ」

「今日はー……麻婆《マーボー》弁当にしようかな」

「かしこまりました。……いつも、ありがとうございます」

暁天さんの注文を厨房にお願いする。正面にむきなおると、彼はほかのお客にまざってベンチに腰かけ、雑誌をぱらぱらめくっていた。

夜、瑛仁さんと入れ違いに弁当を買いにきてくれる日が、もう一週間続いている。

――この先の弁当屋でバイトしてるんです。瑛仁さんはお客さんで、よくしていただいています。

先日夜道で鉢あわせしたとき、ごくごく冷静になんの不自然さもなく自己紹介したつもりだったが、なにか察知されているとしか思えなかった。

瑛仁さんの奥さんに相談を受けて、結託して興信所にでも依頼した結果、俺を探りあてていたとかだったらどうしようかと悩んでいたが、瑛仁さんは『あいつのことは無視していい』と言う。

——昔から変わった弟なんだよ。

瑛仁さんは暁天さんに対してとても横柄《おうへい》だ。『かまわなくていい』とか『面倒なことがあったら俺に連絡してきていいから』などと冷然と言い放つから、あまり感情的になる姿を見たことがなかった俺は驚くのと同時に、どう〝変わった〟弟なのか知り得ないせいで余計に当惑する。

瑛仁さんの言葉に従ってさし障《さわ》りなくあしらうべきなんだろうか。しかし暁天さんが俺と瑛仁さんの関係を把握して接触してきているとしたら立場上逃げ続けるわけにもいかない。

「凜《りん》、スタ丼とスペのりできたよー」

「あ、はい」

数人のお会計を終えて、次が暁天さんの番になった。

いつの間にか雑誌に集中している横顔は瑛仁さんと全然似ていない。切れ長で一重《ひとえ》の気難しげな目をした瑛仁さんは、言葉を発すると気さくさに胸を衝かれ、笑顔を浮かべると意外と柔和《にゅうわ》な人なんだと発見する。暁天さんは真逆だ。言葉づかいは温厚だが顎髭《あごひげ》の作用か瑛仁さんより年上に見えるし、黙ると急に目もとが冴《さ》えて、身体の数センチ外側を冷気で守っているような厳しい風貌《ふうぼう》になる。現実感はあるのにどこか自由で摑みどころがなく、どの国の言葉で話しても通じなげな隔たりを感じた。

孤独、という言葉が浮かぶ。もっともそれは、生いたちや仕事などのおよそ人間味のあるプロフィールが一切謎なうえに、俺がひどく警戒しているのも原因だろうが。

「麻婆お待ちどおさまー」

背後から声をかけられて、「はい」と受けとる。

袋につめて箸をそえ「暁天さん」と呼ぶと、彼もはたと顔をあげて雑誌をおきカウンターへきた。

「四百円になります」

暁天さんは店員に対して非常に丁寧で、財布から四枚の百円玉をだしたら、

「お願いします」

とさしだしてくる。それで恐縮して「お預かりします」と受けとり、レシートとお弁当を渡す。

「麻婆弁当です。ありがとうございました」

「どうもありがとう」

ありがとう、に対して、ありがとう、と返してくれる。毎日こうだった。

この人は店員と客に上下をつくらない。レシートを財布にしまう彼を見ていて、こちらから話しかけてみようか、と逡巡《しゅんじゅん》していたら、ふいに視線をうわむけて俺の目を率直に見返してきた。

「〝スペのり〟ってスペシャルのり弁当のことだよね」

「え……あ、はい」

「おもしろい略だなと思った。どうスペシャルなの」

雑誌に没頭していると思っていたのに店長の声を聞いていたらしい。

「サラダと唐揚げと厚焼き卵と、あと日替わりのお総菜が一品つくんです。ゴボウのおひたしとか」

「そうか。本当にスペシャルだね。明日はそれにしようかな」

腹まで響く穏やかな低声《ていせい》は淡白だった。うすく微笑んではいるが表情に物憂《ものう》いしずけさをたたえている。瑛仁さんが俺を見るときの距離感を思わせる遠い目とは違い、何十年、何百年もの年月の途方のなさを感じさせる目。この人のこの独特な虚無感はなんなんだろう。

「あの……どうして連日きてくださるようになったのか、おうかがいしてもよろしいですか」

ちょうどほかのお客もひけていたから言葉がすんなりでた。

暁天さんは沈黙してしまう。黙考《もっこう》しているようすもなくただ俺を眺めているので、訝しんで首を傾《かし》げたらようやく口をひらいた。

「……いいよ。じゃあちゃんと時間と場所を確保しようか。仕事が終わるのは何時ごろ」

ふたりきりで面とむかって話しあおうという意味か。

「九時です。あと二十分ちょっとであがります」

緊張して返しても彼は変わらない。ゆったりと深くうなずく。

「わかった。そのころもう一度むかえにくるよ」


九時、退勤して外にでると暁天さんが店の前の外灯横に立っていた。

「この先の公園にいこう」

「はい」

促されて、すこしうしろをついていく。もはや瑛仁さんとの件はばれていると思っておいたほうがいいだろう。瑛仁さんの身内が介入してきたことで罪悪感がより現実味を帯び、暗鬱《あんうつ》とした。

それにしても、と、前方で公園へ入っていく暁天さんのひろい背中を眺めて考える。この人の行動の根元は兄弟愛なのだろうか。一週間煩悶し続けたものの判然としない。瑛仁さんの言動と照らしあわせるに、兄のためというよりは家族か、兄の妻のためのような気がした。そしてどちらにせよ俺は部外者で、瑛仁さんについてなにも知らない。両親や奥さんとの関係も、弟がいたことすらも。

「この公園は思ったよりひろいよね」

「……はい」

県が運営している公園はこぢんまりした入口の印象に反して規模がでかい。遊具広場やしょうぶ園や草原や野外ステージもあって、季節ごとにイベントも行われていた。すこし前には蛍《ほたる》が見ごろで裏の駐車場が夜十時まで開放されており、連日にぎやかでうちの店も繁盛したのだった。

「弁当屋に通うようになってからたまに散歩してみてた」

「そうなんですか」

木々に覆われた鬱蒼とした湿地に入ってしまい、暁天さんの表情は把握しづらかった。蛍の時期もとうにすぎているので人気《ひとけ》もなく蛙《かえる》や虫の鳴き声が聞こえるのみ。でも池の水気を吸った草木と土の澄んだ香りは鼻腔から体内にまっすぐ浸透して心を浄化し、緊張がゆるみそうなる。

「麻婆弁当もここの公園のベンチで食べたよ」

「え、ここのですか」

「二十分じゃ家との往復は無理だしね。美味しかったし景色もよかったけど虫に刺されて辛かった」

……笑わせようとしてくれているんだろうか。にしては、口調が淡々としている。

「虫刺されの薬持ってますよ。貸しましょうか」

「嬉しいけどつかったら返せないな」

「いや、つかうぶんだけさしあげます」

「ならお願いします。ありがとう」

聞いていたとおりちょっと変わった人みたいだ。

遊具広場へきて視界がひらけたところで鞄に入れていた液体薬をだしたら、携帯電話のLEDライトを点けた暁天さんに「ここところ、つけてもらえる」と左腕を突きだされてますます困惑した。

一応「はい」とうなずいて赤く腫《は》れた二箇所へ薬を塗るが、これもなにかの試験じゃないかと再び気後《きおく》れした。

ちらりと見返すと、暗がりのなかで俺を見つめている。

「満月にはあと一日足りないね」

目線をあわせたまま言われて、一瞬自分の顔が満月になったかのような錯覚が生じた。戸惑いつつ仰いだ空には、白く発光する月がある。

「あの月、欠けてますか？」

「端がちょっと欠けてる。よく見てごらん、まんまるじゃないから」

「……。まんまるに見えます」

喉《のど》の奥で小さく笑われた。虫の音と葉のさざめきに調和するひそやかな笑い声だった。

優しく接せられると危機感が増幅していく。肚《はら》が読めなすぎて、目の前の男が得体の知れない生き物に見えてきた。

もしかしたらとんでもなく残忍な皮をかぶった狸《たぬき》なんじゃなかろうか。

「怖がらなくていいよ」

見透かすような言葉をかけられた。

「きみを咎めるためにつきまとってるわけじゃない」

俺は黙って、視線をはずさずに薬をしまう。

「きみと話すときのことを何度も想像して身がまえていたけど、もっとも厄介な出会い方だったから
どう切りだそうか悩んでた」

「瑛仁さんのことでしょうか」

「兄と俺はべつの人間として考えてくれないかな。……まあ難しいだろうけど」

べつの人間……？　暁天さんの落ちつき払った乾いた目に見つめられていると、こめかみが痺《しび》れた。

「……そうだね、先に言っておかないとね」と彼は無感情に言う。

「俺は兄からきみのことをなにも聞いてない。けどどんな関係かはだいたいわかってるよ」

「最初に会った日、すでに俺の名前をご存知でしたよね」

「名前は知ってた」

「どうしてですか」

「兄が呼んでたでしょう。『ごめんね凜』って」

歯を嚙み締めて動揺を抑えこむ。

「きみが兄にどんな仕打ちを受けてるのかもなんとなく察してる」

「〝仕打ち〟なんて言わないでください。俺の罪でもあります」

「そうか。〝罪〟なことまでしてるのか」

肉体関係を含んだ言葉なのに暁天さんの声色に下卑た響きはなかった。むしろ哀しげな。

「……すみません」

「その謝罪は〝兄の家族〟に対して。それとも〝兄の奥さん〟に対してなのかな」

「どちらもです」

「なら俺に言う必要はない」

今度はひどく硬質な、感情的な断言だった。……必要ないって、どういう意味だ。

「きみのことを教えてもらえる」

「俺のこと、ですか」

「どんな家族にどんな愛され方をしてどんな学生生活をおくったのか、いまどこでどんな暮らしをしているのか、とか」

興信所に依頼して調べたという線はうすれた。だが俺を知ってどうするつもりだろう。

暁天さんがなにを欲しているのかわからなくなってきて、握り締めた拳に力がこもり掌が汗ばむ。

「一言では、難しいです」

「たしかにそうだね。俺も過去を話すにはだいぶ時間を要す」

暁天さんが俯《うつむ》いて左足を踏みだし、また歩き始めた。

「いまいくつ」

「……二十一です」

彼は質問の声も平坦で疑問符を感じられない。

こたえて、俺もあとをついていく。

「大学生」

「いいえ」

「専門学校には」

「……いいえ」

「会社勤めしてるようすでもないよね。弁当屋のバイトだけなのかな」

自立していないと言われているようで決まり悪く、押し黙っていると暁天さんがふりむいた。

「安心して、俺は学歴できみを判断したいわけじゃない」

それを素直に信じられるほどお人好《ひとよ》しではない。

「住まいは実家なの」

「一応、いまはひとりです」

数秒沈黙した暁天さんは、永遠かと思うようなゆっくりしたまばたきをした。

「病気のリンのささやかな自立生活か」

確信した物言いで言いあてられて瞠目《どうもく》する。

「な、んで、わかるんですか」

病のことは二年間つきあってきた瑛仁さんさえ気づいていないのだ。

「経験上」

「どんな？　暁天さんは医者かなにかですか。いや、医者だっていまの会話だけじゃ、」

「俺はしがない古本屋の店長だよ」

「古本屋……」

「本はいい。知識もつくし、正しい言葉も学べるからね」

混乱する。

古本屋の店長が兄夫婦のあいだに割って入ってきた同性の病弱なガキに、警告するためでも懲罰《ちょうばつ》を与えるためでもなくつきまとう目的っていったいなんだ。

「肚《はら》を探りあうのは苦手です。単刀直入に目的をおっしゃっていただけませんか」

「わかった、正直に言うよ」

暁天さんが俺の正面へ近づいてくる。

「兄から手をひいて俺のところへおいで」

絶句した。

「俺は結婚してない。つきあう相手としても適してるでしょう」

「意味が、わかりません。暁天さんに鞍《くら》がえさせて兄夫婦や家族を守りたいってことでしょうか」

「一石二鳥だとは思う」

人間扱いされてない。厄介な荷物を箱につめて右から左へ移すだけのことだと聞こえて憤慨《ふんがい》した。

「こんなこと言える立場じゃありませんが、俺にも一応感情があります。別れるなら瑛仁さんと話してきちんと終えて、そのあとはもう彼とも、彼の家族のかたとも関わる気はありません」

「兄と俺はべつの人間として考えてほしいって言ったでしょう。俺は個人的にきみに好意を抱いてる。自分の欲に従ってきみに執着してるんだよ」

「どうして俺を？」

「一目惚《ひとめぼ》れした、ってことにしておこうかな」

「ばかげてます。そもそも暁天さんはゲイなんですか？」

「ひとりの人しか好きになったことがないから性癖は曖昧《あいまい》だね」

「その人も男だった？」

「……うん、そうだよ」

突飛すぎてついていけなかった。全部が胡散《うさん》くさすぎる。一週間そこら弁当屋の客と店員として接しただけでろくな会話もしていないのに好意もなにもあるものか。〝おまえは邪魔だから消えろ〟と怒鳴られたほうが納得いくのになんでこんなまどろっこしいことを？　厄介払いするだけじゃ生温《なまぬる》い、恋仲になって思いあがったころに手酷く捨てて傷つけてやろうって魂胆《こんたん》なんだろうか。

真正面にいる暁天さんが儚《はかな》げな、しかし真剣な眼ざしで俺を見ている。反射的に一歩退いたら左手をさしのべられた。

「俺が守りたいのはきみだよ。一緒にいてほしい。この命もそのためにある」

にぶく照る月の下で、こんな告白をされたのは初めてだと驚嘆し、同時に思考が停止した。


図書館で本を読んでいても文字が一切頭に入らなかった。

諦めて音楽の視聴コーナーへいってヘッドフォンでアンビエント音楽を聴いていると、心に生《は》えた無数の棘《とげ》がようやくいくらか削《そ》げ落ちていった。

――兄から手をひいて俺のところへおいで。

実の兄が家庭の外で関係を持っている男相手に、一目惚れだなんてふざけた告白をする弟がいるだろうか。

――一石二鳥だとは思う。

たしかにそうだ、暁天さんと恋仲になるのは既婚者の瑛仁さんとつきあうより迷惑の範囲が狭まる。

だが彼はそれは結果であって目的ではないと言う。

——俺が守りたいのはきみだよ。一緒にいてほしい。この命もそのためにある。

なにが狙《ねら》いなんだろう。

ひとりだけ好きになった男がいたとも言っていた。俺がその人に似ていたから一目で気になって弁当屋に通っていた、という繋《つな》がりだとしても俺の人格は無視されているわけで無関係に変わりない。変わった弟、の意味はこれだったんだろうか。失礼だけど、瑛仁さんが暁天さんを邪険にしていた理由がだんだん見えてきた気がする。

さっき瑛仁さんからメールがきた。『今夜いいかな』だけの端的な、いつものうかがいメール。瑛仁さんに相談しようかと昨日から思案している。

彼の弟についてだ、躊躇《ためら》う必要はない、と思うのだが、いかんせん俺は彼の恋人ではない。出会ったころからいまもずっと、瑛仁さんと俺は個と個だ。

彼が俺の部屋にいてさえつねに一線をはっているように、俺も彼に干渉したことがない。俺たちは幾度身体を重ねようとなにをしようと自由である。それはなけなしの免罪符であり、彼だけじゃなく俺にとってのルールでもあった。つまり俺が誰と恋愛を始めても、瑛仁さんにも干渉する権利はないのだ。

けどだからこそ話してみたい欲もあった。瑛仁さんは俺がほかの男に告白されたと知ったらどんな反応をするだろう。嫉妬《しっと》してくれるだろうか。

くだらない無意味な夢想だ、と自分に呆れ返る一方で期待がふくらむ。

怒られてみたい。おまえは俺のものだ、と所有欲を叩きつけられてみたい。嫉妬心が沸騰する一瞬だけでも自分はこの人のものなんだと実感したい。

恋欲《こいよく》をむきだしにして関係に色をつけるのを、俺たちはさけ続けてきた。非常識な関係ながら守ってきたそのけじめを破壊して、生々しい恋情が闖入《ちんにゅう》する隙《すき》をつくるまたとないチャンスじゃないか。相手が弟ならなおのこと効果的に違いない。

相談を持ちかけるのは正当な行為だ、と己に言い聞かせて不毛な欲求を満たそうとしている。

俺はこれほどまでに瑛仁さんが好きだったんだなと、こんな非常時に思い知る。


夜中の沈黙のなかで自分の貪欲《どんよく》な思惑だけがうるさくわめいている。瑛仁さんの寝顔を見つめていると脳内が余計乱れ狂うので、寝返りを打って天井を見あげるが、静寂がはりつめて鳴るキーンという耳鳴りに鼓膜を刺激されて落ちつかない。

しかたなくベッドからでてキッチンへ移動し、コップに麦茶をそそいで飲んだ。飲みほしていま一度部屋へ戻り、ベッドの縁に座ってガラス戸のむこうの屋根越しに夜空を眺めていたら、

「凜」

瑛仁さんが目をさましてしまった。相変わらず寝起きとは思えない機敏な動作で上体を起こす。

「眠れないの」

「喉渇《のどかわ》いただけだよ、ごめん」

瑛仁さんも麦茶飲む？　と訊いたらうなずきが返ってきたので、再びキッチンまで往復した。コップを渡すと一気に半分以上飲んでしまって、「ふたりして喉渇いてたんだね」と笑いあった。

暗がりに溶けこんでいる彼の笑顔を凝視して探る。見えない、摑めない、とわずかでも落胆するのがいまはどうしてもいやだった。

「……今夜はあまり気分じゃなかった?」

瑛仁さんが俺の肩先を左手で撫でて問う。微笑み返して濁すと、続けて、

「弟が接触してきてないか」

と彼のほうから暁天さんのことを切りだしてきた。

「弁当屋にきてくれてるよ」

「なにか言ってきた?」

不自然にならないようそっと唾を飲みこんでから口をひらく。

「つきあってほしいって言われた。一目惚れだって」

「そうか……」

瑛仁さんは仰天するでもなく、納得したような嘆息を洩らした。

「あいつは本当に変な奴なんだよ。どう変なのかはうまく説明できないんだけど……」

暗闇にひそむ彼の表情を慎重に見つめたが、疲れに似たため息と苦笑しかない。もしかして一目惚れ云々に関してはすでに本人から聞いていたんだろうか。

「瑛仁さんは暁天さんのことを〝弟〟って呼ぶね」

「ああ、あいつも俺を〝兄さん〟って呼ぶからな。昔から兄弟らしくなかったから呼び方にも表れるのかもね。あいつの言う〝さん〟はなんていうか、敬称っぽくてよそよそしい」

「仲よくなかったの」

「ないね」

間髪入れずにこたえると瑛仁さんはまた苦笑した。

「兄弟そろって迷惑かけてすまないね」

謝罪。

瑛仁さんは俺に謝って、そしてそれだけだった。俺の肩から手を離して麦茶の残りを飲む。

「……ううん」

俺も再び笑顔らしきものを浮かべてガラス戸の外へ視線を逃がした。屋根に遮《さえぎ》られてすきまからしか望めない夜空には雲が薄白くのびてはりついており、星のようなものもひとつだけまたたいている。

背後で瑛仁さんがコップをおいて「寝よう」と横になる気配がある。

瑛仁さんの口調や感情は一ミリも乱れなかった。麦茶で潤《うるお》したはずの喉が乾いてへばりついている。

汗ばんだ身体が冷えて気怠《けだる》さばかりが腕や脚に重たくまとわりついている。

謝られたくなどなかった。


翌日、また暁天さんがやってきた。飄々《ひょうひょう》とした足どりでカウンターへきて、ごくわずかに微笑む。

「こんばんは」

俺も「こんばんは」と返したが、すこし無愛想だったかもしれない。

「昨日はいなかったね」

「はい、お休みいただいてました。ご注文をどうぞ」

「公園で食べるならやっぱり丼ものがいいかな」

その意味ありげな呟きを受けながして、メニューをしめす。

「丼ものでしたら定番のカツ丼や親子丼のほかに、かに玉丼や鶏《とり》チリ玉子丼もおすすめです」

「鶏チリ玉子丼っていいね。それにします」

「かしこまりました」

注文伝票を切って背後の厨房にお願いする。

「昨日スペのりを食べたよ。教えてもらったとおり具だくさんで美味しかった」

暁天さんはまだカウンターから退かない。「ありがとうございます」と笑顔で返したけれど、

「今日もバイトが終わったら一緒に散歩しよう」

と誘われてすぐさま表情が崩れた。

「困ります」

「昨日は兄といたの」

「厨房に聞こえるからやめてください」

「弟特権を利用しようかな」

「特権?」

「きみの存在は兄の家庭も、兄の奥さんとうちの家族をも壊しかねない。その秘密を俺は握ってる」

「……ぶちまけられたくなかったらついてこいっていう脅迫ですか」

「不本意だけど脅迫してる」

カッとなった。

「すみません。俺が好きなのは瑛仁さんです。彼以外の人とつきあう気はないんです」

本人には絶対言えない告白をぶつけて溜飲《りゅういん》がさがる快感と解放感を得た。

瑛仁さんが俺に好きだと言わないことも俺が言えないことも、納得したうえでのつきあいだった。それでよかった。なのに昨夜瑛仁さんに謝られて俺は傷つき、傷ついてしまった事実に憤っていた。なにもかもこの人が現れたせいだ。暁天さんが俺たちの秩序を狂わせていく。

「きみが誰を想っていてもかまわない。いこう、ほんの三十分程度の散歩だよ」

拒絶すらものともしない彼に苛だって反論しようとしたとき、「どうもー」とべつの客がやってきた。暁天さんがベンチへ退いて、俺も笑顔に切りかえ「いらっしゃいませ」と接客する。

注文の鶏チリができて会計がすむと、彼は「むかえにくる」と言い残して去っていった。


九時、宣言どおり暁天さんはまた外灯横に立って待っていた。

幸い自宅は彼がいる道と反対方面なので、見なかったふりをして身をひるがえし、足早に帰ろうとしたら、うしろから走ってきて手首を摑まれた。

「いたいっ」

「リン」

「警察呼びますよ!?」

「〝ストーカーだ〟って？　間違いじゃないけど、俺たちの関係を暴露すればきみのほうが不利だろ。兄の不倫相手を戒めたかったって言ったら警察はどっちに同情してくれるかな」

「卑怯《ひきょう》です」

俺は病のせいで走れない。もがいて抵抗しても力の差が歴然としていて逃げられなかった。

「一緒にいこう。話し相手になってくれるだけでいい」

朴訥《ぼくとう》そうなくせに声と掌だけは熱くて、俺の腕を摑んで離さない。せめてもの反抗心で睨んで不快感をしめしたが、ここで逃げたところで明日になればまた弁当屋にこられて堂々めぐりになるのは予想できた。決着をつけるしか断ちきる方法はないのだ。

心だけはあけ渡すものか、と目で訴えて手をふり払い、公園へむかって自ら歩きだす。入口をとおると一昨日とおなじコースをたどった。草原を横切って傾斜した道をくだり、湿地帯へ。

「身体を動かすと生きてることを実感できるよ。昔は地に足がついてなかったから」

鷹揚《おうよう》な態度で、暁天さんも距離を保ってついてくる。

「たしかに暁天さんは浮世離れしてます」

「ああ、言葉を間違えた。〝昔は〟じゃない。〝リンに会うまでは〟地に足がついてなかった」

「歯の浮くセリフがお上手ですね」

「きみが好きだからね」

隣にやってきた。

「……この短い会話のあいだに二回も〝浮く〟って言われたな」

悠然《ゆうぜん》と苦笑している横顔が癪《しゃく》に障る。

「浮いてますよ、常識からも」

「まただ。リンは言葉のセンスがいいね。でも常識を説かれるのは解せない」

「男好きだからでしょうか。だったら暁天さんもおなじでしょう」

「そうだね、おなじだしきみを好きだから兄と別れて俺といてほしい」

「すみません、ストーカーとつきあう趣味はありません」

「よそよそしさがなくなってきたね」

　嬉しいよ、と続けて彼は笑った。嬉しがるところじゃないだろう。

　月明かりはあるけれど樹木の生《お》い茂る場所へ入ると重なりあった葉が傘になり光を遮断してしまう。横の池の水音を聞きつつ薄暗い道を目を凝らして歩いた。

「リンは日中なにしてるの」

　彼は瑛仁さんを兄さんと呼ぶらしいが、俺のことは会った瞬間から馴れ馴れしく呼び捨てている。

「図書館にいったり映画観たり料理したり、友だちと遊んだり、いろいろです」

「兄とはどれぐらいの頻度で会ってる」

「弁当屋でほとんど毎晩」

　正直に教えればまた脅迫のネタにされるに違いないのでごまかしたら、

「リン」

　怒気のまざったきつい口調で押さえつけられた。

「……プライベートでは一ヶ月に一度か二度です」

　こっちも不満を抑えた低い声になった。

「思ったより多くはないんだね」

　関係ないだろ、と口汚くつっぱねてやれたらいいのに。

「暁天さんとは仲がよくないって聞きました」

「仲がよくないっていうのは正しくないね。おたがいのことに興味を持ってないんだよ。個人を尊重してるっていうのかな」

「尊重って、綺麗な屁理屈ですね」

「わざわざ汚せるほどの交流もない。喧嘩すらまともにした経験がないから」

「決定的な理由があるわけじゃないんですか。——子どものころはふたりでひとつの部屋でした？」

ふいに腕を摑んで歩みをとめられた。暗闇のなか足もとに注意をとられてすすんでいたから我に返って顔をあげると、自分を見つめているらしい暁天さんの黒い影がある。

「これ以上は無償で教えたくないな。手を繋いでくれたらこたえてもいい」

「脅迫の次はセクハラですか」

「きみが知りたいのは兄弟仲じゃなくて兄の過去だろ。俺は利用されてるんだから要求をひとつ飲んでもらうぐらいなら理に適《かな》ってる」

「最後には身体まで求められるんでしょうか」

「いや。……そこまでして兄への想いをしめされたらさすがに落ちこむ」

影が軽く俯いた。表情は見えないがしょげたのは十二分《じゅうにぶん》に伝わってきた。ここは暗いのに木立越しにひろがる彼の頭上の夜空は明るい。

「好きでもない相手と寝るぐらいだったら本人に直接訊きます」

そんなことできない、と知っていて嘯いたのはこの人を傷つけて解放されたかったからだ。

「賢明なこたえだね」

暁天さんの手が名残《なごり》惜しげにゆっくり離れていく。

風に煽《あお》られて枝がしなり、樹葉がこすれてざわめいている。太陽の香りを含んだ森林の空気は相変わらず心を癒やしてくれるから、胸の底で怒りと安らぎが混沌《こんとん》としていて感情も不安定に揺らぐ。

遊具広場にでると目が利くようになった。

「お盆はどこかにいくの」

「いいえ」

「友だちは？」

「プールにいくって言ってましたね」

「一緒にいかないんだ」

肩をすくめて濁す。

「泳げない病気なのかな」

なぜそう察しがいいんだ、と舌打ちしそうになった。

「暁天さんは好きになった男がいたっておっしゃってましたね。その人と一緒にいないのはどうしてですか」

「いるよ」

「いる……？」

進行形の表現に躓《つまず》く。暁天さんもふたりの人間のあいだを往き来しているのか、と訝しんだら、彼は微苦笑して自分の胸を右の掌で押さえ、

「ここに」

と言った。

「彼は永遠にここにいる」

「……亡くなったんですか」

「まあ、そうだね」

心の奥にだけ存在している恋人。

「俺と似た境遇だった？　だから俺の病のことも言いあてたんですか」

「半分は〝イエス〟かな」

「もう半分の〝ノー〟はなんですか」

「秘密」

かすかに芽生えた同情をあしらわれてむっときた。

「自分の兄が関係を持ってる男を好きになるなんて妙だと思ってました。前の恋人とシンクロするから勝手に運命を感じてるんですね。俺じゃなくて昔の恋人をひきずってるんだ」

「俺の真意がどうあれ、その質問には『ノー』しかこたえがないよね」

動揺するでもなく、暁天さんは毅然《きぜん》と俺を見つめている。

「きみは自分の命をかけて兄とつきあってるんでしょう。最期の恋愛でいいと想ってる」

「え」

「恋人がいた経験はないんじゃない。恋愛に憧れていたけどゲイだし身体も弱いし諦めていた。でも兄が初めて受け容れてくれたから傍にいたい。——違う？　そういう愚直な一途さが好きだよ」

「なに、言ってるんですか」

「友だちともあまりうまくいってないんだね。健康で優しい友だちに感謝の念はあるけれど、劣等感と嫉妬心もある、疎《うと》ましさも拭えないってところかな。きみの心はいま兄ひとりに占《し》められていて兄以外の人間との未来を考えてもいない。俺はその未来になりたいと思ってるよ」

指先から身体が冷えていく。

「……どうして、」

わかるんですか、と肯定したくなくて言葉尻を噛んだが、暁天さんには伝わっていた。

「きみを見てたからね。ずっと」

「弁当屋の接客だけでそこまで筒抜けになるわけがない。透視能力でもあるみたいだ」

「ないよ。透視能力があるんなら……、」

「なら？」

「きみの裸を見て欲情してる」

「ふざけないでください」

心底を根こそぎ見抜かれて気持ち悪い、と嫌悪した。でも嫌悪こそが肯定だ。たしかに俺は友だちにも自分を偽《いつわ》って接しながら瑛仁さんの存在にのみ縋っている。

「あなたは前の恋人への感情を俺にあてはめてるだけだ、そうでしょう……？　再三言ってますが、俺は暁天さんとつきあう気はありません。瑛仁さんと別れて弟さんに乗りかえること自体ありえないじゃないですか。自分の愚かさは重々承知してます。ご家族のお怒りももっともです。けど暁天さんにどんな思惑があろうと、俺に囚《とら》われているよりご自身の幸せのために時間を費やしたほうがいいと思います。たとえ俺とつきあっても、いずれその昔の彼氏さんとおなじ別離をくり返すだけなんですよ。今日で終わりにしてください、瑛仁さんの前からも必ず消えます。すみません、お願いします」

ありのまま正直な気持ちを訴えて、頭を深くさげて祈るように強く目を瞑った。

眼裏《まなうら》に瑛仁さんが俺によく見せてくれる苦笑と、それから彼の背中が浮かんできた。背中はなんの未練も感じさせない足どりで遠退いていく。どんどん小さく、米粒大になっても立ちどまりもしない。あの人は俺を忘れるのではなく、最初から記憶にとどめようともしていないのだと知っている。

昨夜彼の手が自分から離れたとき目をそらさなければよかったと、とりとめもない出来事の激流のような後悔が唐突に押し寄せてきて潰されそうになった。

ばかな恋だ。俺はばかだ。頭で理解しているまま正しく諦めて捨てられたらいいのに、でも正しいままいられない衝動が恋だ。恋は狂気だ。

「はい、これあげるよ」

肩を叩かれてはっと瞼をひらくと、なにかつきだされた。闇に目を凝らす。カードのようなもの。

「押し花……？」

「ここで拾った朝顔でつくったんだ」

それは紙片に押し花をそえてパウチしたしおりだった。よく見えないから何色かはわからない。

「むしったんですか」

「拾ったって言ったでしょ。綺麗なかたちのまんま落ちてたから救出したんだよ。きみにあげようと思って何日か本にはさんでおいた」

「この公園の花は採取禁止されてるんですよ」

「踏んで潰される前に保護したってことにしておいてよ」

「潰してるじゃないですか、こんなに平たく」

「リンの歯に衣《きぬ》着せない物言いが嬉しくて涙がでそうだ」

綺麗にラミネート加工してつくられたしおりを眼前に近づける。……ピンク、いや水色だろうか。

「お盆休み、暇ならうちにおいで。図書館にも負けないぐらいたくさん本があるから」
暁天さんは俺の告白の一切を無視して、朗《ほが》らかに微笑んでいる。

ベッドの上でため息をついた。お盆休み期間に入ってから雨が続いていて怠い。湿度の高い、身体にじっとりまとわりつく暑さ。喉が渇いたけど起きあがるのが億劫《おっくう》で、ひたすらに惰眠《だみん》をむさぼる。脚を自分の体温で熱くなった場所から退け、シーツの冷えている部分に移動させて寝返りを打つ。腹にかけているタオルケットも、目をとじたまま整える。

シーツはタオル地と決めていた。つるつるした素材は病院のベッドを連想する。あのいかにも清潔そうな足の滑るシーツが気持ち悪くて嫌いになったのは、幼少期に長期入院していたころだった。

一日の大半ひとりで過ごすとも働きだったこともあって親もつきっきりでいたわけじゃなかった。生活の場はベッドの上。食事をするのも、院内を散歩して帰ってくるのも、暇を潰すのも、発作を起こしてもう死ぬかもと朦朧《もうろう》として考えるのも、寝るのも起きるのも、喜ぶのも泣くのもそこ。四六時中身体の皮膚をこすられていると、だんだんそのするするした感触にゴキブリが這《は》いあがってくるのに似た悪寒を覚えるようになり、神経まで蝕まれて苛々させられた。むしゃくしゃと自転車をこぐみたいに暴れたら摩擦で熱くなって反撃を食らった。

物言わぬ無表情なシーツは傲然《ごうぜん》とかまえていて、おまえは一生ここに這いつくばったまま、死ぬときも必ず戻ってくる、と嘲笑《あざわら》われている気がして悔しくて泣いた。声は俺の妄想なのだから、無論俺自身のものだ。真っ白いベッドの上にいつか再び戻っていくのを、俺は知っている。病院からも病気からも逃げられない。

情けないけれど当時のあの不快感はいまだに根づいていて、入院生活を免《まぬか》れているいまはともかくタオル地。くしゅくしゅ毛羽《けば》だった肌触りに安心する。枕から頭をこぼして右頬をつけ、撫でつけてもう一度ため息をついた。

お盆に会おう、と複数人に誘われたのにひとりでいるのは自分のせいにほかならない。ひとつだけ宙ぶらりんになっている誘いもあるが、掴むでも叩き落とすでも縋るでもなく、ぼんやり回想するだけだった。

雨のせいか朝から頭痛に見舞われているにもかかわらず、一時間ほど前には母さんに通院報告の電話で、問題なかった、今日も調子いいよ、とごまかした。自分を弱いと思うのは嫌いだ。

起きて、シャワーで汗をながして、すっきりしたら料理をする、今夜はバイトを入れているからそれまでテレビを観る。刑事ドラマの再放送か、報道番組か——行動をシミュレートして自分にやる気を起こさせようとしていたら、枕もとの携帯電話が鳴った。手にとって見ると尊《たける》からの着信だった。

「はい」

『よう、寝てた?』

「いや、起きてたよ」

尊は基本的に電話派で、メールは授業中やバイト中や移動中やデート中などの、自分に都合の悪いときしかしてこない。『友だちだから』なのだそうだ。『メールって便利だけど狡《ず》っこくね? 大事な奴とはちゃんと声で話してーわ。そのほうが楽しーし』と、昔言っていた。

『昨日プールいってきたぜ。今日雨だったから昨日でよかった』

「そうか」

『午前中はながれるプールでぐるぐるまわってたんだけどさ、午後はすげえなっげえ滑り台にはまってあほみてえにみんなで何度も滑ったわ。石井《いしい》の奴、プールサイド走るなって監視員に何度も怒られてやんの、あいつガキだわ～。女性陣の水着もよかった、渡瀬《わたせ》はまあた胸でかくなっててやべえわ』

「……へえ」

『おまえはなにしてた？　なんか元気なくね？』

尊の無邪気さや純真さは、時折俺を息苦しくさせる。

「大丈夫だよ」と苦笑したら、尊は『身体悪《わり》ぃんなら病院いけよ』と労《いたわ》りを口にした。

プールの話を聞きながら、重たい身体を起こしてソファーへ移動し、胡座《あぐら》をかいた。ローテーブルには数日前にもらった朝顔のしおりがあり、手持ちぶさたにとって掌で弄《もてあそ》ぶ。まるくカットされた角の触り心地を人さし指の腹で味わったり、潰されても盛りあがっている花の存在感をたしかめたり。

あの日帰宅したあと灯りのもとで見て気づいたのだが、押し花の裏には携帯番号とメールアドレスが記されていた。小学生の漢字ドリルにある見本みたいに美しく整然とした筆跡で。

『つか、この前香澄《かすみ》が浮気してるかもって言ったじゃん。あれやっぱガチだ。あいつ、プールは先約あってこられないっつってたんだけど、夜は時間あるっつうから食事の約束しててさ、ンで会ったらめっちゃ石けんの匂いさしてんの。髪も洗い髪だったし、ありえなくね？』

「夏は汗かくから、おまえに会う前に綺麗な身体にしときたかったんだろ」

『先約あるっつってたんだって。男とホテルいって風呂入ってから俺ンとこきたに違いねーよ』

「いったん家に帰ったんじゃなくて？」

『ンなタイトなスケジュールくむか』

「女の子って好きな相手のために隠れていろんな努力してるらしいけどな」

『すっぴんだって見てんだし、なんなら汗かいてる身体だってよく知ってるわ、いまさらだろーよ』

「知られてればだらしなくていいってわけでもなくねえか」

『……おまえやけに香澄の肩持つのな』

尊の声が低く曇った。

「なあ尊、このこと石井たちにも話したか」

『話さねえよっ』

さも意外、と言いたげな素《す》っ頓狂《とんきょう》な口調で驚かれた。

「どうしておまえは俺に相談してくるんだよ」

『おまえだからだろ?』

尊の声に怒りがまざって雰囲気が一瞬にして淀む。不穏な沈黙がゆらりとただよいだした。

「そうか、悪い」

空気を持ちあげるべくからっと笑ってこたえたら、

『……っとに、勘弁しろよ』

尊も陰気さをとっ払って苦笑し、かろうじて事なきを得た。

『まあ、ちゃんと事実確認してから騒ぐわ』と続けて、尊は冷静さをとり戻し結論を導く。

「そうだな」とこたえながらも、俺は〝おまえだからだろ〟という言葉がやはり理解できずにいた。

俺に的確なアドバイスができるほどの経験がないことを、尊はどう考えて相談してくるのだろう。

『また電話する。身体大事にしろよ』

ありがとう、と一応礼を言って電話を切った。

携帯電話をソファーに放って、ガラス戸に木の枝状の線を描いて伝い落ちていく雨粒を眺める。

右の掌には透明フィルムに押しはさまれた桃色の朝顔が咲いている。


夕方、弁当屋に瑛仁さんがやってきた。

「……いらっしゃいませ」

傘をとじてカウンター前に入ってきた瑛仁さんは、俺の目を見て微苦笑する。

「驚いた顔して、なに?」

「いえ……」

お盆休みに会えると思っていなかった。

「藤岡さんの私服姿が新鮮で」

「ああ、いつもスーツだったね。ふらっとでてきちゃって、あんまりお洒落《しゃれ》でもないけど」

Tシャツに薄手のカーディガンを重ねて、パンツも含めて全体をすずしげな色あいでまとめている。

充分お洒落で素敵だった。

「格好いいし、若々しく見えます」

「スーツはおっさん度が増すか」

「その疲労感も渋くて魅力的ですよ」

「嬉しくない魅力だね」

笑いあったのちに「ご注文をどうぞ」とメニューをすすめた。

「今日は決めてきたよ、スペシャルのり弁当」

あ、と思ったのを打ちふって「かしこまりました」と伝票を切り、厨房に「スペのりひとつです」とお願いする。「はーい」と店長たちもフライパンをふるってこたえる。

「今夜は客がいないね」

呟いて、瑛仁さんがベンチに座った。

「はい。電話注文はありますけど、お盆休みで回転寿司や焼肉のほうが人気なのかもしれません」

「言えてる。駅の回転寿司屋、休日はえらい混んでるもんな」

「ええ」

……胸が弾んでいる。客と店員としてふたりきりで会話をかわすのがひさしぶりで、それが不思議な高揚感をもたらしていた。俺の部屋にいるときより、気兼ねなく楽に話せるのはどうしてだろう。〝客と店員〟というよそよそしいものでも、おたがいの繋がりを肯定する言葉があるのとないのとでは距離感や安心感が全然違っていた。

薄明るい道路にも草木にも雨が降りそそいで、跳ねて白く弾けている。蒸しているのに緑の香りをはらむ夏の空気は美味しい。瑛仁さんも雨を眺めていて、俺も口を噤んで雨音を聞く。

「このベンチに座ってると、なんだか落ちつくな……」

ここにいる、こういう彼を俺は好きになったんだった。……旅行にないかなくてよかった。

瑛仁さんの横顔と、雨に濡れてすこしうねった後頭部の髪を盗み見ていると、ふいに胸を槍《やり》で抉《えぐ》られるような激しい哀しみがあふれだしてきて辛くなった。

話したい。話して縋りたい、と想う。自分が他人と接するたびに腹の奥底に数ミリずつつんでいる嫉《そね》みや焦燥や子どもじみたどうしようもないわがままや願いや祈りの蟠《わだかま》り全部を、この人にぶちまけて受けとめてもらいたい。この人がいい。一緒に抱えてくれる相手を自由に選べるならこの人がいい。

でも俺にはそれができない。

「凜もお盆までバイトで大変だね」

「いいえ、接客好きですし、家にいると身体まで怠《なま》けますから」

「ふうん。仕事してても若々しくていいな。社会人になろうと凜は変わらなそうだ」

瑛仁さんは俺を大学生だと思っている節がある。大学へ通いながらバイトをしている二十一歳。彼のなかだけにごくごく普通の健康な男である自分がいて、その理想的な自分を壊さずに生かしておきたくもあった。もし同情されたりしたら対等じゃなくなってしまう。

「スペのりおまたせー」

厨房から声がかかって、弁当を袋につめてお会計をした。

「ありがとうございました」

「またくるよ」

はい、と微笑む。お待ちしております。

身をひるがえした瑛仁さんが、暗くなり始めた道路へむけてぱっと傘をひろげた。踏みだした背中はふりむかずに雨のなかへ消えていく。

俺はまた口を噤んで、ひとりで雨浸しの道路を眺める。

出会ったころ、瑛仁さんは弁当を注文したあとベンチへ座ってほかの客にまぎれても目立っていた。きらめくオーラを放って俺の目を惹きつけた。たとえば一目惚れとはあんな感じのことだろうか。

〝スペのり〟なんて呼び方にも彼は頓着しない。些細《ささい》な疑問は自身で咀嚼して納得し、わざわざ他人に持ちかけたりしない硬派な性分なのだと思う。勘違いしていたり、他人に誤解させていたりする事柄もありそうだが、その不器用で潔《いさぎよ》い冷たさが好みだった。

瑛仁さんも、奥さんには贈りものをしたりするんだろうか。するとしたらどんな品物を、どんなふうに選ぶんだろう。自分で店へでむいて？　本人に直接欲しいものを訊いて？　あるいは一緒にでかけて……？

雨は夜になってもやまなかった。

自宅へ帰るとテーブルの上においていた朝顔のしおりが視界に入った。今夜暁天さんはこなかった。あれ以来初めてだ。この番号へ俺がかけるのを待っているんだろうか。まさかな。

——きみの心はいま兄ひとりに占められていて兄以外の人間との未来を考えてもいない。俺はその未来になりたいと思ってるよ。

しおりを持ってベッドへ倒れこみ、タオル地の、小さな草原みたいな糸の群れに顔を埋める。

待っていたわけじゃない。でもお礼はちゃんと言いたいと思いなおしていた。

このしおりは、生まれて初めて身内以外の人からもらった贈りものだった。

朝起きて、今日はなにをしようかと考える。

カーテンの青色が太陽の白い光に照らされて、淡い水色に透けている。外はどうやら快晴らしい。左右のカーテンがあわさる中央のすきまから、黄金色の陽光が入ってフローリングの床に線をひいており、まどろんで眺めているとなにかが横切って視界が一瞬だけ黒く陰った。鳥だ、と思った直後に、ぽぽ、ぽぽぽー、と鳩がうたいだした。

いつか瑛仁さんと聴いた歌をひとりで聴く。喉の奥で囁くような穏やかな歌声は低くくぐもっていて優しい。おなじリズムの規則正しいしずかなループなのに、聴き続けているとなぜかだんだん物悲しい曲に感じられてきて空虚な気分になった。

幼いころ、ぼくはどうして生まれてきたんだろう、この命に理由はあるのかな、もし理由がなかったら自分が存在している意味ってなに、なんにもないのにここにいていいの、ここにいる価値があるの、ううん、死ぬんだったら価値なんかあったってどうせ無意味だ、なんで生まれたの、生きてどうするの——と、底のない恐怖に呑みこまれて身をまるめて泣いた夜、母親がうたってくれた子守歌、あれみたいだ。

降り続ける驟雨《しゅうう》にも似ていて、一定の音のくり返しに不安を覚え、やがて、明るいトーンに変化することは絶対にないんだとわかってくるとしっとり寂しくなる。

携帯電話で誰かに連絡してみようか、と脳内のアドレス帳をめくってみるが、適当な相手がひとりもいなかった。どの友だちも、会って、元気そうだなと笑いあって、あたり障りない会話と相手のバイト先や大学での軽い愚痴《ぐち》を聞いて、また笑って、元気でな、と手をふって終わり。虚《むな》しさを重ねる想像しかできない。

鳩はまだうたっている。身体を起こしてベッドの縁に座った。図書館へいこう。

夏の炎天下に出歩くのは魚になるようなもんだ。太陽に焼かれた地上は酸素がうすくて、冷房のきいたすずしい場所を海のごとく目指す。図書館は近所なのにもかかわらず日傘をさしていても暑すぎて、途中コンビニでオレンジジュースを買って休憩する必要があった。

ようやくつくと、いきなりすっぽんぽんの子どもがはしゃぎながら横切ってびっくりした。公園で水浴びしてきたのかびしょ濡れで、「こらっ」と母親らしい女性がバスタオルをひろげて追いかけていく。もうひと組、母親とパンツ一丁の子どもが横のカフェのテーブル席にいて、「ユウ君走ってっちゃった」とふたりを見て笑っていた。カフェの店員さんやほかのお客もなごやかな笑みを浮かべて見守っている。

彼らを尻目に二階へ移動しつつ、水浴びいいな、と羨《うらや》んだ。ああいうの一度もやったことがない。階段をあがる自分の足先を見おろして、尊がプールに誘ってくれた日に見せた苦い笑顔を思い出す。

もし泳げたら、走れたら、なにか違ったんじゃないか。遊びも恋愛も、みんなとおなじようにできる健康な女好きの男だったなら、俺はこんな卑屈《ひくつ》な人間にならなかったんじゃないか。

「——これあげるよ」

「うそ、いいの？　可愛い〜。押し花すごく上手、暁天ほんと器用だね」

「こういうのつくるの結構好きだから」

え、あきたか……？

反射的にふりむいたら、彼が司書と思われる女性とむかいあって話していた。彼女の手には俺がもらったのとおなじ押し花のしおりがある。

声をひそめてはいるが会話は充分聞こえてくるし、知己《ちき》らしい密な空気がふたりを包んでいるのもうかがえる。ここに知りあいがいたのか。

気配を消して書棚へ忍びこみ、鳥類図鑑をいくつか選びとって人気《ひとけ》のない隅の読書スペースへ移動した。テーブル席の椅子に腰かけて図鑑のページをめくる。

しおり。初めて見る爽やかで楽しそうな笑顔。女性。

脳裏に暁天さんの柔和な横顔と、女性司書の可愛らしくて小柄な姿かたちがこびりついてはがれず、読書の邪魔をする。女性も好きになれるバイなのか、とちょっと混乱していた。

「リン」

呼ばれて我に返ったら、左横に暁天さんがいて顔を覗《のぞ》きこんできた。

「こんにちは、隣いいかな」

女性と話していたんじゃないんですか、と拒絶しようとしたが、誤解を招きそうなのでやめる。

「本読んでますから」

「もちろんしずかにするよ」

暁天さんも椅子に腰かけると、手に持っていた文庫を読み始めた。横目で盗み見た本はタイトルからして難しそうな時代小説。言葉どおりたしかに本に集中していてしずかではあるものの、存在感だけでこちらは散漫になってしまう。次のページがめくれない。

「……ここへきたらリンに会えるかもって期待してたけど、本当に会えて嬉しいよ」

暁天さんの小さな囁き声。

「昨日は忙しくて弁当屋にいけなかったんだ」

返答のしようがない。

「今夜はいくよ。でもリンはお盆休みかな」

そうです、と教えるのを躊躇う。

「その図鑑、おもしろいの」

たたみかけられて、とうとう「あの、」とひきつった声がでた。

「しずかにしていただけるんでしたよね」

「リンも本に集中できてないみたいだったからいいかと思って」

「してます。このページを見ていたいんです」

「そう」

暁天さんの視線が俺の手もとにむけられた。「……鳩か」と呟く。

「キジ鳩はうたうけど、カラス鳩はうたわないんだよね」

喉がぐっとつまった。歌のことについて真っ先に指摘されるとは思ってもみなかった。

「誰かに教わったんですか」

瑛仁さんと兄弟一緒に動物園かどこかで得た知識なのかと推測したのだが、

「好きな人にね」

と彼は目をにじませて微笑した。何百年も遠くからそそがれているようなあの空虚な眼ざしだった。

そんな顔をされたら、れいの亡くなった恋人のことなんだろうとわかってしまう。

「すみません」

気まずくなって図鑑をとじた。

「謝ることはないよ」

彼も文庫本をとじて俺のほうへ身体を傾ける。

真横から見つめられたまま時間がすぎていく。穏やかで真綿みたいに優しく、でも突き刺さるほど情熱的な視線を感じて心地悪くなり、雁字搦《がんじがら》めに縛られて身動きがとれない。

「リン、これから俺のうちへこない」

誘う声にも疑問符がないせいで、ほとんど諦めているように響いた。

「……司書の人と話していたんじゃないんですか」

一度やめた疑問が口を衝いてでる。

「話してたよ。彼女に用事があって今日ここにきたけどそっちはもうすんだ」

「電話番号つきのしおりをたくさんの男や女に配って歩くのが暁天さんの用事なんですね」

「彼女は大学で知りあった友だちで、古い本のことで相談を受けてたんだよ。しおりはつくるのが楽しくてひとつお裾《すそ》わけしたけど、電話番号を書いたのはリンだけ。心からきみを想ってるよ」

熱情を含んだ淡々とした口調で、彼は言ってのけた。疑念を入れる隙のない完璧な説明と口調で、嘘偽りを感じない真剣さにかえってひどく困惑する。

「というか、彼女は俺の電話番号を知ってる。ゲイだってことも、好きな相手がいることも」

「公言してるんですか」

「してるよ。ずっとそうしてきた。意味のない恋愛事に煩わされるつもりはないしね」

「……俺には意味があるっていうんですか」

「きみは俺のすべてだよ」

断言を左耳だけで受けとって黙した。

困るのは、彼の言葉がどれだけ真実らしく聞こえても不信感しか湧《わ》いてこないことだ。理解できない想いを一方的にぶつけられていると恐ろしくなってくる。

「暁天さんは俺をなにも知らないはずです」

「知ってることはこのあいだ言ったよ」

「あてずっぽうじゃないですか。俺の口から教えたわけじゃない。あなたは俺を都合のいい人格に想像してるだけにすぎません」

「都合のいい想像じゃないって確信を得たいから今日時間をちょうだいよ」

「できればお断りしたいです」

「いつまでそうやってとじこもってるの。既婚者との半端な恋愛に酔って一生終えるのが幸せだって本気で思ってるわけじゃないでしょう」

「幸せです！」

逆上して声が荒れた。

「恋心は意地で保つものじゃないよ」

暁天さんは目を据わらせて冷静に諭《さと》してくる。異様な凄みがあって威圧感にたじろいだ。

この人は恋愛を知っているんだと思った。強い眼力には他人をねじ伏せるための獰猛《どうもう》さではなく、経験や信念からくる憤怒《ふんぬ》を感じる。

嘘をつくなと。愛し愛された者を失ってもなお愛することの幸福と孤独をおまえはなにも知らないだろうと、心をじかに鷲掴《わしづか》みにして訴えられているようで背筋が凍る。

無意識に息をとめていた。暁天さんの瞳は揺らがず、俺を見据え続けている。力強いのに、同時にとても弱々しい哀しみをたたえた目。そらしたいけどそらしたら負けだと考えて見つめ返しているうちに、これこそ意地だと自覚した。

「……リン、」

わかっている。俺は恋愛を知らない。瑛仁さんとのあいだにも愛情はない。これまでもきっとこれからも永遠に片想いだ。

好きだと言ってみたかった。好きだと言われてみたくもあった。恋人のようにどこかへふたりきりででかけてみたかった。毎日でも一緒にいたかった。心細い日には電話をしたかった。嫉妬をぶつけたかったし、ぶつけられたかった。瑛仁さんのものになりたかった。彼のものになって死にたかった。恋する喜びは経験できたけれど、俺は全然幸せじゃない。

「リン、俺のところにおいで。ずっときみの傍にいるから」

前にむきなおって俯くと、図鑑の上に涙が落ちた。慌てて拭う。

「いこう」

「え、ちょっと、待ってください、」

「もう待たない」

立ちあがった暁天さんに肩を抱かれるようにして立たされた。

「これは借りるわけじゃないよね」と数冊の図鑑を淡々と重ねて持たされ、一言も発せぬ間に棚へ誘導されてしまう。

「本を戻したら駐輪場へいこう。今日は自転車できたんだ」

暁天さんは終始丁寧な態度で俺を促す。強引さはないからいま一度きっぱり断って立ち去ることもできそうだったが、頭でシミュレートするだけで実行にうつせないまま階段をおりていた。

――いつまでそうやってとじこもってるの。既婚者との半端な恋愛に酔って一生終えるのが幸せだって本気で思ってるわけじゃないでしょう。

ななめ左前を歩いていく彼の後頭部を見やる。あなたといてなにが変わるというんだ、と挑戦的な心持ちでいた。他人の俺に対して、好きだ守りたいすべてだと宣言した責任をどうとるというのか。

カフェの前へくるとさっき裸ん坊で走っていた子がミートソースを口にべったりつけてパスタを頬ばっていて、胸にふっと温もりが兆《きざ》した。

しかし図書館をでたら一気に暑気と蟬《せみ》の鳴き声に襲われ、うわっと顔をしかめて爪先をつっぱり、足をとめてしまった。自動ドアと外界のあいだに見えない熱の壁がある。空気が弾力と重力を持ってゼリーみたいになっていて、これに埋もれてすすんでいかなきゃならないしんどさに嫌気がさした。

「暑いな」

暁天さんはむしろ嬉しそうに笑う。からりと笑うと急に人間らしくなって、いつもまとっている虚無感が消えるのが意外だった。「いこうか」とまた促されて、もう観念すべきだなと踏みだす。

駐輪場はすぐ横にあって、屋根がないせいで自転車たちが太陽光に炙られていた。暁天さんの自転車は鮮やかに濃い青色をしており、うしろにステップがついている。

ワイヤー錠をはずして自転車のむきをくるりと変え、サドルに座った暁天さんは、

「いいよ、ステップに立って肩へ摑まって」

と微笑んだ。

ふたり乗りなんて危険だ。なのに、乗りたい、と好奇心が疼《うず》いたときには片足をかけていた。

「ハンドルとサドルが灼けちゃってあっついな」

「〝あっつい〟ですか」

「火傷《やけど》しそうなぐらいだよ。今度から日陰を探してとめよう」

「あ、そうだ待ってください、日傘さします」

手に持っていた日傘を片手でひろげて、右肩にななめにたてかける。

「準備完了です、どうぞ」

「……リン、俺にも相あい傘してもらえたら嬉しいんだけど」

頭が燃えそう、と暁天さんが請《こ》うてくる。

「どうしてもですか」

「なんでそこで意地悪するの」

目の前にある暁天さんの黒髪は触らなくても熱気を感じる。おたがいの頭が陰るように傘を傾けてあげたら、「ありがとう」とお礼を言ってペダルをぐっと踏みこんだ。

走っていく。もったりしていた自転車が徐々に加速して耳に、髪に、服に、風を感じる。生温い空気が頬や腕の表面を撫でてまとわりついてながれていくのと、全身を包む浮遊感とが心地いい。

暁天さんの髪やワイシャツもゆらゆらはためく。うなじから首筋にかけてうっすら汗がにじんでいて、彼の肩にのせた自分の掌にはかたい骨の存在感がある。

とおりすぎていく民家や歩道に植えられた草木の緑、騒がしい蝉の声、温い夏風。すれ違う子どもの笑い声、買い物途中の主婦、おじいさん。太陽のまぶしさ、世界が焼け焦《こ》げたような夏の匂い。

ぐらつく日傘をしっかり摑んで固定しながら自転車の揺れに身をゆだねる。十字路や信号の前で一時停止して再びすすむ単純なくり返しにすら心が弾んでいく。

初めていく土地へ足をのばしたことで、ひ弱な身体と手強《てごわ》い夏に打ち勝ったような達成感を味わっていた。生まれてからずっと〝両親の目の届く範囲〟が生活圏だったのに、いま母親が知らない相手と一緒に、自分も知らない町へきている。本当の自由と自分自身を手に入れた。ほんのすこし罪悪感があるのも、それだけ自分が親に従順にしてきた証拠なのだろう。今日ぐらいルールを破ってみたい。誰かに決められた道をはずれて、自分で拓《ひら》いた道を闊歩《かっぽ》してみたい。

瑛仁さんと〝友だち〟だったら、こんなふうに炎天下のなかを出歩いて遊んだりもできたんだろうか。

〝客と店員〟よりはさらに親しいであろう〝友だち〟の自分と瑛仁さんが、自転車にふたり乗りしたり、町を歩いて蟬の鳴き声に邪魔されながら会話したりするのを想像しつつ、ながれる情景を眺めた。心から楽しんで笑いあい、うしろめたさの欠片もなく見つめあえる妄想のなかの自分たち。

ところが思い耽っていたのも束の間、次第に腕が灼けて頭痛が始まり、意識まで朦朧としてきた。いよいよ酸素不足の魚状態だ。さっき買ったオレンジジュースを飲もうかとも思ったが、喉を潤したところで全快しそうにない。どこかすずしい場所へ寄りたい。

家族以外の人に体調不良を悟らせるのは嫌いなので普段ならひた隠しにしてやり過ごすけど、今日のこの感じはやせ我慢すると余計に迷惑をかけそうだった。

「暁天さんの家ってどこですか」

「リンの町から駅ふたつぶん先だよ。あと十五分ぐらいかな」

十五分か……。素直に〝辛い〟と言おうと決心したら、

「身体辛い？　俺も暑いからコンビニ寄ってアイスでも食べようか」

と先手を打たれてしまった。驚いて、「あ、はい」と、ふらついた返事になる。

コンビニは二分としないうちに現れた。暁天さんはすいっと自転車を駐輪場に入れてとめると、店へ促してくれる。冷房がごうごう鳴るほどきいていて生き返るが、まだ立っているのも厳しい。

「リンはどのアイスがいい」

「ええと……俺はどんなでも、」

「じゃあアイスフロートにしようか」

暁天さんが指さすカウンターのほうに、ねじまいたアイスクリームののるフロートのポスターがある。ソーダ、メロンソーダ、オレンジジュース。

「オレンジフロートがいいな」

「だと思った。じゃあ先に椅子に座ってて」

「お金を、」

「ごちそうするよ」

でも、とまごついても暁天さんは微笑んで、いってなというふうに顎でしゃくる。店内にあるカフェスペースはいま誰も利用していない。

移動して腰をおろし、暁天さんは恐ろしく気の優しい人だなと感嘆した。これも昔の恋人との経験の賜《たまもの》なのだろうか。俺の体調が表情だけでばれているようだし、炎天下は苦手だとか立ちっぱなしはしんどいだとか、軟弱な人間の扱い方も熟知しているようすがある。

数分後、店内を一周した暁天さんがジュースやお菓子と一緒にフロートをふたつ買って隣にきた。彼のはメロンソーダ。ストローとプラスチックのスプーンで、ジュースとアイスを味わう。

「ありがとうございます、美味しいです」

暁天さんは微笑を返答にかえて氷を鳴らし、アイスを頬ばる。

顎髭面の大人の男がアイスフロートって、傍から見ていると違和感だけどギャップが可愛くもある。心なしか、店内の女の子の視線もちらちらと暁天さんを掠めている。

「また自転車灼けてるかなあ……」と瞳を細めて、暁天さんがガラス越しに太陽を仰いだ。

「お尻に汗かくからほんといやだな」

ぼやく彼の〝お尻〟という言葉づかいが子どもっぽくてちょっと笑ってしまった。

そうして二十分ぐらい休んで体調も充分回復すると、また外へでて自転車で小さな旅を再開した。風を切って、ゆきすぎる町並みを目に焼きつけて、やがて町はずれの閑静な住宅地の一角で自転車が停止した。「ついたよ」と言われて俺がステップをおりたら、暁天さんは自転車を建物の横にひいていってワイヤー錠をまきつける。

ここか、と見あげた。一階が古本屋で灰色のシャッターがおりている。ところどころ錆《さ》びた看板には『さくら書店』と記されていて三階まであり、木造っぽいけど三角の瓦屋根じゃなく屋上があるのがうかがえた。全体が雨風で劣化しているのも古本屋然としたおもむきがあって好もしい雰囲気だ。

「裏から入れるからおいで」

呼ばれて「はい」とこたえたときだった。

「テンちゃん、帰ってきた〜！」

周囲の民家に響く大声で小さな女の子が走ってきて、暁天さんの脚にしがみついた。華奢な身体にななめにまきついている虫かごから、蝉の鳴き声がやかましく響いている。

「ただいま、るり。蝉捕まえてきたんだ」

「うん！　ねえテンちゃん、この蝉はタマシー何歳？」

たましー？　彼女がかかげた虫かごを、暁天さんがしゃがんで覗きこむ。

「この蝉は……三百歳ぐらいかな」

「ふーん、まだわかものだね」

「そうだね」

「蝉って何年も土のなかにいるのにでてきたらすぐ死んじゃうんだって。テンちゃん知ってた？」

「知ってたよ」

「かわいそうだね。ちょっとしか生きられないなんてすごくいやだ」

しょんぼりした彼女を、暁天さんが笑顔で抱きあげる。

「寿命は短くてもみんな使命を持ってて、生きてることには必ず意味があるんだよ。いまこうやってるりに命の儚さを教えてくれたのも、この蝉の使命だったのかもしれないね」

「うそお」

「本当。るりにだって使命がある」

「どんな？」

「それはさまざまだよ。言葉でも行動でも、誰かに刺激を与えることが使命なんだから、大きいのも小さいのもたくさんあるよ」

「たくさんかあ」

「るりが俺と友だちになって毎日喜ばせてくれてるのだって、きっとるりの使命だったんだよ。おたがいに与えあってるんだから、虫も家族も友だちも本も玩具も全部大事にしなさいね」

「うん、わかった！　るりもテンちゃん大好きー」

暁天さんの首に彼女が抱きついて、ふたりで笑いあう。

「じゃあ蟬、放してあげることにする」

そして彼女が虫かごの蓋をあけると、蟬は羽根を鳴らして飛びたち太陽光に霞んで消えていった。

暁天さんが彼女をおろしたら、彼女も「また虫とりいってくるーテンちゃんまた明日ねー」と忙しなく走り去ってしまった。

「お隣の家の子どもなんだよ。この町にも大きな公園があるから、そこにいくんだろうな」

教えてくれたあと、再び「おいで」と招く。日傘をとじて、建物の横にある階段をのぼりながら「あの、」と抑えきれない憤りが洩れた。

「……〝タマシー〟って〝魂〟のことですか」

「そうだよ」

「〝三百歳〟だとか〝使命〟だとか言ってましたね」

暁天さんは二階のドアの前について鍵をあけ、

「子どもが好きなおとぎ話みたいなものだよ。……って、ごまかしたほうがいいんだろうな」

と意味深にこぼす。

「教育の一環として子どもが興味を持つ比喩《ひゆ》で囁いてるんじゃなくて、本気で言ってるんですか」

無表情で俺を一瞥《いちべつ》した彼が、ドアをあけてなかへ入っていった。

「リンは理由もないのにどうしても惹かれたり苦手だったりするものはない」

「……まあ、俺は高いところが苦手ですね。単純な高所恐怖症じゃないってはっきり自覚してます。怖いっていうより辛くなるんですよ。地上も空も遠くて、ひとりでとり残されて孤独で。絶望感だけってわけでもなくて、ほんと変な感覚だからうまく説明できませんけど」

ふいに、暁天さんが目をむいて俺を見返した。たいそう驚いているっぽい。

「それはリンの魂に刻まれた記憶なんだよ」

「……つまりいまの俺じゃなくて、前世での俺のトラウマってこと？」

「そう考えると、ちょっとは信憑性《しんぴょうせい》が濃くなるでしょう」

苛々する。

生理的に無理っていう説明のつかない感情はたしかにいくつかあるけど、だいの大人が〝前世〟って、大真面目に。

「一目惚れも、似たようなものだと思うよ」

言いながら、暁天さんが靴《くつ》を脱いで玄関のすぐ横にある階段をのぼっていく。

「前世でもその人と関係があったから、一目で惚れるってことですか」

「そう。〝びびっときた〟とか言う人もいるじゃない」

あなたもな、とため息を吐き捨てる。

「本だらけだから気をつけて」と注意されたとおり、床にも階段にもところ狭しと本がつまれていて、古本の匂いに噎《む》せ返りそうになるのをこらえ、俺もさらについていった。

「前世なんてこじつけにすぎません」

「きみがそう言うのは知ってた」

屋上にいこう、と手をひかれて三階をとおりすぎ、最上階へ連行される。高い場所は嫌いだと教えたばかりなのに手首をしっかり束縛されて逃げられない。

「屋上にもプレハブで個室をつくってるんだよ」

ドアがひらくと真正面にそのこぢんまりとした個室があった。工事現場で見かける簡易事務所っぽいものとは違って夜空みたいな藍色をしており、ドアはガラス張りで透けていて小窓もある。意外にもかなりお洒落だ。

サンダルを履《は》いた暁天さんがドアをあけて入っていくと、室内のようすも見えた。十畳は優にありそうなひろさで、中央にソファーセットとテーブルがある。彼は持ち歩いていたコンビニの買い物袋をそこにおいてから俺のところへ戻ってきた。

「最初は趣味で設置したんだけど、家が本だらけで空気が悪いからこっちに居座るようになってね」

「そうなんですか」

「るりには秘密基地だって喜ばれてるよ。キッチンも風呂もトイレもあるから便利で、家は本にあげたようなもんだ」

履いていいよ、とサンダルを俺の足もとにそろえて、暁天さんはまっすぐ柵のほうへいってしまう。低い柵で仕切られた正方形の屋上の四隅にはいくつかの鉢植えがおかれていた。外側へいけばいくほど地面の芯が失われる気がして、柵に近づくのなどもってのほかだと躊躇《ちゅうちょ》するのだけれど、他人の存在は命綱のような安心感も伴う。見失わないようにあとを追った。

上空にくっきりした輪郭の真っ白い入道雲がのびあがっている。広大で、果てがなくて摑めない。

遠くに見える山並みや緑色の木々、鳥、地上の小さな人間、小屋で寝ている犬。

落下する、という恐怖とは違う心許なさや寂しさ、孤立感が胸を過る。

「俺は昔わからなかったんだよ。高い場所から落ちたら死ぬっていう怖さが」

ふりむいて、暁天さんが言う。落ちついた面持ちをしていた。

「知らないほうがいいじゃないですか。どんなことも楽観的に喜べたほうが幸せです」

「幸せか」

暁天さんの横へたどりつくと、照りつける日ざしをぬって風が強く吹き抜けた。

「俺にとってリンが怖れているものを理解できないのは、苦痛で不幸だよ」

しずかすぎる目には言い知れぬ力がある。

「ずっとリンに会いたかった」

「ずっとって、ここ最近毎日のように会ってますよ」

「きみがいない時間は一秒でも長い」

「キザなセリフがお好きですね」

「キザか……」

唇を曲げたら、反対に目尻をさげて愛おしげに見つめ返された。愛おしげ。たしかにそうだった。

想われることに納得はいかないが、彼の表情や声音にはなぜかつねに真実を垣間見《かいまみ》る。

「暁天さんはほんとうに変わってます」

魂だとか前世だとか使命だとか、いけしゃあしゃあと大真面目に、当然のことのように言う。

「不審がられないように言葉や感情を勉強してきたのに、リンといると舞いあがって駄目だね」

「なんでそんなこと言うんですか」

叩きつけるような一声になった。

——寿命は短くてもみんな使命を持ってて、生きてることには必ず意味があるんだよ。

意味がある、とこの人は断じた。必ず、と。

「使命だって俺は感じたことありません。あなたに対しても」

「リンが気づいてないだけだよ」

「本気で言ってますか」

「ああ。使命は魂自体に課せられてる。肉体が滅んでも魂はその使命をくり返し果たすために蘇る」

「輪廻転生《りんねてんせい》ってこと？　どんどん宗教じみてきますね」

魂の使命。揶揄したのは、だったら、とやるせなくなったからだ。

「だったら俺がこんな爆弾の心臓を抱えて生まれてきたのも、使命だったって言うんですか」

暁天さんは数秒黙してから、「……そうだよ」とうなずいた。

「……短命な身体をくり返し背負うのがきみの使命だよ」

重厚な声で肯定する。

他人の掌みたいな生温い温度の微風が背後から首筋をねっとり嬲《なぶ》っていって、忌《い》ま忌ましさに歯噛みした。己のふざけた持論で〝おまえは何度生まれようとすぐに死ぬ〟と言いやがった。

知りあって数週間、一緒にいた時間を足せばおそらく一日にも満たない赤の他人だ。なのになぜこんな断言をされなきゃならないんだ。俺の二十一年間の闘病の一端すら見も知りもしないくせに。

「いやですよ、そんな使命。何度生まれ変わったって俺の命には意味がないってことじゃないですか。死ぬのを待つだけの短い人生を何遍もくり返すなんて、無力でばかな道化同然だ。生きた証《あかし》を歴史に刻んでいく神みたいな人間をひきたてるために、帳尻あわせでつくられたカスのひとりってことですか。クズがいないと、偉い奴は偉くもなれないもんな。下がいるから上がいる、そう言いたい？」

「寿命は誰にでもある。長いか短いかじゃなくて、なにを学びなにを与え、なにを得るかが大事なんだよ」

都合のいい解釈を上から目線の口調と目で教師みたいに諭してくるのが不愉快だった。

「暁天さんは亡くなった恋人への想いをどうやって断ちきったんですか」

彼の眉根《まゆね》にしわが寄る。

「死んだらやっぱり簡単に忘れてしまえるものなんでしょうか。恋人に依存してるから似ている俺に執着しているにしても、俺が別人だってことがわからないほどイカレてるわけでもないでしょう？　俺はあなたのそういう軽薄さに哀しくなります」

「リン」

「その恋人とあなたのあいだにあった使命はなんですか。あなたは俺と会った瞬間に恋人への想いを捨てたんですよね？　あなたの命は俺のためにあるんですよね？　俺がすべてなんですよね？　ほら、意味なんかない。結局死んだら無だ。あなたは忘れる。俺が死んだらまたべつの男に一目惚れして、自分の命はそいつのものだって告白するんでしょう？　あなたの想いは信じられないし、俺はあなたとの関係に使命なんて欲しくもない。もしあるとしたら絶望を知る使命でしょうね。昔の彼も絶対、天国で泣いてる」

暁天さんが視線をすうとさげ、頬をひきつらせて微苦笑した。傷つけたのだと感知して胸がかすかに罪悪感で軋《きし》んだが、間違ったことを言ったとは思わなかった。

カラスが鳴きながらはるか遠くの空の真んなかを横切っていく。いますぐ瑛仁さんに会いたい。

魂も使命も輪廻も、そんな幻想や迷信などどうでもいい。考えたくも信じたくもない。ここにある現実で、いまこの両方の手と指でたったひとつの欲しいものを欲しいと叫んで摑んで縋りたかった。

「生きたいんですっ……」

秘め続けてきた望みを初めて声にして発したとたん喉の裏が石の塊みたいにかたく強ばって痛んだ。けれどやめなかった。

「……生きたいんです、俺は生きていたいんです。死ぬのが怖いんです。意味があるって言うなら教えてくださいよ。短命でも俺が生まれてきたのは正しかったんだっていう証拠をくださいよ……っ」

世界の大半の他人があたり前に持っているものが、俺にはない。健康な心臓、異性を愛する感覚、未来。それらを俺は請い、努力し、祈り、どこかで妥協しなければ生きられない。

喉が痛くて掌で押さえたら嗚咽《おえつ》が洩れだし、涙がこぼれてきた。ああみっともない、今日は二度も泣き顔をさらしてしまった、と頭では冷静に自嘲しながらもあふれて落ちてとまらなかった。

他人にかわいそうがられたくなかったから、自分でも自分を被害者だと思うのは子どものころでやめた。ただでさえ卑屈なのに自虐《じぎゃく》して酔うなんて最悪じゃないか。こんな弱い身体、と責めれば責めるほど、俺を産んでくれた母親を泣かせてしまうのも知っている。

でも誰かに聞いてほしかった。わめいて嘆いて暴れたがる本当の俺を、死ぬ前に見て知ってほしかった。生きたいと、死にたくないと、聞いてほしかった。その相手がどうしてこの人なんだろう。

「暁天さんはいったいなんなんですか」

好きだなんだと言うくせに、彼はだらしなく泣き崩れる俺をあきらかに持てあましている。

やはり偉そうな言葉の責任などとれないいじゃないか、と蔑視して睨み据えていたら、彼は痛々しく苦笑して唇をゆがめ、ひき結び、ゆるめ、吐息とともに言った。

「……リンの命に意味はある。その証拠も居る。俺はそれを知っている、人間だよ」

彼の瞳も赤く染まって潤《うる》んでいたことに、その瞬間気がついた。

天国には雨が降らない

夜にも晴れがある。

三階の病室の窓の外には深い紺色の空に藍色の雲がただよい、呑みこまれそうなほど晴天の湿った夜がひろがっている。今夜は月の光も柔らかい。

視線を室内に転じると、中央のベッドの上でリンがテレビを観ていた。闇のなかに皓々《こうこう》と輝く画面を眺める眼ざしは純粋で、真剣そのもの。場面がきりかわると光が眼球の表面の潤んだ輪郭をなぞり、黒い瞳の輝きも変化する。まばたきするたびに繊細な前髪が睫毛《まつげ》を邪魔した。パジャマ越しでも痩せて骨ばっているのがわかる肩先は、緊張したように尖っている。

こうして週に一度の映画番組を観るのが、入院中のリンの楽しみだった。

「……おもしろいのか、リン」

横に近づいて訊《たず》ねた。外国の映画で、端整な顔だちをした男女がもつれてベッドへ倒れこみ、抱き締めあってキスをしている。異国の言葉で連ねられる愛の告白を聞きながら、リンは目を細めて拳を握り締める。

映画が終わってエンドロールがながれ始めると、顔をしかめもせずに左目から涙をこぼした。両瞼を右手で覆って左手でサイドテーブルのティッシュを探るから、俺はそれとなく手もとに箱を寄せてやった。

窓辺に戻ると月に雲がゆったりと重なるのが見えた。月光が透けるうすい雲。

あと二週間だ。リンの死期が近づいている。


翌日の午後、デイルームの長椅子に腰かけているとリンの母親がやってきた。自販機の前で、なに買おうかしら、と迷っているので、俺は「オレンジジュース」と呟く。

「うん、やっぱりこれよね」

ボタンを押して落ちてきたジュース缶を満足げにとり、母親は足早にリンの病室へむかう。

いまリンのところには友人が見舞いにきている。俺も母親についていって一緒に病室へ戻ったら、リンのベッドをかこんでいるふたりの男とひとりの女がふりむいた。

「こんにちは」「おひさしぶりです」「お邪魔してます」と、それぞれが会釈《えしゃく》する。

母親も嬉しそうに微笑み、

「いらっしゃい。わざわざきてくれてありがとうね」

とリンの横へいった。テーブルにジュースをおいて顔色をうかがう。

「今日は調子よさそうじゃない。友だちがきてくれたから？」

リンは唇をひき結んで小さくうなずいた。照れくさいときにするしぐさだ。

「恥《は》ずかしがるなよ」

すかさず、幼馴染みで高校の同級生でもある伊藤猛《いとうたける》がリンの肩を叩く。

ふたりが肘でつつきあっていると、

「これ、よろしかったらどうぞ。ぼくたちからのお見舞いです」

と、もうひとりの男が果物の入ったバスケットを母親にさしだした。彼はリンよりひとつ年上の大学生で、誠実で勤勉で潔癖な真人間、藤丘瑛人《ふじおかあきと》。リンの片想い相手でもある。

「あら、みんなありがとう。林檎《りんご》にオレンジにバナナに、凜《りん》の好きなものばかりだわ。この子ってばちっさいとき身体壊すたんびにオレンジジュース飲ませてたからか、いまだに具合悪いときはオレンジオレンジって言うのよ。元気になるって信じてるのよね」

おかしいでしょ？　と笑う母親を、リンが「母さんっ」と制する。友人や好きな男の前で母親に子ども扱いされるのが嫌いなのだ。

猛がリンを「おまえ顔赤いぞ」とからかってみんなが笑うと、場がなごんだ。ふたりが「うるさい」「照れんなって」とじゃれるのをよそに、藤丘の隣にいた女性も花束をさしだす。

「おばさん、このお花も飾ってあげてください」

「まあ嬉しい、部屋が明るくなるわ。ちょうど飾ってたお花が枯れちゃったところだったのよ」

「あいてる花瓶があるなら、わたし生けてきますよ」

「本当？　お見舞いにきてくれたのに申し訳ないけど……じゃあ、頼んじゃおうかしら」

「ええ」と上品に微笑んでこたえた彼女は、藤丘と同い年の五島朱美《ごとうあけみ》。髪の長い和風美人で、藤丘の恋人でもある。ふたりはつきあって一年半。

彼女の美しさを花束がいっそうきわだたせている。寄りそうように立つふたりの容姿端麗さはまぶしいほどで、人間たちにとっては、華やかで高貴なベストカップル、らしい。

リンの母親に花瓶を手渡された彼女が「じゃあいってきます」と軽く頭をさげると、長い髪が背中からながれてきて胸の前で蟠《わだかま》った。ドアへむかう彼女の可憐《かれん》な姿に全員が惹きつけられるなか、リンだけが藤丘の横顔を熱っぽく見つめている。

切ないんだな、と同情しているとふいに、藤丘もふりむいてリンを見返し微笑んだ。藤丘の目にも後輩に対する親愛の範疇《はんちゅう》を超えた熱が灯っている。

ふたりの視線の会話には母親も猛も気づかなかった。

「今日は暑いわね、夏はこれだからいやだわ」

母親が切りだしてまた談笑が始まると、藤丘とリンの視線もほどけた。

俺は五島のところへ移動し、花瓶に花を生けていく彼女の横に立つ。

「きみはとても美しいよ。今日は一段と綺麗で、みんなにもそう見えているんだと自信を持ってほしい。リンの病室へ戻ったら、女性的な魅力をふりまいてもらいたい」

五島の笑顔が冴えて高揚していくのが見てとれた。手にまいていた輪ゴムで髪をきゅっと括《くく》る。花をすべて見栄えよく飾りつけた彼女が、花瓶を抱えて再び病室へ入ると、首尾よく全員の表情がさっき以上に輝いた。

「朱美さん、髪結わくともっと可愛いですね」

いの一番に猛が褒める。

「わたしじゃなくて花を見てよ、どう?」

「花も綺麗だし朱美さんもすげえ美人です。いいなあ、女の人って感じで……。藤丘先輩羨ましい」

あけっぴろげな感嘆に母親も「ほんと五島さんはお淑《しと》やかでお花も似合うわ」とのっかり、藤丘もまんざらじゃない表情で苦笑いする。

リンも微笑んで相槌を打ち、みんなの賛辞に同意していたが、内心ではしずかに哀しんでいた。

——朱美さんはいいな、先輩の彼女になれて羨ましい。俺も女で健康な身体に生まれてれば……。

そう心の声が聞こえる。

同性愛者であること、長く生きられる身体ではないこと、それらはリンにとって辛く重たい現実だ。しかし同時に、永遠に背負うことを義務づけられた彼の大切な使命でもある。


また夜がきた。

リンはベッドに転がって薄汚れたクマのぬいぐるみとむかいあっている。茶色くてまんまるい顔のクマは幼いころに両親からプレゼントされたもので、ムーさんと名づけて入院時のおともにしている。高校生になったいまも手放せないのは、彼がいれば発作の苦しみが和らぐという経験上のジンクスを信じているせいだった。

じっと見つめていたかと思うと、リンはムーさんのにっこり微笑む唇にくちづけた。縫いつけられたただの糸の線に、噛みつくようにもごもご口を押しあてて離す。

「キスがしたいのか」

恋愛をしたい、とリンが切望しているのは知っている。死ぬ前に一度だけでいいから誰かと想いあい触れあってみたいと、リンはよく考える。

「……リン」

届くでもない声をこぼすと、しかしそのときリンが目をむいた。

「――え？」

顔をあげて俺を見つけ、飛び起きる。

「あっ、あなた誰ですか、いつ入ってきたんですか⁉」

声音を荒げて焦りだした。

「病室間違えましたか？　面会でしたら時間すぎてますよ⁉」

どうやら俺の姿を視認しているらしい。

「……面会にきたわけじゃないし、迷いこんできたわけでもない」

「じゃあなにしてるんですか、ここは俺の部屋なんですけどっ……？」

姿が見えるばかりか声も正確に聞こえているようだ。

狼狽《ろうばい》したリンがナースコールのボタンを連打すると、すぐに駆けつけてきた看護師の柏木里美《かしわぎさとみ》が
「凛君、どうしたの」と問うた。

「すみません、知らない人が病室にいて……！」

「知らない人？」

「この人っ」

リンが俺を指さして必死に説明すればするほど、柏木は痛々しげな表情になっていく。

「……凛君、誰もいないよ」

「えっ、い、いますよ！」

「落ちついて、眠くなるまでわたしが傍にいるから」

「ちゃんといます、いるじゃないですか！　髭生えた、黒いコートの！」

あまり興奮して心臓に負担をかけるとリンは発作を起こす。俺が微動だにせず黙して身がまえているあいだにも、俺を凝視して震えだす。

「落ちついて凛君、ね」

「幽霊、幽霊だっ、」

「ばかなこと言わないの。ほら、こっちむいて。なにか楽しい話しよう」

柏木はリンが闘病生活のストレスで幻覚を見て錯乱しているんだと解釈したようだった。リンもくっと苦悶《くもん》の表情を浮かべて左胸を押さえると、彼女に支えられていま一度横たわった。

リンの視界に入ったらまた動転させてしまう。ゆっくり退いて、病室の真上の屋上へでた。空に近づいたとたん夏の匂いを含んだ夜風と、隣の森林公園の木々がそよぐすずやかな音に包まれる。

離れていてもリンの心の声を聞きとれるので、リンの思考の混乱が鎮《しず》まるのを待った。

呼吸が整ってきたのは一時間ほど経過したころ。さてどうしたものか。迷うのは、リンにどう説明して理解してもらうか、その方法についてだ。逃亡という選択は許されていない。

しかたなくそっとおりてリンの病室へ戻ると、柏木の姿は消えていたがリンはまだ起きていた。まっすぐ目があう。月明かりの入る薄暗がりの室内で、リンの目が鋭くきらめいている。今度は俺を現実のものとして認識する覚悟が覗いていた。怯えてはいるものの、もうとり乱しはしない。

「……幽霊か？」

低い声で訊かれた。

「違うよ」

「じゃあ死神だな。祖父《じい》ちゃんが死ぬ前、よく〝知らない人が部屋にいる〟とか〝むかえがきた〟とか言ってたの思い出したよ。祖父ちゃんを連れてったのはあなただろ」

「違う。リンのお祖父さんに見えていたのは俺の仲間だろうが、俺じゃない」

「死神はたくさんいるのか」

「死神でもないよ」

「じゃあなに？　なんで柏木さんには見えてないのに、俺と話したりできるんだよっ！」

リンの感情が昂《たか》ぶるのを懸念して、優しい挙措《きょそ》を意識してベッド横の椅子へ移動し、腰をおろした。怖がらせたくないのにそうするための策が見いだせなくて苦慮し、言葉を選ぶ。

「なんというか……俺のことはリンの世界で言う、天使みたいなものだと思ってくれると嬉しい」

「てんし⁉　はあ⁉　髭面の天使⁉」

「外見はともかく、死ぬ人間をむかえにくる者でも命を狩る者でもない。俺たちは人間の魂を見守っている」

「見守るって……なにそれ、なんのために？」

リンが動揺して口もとをひきつらせ、白いかけ布団を握り締めている。恐れと緊張が伝わってきて俺の声も無意識に低く、なだめるような柔さを帯びた。

「……リンはいいことと悪いことが交互に起きていると思ったことはないか」

「あ、……ある」

思いあたったような顔をした。

「それは俺がリンに与えていた」

「与える？」

「光に影ができるように、幸福も不幸がなければ有り得ない。辛いことがあれば温もりで癒やして、喜ばしいことがあれば次は新たな試練を課す。それが俺たちの役目だ」

「そんな。全部偶然でしょ？」

「偶然の出来事を起こす手伝いをしてるんだよ」

「どうやって？」

「言霊《ことだま》って表現が伝わりやすいかな。人間に俺たちの声は聞こえないけど、頼むとそのとおりに動いてくれる」

「やってみてよ」

「もう夜遅い。リンに俺の姿が見えるようになってしまった以上、明日以降必ず目でたしかめることになるだろうから今夜は我慢してほしい」

リンが口を曲げて言葉につまる。

「……なんで俺、あなたが見えるようになったの」

今度は俺のほうが返答に窮《きゅう》したが、諦めてこたえた。

「リンのお祖父さんじゃないが、死を前にした人間には稀《まれ》に見えてしまうと聞いたことがある」

リンが表情を失って停止する。得体の知れない存在に死期を知らされるリンの心の衝撃と絶望と、哀哭《あいこく》が聞こえた。

「そろそろ寝たほうがいい」

茫然《ぼうぜん》としているリンをまた布団に寝かせ、横に転がっていたムーさんを寄りそわせた。

リンは黙っている。黙ったまま、ムーさんの腹に顔を押しつけてすこし泣いたあと眠りについた。


「わあ」

という一言から、リンの一日が始まった。

上半身を起こして俺を見つけ、「……まだいる」と洩らす。

「夢じゃなかった」

それ以上動揺させないために俺は椅子に腰かけたまま動くのを躊躇い、適した返答を探した。

「おはよう」

「お……はよう、ございます」

こたえてくれたが、布団のなかに戻ってかけ布団で肩まで覆ってしまった。顔だけだしてこちらをうかがい、警戒している。

「昨夜からリンを怯えさせているぶん、喜びを与えてあげないといけない。なにか希望はあるかな」

「長生きしたい。恋愛もしたい」

即答だった。

「寿命の延長や恋愛の成就には関与できない。俺は願いを叶える神さまじゃない。未来を切り拓くのはあくまでリンの努力や意志だよ」

「……なんだ」

やっぱりそんなにうまくいかないよな——と、気落ちした心の声が伝わってきた。

「なら世界一周旅行がしたい」

「その身体で遠出するのはリスクが高すぎる。それに実現するための資金集めからなにから総合すると、幸福の度合いのほうが大きくなってしまってバランスが狂う」

「国内旅行も駄目？」

「駄目だね」

「……俺結構傷ついてるのに」

「そんな甘えた拗ね方ができる程度なら、公園を散歩するぐらいでちょうどいいと思う」

ムーさんを投げられてよけたら、床に落ちたぬいぐるみを見てリンは「あーっ、ひっでえな！」と慌てて拾いあげた。

「申し訳ない。ものを触ることもできなくはないけど、俺が受けとったらちょっとしたポルターガイストになる」

「ふたりでいるときはいいだろっ。……ていうか、俺は天使とかまだ信じてないから。ちゃんと見えてるし、会話の応酬もはっきりできるし」

「無理もない。でも真実からは逃れられない。いずれ信じる日がくるよ」

苛だちと困惑とを瞳ににじませて、リンが俺を見据える。そのうち降参したように肩を落としてムーさんについた埃《ほこり》を払いながら、

「……じゃあ屋上にいきたい」

とこぼした。

「屋上は鍵があいてない」

「だから頼んでるんだよ。そういう偶然は起こせないの？」

「……起こせなくもないよ」

窓の外には夏の気配の色濃い青い空がひろがっている。

その後、リンが朝食と朝の検診に時間をさいているあいだに、俺はナースステーションへ入った。

屋上は看護師が日中洗濯物を干すために出入りしているので、鍵も彼女たちが管理している。天気のいい今日みたいな日は量も多そうだ。看護師の会話を聞いて本日の担当を探りあて、背後に立って「鍵をしめ忘れてくれないか」と頼んだ。

彼女はてきぱき洗濯をこなして屋上へいき、真っ白いシーツやタオルを竿に干していくと鼻歌をうたいながら鍵をしめずに帰っていった。これで一応、日が傾き始めるころまで侵入可能になった。

リンの病室へ戻ったら、ベッドに座っていたリンをまた「わあっ」と驚かせてしまった。

「いつの間に入ってきたんだよっ」

「すまない。ドアや壁は俺には妨《さまた》げにならない。慣れてほしい」

「無理、ノックするか声かけるかしろ！」

「ノックしたら霊障になる。声をかけてリンが応えるのを誰かに見られたらリンが不審がられる」

「……ほんとに、人間じゃないの」

「ずっとそう言ってるだろう」

屋上はあいてるよ、と続けて告げた。身がまえて黙考したリンは「……じゃあいく」とこたえる。

廊下にでて階段をあがり、看護師の監視からリンを守って誘導しつつ屋上へ移動した。ドアノブをまわして開錠しているのを知ったリンは、「……あいた」と呟いて俺を見た。喜びよりも戦《おのの》きのほうが強い表情だった。やっぱり人間じゃない、と念を押すように確認している。

「急いで」

俺が背中を押すと、俯くようにうなずいて外へでた。

わずかに暑気を含んだ柔らかい風が、何枚もの真っ白いシーツとタオルをはためかせている。頭上には青々とした爽やかな空と、綿菓子のように厚い雲。外出をひかえるよう言いつけられているリンにとってひさびさの景色と空気だった。

「気持ちいいー……」

リンが両腕をひろげて太陽光を抱くように背のびする。

看護師がきてしまうのを懸念してふたりで出入口の裏手へいくと、リンは鉄柵の前に立って地上を見おろした。

「人が米粒みたいだね」

「ああ」

「隣の公園ってあんなふうになってたんだ。思ったより規模がでかいし、木が生い茂って綺麗」

「そうだね」

「無関心そうだな」

唇を突きだして睨まれた。だが俺にとっては見慣れた光景だ。

「数週間ぶりに外へでられて、リンが喜んでいるならそれでいい」

リンに幸福を与えるためにここへきたのだ。リンが満たされているかどうかのほうが重要だった。

「……喜んでるよ」

尖らせた口でリンは不服そうにこたえて目を伏せる。憤懣というよりは照れと、なんで数週間ぶりなんて知ってるんだよ、という歯痒《はがゆ》さらしい。俺もリンの隣に近づいた。

「ねえ、天使なのにどうして人間とおなじ外見してるの」

「昔人間だったからだと思う」

「人間がどうやって天使になるのさ」

「人間の幸不幸を学ぶ必要のある者が天使に選ばれる。ほとんどは生きているときに殺人を犯したり自殺をしたりした者だ。俺は人を殺したから選ばれた」

「殺人？　選ばれるほどってことは大量殺人かよ」

「いや、ひとりだけだった。俺が殺したのは恋人だよ」

「……その記憶はあるんだ」

「ある。ただし天使の務めを遂行するなかで再び暴挙にでないよう感情の起伏は穏やかにつくりかえられているから、映画を観ているぐらい他人事に感じる。そのころの激情に呑まれることもない。ただ重苦しい自責の念だけがある。天使として必要な感情なんだと思う」

「恋人を殺した罪の意識が、天使に必要……？」

「正確に言うなら心中だった。相手と合意のうえで海に身を投げた。でも俺は〝殺した〟と思っている。そうとしか考えられない」

「ふうん……」

恋人と見つめあい、手を繋いで投身した日の情景は、記憶のフィルムに刻まれていていつでも再生することができる。だが愛しさや無念さや決意も映像の一部でしかなく、これは俺自身の罪だ、自分のせいで恋人が死んだのだ、という自戒のみが強烈に残っていた。

「心中するとき、死ぬのは怖くなかったの」

そう追及されても、すべての感覚があやふやすぎて語れない。リンに語ることでもない気がする。なので論点をリンの死への恐怖にすりかえた。

「リン、死ぬのは辛いことじゃない。現世での務めを終えたらまた来世で使命をまっとうするのをくり返すだけだ。いまの友人や家族と一度別れることにはなるけれど、リンの魂に死はこない」

「一度別れるって、また会えるわけじゃないでしょ」

「そうでもない。魂同士に縁があればくり返し出会い続ける。知りあった瞬間に懐かしさを感じたり一目で惹かれたり打ち解けやすかったりする相手は、魂に馴染んだ相手なんだよ」

「じゃああなたも恋人にまた会えるんじゃないの?」

話題の先を俺に戻されてしまった。

「天使に魂はない。一度天使になったらすべて抹消されて無になる。縁も未練もなにもない」

「興味もないんだ」

「彼もどこかで幸せになっていればいいとは思うよ」

「〝彼〟……」

リンは口を噤んで言葉を切った。また地上の木々に視線を転じて、何事か物思いに耽る。

「羽根がないね。空は飛べないの?」

「浮くことはできる。俺たちには重力も関係ないから」

「飛ぶってどんな」

「どんな。気持ちいいし自由だよ」

「そう……。あなたは空から落ちて死ぬっていう怖さも知らないんだね」

人間じゃない、という事実を、リンが感情や感覚の距離で感じ入っているのを察知した。自分に恐怖心が欠けているのを自覚する。そういえばそうだ。かつて高所から落下して死んだにもかかわらず、いまは転落死の恐怖も、あるいは安堵も、俺にはない。

「ほかの天使って見える？」

リンがまた質問を変える。

「見えない。人間には必ず天使がついているからリンの行動を操作されていることもあるだろうがおたがいさまだ。阻止《そし》するのは不可能。受け容れて対処していく」

「ひとりぼっちだったんだ」

ひとり。たしかにひとりだった。傍《かたわ》らにはつねにリンがいたがひとりでいた。

「ひとりで不自由したことはなかった。ただ、うまく言えないけど……リンに自分の声が届くと思っていなかったから困ってはいる」

リンに投げた声を本人が受けとって、こちらも返答をもらう。ささやかとは言えない異変を持てあましているのは自分もおなじだ。

「困ってるようには見えないよ」

「さっきも言ったように感情が稀薄だからね」

「届くと思ってなかったってことは、俺に話しかけてくれてたの」

「たまに。今日は饒舌《じょうぜつ》だ。たぶんリンと話せて浮かれてるんだと思う」

「浮っ……そんなことも冷静に言うのかよ」

苦々しげに笑うリンを見つめた。自分を認識してくれるようになって初めて見た笑顔だった。

「……リンの人生は二度見てきた。話しかけてもなにをしても、きみは俺に気づくことはなかった。だからこうして接することで自分がリンの感情の一部になってしまうのが奇妙だ」

リンも俺を見返す。真剣な目もとを風に揺れる前髪が邪魔している。

「天使って俺が思ってたのとだいぶ違う。羽根もないし、頭に輪っかもないし、裸の子どもでもない。それに寂しそう」

「……そうか」

背後で洗濯物のシーツがひるがえって清爽な音をたてている。公園のほうから犬や子どもの声もかすかに響いていた。

ゆるやかな、優しい時間のながれのなかに俺の存在が有るのだと、リンの目が訴えている。


「ねえ……夜も一緒にいるの?」

「いる」

俺がベッドの横で椅子に座って寄りそうのは、リンにとってたいそう不都合なことらしい。布団をかぶって背中をむけて、しばらくするとふりむいて俺がいるのをたしかめてがっくりするのを、三回ほどくり返した果てに「はあ……」と息を吐いて脱力した。

「あなたはいつ眠るの」

「俺に睡眠欲はない。食欲も性欲も」

「一晩中そこにいて見てるってこと？　必要ないよ、意識がないんだから」

「リンの見る夢が幸福なものとはかぎらない。たまに悪夢を見て泣くこともあるだろう。そうしたら幸せをあげないといけない」

複雑そうでいて諦念《ていねん》もまざった、大きなため息がこぼれた。

「……なんでも見てるんだね」

「見てる」

「ってことはさ、あの……いま気づいたんだけど、俺がその、性欲の、そういうことしてるときも、まさか見てたの」

「見てた」

今度は一気に紅潮する。

「恥ずかしがることはない、繁殖行為は大事なことだよ。俺は今世でリンを産んでくれた両親に感謝してる」

「俺は、でも、」

「リンはひとりで性欲を満たしたあと、男や藤丘を対象にしたのを悔いて泣いたりするだろう。心配なのはそれだけだ」

瞳から生気がひいてリンの感情が凪《な》いだ。

「……本当に、見てたんだね」

「見てたよ」

藤丘先輩のことまで知られてるなんてな……——と、リンの胸のうちから観念したような呟きが聞こえて、俺は自分の〝藤丘〟という発言がリンを落胆させたんだと遅まきながら理解した。

「……前世の俺ってどんな奴だった」

降参したようすで問うてくる。

「とくに大きな変化はない。時代や家庭環境による多少の違いはあるけれど、魂に刻まれている性格の根っこは変わらないよ」

「具体的に言ってよ」

「いまよりはちょっと頑固だったかもしれない。強がりというか」

「いまの俺は甘えたってこと？」

「少なくともぬいぐるみにキスする子じゃなかったと思う」

またムーさんを投げられた。落とすなと言われていたので叩き返したらリンの顔にぶつかってしまい、「うぶっ」と声があがった。

「かわいそうだろ、大事にしろっ」と文句を言われる。理不尽だ。

「リンは純粋で一途で、他人思いの優しい子だよ。担当してるという欲目を抜きにしても惹かれる」

「惹かれるとか。感情がうすくてもそういうこと思うんだ」

「思う。リンの担当になれた自分は運がよかった」

「喜ぶことかどうかわかんないけど……まあ、一応、ありがとう」

苦笑いするリンから目がそらせなくなってしまった。……ありがとう、と反芻《はんすう》する。

自分自身の言葉によってリンが喜びや嬉しさを抱く日がくるとは思ってもみなかった。

「でもやっぱり一晩中真横にいられたら眠れないよ。あ、子守歌とかうたってくれる？」

「歌……」

リンが赤ん坊のころ母親にうたってもらっていた子守歌を真似てみたら、とたんに大笑いされた。

「音痴すぎる……っ」

「……リン、この病室にはきみしかいないからあまり大きな声でしゃべらないほうがいい」

「だって……だって、歌ひでえ、天使なのにっ」

「しー」

布団にもぐってひとしきり笑い続けたリンは、やがて疲れて寝入ってしまった。

——ありがとう。

さっき聞いたリンの声が耳の奥で響き続けている。

ガラス窓のむこうでは満月まで三日ぶん足りない月が、今夜も白々と輝いていた。


先日五島朱美が生けていった花が、窓辺で日ざしを浴びながら甘い香りを放っている。

「凛君、今日はちょっと顔色がよくないから一日安静にしててね」

「……はい」

検診を終えて柏木が退室すると、リンはやや消沈して自分だけに聞こえる小さな嘆息を洩らした。

「午後には母親がまたオレンジジュースを持って見舞いにきてくれるよ」

励ましたつもりだったが、リンは無理矢理に笑顔を繕ってベッドへ横になった。

「ありがと。ちょっと寝て体調戻すから、そしたらまた屋上いこーぜ」

「……ああ」

仰むけで目をとじるリンの額に脂汗《あぶらあせ》がにじんでいる。唇を時々ひき結ぶのは心臓が痛むからか。

自分の気配はリンが眠るのに目ざわりだろうと考えて屋上へ移動した。こうしてリンに見られている者、リンの目に存在している者、として行動を抑制しなければならない煩わしさが新鮮だ。

公園にいる人間や風にさざめく草木を見おろして、頭上の青空を仰ぐ。毎日病室で生活し、世界や国内を旅行することに憧れるリンにとって唯一の外界、太陽と風を感じられるひらかれた場所。

西から近づいてくる灰色の雲を眺めてただよっていると、リンの心の声が聞こえてきた。

――苦しい、死にたくない、痛い辛い、痛い痛い、死ぬのはいやだ、今日はいやだ、まだ生きたい、もうすこし、お願い、もう一回藤丘先輩に会ってから死にたい、まだいやだ、生きたい生きたい。

「リン、」

病室へ戻ったらリンが苦渋に顔をゆがめていた。

「リン」

俺に気づいて目をあけると、また無理に笑って見せる。

「辛いか」

「んー……？　ちょこっとね」

「俺に気をつかって笑う必要はない」

「ふは、なんだよ怖い顔して。心配してもらえんのは単純に嬉しいよ」

変な奴、と吹いた笑顔には嘘がなかったので多少はほっとした。

しかし、なにかに縋って安心したい、という本心も聞こえてきて、周囲を見まわして悩んだすえにムーさんを顔に押しつけた。

「なっ……あ、暑苦しいだろ」

抗議を受けた。

再び考えて、しかたなく自分の手の感覚を研ぎ澄ましてリンの右手を覆う。

「わ、天使の手って冷たー……」

生きてないからね、という返答は躊躇われた。

「天使って人間の願いがわかるのかなー……〝天使の歌声〟っていうのはもう信じてないけど」

苦しげではあるが、リンの笑顔から濁りがとれて晴れやかになっていく。

「願いがわかるのは、リンの心の声を聞いてるからだよ」

「え、心読まれてんの？」

「心にも声量があるから全部じゃない。強く訴えていることや誰かに聞いてほしいと懇願してる吐露ならほぼ正確に聞きとれる」

「なんだそっか……ほんと隠し事できねえな」

リンの声のトーンがさがり、目をゆっくりとじて深く息を吸った。

「心を読まれるのはリンには不都合か。いやな思いをさせた？」

「そりゃあね……やっほーって喜べることじゃないよ。天使って言われても俺には人間に見えるし。初対面の髭面の男の人に、自分の自慰行為まで見られてたのもさー……」

「初対面じゃない」

「だからそれも、あなたと俺は違うでしょって話」

俺の存在はリンに不快感を与えているのか。だとしたらまたその辛さに見あう幸福を与えなくてはならない。

「……命ってさ、意味、あるのかな」

ふいにリンが言った。まだ目をとじて天井と対峙《たいじ》している。

「俺、走ったこともなくてスポーツ無理だし、頭もよくないし、このまま死ぬだけで……生まれたときから親にも手術代とか入院費とか、金ばっかりかけさせてるんだよね。生まれなければよかったんじゃないかって、よく考える」

リンの手を両手で握り締めた。

「魂には使命がある。短命で生まれることにも意味はあるよ」

「そういえば昨日も使命って言ってたね」

「ああ。たとえば生まれて間もない子どもも事故や事件で亡くなって報道されると、それを知った人間たちの心に影響を与える。〝かわいそうだ、自分の子は大事にしよう〟〝毎日注意深く生活しよう〟〝自分は生きられて幸せだ〟とか。するとその子どもは大きな使命を果たしたことになる」

「そんなのが使命?」

「スポーツや勉強の才能だけが使命というわけじゃない。他人に認識されると、その瞬間からどんなに微細でも相手の心を動かす。動かしたらそれが意味になる」

「〝あの子可愛い〟とか〝あいつ不細工〟とかも?」

「そう」

「えー……いるのにいないみたいな、存在感うすい人もいるじゃん」

「いまリンの口からでた時点で、その存在感のうすい人にも意味が生まれたね」

「え、こんなのも意味？」

「そうだよ。リンと俺のあいだで会話の話題になったのがもうその人の命の意味、すなわち使命だった。俺の言葉をリンが信じるための手助けをしてくれた」

「なんか騙《だま》されてるみたいだけど、まあ……うん、たしかにね」

「とはいえ、その人はリンに小馬鹿にされる使命だけを持って生まれたわけでもない。使命はみんな、大なり小なり複数持って生まれる」

「小馬鹿言ったな」

「無駄な命はない。リンの命にも尊い意味があるんだよ」

重たい瞼を持ちあげて俺を見返したリンが、照れくさそうに、すこしいたずらっぽく微笑んだ。

「……あんがと。天使ならきっとそう言って慰めてくれると思って、ちょっと甘えたよ」

甘える……。

「いまの会話が嬉しかったのか」

「うん」

「そうか。じゃあもっと甘えていい。リンが辛いときに幸せを与えるのが俺の使命だ」

リンが口内で笑いだした。痛む胸を手で押さえて、ひかえめに笑い続ける。

「なにか楽しかったか」

「楽しいっていうか、口説き文句みたいで……」

「事実を言っただけだよ」

「わかってるけど」

俺の掌からリンがそろりと手を離す。

「あなたの恋人ってどんな人だったの」

「よく憶えてない。リンより身長が高くて中性的な人だったと思う」

「美人ってこと？」

「そうじゃないかな」

「興味なさげだね」

「昨日も教えただろう。そんなふうにしか想い返せないんだよ」

「あなたには恋人の命の意味がなくなったの」

問うてくるリンの目は澄み渡っていて素直で哀しげだからこそ、見つめられていると気まずい気分にさせられた。

「もちろんあるよ。彼との出会いが現在の自分に繋がっている。いまリンに詰問《きつもん》されて、いたたまれない気分にさせられているのも意味なんだろうね」

するとリンはまたふっと吹いて笑った。

「なんでもかんでも無表情で言うんだもんなー……」

でもまたすぐに眉根を寄せて目を瞑り、胸のパジャマを握り締める。「リン」と呼ぶと浅く息を吸って、吐いて、大丈夫、治る治る、と心のなかで懸命に唱えた。

「あなたは、……名前はないの」

痛みをこらえてしんどそうにしながらも会話を繋ごうとする。

「すまない、名前はない」

「そっか……ないと不便だよ、呼びづらくて」

「いままでは不便に思うことがなかった」

「呼んでくれる人がいなかったってこと？　……ほんとに、ひとりだね」

天使、天使だからな、んー……、とリンが深呼吸をくり返して悩んでいる。はたと我に返った。俺がいるせいでリンは、会話をしなければ、と身体に鞭《むち》打って無茶をしているんじゃないか？

「天って〝たか〟とも読むよね。タカさんってどう？　そう呼ばせてよ」

リン、と洩らすとリンはやっとのことで再び目をうすくひらき、唇を震わせて微笑んだ。

「タカさん……藤丘先輩にも、俺と会った意味ってあるのかな」

潤んだ目が切実に、そうあってほしいと願っている。

「あるよ」

リンは目をとじまいとして瞼に力を入れながら俺を見あげていた。泣きそうだった。

「……ありがとう」

嘘をついてくれて——と心がひそかに続ける。真実を言ったのに、リンは信じていなかった。

「リン正直にこたえてほしい。俺が傍にいるのはリンを幸せにするか、不幸せにするか、どっちだ」

「どっちって……タカさんが何者かって考えると頭が混乱するよ。でも傍にずっと話し相手がいてくれるのは嬉しいな」

わかった、とうなずいた。冷たいと褒めてくれた掌でリンの額を撫でて脂汗を拭う。

「たぶん今日はこれから雨が降る。すこし寝たほうがいい」

言い残して病室をあとにした。


リンが頑固で優しい、他人を気づかう子だというのはよく知っていたはずだった。

大丈夫か、と訊かれると、大丈夫、とうなずく。辛くないか、と心配されると、平気、と笑う。それを許せない幼馴染みの猛とは子どものころから幾度となく衝突し、結果いままでは必死に我慢して本当に限界だと悟ったら他人に縋るようになった、という成長もこの目でたしかめてきた。なのに幸せか不幸せかなどと質問して、無理矢理笑わせてしまった。たとえ邪魔だと感じていても、不幸せだからどこかにいってほしい、とリンの口からひきだしたがるのはエゴでしかなかった。

……なんだか調子が狂う。

客観的に眺めているぶんにはリンの感情の変化も把握しやすくて、幸不幸を与えるのも容易《たやす》かった。しかし自分が関わってしまうと、リンが喜んでいるのか哀しんでいるのか曖昧になっていく。猛と喧嘩したり藤丘を想ったりしているリンの、愉悦や憤りや、至福や葛藤《かっとう》、あの明白さはいったいなんだったのか。死期の影がつきまとう俺が見えてしまうこと自体不幸だと考えて幸福を与え続けていても駄目に決まっている。

さっきは体調を崩していたから幸せを与えるのは間違っていなかったはずだが、今後はどうすればいいのだろう。癒やしと試練を交互に与えるための平等な判断がくだせるだろうか。

自分の姿がいままでリンに見えなかったのは使命を正しく遂行するのに必要なことだったのかもしれない。けれど、じゃあなぜいま、リンの死を目前にして出会ってしまったのか。

他人に認識されると、その瞬間からどんなに微細でも相手の心を動かす。動かしたらそれが意味になる――自分が口走った言葉にあげ足をとられる気分だ。

リンに存在を肯定されて、リンにのみ現実となった自分が彼の人生にどんな意味をもたらすんだろう。わからない。どうあれ、脳天気に喜べないことだけははっきりしている。

午後になると案の定、雨が降りだした。

リンの母親も見舞いにきたが、リンはオレンジジュースをもらってもひと口しか飲めなかった。眠るリンに寄りそって時間を過ごす。暑さと雨の湿気のせいか額や首もとに浮かぶ汗が絶えない。

俺の時間はゆるやかで怠惰だ。リンのスケジュールがそのまま自分の行動になるので、リンが体調を崩すとこうやって傍で見守るだけですぎていく。今夜は雨音が一定の音程で規則的に響き続けており、じっとしていると憂鬱になる。

感情が、皆無というわけではない。時折思い出したようにぐっとしわを寄せるリンの眉間や、うすくひらいた口から洩れる苦しげな呼吸を聞いていると同情した。

短命という使命はあるものの死因はさまざまで、前世でのリンは十六歳の夏に事故死した。痛みを理解する瞬間もなく亡くなったので憐れではあったが辛さはなかった。

病気というのはなんとも厄介で心苦しい。辛い辛い、生きたい、と懇願しながら精一杯生きようとするリンの横でただ見つめ続けるしかできずにやり過ごす夜を、どれだけくり返してきただろう。

眠っているあいだに首を絞めて永眠させてあげたい――と、恋人と心中した昔の、人間だったころの自分なら考えたのだろうか。

もう深夜だな、と窓の外の陰気な雨空を観察していたら、リンの呼吸が乱れだした。

――藤丘先輩、藤丘先輩……っ。

悪夢を見たのか胸のうちでそう叫び続けてうなされていたリンが、突然目をひらいて気怠げに周囲を見まわす。

「……タカさん、」

求めていた人間とは違う者がいたのに、リンは寝起きのふやけた顔で弱々しく微笑んだ。

「大丈夫か」

言ってしまってから、あっ、と我に返ったが、

「大丈夫」

とリンはにこりとうなずいた。

また笑顔を繕わせてしまった。

「でもなんか飲みたいな……えーと、」

修正も削除もできない言葉は御《ぎょ》しがたいと悔いている間に、リンはサイドテーブルにおきっぱなしになっていたオレンジジュースを見つけて飲んだ。「なまぬりぃ～……」と顔をしかめて舌をだす。

「タカさん、俺がいま怖い夢見てたのわかった？」

「わかった」

「だよね、そんな顔してるよ」

ごめんね、とリンが内緒話の囁き声で言った。

――ごめんね。心配そうな顔させて。

「安心していい、どちらかというと俺も猛とおなじだ。リンに平気なふりをしてほしくない」

リンは目を見ひらいて、それからぷっと吹きだした。

「敵《かな》わねえな、猛とのあれこれも知られてるのかー……」

はーあ、とため息を口にしてかけ布団をよけ、ベッドからでてくる。

「寝てたほうがいいんじゃないか」

「ううん、今日は寝すぎて目ぇ冴えた。汗も拭きたいし、トイレいってくるよ」

スリッパを履いてタオル片手に病室をぱたぱたでていったリンが、しばらくしたら顔を洗ったようすでさっぱりして戻ってきた。濡れた前髪を額にはりつけて満面の笑みをひろげ、俺の横へならんで窓の外を眺める。

「……雨、本当に降ったね。どうしてわかったの」

「屋上へでたとき、雨雲が近づいてきてたから」

「屋上いったんだ。いいな、明日は俺もまた連れてって」

「晴れたらね」

あっさり了承してしまった。あくまで交互に幸不幸を与えるのが使命なのに。

「猛は面倒な奴だよね……」

リンがしみじみ苦笑いして、窓に左手をあわせる。

「面倒か。たしかにリンは困ってたね」

「あいつ体育会系っていうのかな？　白黒はっきりしないと駄目だし他人にそれ押しつけるし自分が絶対的に正しいと思ってる無神経だし、喧嘩すると疲れるんだよ」

「リンは猛より繊細なんだと思うよ」

「んー……つか、女々《めめ》しかったのかもだけど」

〝なんでも言葉にしろ、他人を頼れ、ひとりで我慢するのは俺らを信じていないからだ〟と主張する猛に、リンは何度も〝人と接するときに相手を気づかうことのなにが悪いんだ、大切だからこそ足手まといになるのもいやなんだ〟とぶつかっていた。

最終的には猛が『おまえがしてるのは気づかいじゃなくて拒絶だ、自分で自分を病弱でなにもできないかわいそうな奴だと思ってるんだ、俺はおまえを特別視なんてしない』と怒鳴ってリンが折れた。

〝特別視しない、対等だ〟と言ってもらえたのが、リンは嬉しかったのだった。

「……俺はさ、猛が羨ましくて素直に従うのがいやっていう反発心もあったんだよね。だってあいつ、生まれてから入院した経験もなけりゃ風邪ひいて寝こんだことすらないんだぜ。頼れとか弱音吐けとかえらっそーに言うけど、実際おまえが俺みたいになったらできるのかって思うじゃん」

「そうだね、猛のほうが頑固そうだ」

「だろ？　やせ我慢しまくるに決まってるよ。自分棚あげで都合いいように人を動かそうとするとこがあんだよな。だから腹立つの」

苦笑しながら、リンは曇ったガラス窓に下手な猫の絵を描く。まるい顔で、目が点の。

「どうして藤丘のほうが好きなんだ」

問いかけると、がくりと脱力した。

「さらっと言うね……」

「そうやって愚痴をこぼすほど親密な猛じゃなくて、たまに話すだけの藤丘に惚れるのが不思議だ」

藤丘とリンは高校でおなじ図書委員に所属していて知りあった。本人と欲求をぶつけあって衝突したことなどないどころか、片想いして勝手な理想を抱いているだけだ。

「恋愛は理屈じゃないの」

「理屈……。藤丘のほうが顔が好きってことか」

「おいっ。そりゃ外見もあるけど、なんていうか……空気？　とかも好きなんだよ。頭よくて物腰が柔らかくてちょっと影のある人が好みなの」

「リンは藤丘の性格をほとんど知らないから影もあるだろう」

睨まれた。

「自分より大人で、尊敬できる人がいいんだよ」

「完璧な大人はいない。歳をとっても多少の分別を知るだけで精神的に子どもな人間が大半だよ」

「うるさいな、理想を壊すなよ」

「リンは理想に酔いすぎる」

「いーだろ、叶わないいんだから夢ぐらい見させろよ」

「乙女《おとめ》思考で卑屈だ」

「くそっ、いーよ、どうせ俺には恋人なんてできねーよ！」

リンの口が尖った。

「……また来世で藤丘先輩に会えたら頑張るし」

拗ねてぼそぼそ文句を垂れる。

「どんな関係で生まれ変わるかわからない。藤丘と親子だったり兄弟だったりする可能性もあるよ」

「なんでそう俺の希望を断つんだよ」

「事実を言ってるだけだ。魂は転生するまで天国で何年も待つこともあるから年齢も変化する」

「どんな出会い方したって俺は藤丘先輩をまた好きになるよ」

怒らせてしまった。掌でガラスの曇りをがむしゃらに拭ったリンが、雨に濡れた景色を睨み据える。暗闇のなかにひそむ病院の裏庭と公園の木の葉は雨粒と風に打たれてそよいでいる。

「……天国ってどんなところ」

声はまだ若干拗ねていた。

「虹がある」

「虹？　雨が降ってるってこと？」

「いや、雨は降らない。でもずっと虹がかかってる」

「ふうん。俺、虹なんてあんまし見たことないよ」

天国っぽい、と妙な感心をしてリンがまたすこし笑ってくれた。

「俺もいつか見られるかな」

「いや、見られないよ。死ぬと身体から魂だけが抜ける。魂には目も口も思考する脳もないから天国の景色は人間の記憶にも残らないんだ」

「えー……なんだよ、天国も全然いいことなしかよ……」

再びげんなり機嫌を損ねてしまったようだ。

「天国には神さまがいるんでしょ？」

「いや」

「神さまもいないの？　タカさんよく〝聞いてる〟とか言うじゃん。仲間も見えないのに天使の知識は誰から得てんのさ」

「わかるんだよ。疑問に思うと、こたえが頭のなかに見えてくる。自分の記憶の底から探りあてるみたいにはっきり映像化して、否応《いやおう》でも納得させられる」

「なにそれ。天の声みたいなのが聞こえてきたりするわけでもないんだ」

「ない」

「不思議世界だなー……でも、じゃあ、タカさんはどこにいてもひとりなの？　俺が天国にいったら、また俺が転生するまでひとりぼっちで何年も待つわけ？」

「待つのも仕事だよ」

「……天使の人生も過酷だね」

俺のような人間とは違う者に〝人生〟という表現をつかうリンは優しい子だなと思う。

「ねえ、俺の前世って恋人いた？」

「いや」

ごっ、とリンが額をガラス窓にぶつけて俯いた。

「俺前世からキスしたこともないのかよ……来世は絶対もっと図々しい性格になってやる」

リンの額のかたちに、窓の曇りがまるくくり抜かれる。

「俺とキスをするのは駄目なのか」

唖然《あぜん》とした顔で、リンが俺を見返した。

「本気で言ってるの」

「ああ」

「俺が好きってこと……？」

「好きだよ」

怪訝《けげん》そうにこちらをうかがってくる。

「本当に、恋愛感情で？」

「俺に恋愛感情はない。ただリンのことは好意的に想ってる」

「だよね。じゃあしねーよ」

「やっぱり藤丘じゃないと嬉しくないか」

「先輩のことはもうとっくに諦めてるって」

「でもリンはキスがしたいんだろう」

「おたがいに好きだって想いあってる人とね」

「リンが俺を好きじゃないってことか」

「恋愛感情がないって公言したのは自分だろ。俺はキスだけできればいいわけじゃないんだよ」

リンの言いぶんには一理ある。当時身投げするほど烈しく抱いたはずの感情が、いまはとても遠い。

リンと違って心臓がないぶん、痛みで自覚できるものでもなくなってしまった。

しかしリンに恋愛感情じゃないだろうとあしらわれると抵抗心が芽生える。違う、そんなことはない、と訴えて認めさせたくなる。これまでリンを見守ってつみ重ねてきた情が俺の矜持《きょうじ》になっているのだろうが、それをどう言葉にすればリンに伝わるのか、伝わったところで恋愛だと納得してもらえるのか、すべて判然としないことにまたやるせなさが湧く。

気づいたのは、いまのやりとりで俺への恋愛感情がないと、リンが否定しなかったことだ。

「リン、」

自分の身体に感覚がとおるよう集中して、リンの腰に右手をまわした。覗きこむように屈《かが》んで顔を寄せ唇をあわせる。

「な……」

冷たい、柔らかい——と、リンの驚きが俺の頭をかち割らんばかりに大きく響いた。だが嫌悪はなかった。人間だったころの自分が習得した技巧を発揮する。こんな行為は記憶にあるまま利用できるんだと知って嘆じた。緊張しているのか、動かないリンの舌を慰めるように吸って歯列をなぞり、隅まで愛撫する。翻弄《ほんろう》されるばかりでまるで応えられない初々《ういうい》しいリンを、素直に可愛いと思う。

いつも見ていた、話しかけても届かなかった、近くにいても自分を知りもしなかった、壁で隔てられているかのように別次元にいたリンを抱き締めてキスをしている。傍にいる。

「リン」

——……こういうキスを、藤丘先輩としたかった。

ふいにリンの物寂しげで痛烈な想いが泣きそうな響きでおりてきた。口を離してリンの目を覗く。

「天使とキスするってすげ〜……」

リンは頬に横じわを刻んで不器用にはにかんだ。照れてはいたが、喜んでいるというよりは哀しそうだった。

雨音が耳に戻ってくる。雨雲に覆われた夜に光はなく、仄暗《ほのぐら》い漆黒《しっこく》の闇がただひろがっている。

明け方にやんだ雨は、午後になると晴れた空から再び降り始めた。

茫洋《ぼうよう》と浮かんで見おろす病院の入口付近に、三十分近く前から藤丘が佇んで院内をうかがっている。二日に一遍の割合で藤丘はここへくるが、入らずにひき返していくことのほうが多い。上空を仰ぐと、太陽にきらめく雨が身体をすり抜けて落ちていった。

リンの人生を二度見てきたあいだ、恋に落ちる姿も二度、目のあたりにしてきた。どちらも相手は藤丘だった。

天使なら魂からただよっている雰囲気や匂いで人物を特定できる。なかには名前も目印のごとくおなじくして生まれる魂もあるそうだが、なにも知らない人間のリンは名前や魂になど頓着せず、前世でも今世でも藤丘に出会うとたちまち本能で恋をした。ふたりはたがいの人生に影響を与える者同士として、切り離せない絆で結ばれているらしかった。

運命ともいえるそれは、しかし単純に幸福なものではない。恋人との愛だけが人生を支えるわけではなく、家族との団らんも友人との喧嘩も片想い相手との失恋も個人の人格や人生を形成するうえで重要なわけだが、少なくとも前世での藤丘への恋は玉砕《ぎょくさい》に終わっている。

リンは恋情を学ぶという使命のもと藤丘とめぐり逢《あ》い恋をするのだ。おそらく来世でも、再来世でも。成就するかどうかはリンと藤丘次第。

「……ままならないな」

リンの見舞いにいくかいかないかと、藤丘は迷い続けている。病弱な後輩の身体を心配しているだけなら迷う必要などない。想いは一目瞭然《いちもくりょうぜん》だった。

現在リンの病室には、昨日からの体調不良を危ぶんで朝はやく駆けつけてきた母親がいる。戻って窓辺におりたつと、リンが俺に驚いて一瞬びくっと肩を揺らした。

「凛、ほかになにか欲しいものはないの？」

母親が見舞いにもらった果物をよりわけつつリンに話しかけている。こちらに背をむけているのをいいことに、リンが口パクで、お、ど、か、す、なっ、と拳を握って訴えてくる。

「ねえ凛ってば」

「ン、あぁ、平気だよ、さっきもらった本があるから充分」

「本だけじゃ暇でしょ。母さんそろそろ一度帰らないといけないから、なにか考えてメモしてよ」

「わかったわかった」

母親をなだめて、リンは鉛筆を握ってメモ紙を前に悩みだした。なにかしら世話をして尽くしていないと安心できない母親の性分を、リンも心得ている。

「編み物はどう。やってる入院患者をよく見かける」

俺が提案したら口をへの字に曲げてメモ紙の隅に〝できないよ〟と書いた。

「じゃあ絵を描く」

今度は〝そんな才能ねえ〟との返事。

「挑戦してみればいいのに」

するとリンは「あ」とひらめいた顔をして〝厚手の紙とのりとラップ〟と書いた。

渡された母親は「なあにこれ、なににつかうの？」と不思議がる。俺も同様の疑問を抱いた。

「いいから、お願いね」

リンだけが楽しそうに肩をすくめて笑っている。

「うん、じゃあ明日持ってくる。ほんと元気になってよかった。夜は父さんもくるから食堂で一緒にご飯食べましょう」

「ありがとう。暑いから気をつけて帰って」

「はーい」

にっこり笑った母親は、リンと手をふりあって慌ただしく帰っていった。

リンは〝待ってる〟という言葉をつかわない。かわりに〝ありがとう〟と言う。明日どころか数時間後のことさえ約束しようとはせず、いまこの瞬間の尊さのみを嚙み締めるのだ。約束は相手を縛るものだと恐れて、迂闊《うかつ》に口にできなくなっている。

「俺、いまはタカさんがいるから暇じゃないんだよな」

ひひっ、と無邪気な子どもみたいに笑うリンを不憫《ふびん》に思った。

「いくらでも話し相手になる」

「ありがと」

ありがとう——リンの口癖は温かい。

さし入れの本をぱらぱらめくる横顔を見ていると、ふいに触りたい衝動にかられて頭を撫でた。

「え、なに、」

霊障になってしまうから人間に触るのは御法度《ごはっと》で、こうして大胆に撫で梳《と》くのも初めてのことだ。

リンの髪は艶があって柔らかい。十何年も眺めるだけだったこの髪は、こんな感触だったのか。

「あんま風呂入ってないから触られんのいやなんだけど……手ぇくさくなるよ？」

「匂いがつくのも新鮮だね」

「なにそれ、変態っぽい」

逃げられた。

「でも……あれだね。母さんとか看護師さんとか、他人がいるとタカさんが人間じゃないって実感するよ。声も聞こえないで、みんな無視してるから」

リンがぎこちなく、苦々しげな笑い方をする。

「ごめん」

なんとこたえるべきなのかわからず、その逡巡してしまった事実ごと謝罪にかえた。

リンは唇だけで笑みをつくって俯き加減に視線をさげる。

「……俺とタカさんが会った意味って、なんだろね」

的確な返答が見つからなかった。今度は謝ることもできない。ごめん、というのは、逃げるための言葉なのかもしれないと思った。

窓をふりむくと、細かな雨が降り続けている。からりと青い爽やかな晴天から落下して、窓枠やガラスにはりつき、反射して白く発光する粒たち。

自分は欠陥品なのだなと自覚した。無力感がこんこんと湧きだして、人間らしい感情も身体もない、リンになにもしてやれない、と絶望感がゆるく満ちてくる。

人間は命に意味を持って生まれるが、俺の存在には意味がない。リンは俺にとって必要な子だけれど、俺は本来ならリンと永遠に出会うはずのない者だった。リンと接する機会を得られたところでそのまま自動的に、あるいは奇跡的に、リンの意味になれるわけではないのだろう。

息をつく。他人と接するというのは、気づかったり言葉を選んだり惹かれたり恐れたりして忙《せわ》しなく、まったく疲労困憊《こんぱい》する。

そのときドアにノックがあった。

「よう凛！　きたぜ～」

猛と藤丘だ。

「いまそこの階段のとこでおばさんにも会ったよ。さっきまでここにいたんだってな」

「うんそうだよ、いらっしゃい。……先輩も、ありがとうございます」

リンは猛に気安い挨拶を返したあと、藤丘にもしおらしく会釈した。

「先輩とも病院の入口ンとこでばったり会ったんだ。千客万来《ばんらい》だな、喜べ喜べ」

「嬉しーよ。っとに、おまえはー」

照れを隠すようにリンは猛とじゃれあう。藤丘は一見孤立しているのだが、リンは直視できずとも平素より高い声ではしゃいでおり、藤丘をここにいるほかの誰よりもっとも意識し、浮かれているのが手にとるように伝わってくる。

「元気そうでよかったよ」

藤丘に話しかけられるとリンはぱっと顔をあげて、その瞬間藤丘を世界の中心に捉《とら》えた。

「……先輩も、お元気そうでよかったです。今日も暑いから」

「本当に暑いね」と上品に笑む藤丘に目も心も奪われて、胸に迫りあがるまま無意識に嘆く。

——……好きだ、この人が好きだった。

病室にいる者のなかで藤丘の髪と服だけが雨にしっとり濡れている。

この三人がいるとしゃべるのは猛とリンで、藤丘はおまけのように寄りそってたまに相槌を打つのみになる。ここへきたくて門の外でうろついていたにもかかわらず、いざやってくると、お見舞いとは何時間ぐらいいればいいものなんだろう、なにを話すべきなんだろう、と終始焦っている。

リンを想っていながらも同性愛を認められない藤丘は、リンも自分も拒絶して中途半端に優等生と朱美の彼氏をこなし続けているのだ。おそらくこれが彼の魂に課せられた使命のひとつなのだろう。

「ほんじゃあ雨もやんだし、そろそろ帰るかな」

猛がそう切りだしたとき、藤丘はひっそり安堵した。

「うん、きてくれてありがとう。楽しかった」

リンがこたえて微笑むと、可愛く笑うな、と藤丘がリンに人知れず八つあたりした。

——俺を惑わせるな。ふざけるな。俺が狂ったのはおまえがそうやって誘惑してくるせいだ。

「俺、帰る前にちょっとトイレいってくるよ」

猛の申しでに、藤丘も「一緒にいく」と便乗して出入口へむかう。俺もリンの傍らからそっと退いてついていった。病室をでたふたりは、点滴をひきずって歩く老人や忙しなく働く看護師とすれ違って廊下をすすむ。

「先輩すみません、なんか俺らばっかりはしゃいじゃって」

「や、いいよ」

「けどほんと、凛の奴元気でよかったですよね。昨日具合悪かったたっておばさん言ってたじゃないですか。げっそりしてたらどうしようかって心配だったから」

「そうだな」

廊下のつきあたりへさしかかると、藤丘は「俺こっちだから」とむきを変えた。

「あれ、トイレじゃないんですか」

「電話だよ。終わったら病室に戻る」

「なんだ、了解ですー」

笑いあって別れて、藤丘は階段側にある公衆電話へ移動し、小銭を入れてコールする。

「——ああ俺、うん、いま病院」

耳を澄ませて聞いてみると受話器から母親らしき女性の煙たげな声がした。

『毎日毎日お見舞いって、友だちが心配なのもわかるけど家のこともしてちょうだいよね』

「いまから帰るよ」

『そうして。母さん幼稚園まですぐるのことむかえにいくから、瑛人は夕飯の買い物してきてよ。買ってきてほしいのはね——』

藤丘は無言で聞きながら母親が言う食材を記憶して復唱した。すぐるというのは歳の離れた弟だ。不機嫌で無愛想な態度ではあるが親の頼みには従うらしい。

——面倒くせえな……俺一生親の言いなりになって生きていくのか。長男なんてかったりぃ、やってらんねえ。

反発するのは心のなかでだけか。

「藤丘」

背後に立つと襟足《えりあし》のすきまから未成熟なうなじが覗いていた。髪は半端に乾いてうねっている。

「身内に反抗して甘えるのはおまえの勝手だ。けどリンに暴言を吐くのは、たとえ心のなかだけでも許せない。保身に逃げるなら近づくな。リンを想う覚悟ができるまでここへはこないでくれないか」

言葉が、自然とでていた。

しまった、と思ったときにはすでに遅かったようで、藤丘の目に意志的な輝きが宿り始めていた。

リンの病室へまっすぐ戻り、先に帰っていた猛と、リンに近づく。

「お、先輩も戻ったな。じゃあ凛、また近々くるからな」

「うん、ありがとう。先輩も、ありがとうございました」

凛、と藤丘が鋭利な声で空気を切った。

「悪い。俺はもう二度と見舞いにはこない」

目を見ひらいた猛が、なんだこの人、去り際に哀しませんなよ、と驚愕《きょうがく》する。

リンもおなじく瞠目して息を呑んだが、心は無言だった。

「……悪い」

藤丘がくり返して俯く。身体の横に垂れた手が拳を握って石のようにかたまっている。

二度とこない、と宣言した。

それがおまえのこたえか。

夕方、リンの父親と母親がきて家族三人で食事をしていても、リンはどことなく気落ちしていた。

両親は具合が悪いせいだと解釈して気づかいながら接していたが、原因は当然病のことではない。

「……ご飯は美味しかったけど、なんか俺、駄目だったな。父さんもきてくれたのに」

両親を見おくって病室へ戻ってきたリンが、苦笑いしてベッドに座る。母親が別れ際にも『明日もくるからね』と笑顔で元気づけてくれた優しさがまた、リンを罪悪感で苛んでいるようだった。

「先輩にも、やっぱり気苦労かけてたっていうか……病弱な奴の見舞いっていやだったんだろうな」

「リンのせいじゃない」

「うん、ありがとう」

俺の言葉を、リンは好意的にねじ曲げて受けとめる。弱々しく微笑むようすがいじらしい。

「タカさんごめん、悪いんだけどしばらくひとりにさせてくれない？」

「できれば断りたい」

「なんでだよー……たまに空気読んで席はずしてくれるじゃん。天使ってずっと真横にいないといけないわけでもないんだろ？」

「天使がどうのということではないよ」

「じゃあなに」

「傍にいたいだけだ」

リンが目をしばたたいた。

「……心配してくれてるってこと？」

顎をひいて上目づかいで問うてくる。

「綺麗な言い方をすればそうなる」

「まわりくどいな、照れてるんだろ〜？」

「違うよ」

屈託なく朗らかに笑うリンが、辛さからたちなおりかけている。自分を思ってくれる人もいるんだから落ちこんでちゃ駄目だな――と、奮起する声が聞こえた。

――でももう藤丘先輩には会えない。最後だったならそれなりの心がまえをしておきたかったな。なにか言いたかった。感謝の気持ちなり別れの挨拶なり、後悔しないようにきちんと言いたかった。高一のときから世話になってきて教えてもらったこともたくさんあったのに、迷惑しかかけられなかったんだ。好きだったのに。恋愛させてもらったのに。先輩の厄介者になることが、先輩にとっての俺の命の意味だったのかな。

「リン」

微笑み続けているリンの心の声を塞ぎたくて口にキスをした。リンはすぐさま顔をそむけて「やめろ」と唇を拭った。

「いまはいやだ」

きっぱり拒絶して俯く。蛍光灯の光に艶めいて輝く、まっすぐ垂れたリンの前髪をもう一度撫でたかったけれどできなかった。

「今日、藤丘にあんなことを言わせたのは俺だ」

告げたら、リンの表情が凍りついた。

「は……？」

「藤丘は衝動的に言ったのかもしれないけど、本心だとは思う」

だからリンのせいではない、と伝えているのに、リンは見る間に怒りの形相《ぎょうそう》へ変わっていく。

「なんのためにそんなこと？」

「それは……まだ、わからない」

「なんだよそれ」

「不幸を与えるためだったと言えたらよかった。だがどうもはっきりしない」

「不幸って……」

言い淀んだリンがふいに「……ああ、そうだった」と低い声をだした。

「天使は幸福の神じゃなかったよな。でもどうして？　恋愛には口だしできないんじゃないのかよ」

「……結果的に、口をだしてしまったことになる」

「ばかにしてんのか」

重たくて冷たい怒鳴り声だった。

「血も涙もないって天使のためにあるような言葉だな。人間を不幸にしたってなにも思っちゃいない。友だちになれた気でいたけど忘れてたよ、そうだよな、俺はただの天使のコマだった」

リン、と呼びかけた声も彼の怒りにかき消える。

「なんでだよ、違う不幸だってよかっただろ⁉　どうしてわざわざ藤丘先輩を利用したんだよっ！　最悪だ、あんたなんか見えなければよかった‼」


翌日から、リンは俺をいない者として生活し始めた。横にいても視界に入れないよう排除される。話しかけても無視される。出会う前の関係に戻るべきだと、そう結論をくだしたらしかった。

「リン、なにつくってるんだ」

夜、リンは食事を終えると昼間母親が持ってきてくれたれいの厚手の紙とのりとラップと、それと押し花でなにかをつくり始めた。押し花はリンが見舞いにもらった花で以前から拵《こしら》えていたものだ。枯れそうになると『捨てるのは忍びないし』と本にはさんでいた。

「こたえてくれないか」

黙々と指を動かして、リンは長四角に切った紙へ花を貼りつけていく。

——うるせえな。

心の返答だけは聞こえる。

「きみと話したい」

——話すことなんてねえよ。話せなかったころのほうがうまくつきあえたんだ、生きる世界も目的も違うんだから下手に近づかないのがおたがいのためだろどっかいけ。

俺が声をかけるほどにリンは苛だっていくようだった。

しかたなく病室をでて屋上へ退く。明日は満月だから月光が明るく照り、星は影に隠れている。

——保身に逃げるなら近づくな。リンを想う覚悟ができるまでここへはこないでくれないか。

あれは天使の務めを果たすために言ったのではなかった。俺自身の完全な暴走で、リンをいたずらに傷つけてしまったのは事実だった。

暴走、というのが、しかし自分でもまだ消化できない。暴走する天使など居はしないからだ。血も涙もない、と言ったリンの表現は正しかったし、そうでなければ天使じゃない。

——あんたなんか見えなければよかった。

その望みどおり、こうして俺が離れているとリンの心は乱れない。とたんに鎮《しず》かに穏やかになる。

故障した俺はどこかもっと遠くリンから離れた場所へ身を隠すべきなのか。己の役目を放棄するわけにはいかないが、戻ったところでリンを苛だたせるだけで不幸しか与えられないのは明白だ。

リンの心の声が聞こえなくなることはあるまい。高く高く空をのぼって大きな月に近づいてみた。正面の、ゆるい半円を描く地平線の手前で花火があがっているのが見える。

ながれ星のような光の種がすうと垂直に飛んで、ぱっと大輪の花を咲かせた。遠すぎて花は小さく、音もだいぶん遅れて届いたが、夜空に開花して散っていく花は綺麗だった。

花火といえば、以前リンが猛に誘われていった河辺の花火大会の記憶が鮮やかに残っている。ふたりとも中学生だった。心臓に負担のかかる運動ができないリンを、猛が自転車のうしろに乗せて連れていった。

屋台で焼きそばとたこ焼きを買って食べて、夏草が生い茂る地面にビニール袋を敷いて座って、『首がいてえー』と笑いあいながら夜空を仰ぎ、次々打ちあがる花火にそろって見入った。

ふたりはとても感動したが、素敵だった、綺麗だった、という純粋な胸中を素直に口にできないかわりに、周囲の恋人たちを『こいつらの目的ってぜってー花火じゃないよな』『そりゃそうだ、このあとせっくすすることしか考えてねーよ』と茶化してしまうような、思春期の複雑な歳ごろだった。

リンは自分がゲイかもしれないと自覚し始めていたので、余計に猛に必死に話をあわせて、猛以上にこんがらがった十代の入口をさまよっていた。

帰り道、猛が『来年は彼女ときてやるっ』と叫びながら自転車のペダルをぐんぐんこぐうしろで、リンも『俺も彼女欲しー』と嘯いて笑った。『俺がリンの傍にいる』と、あのとき俺はリンに言った。その翌年、猛が宣言どおり彼女をつくってからは、リンは一度も花火を見ていない。

寂しい子だった。彼の偽りの笑顔や心の泣き声ばかりが、俺の頭に映像とともに沁《し》みついている。

いま遠方でポスン、ポスンと腑抜《ふぬ》けた音をたてる花火は愛らしいが、ただならぬ虚無感を生んだ。

俺の見る綺麗なものはいつもリンが見ているものだった。

ここにはなぜリンがいないのだろう。


夜明けを見た。

太陽がのぼってくるとまず星が消え、群青色《ぐんじょういろ》をしていた空の東側から徐々に色が落ちて、明確な速度も摑めないまま、まばたきを数回くり返しているうちに朝焼けに染まっている。

生ゴミを求めてカラスが道路や電線をうろつきだすと、やがて蟬も目ざめて鳴き始めた。

摂理も食欲も生命力も持たずに、茫漠《ぼうばく》とした空へ浮かぶ自分だけが世界のはみだし者だった。

――……タカさん、帰らなかったのか。


リン。

一日ぶりの呼び声に烈《はげ》しく揺さぶられ、吸い寄せられるようにして病室へ戻った。タカというのは自分の名だとようやく、やっと納得して震えるほどの衝撃を受けた。

「リン、おはよう」

ベッドでまどろんでいたリンは俺の姿を認めて息を呑んだが、すぐに寝返りを打って無視をする。

「帰らなかったけど近くにはいたよ。約束は守る」

――約束……?

なにそれ、とリンが疑問に思っている。

「リンの傍にいる」

リンの寿命が尽きるまであと七日。

リンが桜《さくら》凛として生きていられる時間も残り少なくなってきた。

死ぬのは哀しむことじゃない、と俺は言った。けれど意識の死はたしかにあって、きみが俺を忘れるまでの時間にかぎりがあるのを苦しい、と初めて思っている。苦しむための心臓もないのに。

「離れたほうがいいんじゃないかと考えるのもやめるよ」

横たわっているリンの頭に手をおいて撫でた。

「昔からリンに話しかけていたけど、それはきみと観ていた映画の感想を言いあったり、猛と喧嘩したきみの愚痴を聞いてあげたり、死にたくないと嘆く苦痛を受けとめてあげたりしたかったからで、要するに時間や感情を共有したかったからだ。叶ってしまったのは俺への試練でもあるんだと思う」

リンの脂髪がななめにながれて、額や右耳を無防備に覗かせている。ふっくり柔らかそうな頬は青白い。体調のよくない朝はいつもこんな色になる。そこに掌を押しあてた。

「俺には恋愛感情がないって話したね。それは否定しない。俺がリンに抱いているのはリンが藤丘にむけているような感情とは違うよ。リンの両親がリンにそそいでる想いとも違う。度のすぎた慈しみみたいなものだと言えば、たぶん一番近い。片時も離れずに見守ってきたリンの人生そのものが尊い。恋愛なんて易《やす》い言葉じゃ言い尽くせない。ただきみを愛してる」

言葉に体温が宿っている、と自分の声を聞きながら他人事のように感心していた。愛という表現が自分の想いにしっくりおさまって、安らかな満足感にも浸った。

血色の悪かったリンの頬と耳が、赤く染まっていく。

「凛君おはよー、朝食だよー」

柏木がドアをノックしてお盆を抱えて入ってくると、リンは飛び起きた。

「お、はようございます、」

愛？　愛ってなんだよ――と内心の狼狽が重なって聞こえる。俺のほうを見ないのは嫌悪じゃなく、あきらかに意識してのことだとわかってほっとした。

「今日はパンとベーコンエッグ。凛君が好きなオレンジジュースもちゃんと持ってきたからね」

「……ありが、とうございます」

「どうしたの、具合悪い？」

「い、いえ、そんなことないです食べます。あ、でも先に顔洗ってこようかな、ええとタオル……」

聞き慣れない言葉を咀嚼しきれないとでもいうように、リンが愛、愛と頭のなかでくり返している。

そうだね、親にも言われたことのない言葉だ。俺も初めて言った。

動揺してくれるのが嬉しくてリンの赤い耳たぶをつねるように揉《も》んだら、うっ、と肩をすくめて反応してくれた。

「夜、屋上にいってきちんと話そう。鍵をあけておくよ。今夜は満月だから、それも一緒に観たい」

――……夏目漱石《なつめそうせき》かよ。

ベッドの外に脚を投げだしてスリッパを履くリンが、首のうしろをかいて小さく悪態をつく。

夏目漱石は〝愛してる〟と告げたいなら〝月が綺麗ですね〟と言えばいい、と説いたんだったか。

リンがそれを知って感動したのは、小学生の夏休みの宿題で調べていたときだった。

「月も花火も、リンと観たいよ」

天使のセリフとは思えないな、とおかしくなる。でも不思議なことに全部自分の胸からあふれだす、自分自身の本心だった。

タオル片手に病室をでていくリンの耳はまだ赤い。

朝食が終わるとほどなくして検診が始まった。

俺はナースステーションへいって本日の洗濯担当に「鍵をあけておいてほしい」と頼んだ。

リンが柏木にすすめられて院内を散歩して戻ってくると、またすぐ昼食の時間がきて午後になった。

午後からはなぜか急に時間の経過がゆったりと緩慢になる。

リンは押し花の工作を始めた。

厚紙に花を貼りつけて、ラップで丁寧にくるむ。しおりなのだと、看護師に教えているのを聞いた。

俺はリンがいくつもの押し花をしおりにしていくのを椅子に腰かけて眺めていた。

二時になるころやってきた母親に、リンはそれをひとつあげた。

「しおり？　やだ素敵ね！　この押し花はどうしたの？」

「お見舞いにもらった花で前からつくってたんだよ」

「あらなんだ、枯れたら看護師さんが捨ててくれてるんだと思ってた。いいわあこれ。すこし大きな葉書サイズのもつくってよ。母さん、残暑お見舞いを書くわ」

「うん、いいよ」

母親に喜ばれてリンもいささか誇らかになった。

いま飾ってある花も「これはもう元気ないんじゃない？」「そうだね、もっと枯れると色が悪くなりそう」とふたりで品評しながら摘んで本にはさんでいく。

「リンにこんな特技があったなんてね」

「なに言ってんの、技術なんて必要ないよ」

窓辺の花をかこんで寄りそうふたりは、親子ならではの緊密な香りを花みたいに放っていた。

そのときドアにノックがあって、柏木が顔をだした。

「失礼します――あ、お母さんいらしてたんですね。凛君の身体を拭いてあげようかと思ってタオル持ってきたんですよ」

「まあ、すみません、ありがとうございます」

近づいてきた柏木も、テーブルにおいてあった幾枚ものしおりに気づく。

「やだ可愛い、これどうしたんですか？」

「うふふ。凛がね、お見舞いにもらった花でつくったんですって」

「凛君が？　えーすごい、凛君器用なんだ？」

褒められると、リンは「器用じゃないですよ」と手をふって照れた。

「ううん、器用だしお花の配置センスもあるよ」

「そんなことないですって」

謙遜《けんそん》しつつも、でもやはりちょっと有頂天《うちょうてん》になる。

――社交辞令だとしても人に喜んでもらえると嬉しいな。ひょっとしてものづくりとか得意なのかも？　……って、そりゃ調子のりすぎか。いまさら才能に気づいたって遅いしな。

そのリンの心の声は、大きくはなかったがたしかに聞こえた。

未来に期待しないから天狗《てんぐ》にもなりきれない不如意《ふにょい》な現状を誰かに吐露したいという欲は、打ち消しようがないのだろう。

「手遅れの才能なんてない。リンがつくったものは、リンの想いと一緒に相手の心に残るよ」

俺がリンの肩をさすったらびくと反応したが、深呼吸して平静を保ち、柏木を見て口をひらいた。

「この、かすみ草だけの、シンプルなのも気に入ってるんです」

「うん、清楚《せいそ》な感じだよね」

「よかったら看護師さんたちにわけてあげてください。俺が持っててもしょうがないから」

「本当に？　ありがとう嬉しいわ、みんなもすごく喜ぶと思うよ！」

「だといいな」

微笑むリンの肩先は、尖って強ばっている。

――人がいるときに触ンなよビビるだろっ、人肌で優しくするのもすげえ卑怯だしさ……。

抗議は聞こえてくるものの、俺の目と掌にはリンの焦りや緊張のほうが鮮明に伝わってきた。頰と耳が若干紅潮している。

横から両腕で抱きすくめてさらに大胆に束縛したら、硬直して見る間に真っ赤になっていった。

――ふざけんなっ、なんなんだよちくしょう！　むかつく、なんでこんなことしてんだ、腕がかたい、くそ、苦しい……っ。

母親にも柏木にも見えない存在感皆無な自分の手が、リンには届いている。真っ赤に上気していくリンの頰を見ていると嬉しかったし、可愛いと思った。

「か、柏木さんっ、タオルください、身体拭きます」

やがてひきつった声で言ったリンが、俺の手をふり払うように身じろぎした。

俺が腕を離すと、パジャマのボタンをはずしていく。

「はいどうぞ。……って、凛君顔赤いよ、大丈夫？」

柏木からタオルを受けとったリンは「全然、……平気です」と、俯いて小さくこたえた。

——天使って冷たい……のは、死んでるからかな。にしても、身内以外に抱かれんのって初めてだ。物心ついてから初めて？　なんか……冷たいのに温かい感じがした。

「……リン」

いまここにある押し花は、十日間ほど本にはさんでできあがった。完成までにおなじだけ時間がかかるのなら、さっき本にはさんだ花が押し花になるころにはリンは生きていないだろう。

本のあいだで必要とされるのを待って眠る花々が再びリンの手に渡ることはない。

俺がリンの身体をこうして抱き締められる日々も終わっている。


夜になって、また母親と父親と三人で夕飯を食べたリンは、とても穏やかな心持ちになっていた。

母親が父親にリンのしおりのことを教えて柏木にも喜ばれたのだと鼻高々に報告し、他愛ない会話で笑いあった時間。暮夜《ぼや》の院内のしずけさ。窓から入るすずしい風。まだ響いている蝉の声。

ふたりを病院の玄関まで見おくったあとまた院内を散歩して、戻ってくるとしおりをふたつつくり、テレビを観て笑いもした。

消灯時間が近づいてきたらすこしそわそわしだした。

——……満月、何時にいくんだろう。本当にいくのかな。鍵、あけたのかな。

「あけたよ。リンが食事してるあいだに確認もしておいた。いくのは夜中にしよう。看護師もリンの部屋には見まわりにこないようにしておく」

リンはまだ俺を無視しているけれどあからさまに行動がぴたりと停止するので、片耳をそばだてて聞いているのがわかる。

「すこし寝てもいい。起こすから」

——そうか、仮眠……。

納得したようすで、ベッドをでて歯磨きをしにいく。

数分後にぱたぱた帰ってくると、灯りを消して眠りに落ちた。

左むきの俯せで眠る癖があるリンを、真横の椅子に腰かけて見守る。入院生活の心労もあるのか、もともと華奢なのに余計細く白々と痩せこけた首や腕が、触れたら崩れる雪のごとく儚く痛々しい。

——……ありがとう、幸せにしてくれて。

人間だったころの記憶のなかでひときわ鮮鋭に残っている光景は、崖から落下する直前に恋人が遺《のこ》した言葉と笑顔だ。

あのとき必死にたえた涙と、心臓を抉った悔恨は、いまや他人の物語に感じられて痛みもない。

リンのこの白い腕よりは、もうすこし太く無骨なラインをしていた。手首を、自分の手首とともにハンカチで括って掌同士をしっかと繋いだ。

ありがとう。

幸せにしてくれて。

恋人にとっての幸せが、その瞬間の俺には体内の骨から内臓をも溶かしだし、腐った抜け殻になり果てそうなほどの虚脱感に苛む絶望でしかなかった。彼は俺に出会わず、あの家であのままま っとうに生きていたほうがきっと生涯幸福だった。

恋人は天使になどなっていないだろう。たしかめる術《すべ》もないが確信はある。名前を失い、誰にも存在を認識されない孤独な者にさせられるような罪を、彼は一切犯していない。

目の前で眠っているリンの、緑色の血管がうすく浮く手首に触れる。

幸せとはいったいなんなのか。

人それぞれに違うことも、相手や状況によって変化することも天使として過ごすうちに学んだが、いまもって恋人の幸福は理解し得ない。彼は幸せではなかった。断じて。

リンの手首に掌を重ねたまま顔をあげて窓の外の月を見た。太陽と同様に、じっと見つめているといつの間にか傾いて位置が変わっている。

そっとリンの瞼がひらいた。

「……眠れないよ」

ほんのわずかばかりまどろんだ目で俺をしっかり捉えてそう言い、手を摑み返してくる。

「タカさんの手、冷たすぎる」

すこし怒っているけど、もう恨まれてはいないようだった。

「ごめん」

俺もリンの目を見返して謝った。手の冷たさ以外についても。

「いま何時」

訊かれて、壁かけ時計を確認する。

「二時すぎだよ」

「じゃあそろそろいこう」

うん、とうなずくとリンが起きあがった。リンの手が俺の掌を繋ぐ。


また看護師の目を盗んで忍び足で屋上へいく道すがら、リンは笑うのをたえてはしゃいでいた。

壁に隠れて階段へ移動し、最上階までのぼって重たいドアをあけ、外へでるとゆっくりしめる。

「あー……悪いことってなんでこんなに楽しんだろ。どきどきしたー」

夜空にむかってのびのび身体をのばし、リンが達成感に浸っている。

束縛や抑圧から逃れて、自由に愚かなことやばかなことをしてみたいと望むとき、リンの心にはいつも両親への想いが過ってできずじまいだった。

リンが奥へ歩いていくうしろを、俺は黙ってついていく。

真上には真っ白い満月がじっと佇んでいる。月光が明るくて下界の公園の木々や駐車場もよく見えた。風が強くて雲のながれははやく、うすい切れ端が月の視界を邪魔するように横切っていく。

「俺、藤丘先輩と綺麗に別れたかったんだよ。せめて喧嘩別れみたいな、ああいうのはいやだった。結局、死ぬ奴ってまわりの人に迷惑しかかけないんだなって思っちゃって、なんか、そんなさ……」

月を見あげるリンの背中は細く、指先で押すだけで折れてしまいそうだと思う。

ごめん、という言葉以外の誠意を探しても見つからない。動けもしない。

「俺がいつ死ぬのか、タカさんは知ってるの」

「……知ってる」

「それって残り短いんだよね。天使が見えるようになってるのに、一年も二年もあとのはずがない。明日？　明後日？」

「明日や明後日ではないよ」

躊躇いがちにこたえると、そのうちリンの肩が上下に揺れ始めて、洟《はな》をすする音が続いた。

泣いている。

「……俺の人生ってなんだったんだろう。もっと勉強して頭よくなって、総理大臣とかタレントとかになればよかったな。なんにもなくて、いたかいなかったかも謎のまんま二十歳にもなれないで死ぬなんて、ほんと、つらい……」

「幸福が増えれば苦しみも孤独も深くなるだけだよ。リンはたくさんの人間に知られない者はみんな不幸だと思うのか。リンが有名になれば家族や友だちがもっと自分を愛してくれたと？」

「……違う」

「リンがどんな人間でもきみの両親はきみを愛すし、友だちも友情の度合いを変えたりしない」

「自分がこの世にいらない人間だったんだって、思いたくないんだよ……っ」

近づいてリンをうしろからかき抱いた。

「リンの命は俺にも必要だ。これから百年後も千年後もずっと必要だよ。永遠にきみを見守っていく。〝桜凛〟がこの世界に存在したことも忘れない」

胸のあたりにリンの泣き声としゃくりあげる瞬間の震えが伝わってくる。身体が冷たいと言われていたのが気がかりだったがどうにも離れがたいから、なるべく優しく抱き締めた。

「……〝忘れない〟というか、忘れようがない」

リンと話せることも、こんなふうに触れることも奇跡なのだから。

「俺は、自分がリンと接しているときだけリンの幸不幸がわからなくなるのは、リンに嫌われるのを恐れるからだってわかったよ。だから自分に都合の悪い反応を認められなくなる」

無い者じゃなく有る者として相対しているうちに、愚かしいほど欲の塊になってしまった。

「今朝、試練だと思うって言ったのは、リンに幸福だけを与えたくなったからだよ。本当に不出来ですまない。きみが好きで、大事にしたくて、一秒ごとに途方に暮れる」

でももう不出来でもいい気がしている。

リンと過ごす奇跡の時間が残り少ないのなら、そのあいだぐらいリンのために不出来で出来損ないの天使になったっていいんじゃないか、と。

「……そんなことしたら、タカさん天使失格じゃん」

「そうだね」

「天使じゃなくなったら人間になれんの」

「いや。人間になるのはもっとべつの方法だよ」

「方法があるの？」

リンが花火を見たあと猛に嘘をついて笑ったあの日、俺はリンの傍にいるよと告げながら、自分が人間になって一緒にいることはできるんだろうかと考えた。すると頭にこたえが虹色にひろがった。

「天使は泣くと人間になるらしい」

「なく……？」

リンが俺の腕のなかで身じろぎしてふりむき、見あげてくる。

「天国には雨が降らないけど虹があるって教えたでしょう。虹は天使の涙で維持されているそうだよ。幸不幸を学んで、涙がでるほどの感情を自らとり戻したら、改めて人間になれるみたいだ」

「そ、うなんだ……なんか、おとぎ話の世界すぎて信じらんない」

「泣いたらっていうのはともかく、虹の件は俺も半信半疑だよ。涙が降るのを見たこともないしね」

「天使の世界にも迷信があるのかな」

「ああ、そういう考え方で正しいんだと思う」

ははは、とリンが涙のはりついた顔で笑う。右手で小さな頭を覆うと、風に乱れる髪が指に絡みついた。あらわになった額にくちづけたい衝動をたえ、自分の鎖骨に突っ伏させて抱き締める。

「……タカさんに会えたのは、俺が呼んだからかもよ」

「呼んだ？」

「『命に意味がある』って、こうやって何回も慰めてくれる人が欲しかったから。それはさ、親でも友だちでもなくて、俺の悪いとこも全部知ってる、神さまみたいな人じゃないと駄目でさ」

「神さまじゃないけど、たしかに俺はリンの人生を全部見てきたよ」

「うん、そう。それで嫌わないでいてくれるのもすげーし。俺には神さまだよ。だから……」

だから、の続きは途切れたまま、リンの心のなかでも言葉にならなかった。

「タカさん、」

縋りつくように背中に手をまわしてくる。

「死ぬのって苦しい？　痛い？　一瞬？　一瞬で真っ暗んなる？」

——それなら、痛くも苦しくもなくて一瞬で終わりなら、たえられるかもしれない。

「大丈夫、一瞬だよ」

よかった、とリンは肩を大きく震わせた。

「じゃあひとりってどんな感じ……？」

声が届くのが嬉しいはずなのにどうして何度も言葉を見失ってしまうのか。

「俺、……死ぬときひとりなのが怖い」

一緒に死んであげるよ、と自分が人間だったら言っていただろう。しかしそれが幸福にも希望にもならないことを、いまの俺は知っている。

「ひとりにしない。心中して苦しみをわかちあうのは無理だけど、ずっと横にいてリンの魂を守るよ。絶対離れない」

リンが瞼と下唇を震わせて顎にしわを刻み、

「心中なんて……頼まないよ、ばか」

と苦笑いする。それから嗚咽して慟哭《どうこく》に暮れた。

リンの頭や背中をさすりながら泣き声を聞く。

——心中なんて頼まない。

リンは俺が知らない景色を見せてくれる。傍にいるだけで、月光がいつも以上に明るい。

「なあ凛、病院ってやっぱ幽霊とかいんの？　なんか怖い体験した？」

「はあ？　おまえ小学生かよ」

猛と裏庭を散歩しながらリンが笑う。

裏庭の花壇にはひまわりが遠くまで整列しており、陽光を浴びて照る黄色がひときわ目をひく。

「こういうとこは絶対いるって言うじゃん。寝てるとき足摑まれたり呻《うめ》き声聞いたりした経験、あんじゃねーのー？」

「ねーよ、やめろよばかっ」

「怖がってる怖がってる、あはははっ」

リンが猛の肩を叩こうとして、猛がよける。くり返してくるくるじゃれるふたりを夏風が掠めて、ひまわりもゆらゆら揺れる。背後でぼうっと眺めている俺の姿が、猛には見えていない。

「幽霊とは違うけどさ、屋上に入れねーのは自殺者がいたからだって噂《うわさ》はほんとなの？」

「なにそれ。俺知んないよ」

「有名だぞ？　俺がここに凛の見舞いできてるって教えたら、学校の奴らもその話してたぜ。今年の三月ごろに女の子がフェンスよじのぼって飛びおりたんだって。原因は恋愛関係とか闘病生活の辛さとかいろんな説があるからどれも信憑性ねーけど、それ以来屋上は出入り禁止になったんだとよ」

「……屋上に入れないのは知ってるよ」

「おー、じゃやっぱほんとなのかもな」

リンがちらりと顔半分だけふりむいて俺を見た。もどかしげな、複雑そうな表情をしている。なんだろう。疑問に思っているうちに、猛の歩調にあわせて再び前へむきなおった。

「あとな凛、これ」

「ん？」

「藤丘先輩から手紙あずかってきた。ほれ」

さしだされた白い封筒を見つめてリンが歩みをとめ、猛も遅れて足をとめた。

「このあいだのことだと思うぜ」

――って、俺が先輩ンとこいって無理矢理書かせたんだけどな。

猛が心のなかで舌をだして、リンの手になかば強引に手紙を持たせる。

「ありがとう猛……」

受けとったリンは礼を言って、かろうじて猛に笑顔を返した。

まぶしいひまわりがたゆたい、騒がしい蝉の鳴き声が降りそそぐもとにリンと猛が佇んでいる。

一時《ひととき》、時間がとまったようだった。


猛を見おくって病室へ戻ると、リンは藤丘の手紙をサイドテーブルにおいてベッドへ腰をおろした。俯き加減に膝を見おろしてなにか考えているが、内心は聞こえてこない。

俺も左隣に腰かけた。廊下から看護師や見舞いにきた家族の足音と話し声がする。正面の窓の外からは何匹もの蝉のやまない鳴き声。

横にいるリンの、髪に隠れた表情を想像するが、白い頰と血管の筋が目立つ首筋が痛々しいだけでうまくいかない。右手で頭に触れて髪をながすと、ごく冷静にこっちをむいて、でもどことなく寂しげな目でまばたきをしたから、唇を寄せてキスをした。口先をあわせるだけの挨拶じみたキス。

「……タカさんはあたり前みたいに、自然にキスするね」

恥ずかしそうな苦笑が返ってきた。すこし明るさが戻ったことに安堵して、もう一度唇を重ねる。

「……もう駄目、」

――あんまりすると、変な気持ちになる。

「いいよ、変な気持ちになって」

「心読むなよ……」

すきまから洩れる抗議も舌で吸いとる。

――……口、冷た。

リンは唇も舌も柔らかい。

――冷たいけど、俺の体温がうつったところは温かい……。

「リン」

「……うん？」

唇を離すと、リンを抱き締めた。

「リンは猛とセックスするのはいやなのか」

「は？」

見返さなくとも不機嫌な顔が想像できたので、後頭部を覆って強引に胸に押しつける。

「猛は優しい奴だよ。リンのことをいつも真剣に考えてくれてる。一度だけ抱いてもらったらどう？

そうすればリンはセックスも経験することができるよ」

「あのな、」

「おかしなことを言ってるのはわかってる。けど猛なら、」

「ないから。好きじゃない奴としたくないって言ったろ？　猛のことはそういう意味で好きなわけじゃないんだよ」

「そうか。……まあ、そうか」

リンが俺の胸を突いて逃れ、鋭く凝視してくる。恐る恐る目をあわせたら怖い顔をしていた。

「タカさんはセックスできないの」

「俺には生殖機能がない」

「ない……？」

「子どもをつくる必要がないからね」

リンは静止して、俺の言葉を理解しようとしている。

「……機能がないだけで、ついてはいるんだよね」

「ないよ」

「まさか」

「触ってみる？」

俺が手をさしだすとリンがおずおず掌を重ねてきたので、股間にあてがう。

「本当だ……」

リンの驚きには失望があった。

「俺の外見は人間のころと変わらないけど、これは単なる器《うつわ》で内臓もなにもない。だから体温もない。キスしてるとき唾液《だえき》もほとんどないでしょう」

「舌はある」

「しゃべるためにね。声は言霊を操るのに必要だから」

――……この人は人間じゃないんだ。

俺から手を離したリンが、俺の身体と存在をたしかめるように視線をさげていく。目で見て何度心でくり返しても理解と実感はべつらしく、うな垂れて沈黙してしまう。

午前中風呂に入ってひさびさに洗ったリンの髪はふんわりしている。綺麗な渦を描くつむじと、前髪の合間からつんとのびた睫毛、桃色のうすい唇、すずしげな生地のパジャマの襟から覗く鎖骨。

「……タカさんは俺に誰かと寝てほしいの」

「リンの願いが叶えばいいと思ってるよ」

「俺がどうこうじゃなくてタカさんの気持ちを訊いてるんだよ。俺が猛と寝てそれ見て嬉しいの？よかったなって思うのかよ」

顔をあげたリンに再び鋭く睨まれた。怒りに満ちてつりあがった目も、不服そうに曲がった小さな口も、可愛らしく愛おしい。

「その質問に、俺はこたえられる立場にない」

「なんだよ立場って」

「俺はあくまでリンを見守る者だからね」

「じゃあ俺にキスするのも俺の願いを叶えるためだけなんだな」

「……。そういうことにしておいてほしい」

「ばかにするな」

しなやかで厳しい、鞭のような口撃だった。

リンの心は俺の本音しか許すまいとしている。人間と対等になれない俺の想いを欲して、リンは幸せなんだろうか。

「……リンの願いを叶えたいっていうのは本心だよ。後悔がひとつでも多くなくなればいいと思う。人間の、同性との恋愛も困難なものだから、余計にそう思うよ」

「うん」

「でももしリンを受け容れる人間が現れたら、その行為の最中は、俺は外にいる。……すまない」

言ったとたん慚愧《ざんき》にたえられなくなった。身のほど知らずとはこのことか。

愛していると告げるのは許されるとしても、独占欲をむけるのはどう考えても間違っている。

「なんで謝るの」

「リンを惑わせてなければいい」

「惑うってなに？」

「人間は人間と恋愛するものだし、それが真実の幸せだよ」

「俺、人間との恋愛なんて諦めてるけど」

「この病院内にはおなじ不治の病に悩む人間がいる、わかりあえる相手もいるかもしれない」

「タカさんは、俺がアソビでタカさんとキスしてると思ってるの」

右手で額を押さえて、今度は俺がうな垂れた。

「……いや」

アソビなんて言葉はリンからもっとも無縁だと思った。

「最初は驚かせて藤丘への想いを刺激してしまったけど、いまは変わってきてる気がしてる」

「気がしてる？　ごまかすなよ、俺の心の声全部聞いてるんだろ？」

「俺は幽霊みたいなものなんだよ、人間じゃない」

リンの眉根が寄って顔がゆがんだ瞬間、反射的に抱き寄せた。反論の文句も表情も拒絶したかった。

「リンが死ぬ瞬間まで幸せでいられるようにしたい。それが俺の唯一の望みだよ」

感情だけが日を追うごとに色づいて生気を帯びていく。

まったく滑稽《こっけい》だった。


体調が思わしくないからすこし昼寝する、と言ったリンが寝息をたて始めると、廊下のほうがなにやら騒がしくなってきたのに気づいて病室をでた。

隣室の扉があいていて、いままさに息をひきとろうとしている患者の延命処置が行われているのが見える。医者に心臓マッサージをされている患者はまだ若い男で、リンと歳も変わらなそうだった。

両親らしき男女が横で懸命に名前を呼んで、手を握り締めている。しかし想いも虚しく、まもなく心電図の音が停止して亡くなった。

やがて顔に白い布をかけられた患者はベッドごと運ばれていき、親戚とおぼしき年配の女性ふたりが「わたしたちはここで荷物をまとめているから」と残った。

部屋の主を失って急に活力をなくした病室に、彼女たちの嘆息がこぼれる。

「……息子に先だたれちゃ辛いわよねえ……」

「親なら先に逝《い》くもんだってわかってるけど、子どもはね……」

この三階には個室の病室のみがある。複数の患者がともに生活をする大部屋はさらに上階にあった。以前リンの両親が主治医に、個室は最期《さいご》を待つ患者が入る場所だ、と説明されていたのを思い出す。母親は涙ぐんで、父親は覚悟したように唇を噛んでうなずいていた。

病室の荷物をふたりの女性が黙って片づけていくのを尻目に、その場をあとにする。

リンの具合がよくなったらまた夜に屋上へいこうと思いたち、ナースステーションへむかうと、「凜君が？」と聞こえてきて思わず歩みがとまった。柏木と、恰幅《かっぷく》のいい男性医師がいる。

「へえ、素敵なしおりだね。ぼくも欲しいな」

「凜君がたくさんくれたから先生もおひとつどうぞ」

「本当に？　大事につかわせてもらうよ」

医師はオレンジ色のガーベラの花弁《かべん》が綺麗に配置されたしおりを選んだ。「オレンジ色の花言葉は我慢強さだったっけ」と呟きながら、花びらのひとつずつを大切そうに眺める。

「凜君はどう？」

「どう、と言いますと？」

「ほら、れいの件」

「ああ……一応あれ以来なにも聞いてません」

「そうか」

れいの件？　と訝ったら、柏木が躊躇いがちに、

「あの……先生も幽霊とか信じますか」

と続けてピンときた。リンに俺が見えるようになってしまった日の騒動のことか。

「多少はね。そういう話はたまに聞くから」

「わたし凛君が初めてだったんで、本当はちょっと怖かったんです。院内にもやっぱり幽霊っているんですかね……？」

「きみねえ……。想像してみなさい。恋人でも身内でも誰でもいいけど、もしあなたの大事な人が亡くなって幽霊になってでてきたらどう思う？　また会えて嬉しくないか？　なにか未練があって死にきれないなら、生前気づいてあげられなかったことを申し訳ないと思わない？」

「は、はい……思います」

「でしょう。そもそも生死に関わる仕事をしてるんだから、おばけが怖いなんて子どもみたいなことを言うのはやめなさい。霊にいちいち同情しろとは言わないけど、もとは生きていた人間なんだ。みんななにか事情があるんだと思っていればいい」

「すみません……」

「凛君のことちゃんと注意して見ててね。病は気から。健康でいるにはメンタルも大事だよ。ぼくたちは患者さんより強靭《きょうじん》な精神で支えてあげなくちゃいけないんだからそのつもりで」

「はい、申し訳ございませんでした」

柏木が頭をさげると、医師が後頭部の髪をかいた。

――なにをムキになってるんだか……八つあたりしたって自殺した彼女が還《かえ》るわけでもないのに。

……そうか。猛がリンに教えた噂話は本当にあった事件なのかもしれない。

身体が浮くのにまかせて屋上へあがり、物思いに耽っていると、そのうちリンの声がかすかに聞こえた。言葉ではない、水の波紋じみた吐息の揺らぎだったがたしかに感じた。

目がさめたんだろうか、と出入口のドア側から病室へ戻ったら、リンはベッドの上で身体を起こして窓の外を眺めていた。左手には白い便せんがある。

表情はうかがえないが、痩せて骨の突きでたパジャマの背から寂寥《せきりょう》と感慨が浮いて近づきがたい。リンの左頬に影がさしている。左手の指は力なく便せんを支えている。泣いているのかもしれない。抱き締めて慰めてあげたい。でも踏みだすことができない。


「押し花まだできないなー」

夜がきて消灯時間前になると、リンは本にはさんだ花々を確認して残念そうに笑った。

「あともう一週間から十日って感じ。はやくできないかな。母さんに葉書も頼まれたし」

リンの笑顔に、俺もできるだけなごやかなうなずきを返してこたえた。

本をサイドテーブルにおいて部屋の灯りを消したリンが、ベッドへ戻って布団にもぐる。

「そういえば映画観忘れちゃったな。いつも楽しみにしてたのに」

「毎週観てたね」

「うん。今週はなんだったっけな。アクション系のだったと思うけど」

藤丘の手紙はベッドサイドの棚の、ひきだしの奥に封印されてしまった。俺のほうをむいて楽しげに話し続けているリンに、無理をしている気配はない。

「……手紙のことなら平気だよ」

見透かすような言葉をかけられた。

「ね、タカさん、眠るまで手触っててていい？」

いいよ、とこたえて、リンの右手の掌に自分の右手を重ねる。

「ここ三階なのに、鈴虫《すずむし》の鳴き声が聞こえるよね」

「ああ」

リンの手はさして熱くないが、こうして触りあっていると自分の手にリンの体温が伝わってきて、徐々に温かくなっていくのがわかる。死人じみた冷たい俺の肌を、リンが生き返らせてくれる。

リーリー鳴く鈴虫は秋の訪れを思わせた。先日まで夜もうるさかった蟬は今夜は大人しいようだ。虫も人も生まれては死に、消えて逝く。

「……リン」

「うん？」

「俺はリンたちにとっての死の辛さがわかってきたよ」

リンがぼんやりと遠い眼ざしで俺を見返した。

「タカさん、そんなしんどいこと考えてたの……？」

眦《まなじり》をゆるめて、泣く前のように頼りなくほころばせる。

「……人間みたい」

微笑んで囁いてから俺の手を優しく握り返し、目をとじて眠りに落ちる。


また一日が始まった。

「タカさんは人間だったときどんな人だった？　趣味とか」

枕を背に、ベッドの上で膝を抱えて座っているリンが訊いてくる。

「趣味か……」と考えつつ、俺はリンとむかいあうかたちでベッドの縁に腰かけた。

「本を読むのが好きだったよ。教師になりたくて勉学に励んでた」

「勉学！　真面目な人だったんだね」

「俺のまわりにも知識に貪欲な人間がたくさんいたんだよ」

「ふうん……じゃあ文系？」

「数字を扱うのも嫌いじゃなかった。きちんと答えがでるのが気持ちいいよね」

「うわ〜優等生っぽい。たぶんおなじクラスにいたら友だちになれないタイプだ」

「リンが俺を嫌う？」

「俺は憧れるよ。タカさんが俺を相手にしないいんじゃないかなって思って。俺平凡で特徴ないから」

「どうかな」

「タカさんの恋人も俺と違うタイプだったんでしょ？」

返答に窮して「まあ……」と言葉を濁す。当時の恋愛感情は他人事だし、リンとの違う出会い方について妄想したところで得るものもない。いまここでこうして愛しく想っているのが真実だ。

「俺、タカさんと人間同士で会ってなくてよかったかもな」

「もしもの想像なんかで不安になったりするリンが俺は可愛いよ」

羞恥《しゅうち》をたえるように唇をひき結んで視線をさげたリンが、シーツ上にある俺の右指を右手で弄ぶ。

「……タカさんの昔の恋愛のこと訊いてもいい」

昔の恋愛のこと、と頭のなかで記憶の映像を遡《さかのぼ》り、俺もリンの右指を搦めとった。

「相手は資産家の息子で、身分違いの恋だった。彼が高校の風紀委員の後輩で、親しくしてるうちに恋愛に発展した感じだったね。同性だから卒業と同時に別れたけど大人になって再会した。そうしたら彼は政略結婚前で人生を嘆いていて、俺が一緒に死のうって誘って駆け落ちした。それで終わった」

想いを育んだ放課後の校舎、隠れてキスをした委員会室、夕暮れの自転車置き場、ふたり乗りして別れ道までむかう甘く切ない帰路。再会後の幸福、焦燥と衝突、狭くなる視野。

彼と過ごした数年間も、口で説明してしまえば三分にも満たない。現在の俺には感傷もない。同性という異常をのぞけばどこにでもあるありふれた出来事だ。

「淡々と話すんだね」

「情熱ごとおりてくるわけじゃないから、どうしてもね」

「憶えてるのに苦しくなったりしないの」

「正確に言うなら〝憶えてる〟というより〝知ってる〟って感じなんだよ」

「ああ……」

繋いだ指をそのままに、リンは左腕を膝の上にのせて俯せ、窓の外のほうへ視線をむける。

「……それ、すこしわかるかも」

まばたきとともにリンの睫毛が上下する。物憂げに細まって、どこかに離れていく眼ざし。

「俺、先輩といつもなに話してたんだっけな……」

——あんなに好きだったのに知らないことばっかだ。俺先輩の趣味とか恋愛とか家族とか、生々しい姿からは逃げてたしな。見るのも見せるのもいやだった。告白しなかったのも夢を壊したくなかったからで、ただ単に〝恋愛した〟っていう事実を人生に遺すために追いかけてただけなのかも。

「リン」

　呼びかけると、リンが視線をあげて俺を見返した。右目が日ざしに透けて焦げ茶色に光っている。

　――……この人はどんな気持ちで〝一緒に死のう〟って言ったんだろう。自害の是非はともかく、身が千切れるほどの限界の絶望をさらせるのは結局特別な相手だけだと思う。死のう、と言ってもらえるのも言えるのも羨ましい。俺も〝死ぬのが怖い〟って泣いて縋れたのは初めてだった。タカさんには本当の姿を見せられた。タカさんだけだった。

「タカさん俺に〝天使みたいなものだと思え〟って言ったけど、あれってどうして？」

　突然の話題転換に、意識が一瞬のり遅れた。

「どうしてって」

「やっぱり、天使とは外見もそのほかもいろいろ違うもの」

「魂を天国に連れていくのは、リンたちの世界では天使だろうと思ったんだよ」

「死神は地獄に連れていく者？」

「死神はそもそも幸不幸を与えたりしないと思う」

「あそっか。たしかに天使なら人間にいいこともしてくれそうだね」

　リンが俺の手をひいた。

「地獄もあるのかな？　罪人がおくられるところ」

　身体が傾くのにゆだねて、俺はリンに近づく。

「天国しかないよ。地獄があるとしたら俺が証明かな。罪人で、ひとりで幸せの勉強をし続けなければいけなくなった」

「地獄に堕ちるって天使になることなの」

「俺が勝手にそう解釈してみただけだよ。リンと話せなかったころは孤独で、いまは幸せだから」

陽光に照るリンの髪の琥珀色《こはくいろ》に輝いているあたりを撫でたら、熱くなっていた。熱気を払うようにして髪を梳いていているうちにリンがまっすぐ凝視してきて、その目にも熱が灯っているのを察知すると、そっと唇を寄せてくちづけた。

「うん」

「……タカさんとキスしてるとき、普通の人には俺だけ口ぱくぱくしてるように見えるんだよね」

リンが笑って、俺もつられて笑ってしまった。

「タカさん笑った」

「笑えたよ」

さらさらおもしろいことではないけれど、リンの言動の可愛さにひきずられた。

「笑顔かっこいー」とリンが赤い顔で茶化してきて、俺は自分の唇に笑みの余韻があるのを感じながら繋いでいた手を離し、リンの左頬を掌で包んだ。

「リンも可愛い。外見も性格も全部可愛いよ」

心をこめて告白したが、リンは慎重な表情になって俺を覗く。

「……俺のみっともないところもいいの」

「いいよ」

「幻滅したことないの」

「ないね」

「ずっと見てたのに？」

「見てたからだよ」

――……だっこして、とか子どもみたいなこと言ってもこの人笑ってくれるのかな。

吹いてしまった。

人の顔を睨み据えてなにを真剣に考えているのかと思えばこんなこと。

望みどおりリンの腰に腕をまわして抱き寄せたら、リンはうろたえつつも立て膝を崩して俺の胸なかにおさまった。恋人のいた経験がなく、他人に甘えるのも許されるのも一大事だと思うリンの初々しさが可愛い。

「……俺ずっと不思議だったんだけど、」

「うん」

「輪廻転生があるなら、どうして俺はいまの意識しかないの？」

「いまを生きてるのがリンだからだよ。〝前世と今世〟の感覚は〝昨日と今日〟とは違う。〝誰かと自分〟だ。リンが俺の意識を自分のものにできないのとおなじ」

「前世や来世の俺は他人ってこと……？」

「魂はおなじだから〝他人〟ではない。〝別人〟に近い」

「微妙な違い……けど、じゃあ俺、来世でタカさんのこと忘れてるの」

「当然、憶えていてもデジャヴ程度だろうね」

「死に際にまた見えるようになっても……、」

「リンにとっては初対面だよ」

身体をかたくさせて、リンが口をとざした。強ばりをほどくように背中を撫でていると、顎をあげてリンから俺の口にキスをくれた。透徹した瞳をしている。

――俺が死んだら本当に終わり。俺は忘れるのに、タカさんはひとりでこの時間を憶えてるのか。

心配ない、愛してるよ、と声で返す余裕がなくなってしまったかわりに目を見つめていたら、リンが身体を離してサイドテーブルに手をのばし、しおりをひとつ選びとって俺に突きだしてきた。

「これタカさんにあげるよ、持ってて」

切迫感のある懸命さで、かろうじて笑顔を繕って言う。ひまわりの黄色い花びらでつくられたしおりだった。枯れてもなおリンの手で息を吹き返し、美しい姿に咲いた花。

「……すまない、もらえない。リンの世界の物は俺には所有できないんだ。手に持ち続けるとしおりだけ浮遊することになるし、ポケットにも入らない」

「え」

意味が理解できないというようすでリンが俺の着ているコートのポケットにしおりを忍ばせたが、するりと透けて落ちてしまった。離れても忘れてもいまの証拠を持っていて。そんな、言われずとも察せられるリンの熱誠《ねっせい》な想いがシーツの上に虚しく横たわる。

「人間もおなじだよね」

リンは困ったように眉をさげて笑った。

「人間同士でなにかもらったりあげたりしても天国に持っていくことはできないでしょ。死んだら自分のものも身体も、全部灰になるだけだよ。でもプレゼントしたりされたりして、おたがいの心が嬉しーとか幸せーとか思うことにきっと意味や使命があるんだよね？　俺も学んだ」

しおりを持ちなおしたリンがサイドテーブルの花瓶にたてかける。

「ここに飾っておくね。タカさんのものだよ」

リンが亡くなったら、それも母親か看護師か、誰かの手で処分されてしまうんだろう。だとしてもいまなら俺にもわかる。こうしてリンがくれて自分がもらったこと、ここで心をかわしあったこと、この事実がなににもかえられない、かたちにもならない奇跡であり幸福だということが。

「リン。俺はまだ寂しそうに見えるか」

いま一度抱き寄せて問うと、リンは涙を我慢するみたいに口をへの字に結んで頭をふり、微笑んだ。嘘でも気づかいでも、リンのその温かい思いやりが嬉しい。

そうだよ、幸せだよ、と小さく伝えて、何回目かのキスをした。


リンが昼寝から起きるとすぐ夕飯になり、リンは半分眠たげな、体調の悪そうな、そんなとろい動作で食事をした。「食事中もタカさんがいると楽しい」と言って、ふたりで他愛ない会話をしながら食べていたせいか柏木がお盆を回収しにくるころになっても食べきれず、だいぶ残してしまった。

「タカさん、親指相撲《おやゆびずもう》しよう」

「いいよ」

おたがい右手の親指を立てて四本の指を握りあい、腕を平行に保った状態で親指で親指を押さえこむ、というただそれだけのゲーム。

「こうしてみるとタカさんの親指って長いね」

「そんなことないよ」

「あるよ、手がでかいもん」

と、話している隙をついてリンがさっと俺の親指を攻撃してきて、俺は瞬時にかわして反対に潰してやる。

「いたいいたいっ」

「狡いことした罰があたったね」

「狡くないよ、作戦だろっ」

「狡い作戦だ」

「指の大きさが違いすぎるじゃん、ハンデちょうだい！」

「じゃあ俺は十秒間親指を動かさないで、待ってから攻撃するよ」

「よっしゃ」

ところがリンは力がないので、俺の立たせたままの指さえ倒すことができない。カウントが六秒をすぎると歯を食いしばってうーうー唸りつつ必死に攻撃し始めて、それがあまりに可愛いものだから俺の数をかぞえる声も笑ってくる。で、十秒経ってしまって瞬殺。俺の勝ち。

「狡いよ！」

「なにも狡くないでしょ、ハンデあげたよ」

「狡い！　強くて狡い！　もっと弱くして！」

無茶苦茶だ、と吹く俺に反してリンはますます悔しがり、繋いだ手をぎりぎり握り締めてくる。

「……痛いよリン」

俺も手に感覚をとおすには集中力を要するからおあいこなんだけどな。

「なら次は二十びょ……、」

俺が言いかけたとき、病室のドアがあいた。

「凛、誰かいたの？　話し声しなかった？」

リンの母親と、父親が「なんか怒ってたよな？」と入ってくる。

「だ、誰もいないよ、怒ってもない」

「嘘だ、ひとりで叫んでたでしょ、外まで聞こえてたわよ？」

「外まで⁉」

「女の子連れこんでるんじゃないでしょうねー？」

「んなわけないしっ」

動揺して、リンが返答に困っている。

「リン大丈夫だよ、テレビ観てたって言って」

俺はリンと繫がりあった右手を左手で撫でて、目を見つめて告げた。

小さくうなずいたリンが、

「テレビ、観てたんだよ」

と、ひきつり笑いでこたえる。

「テレビ？　ついてないじゃない」

母親がきょとんとして不思議がっているあいだに、俺はテレビ棚においてあったリモコンを彼らの目につかないようにとって「いま消したって言えばいいよ」と、リンの手もとに忍ばせた。

「驚いていま消したんだってば、ほら」

リンがリモコンを顔の横でふると、母親はようやく納得したようすで肩をすくめる。

「退屈してなきゃいいけど、ほかの患者さんに迷惑かけるようなことはしないでね」

「うん、気をつける。——てか、母さんたちどうしたの、こんな時間に」

「夕飯の時間はすぎてるってわかってたんだけどね、父さんが凛の顔見たいって言うから」

ソファーに腰かけた父親は「弁当買ってきたんだ」と、ビニール袋から器をだしている。

「凛と一緒に食べたかったのに残業で遅くなってな。まだ寝てなくてよかったよ」

面会時間外でもあるのだが、この三階に入院している患者に関しては親族であれば二十四時間いつでも会いにくるのを許可されていた。

リンは母親にオレンジジュースをもらい、飲みながら両親と一時の団らんを楽しむ。リンの体調が一日よかったこと、今日母親と父親の身に起きた職場での些細なトラブルと愚痴、天気のよさと明日は暑いらしいよ、という情報交換。

そしてリンが子どものころの思い出話。

「田舎はもっとすずしいのかしらね……」

「都会と田舎は暑さも違うの？」

「違うわよ。父さんと母さんの田舎は山と緑にかこまれてってすずしいの。クーラーなんてつけなくていいんだから。リンを産んだ年も母さん仕事辞めて田舎に帰ってたでしょ？」

「それは何遍も聞いてるけど、赤ん坊のころのことなんて憶えてないし」

「あら～。夜になると網戸にカブトムシなんかもいっぱいくっついて、凛も喜んでたのにね」

「いっぱい？　えー、虫のことは知らなかった」

「凛、興味津々でさ、内側から怖々網戸叩いてカブトムシが落ちると驚いて尻餅ついちゃうの。可愛かったんだから〜……。二歳になるころにはこっちにきてたけど」

病気のこともあって、都内の病院で診てもらう必要があったから、とは、母親は言わなかった。

「ほっぺぷにぷにで、よちよち歩いて……また赤ちゃんに戻ってほしいわあ」

母親がいつもそうであるように、赤ん坊のリンをうっとり回想して感慨に浸る。

「いやだよ、やめてよ」

リンが恥ずかしそうにすると、父親も話にくわわった。

「父さんは離れてるあいだひとりで寂しかったよ。母さんは田舎が気に入ってなかなか帰ってこなくてな」

「だってあっちは母さんもいて三食昼寝つきなんだもの。産後はとっても楽だったの〜」

「まあね、わかってるけど」

父親は当時、田舎の環境がリンの治療にあうのなら自分も移住しようかと考えていた。しかし結局、田舎の緑の多い環境も、都内の有名病院の最先端医療も、リンの心臓を完治させはしなかった。

「ちっさいころの話はもういいって」

リン本人は憶えているわけでもないし、無防備だった自分が照れくさいばかりで心地悪そうだ。

「やだわあ、いまはちっとも可愛くないったら」

「大人になったんですー」

「はいはい」

漫才じみた母親とリンの会話を聞いていた父親が鮭《さけ》を頰ばりながら笑い、俺も苦笑する。

「ったく……ふたりしてほんと昔話が好きだよなあ」

リンが頬を赤らめてぼやくと、両親が仲よく笑った。

時刻は八時半。窓の外はしんと夜に沈み、月も傾き始めている。

布団に隠してずっと繋いでいるリンの右手の親指が、ふいに動いて俺の親指をきゅっと押さえた。


病院の玄関まで両親を見おくりにいくと、ふたりとむかいあって別れた。

「じゃあね凛、母さんまた明日くるから」

——今夜も無事に過ごして、明日も元気でいて。

「わかった」

リンはうなずく。

「父さんもまたくるよ。凛もちゃんとメシ食って、しっかりな」

——死ぬなよ。まだ生きてくれよ。

「うん、わかったわかった」

心配性だな、というふうにリンは苦笑して、右手をひらひらふる。自動ドアをとおって病院をでた両親とリンを、晩夏の青々した香りの夜風と淡い暑気がむっと包む。頭上には月とごくごく小さな星。

半分ふりむいてリンに笑いかけながら歩いていく両親が角を曲がって去ってしまうと、とたんに両親の声も気配も消えてリンだけが静寂のなかにとり残された。横にいるリンの寂しさがわかる。

リンの左手をとって繋いだ。ふりむいたリンが俺を認め、ふわっと笑顔をひろげると、どちらからともなく身をひるがえし、病室へむかって踏みだした。

薄暗くしずまり返った廊下に病室から届くテレビの音やいびきがかすかに洩れ聞こえてくる。リンと俺はふたりでいるが、実際はリンがひとりで歩いているだけなので会話ができない。視線のみでたがいに進路を確認しつつ口を噤んで歩く。院内は消毒液や寝具などの清潔な匂いがただよっている。リンの手が俺の手をしっかりと握りなおす。足音はリンのものしかない。

名状しがたい冷たい孤立感がおりてきた刹那《せつな》、リンが俺の親指を四本の指でくっと捕らえた。本人は細い肩を揺らしてくすくす笑っている。仕返しに親指をひき抜いて俺がリンの指を押さえこんだら、今度はリンが指を抜けなくなって、両手でひきはがそうと躍起になり、その場で地団駄《じだんだ》を踏みながらもがきだす。

ぶっとリンの口からこらえていた笑い声がこぼれると、俺もすこし笑ってしまった。リンの指を解放してあげても、また攻撃してきてすぐ俺に捕まる。長い廊下の遠くまでまっすぐながれている夜気、リンの乱れた足音、リンと自分のふたりの息ざし。

悔しがるリンとようやく病室へ戻ると、

「狡いよ!」

と真っ先に抗議を受けた。

リンはベッドに転がって布団へもぐり、存分に笑う。

「力の差でしょう」

「怪力天使なんて聞いたことねえっ」

「ああ……それはそうだね」

納得しつつ、俺もリンの横へ腰かけた。顔をだしたリンと目をあわせて笑いあう。

――あー……楽しい。指相撲ってこんなにおもしろかったっけな？

布団にだらしなく寝そべって、顔全部でゆったり笑っているリンこそ天使のように愛らしかった。全身でのびのびと満ち足りているのが俺の身にも伝わってくる。

――タカさんがいてくれるとやっぱり全然寂しくないなー……。

「俺もタカさんぐらいの歳には怪力になるよ」

言下に、あ、とリンが息を呑んだ。

――ばか俺。もうそんなに生きられないんだった。

「……ごめん」

謝るリンは右頬をひきつらせて複雑な笑みを浮かべ、いたたまれなげに視線をさげる。

俺はリンの頬に寄ったいびつなしわに手をのばして撫でた。両頬を包んで顔を寄せ、右目の瞼にくちづけて小さく、叱《しか》るような心持ちで「謝ることじゃない」と伝える。

リンの我慢が俺は歯痒い。もっと傲慢《ごうまん》に、わがままになっても誰も怒らないんだよ、と言ってもどうせ聞かないだろうから、もどかしさのみを訴えるようにリンの頬に自分の頬をこすりつけ、キスして、吸い寄せた。

またたく間に羞恥に呑みこまれるリンは、へへ、いやだ、くすぐったい、と明るく笑いだす。突然の愛撫に緊張して、笑うほかに手だてがなくなるこの幼さを、可愛く感じれば感じるほどに俺はまた胸が痛くなる。本当に、なぜたった十数年で死ぬ使命を背負う数少ない人間のひとりに、この子が選ばれてしまったのか。

リンの舌を吸って身体をかき抱くと、リンもおずおず両手を持ちあげて俺の背中にまわしてきた。

――……タカさんの身体、大きくて布団みたい。肩幅もひろくて身長も高くて、マッチョっていうんじゃないけどがっしりしてて、温かいから寄りかかりたくなる。父さんもこういう体型だからかな。子どものとき抱かれた記憶があるから、安心するのかも。

口を離してリンの顔を見たら、赤い顔をして微笑んでいる。

「……布団は、ちょっと切ない」

「え。もしかしていまの聞こえた？」

リンが笑って俺もつられた。そして何度もキスをした。音をたてて数回くり返すはしゃいだキスや、上唇と下唇を食べるようにはさんで吸う支配欲に狂ったおかしなキス。たえきれなくなるとリンはキスを解き、真っ赤な頬のまま微笑みながら俺の胸にくっついてくる。

「タカさん、さっき父さんと一緒に笑ってたね」

「笑う？」

「俺の子どものころの話のとき。タカさんも傍にいたんだなって実感した」

「ああ。……うん、いたよ」

懐かしさに浸ってリンの後頭部を撫でる。

「リンは生まれた瞬間からいままで変わらず毎日可愛い」

「言いすぎ」

「リンが初めて歩いた日も憶えてる。母親が育ててたカイワレの芽が見たくて、おむつでふくらんだお尻を持ちあげて四つん這いになって、テーブルの脚に摑まって立ったんだよ。水色の小さな靴下を履いてて、よちよち歩いて、『芽ぇ、芽ぇ』って必死になって」

「恥ずかしいってもう〜……っ」

「母親も祖父母も手を叩いて喜んでた」

可愛かった、と囁いたらリンは羞恥に追いつめられて俯き、「みんな子どものときの話するからいやだ……」とぼやいた。

教えるのはひかえるが、初誕生祝いには祖母に『大事な行事だから』と、背負餅《せおいもち》をやらされていた。〝凛〟の文字が赤く入った大きくて平たい餅を風呂敷に包んで背負わされ、数歩すすんで転ぶリンをみんなが温かく祝うなか、祖母は『一生はそれだけ重たいってことなのよ』と言ったのだった。

あの日々――リンが再びこの世に生まれて、着実に成長していく過程を見守り続けていたささやかで楽しい毎日は、いま思っても幸福以外のなにものでもない。

「タカさんは母さんたちとおなじで俺の成長とか、人生？　に、愛着みたいなのがあったりする？」

「両親とは違う感情だと思うけど、特別な想いはあるよ」

「そうだ、親とは違うって前も言ってくれたね」

「自分の遺伝子を継いでる子とか、自分から生まれた子って意識はないからね」

「そっかー……どんな感じだろう。俺も下に妹か弟がいて赤ん坊のときから見てたらわかったのかな。弟妹とも違うか？」

「もうすこし感覚に距離があるんじゃないかな。恋人みたいに触りたくなるぐらいだし」

ぼんやりほうけた目をしたリンの心から、こいびと、と聞こえてきた。

笑顔を返してリンの下唇と顎のあいだのくぼんだすきまに唇を忍ばせて吸うと、リンは軽く身をすくめて震えた。労るように抱き締める。

「田舎は自然が豊かで空気もよかった。星も綺麗で、俺はあのころから月を見るのが癖になったから、いまじゃ月のかたちで満月まであと何日かほぼ正確にわかるようになったよ」

「ほんと？」

「本当」

「俺、満月の一日前ぐらいしかわかんないよ」

「変な特技だよね」

「ううん。空と、天国に近い人なんだって感じがする」

天国に近い人、か。

前髪を撫でてリンの目や鼻や口のかたちを見つめていると、至近距離に慣れないリンがへにゃりと拙《つたな》くはにかんだ。そんなに緊張しなくていいのに、と心臓を心配してリンの左胸を押さえ、たわむれのキスをする。

唇のぎこちない動きからリンの焦りが感じとれて、愛しさあまって上唇をまるごと咀嚼するように口に含んでやったら、う、わ、と思考の乱れも聞こえてきた。

——は、歯茎まで、でる……俺変な顔してない？ 見られたら幻滅させるんじゃない？ 口も全部食われそう……すごい、タカさん、動物っぽい、やらしい……嬉しい。

舌先で唇をなだめつつ束縛をといていくと、リンは息も絶え絶えに、

「……こんなすごいキス、できると思わなかった」

と感慨深げに洩らした。

「俺もだよ」

リンの視界を邪魔する細かな髪を額からこめかみへながして撫でる。

「恋人同士は、こういう、変なキスもするの」

「したいと想ったことはなんでもしていいんだよ、恋人なら」

「なんでもか……」

――……とんでもないな。好きな人にだけは汚い自分を見せたくないのに、そういうの超えて全部愛してるってことだよね。触りたいとこ触るのも、したいとこにキスするのも、自分の、男の身体も許される。……どんな気持ちだろう。タカさんとセックスできたら、俺はなにを知られたんだろう。

リンの右耳たぶに噛みついて、頭や頬や首筋を掌で撫でた。

来世でリンの容姿や名前が変わっても想い続けるよ、と指で伝える。性別もスタイルも関係ない、リンの魂が宿った肉体であること、リンの心が生きている身体であることに意味がある。愛おしい。

俺は、きみを抱けたらなにを知っただろう。

「タカさん……こういうのも、愛撫って言う?」

「言うよ」

「俺、愛撫されてる」

「うん。愛して撫でてる」

――……タカさんの手、優しい。慈しむってこんな感じなんだろな……冷たいけど手の動きがあったかくって気持ちよくって、大事にされてるって感じる。大事に、見ててくれたってわかる……。

リンの唇に、自分の唇の感触を残すだけのそっとしずかなキスをした。

目をひらいたリンが俺を見あげて、その涙のにじむ目に自分の想いが伝わっているのを知る。

「俺もする」

リンも俺の両頬を白く痩せた手で包んで、額と額をあわせた。瞼をとじて、爪先で傷つけないよう丁寧に、熱心に掌を動かし、やんわりと、ときに強かに俺の顔を撫でていく。

――タカさん、いままで傍にいてくれてありがとう。……ありがとう、ありがとう。ありがとう、ありがとう。ありがとう、ありがとう。ありがとう。ありがとう。

俺の頬をなぞるリンの掌も冷たい。

木の枝みたいに細い指と、うすっぺらい掌。桜凛の手。何千年も続いていく時間のなかで、たった十七年しか存在しない温もり。

ありがとう、というリンの心からの訴えは永遠かと錯覚するほど長く続き、俺の身に刻まれていく。俺も目をとじて、この錯覚が現実ならいいのにと想いながら、リンの手の動きに心を澄ました。


近ごろリンの内心の声量が大きくなって些細な吐露も聞こえるようになってきたのは、リンが俺を認めて〝想いを共有したい〟と願いながら対峙してくれているからじゃないか、と思う。

――……目、さめた。朝だ。まだ生きてる。

「おはようリン」

リンは俺を視界に入れるとほっと頬をゆるめ、陽光のなかで満ち足りた笑顔になった。

――タカさん本当に寝ないで横にいてくれるな……この笑顔、落ちつくな。キス、したいな……。

右指の背でリンの右頬を撫でて、それから口を寄せてキスをした。

「……おはようタカさん」

――嬉しい。……こんな幸せで俺、いいのかな。

「リンはもっと貪欲に、幸せになるべきだよ」

真剣に訴えると、リンはふふっと笑いだし、充分幸せなのに、と言いたげに眉をさげる。

「オレンジジュースはやっぱ百パーセントだな。果汁数パーセントのうすいのも悪くないけど、絶対ここに帰ってくる。ふるさとみたいな感じ」

「知ってるよ」

「グレープフルーツとかだと喉が痛くなってあっあっ、ってなるのにオレンジはならないし、濃厚さがいいよ」

「うん」

「ちゃんと聞いて！」

「聞いてる」

午後、親指相撲をしながら、リンが俺の集中力を蹴散らそうとして余談をはさんでくる。相変わらず連戦連敗のリンも策を講じてきたわけだが、ふたりして笑ってしまって、リン本人も結局手に力が入らず負けてばかり。ふにゃふにゃ笑っている隙をついてまた親指を倒してやった。

「ああ負けた、もう右手疲れた～……」

「左手でする？」

「そんなら勝てる？」

「どうかな」

「くそー。じゃあまた二十秒ハンデ勝負ね」

うん、と合意して左手同士を握りあい、俺は親指を立てたまま二十秒を数え始める。ふんふんっと鼻息荒く頑張るリンの親指は短くて、可愛くてすばしっこい小動物じみており、最初は元気に逃げまわっていたものの、三敗したら弱々しくへたりこんでしまった。

「駄目だ、指が筋肉痛になるー……」

ベッドに寝そべって、ぐったり転がる。

「降参?」

覗きこむと、

「降参はしない」

と睨まれた。

「いつか絶対勝つ」

意志的な眼ざしがまぶしくて、愛おしく想いながらリンの髪に指をとおし、頭を撫でた。くり返しそうしているうちにリンが気持ちよさげに目をとじて、俺の手の動きに身をゆだね、口を噤む。周囲の音がとまる。

「……今日、しずかだね」

リンの呟きを聞いて窓の外に視線をむけたら、公園の小高い丘で木々が森閑《しんかん》と佇んでいた。

「あまり風も強くないみたいだよ。木の葉が揺れてない」

教えてあげると、リンは「ほんとに?」と目をうすくひらいて俺を見た。

「葉っぱが揺れないことってあるの？」

「あるよ。リンも見てごらん」

促したけれど、リンは「んー……？」と唇でゆるく微笑むだけ。

「……いいや。どんな景色かタカさんが聞かせて」

心地よさそうに、また瞼をとじるリンの目もと、睫毛、青白い唇。

「そんなにうまく説明できないよ」

あらかじめ詫びてから、リンの耳たぶを揉みしだきつつ、いま一度公園の森林を眺めた。

「今日は空が水色で、雲が平べったくうすくのびてる。公園には丘があって、こうやって三階のベッドに座っててても見えるんだけど、夏らしく茂った木々の緑が空にくっきり映えて綺麗だよ。きっと風は柔らかいんだろうね。目を凝らすと時々揺れてるのがわかる程度で、葉はしんとしてる。うららかな午後だ」

「……うすい雲に揺れない葉か。もう秋っぽいなー……」

——……タカさんの目をとおして世界を知られるって、なんだかいいな。俺いまひとりじゃない。

タカさんといる。……幸せ。

「ねえタカさん、またなにかうたって」

いいよ、とうなずいて、リンが学校で音楽の時間に学んでいた歌をうたってあげた。五秒とせずに笑いだしたリンにかまうことなく三曲続けて聴かせてあげる。腹を抱えてひぃひぃ言っていたリンも、終わるころには慣れたのか、ちょっと落ちついた。

「……ありがと。タカさんやっぱり音痴だけど、嬉しかったよ」

「うん」

「なんでいやがんないでうたってくれるの？　……ほんとは怒ってる？」

俺の顔を怪訝そうにうかがってくるリンに、俺は「怒ってないよ」と苦笑いになる。

「リンが笑ってくれるなら、俺には上手ってことになるんだよ」

額にくちづけて囁いた瞬間、ぱぱ、と光が明滅するようにリンの感情が弾けたのがわかった。言葉ではない真情の発露に、俺もいささか驚く。至近距離で俺を見あげているリンが、紅潮している。

「……も、もっと、聴きたいな。タカさんが知ってる歌」

「ああ。うん。リンの聴いてた歌は全部知ってるよ」

「あ、そうか……」

——……心臓、すげえどきどきしてる。……てか、タカさんは俺といたから、俺が見たり聴いたりしたものは知ってるんだね。……なんか申し訳ないな。俺、あんま遊びもしないで部屋と病室にこもってばかりだったし、いったとこっていえば田舎と、この町と……月の満ち欠けに詳しくなったって言ってたもんな。俺の天使じゃなければ、ほかにもいろんな景色が見られたんだろうに。

リンの口がへの字にゆがんで、視線が哀しげに横へながれる。

まったくこの子は……、と、俺はため息を吐いて、リンの細くたわんだ左目の目尻を親指でなぞった。

「リンは他人を傷つけるなら自分がたえることを選ぶよね」

「え」

「幸せっていうのはひとりでなるものじゃないんだって、リンを見ていると学ぶよ」

自分だけが幸福ならいい、という価値観がリンにはない。

母親とともに上京して親子三人で暮らし始めたころ、リンが心臓の病を嘆いたせいで母親を泣かせてしまい、泣いている母親を見てまたリンも泣いて、ふたりして深く傷つきあった夜があった。

母親を泣かせないためには元気でいなければいけない、笑顔を見せてあげなければいけない、と、そうやって幼いときから大事な人のためにたえて愛することを身につけ、リンは成長してきたのだ。

我慢を、リンは本能でやってのける。嘘偽りのない濁りない愛情から、己を抑制して相手を守ろうとしてみせる。

「リン以外の人間の肚《はら》の内も見てきたけど、心を動かされたのはリンだけだった。……どんなに他愛ない景色もリンがいれば色づく。愛してるんだよ。俺にも感情があるんだって、いま毎日驚かされてる」

はりつめた糸がほどけるようにリンの表情が和らいでいく。すると、今度はリンの心の奥から淡い温もりに似たものが発生して、俺の胸に伝わってきた。

「……なんか、言葉にならない。俺そんな立派じゃないけど、でも嬉しいよ。……ありがと」

光や熱の、膨大で優しい温もりの塊みたいな感情。それがリンの心から全身へひろがって満ちてゆき、俺まで包みこんでいく。陽だまりのように温かくて、受けとっている俺も至福感に覆われる。

リンの感情を言葉じゃなく感覚で察知したのは初めての経験だ。言葉にならないもの——たしかに、そんな感情を抱くのも生きている者ならではなのかもしれない。

「リンはいま、なにを思ってる」

訊ねながらこめかみに唇を寄せてくちづけたら、リンは肩をすくめて震えた。

「……わかんないの」

「わからない」

「嘘ついてるでしょ……」

「本当だよ」

間近にあるリンの唇から洩れる吐息はオレンジジュースの匂いがする。全部を口に含むように大きく唇をひらいてキスすると、また身震いする。強引に舌をさし入れて、リン、と呼びながらむさぼっているうちにリンもゆっくり馴染んできて、俺の首に両腕をまわした。ふたりで太陽に抱かれているんじゃないかと錯覚するほど、リンと自分の身体が、心が、やわやわと温かい。

タカさん、とリンも俺を呼んだ。どことなく必死な声音で。

「俺もタカさんと、もっとたくさんの景色が見たい」

——……もっと、一緒に生きたい。


夏の夜空のもと、陽光に灼かれた草木の香りが芳《かぐわ》しくながれている。星もおぼろにまたたいていて、リンは俺の胸に背を寄りかけ、膝を抱えて見あげている。

「どこかで花火の音がするね」

リンの腰をうしろから抱きすくめて、うなずいて返した。

この屋上にも小さくポン、ポン、と聞こえてきて空気もかすかに振動するが、姿はない。

「花火、見たいなあ……」

そうだね、とリンに顔を寄せると、声が耳をくすぐったのか、身をすぼめて肩で左耳をこすった。

「タカさんが俺のこと抱えて空飛んでくれたら見られるよ」

「断られるってわかってて言ってるね」

とたんにリンが吹きだす。

「うん、ごめん」

ごめんはいらない、と胸のうちだけで返答した。リンの耳のうしろに唇をつけてくちづけてみたら、すこし熱くなっている。

人間は空を飛んではならないとか現実的な問題はともかくとして、無理だと悟っている事柄に関して、リンは最初からきちんと諦めていてわがままをとおすということをしない。リンがリンらしい寂しい性分を覗かせる瞬間、俺は胸が絞られるような苦しさを味わう。

また花火が鳴った。

「前に花火見たのって中学のころだったたっけなあ……」

「そうだよ」

思わずこたえた自分の声が必死だった。

「リンは猛と一緒に、自転車に乗って見にいったんだよ」

「あ、そうそう。近所の河原でやってたんだよね。俺よりタカさんのほうが記憶力いいなー」

リンはころころ明るく笑っている。

「あのとき俺はリンの傍にずっといるって誓ったよ」

「え、なんで？」

半分ふりむいて不思議そうに目をまるめるリンの後頭部を撫でた。指と指のあいだを細い髪がさらさらとおっていく。来世では猫っ毛か、くせ毛か、またこんなふうに艶のある直毛になるのか。

「タカさんは俺の担当じゃなくなることもあるの?」

「ないよ。……そういう意味じゃなくてね」

「ん?」

不安げな表情になってくれるリンが愛しくて、口内でちょっと苦笑してしまった。

「なんだよ」と胸を軽く叩かれて、俺が笑いながらその手をとって素早くリンの唇を奪うと、照れたリンは目をあわせられなくなって俯き加減になる。「……ずるい」と抗議されればされるほど困らせたくなり、何度も音つきのキスをし返してじゃれあった。

「……タカさんは俺が〝男を好きになる奴なのかも〟って、自覚したときのことも知ってる……?」

「自慰した日でしょう」

抑えきれない初々しい興奮を同性に対して破裂させたあの日のリンは、自分自身に衝撃を受けて、涙をこぼして怯えて、失望していた。

「そのときも傍にいてくれたんだよね」

「いたよ」

絶望に暮れて無気力に眠った夜、リンは夢を見た。家や学校で、いつもどおりの普通の生活をおくる家族や友だちが目の前にいるのに自分だけ透明人間になって認識されず、ひとりぼっちになる悪夢だ。声をかけてもみんなには聞こえていない。触ろうとしても手が透けてすり抜けてしまう。漆黒の闇に落ちて、ひとりで孤独で、〝普通の世界〟はどんどんリンを無視してすすんでいく。走っても追いつかない。誰ひとり受け容れてくれない。いるのにいない。

「……俺、もっとはやくタカさんに会ってたらよかったな」

それは俺のセリフだ。

「タカさんがいたら俺、悩んだり落ちこんだりしないでよかっただろうし絶対に幸せだった」

桜凛の命は残り四日。死というのは肉体の消滅ではなく忘却で、出会うというのはおなじ空間に存在することではなくたがいを感じあうことなのだと知った。そして幸福は痛みとともにある。

「ちゃんと全部に理由があるんだよ。俺はリンと会えたことに感謝し続けるよ」

たとえきみが忘れても、大切なのは永遠に続く輪廻の途中で出会い過ごしたこの日々の事実だ。

「……うん」

神妙な面持ちでうなずいたリンの腕に鳥肌がたっている。自分の身体は冷たいけれど、背中を抱き寄せてしっかりと包みこんで、大事にリンの肌をさすった。

「リンの名前は鐘の音みたいで綺麗だよね」

ふふ、とリンがはにかむ。

「天国には鐘がある？」

「ないよ」

「天国ってなんにもないんだなー……ほんとに虹しかないの？」

「ないね」

「〝天使の輪〟って虹のことなのかもな」

ああ、それは素敵な解釈だ、と感心して、一緒に笑いあった。

——……いまここに誰かきたら、俺、ひとりで座りこんで笑ってるように見えるのかな。

楽しそうに笑いながら、リンが心のなかで寂しがる。人間じゃなくてごめん。そういえばこの子はまた自分の哀しみを抑えて、俺を励ますためにますます笑ってくれるんだろう。

「ありがとうリン」と束縛するようにさらに胸の奥に抱きすくめた。

「……生まれてくれてありがとう、愛してるよ」

鈴虫の鳴き声が響いている。屋上の片隅で俺たちはたしかにふたりでいる。俺の姿が誰にも見えなくとも、リンがひとりで身をすくめているように見えているのだとしても、嘘ではない。

「そんなこと、初めて言われたよ……タカさんも、俺の天使になってくれてありがとね」

リンの声が掠れている。

「俺もタカさんに気持ちを言いたかったんだけど、好きっていうのは軽く感じるっていうか……なんかしっくりこなくて、タカさんの言葉の意味がわかったよ」

「意味?」

うん、と俺の鎖骨に額をつけたまま頭を上下したリンが、しずかに顔をあげる。

「ずっと見ててくれたタカさんに恋っていう易い感覚になれなくて、感謝の気持ちとか、これからも一緒にいたいって想いが強くて、だから俺も、愛し……——愛、させてください」

——〝好き〟っていうちゃちな一言じゃ言い尽くせないよ。希望とかあんまり持たないようにしてきた俺には、タカさんは奇跡だった。……時間、無駄にしないように大事にするよ。来世で俺が忘れたら辛い想いをさせてしまうだろうけど、でもそれまではタカさんのことを幸せにしたいよ。

「大丈夫」

なにも心配しなくていいよ、と続けるには喉が痛すぎて、リンをかき抱いてくちづけた。

永遠に続く時間など幻想だ。しかしだから人間は——俺たちは、おたがいの存在の尊さを心に刻み、抱くことができる。きみに忘れられるのは辛い。でもきみを得たからこの辛さを知られた。出会わなければよかったなどと思いはしない。

天使としてリンに不幸を与えなくなって数日経つが、リンも俺によって確実に、幸福だけじゃなく、幸福ゆえの不幸も味わってくれている。

そしてそれが俺は嬉しくて、とても辛い。


「……俺たち、キスばっかりしてるね」

部屋に戻ると深夜二時になっていた。

「リンがしたくないならやめるよ」

ううん、と顔を隠して頭をふるリンが愛らしくて、大切で、身体の奥が熱くなった。次第にリンも角度を変えてキスに応えてくれるようになってきて、たまらずに力一杯抱き締めながらむさぼった。

「……リン」

胸と胸をなんとかひきはがして、リンのふやけた唇の端を吸って頬を噛んで、小さな頭を抱きこむと、リンも精一杯にうなずく。

リンをベッドに仰むけに横たえて、首筋に唇を移動させた。

よれたパジャマの上に手をのせてリンの心臓に掌を重ねたら、

——……するの。

と、怯えにも似た疑問がリンの心のなかで洩れた。

「すこしだけ触らせてほしい」

いつか焼かれて無くなるこの身体を、俺は決して抱くことができない。

「凛に触りたい」

触っておきたい。強くそう想った。離れたくない一心だった。

リンは不安げに眉をゆがめて瞳を震わせ、俺の左右の目を凝視している。次第に眼球が涙で潤んできらめき始め、唇を噛んでうなずいてくれた刹那に、リンも辛いのだと理解した。

パジャマのボタンをはずしながら唇をそっとさげていく。

肉体にこんなに執着するのも初めての経験だった。人間でいたころにも一度もない。リンに対しては〝いまを欲しい〟という切実な激情と衝動がある。

この身体を、体温を、掌に記憶しておきたい、凛に他人と触れあった想い出をあげたい、至福感を教えてあげたい。どうしたって亡くなる人間の身体にも、意味も理由もある。俺が眷恋《けんれん》している。

白く痩せ細った、骨ばったリンの身体が愛おしい。浮きでた鎖骨も、ぽつんとある小さな乳首も、うすっぺらい腹も、すべてが尊い。生殖器を持って快楽を共有してもどうせ満足できなかったと思う。何度自身を打ちつけても肉体は手に入らない。むしろだから人間は、狂おしく抱きあわなければ気がすまないんじゃないだろうか。

「……タカさん、あんま見ないで」

消え入りそうな声で言って、リンが涙まじりに苦笑いしている。

「こんなガリガリの身体じゃ、恥ずかしいし……なんか、申し訳ないから」

両手でリンの頰を耳まで覆って、唇に嚙みついた。

「この身体がいいんだよ」

「でも、みっともないよ」

「愛してる。体型も性別も関係ない、くだらないことを心配しなくていい、俺はリンが欲しいんだ」

言葉をなくして俺を見あげていたリンの右目から涙が浮かんで、すうと横に落ちた。

涙は見たくないけれど、泣いてくれるのはリンの心に触れられたようで幸せだった。

左手でリンの涙を拭ってから額を撫でて前髪をよけた。何度も撫でて髪を左右にながして、おでこまるだしの幼げなリンの顔全部を見つめる。可愛くて笑ってしまうと、リンもすこし笑って俺の頬に掌を寄せてきた。

もう一度キスをした。どちらからともなく欲しておたがいの歯も舌も唾液もなにもかも支配しようと必死になった。そうしてまたかきむしるように抱いて、耳たぶを吸って頬を舐めて首筋に舌を這わせて、手に入らないこと、所有して逝けないことを痛感して身悶えながら抱き潰した。

丁寧に丁寧に味わった。感触を沁みこませるように、最期の瞬間まで記憶しておいてもらえるように、ほんの数センチでもなおざりにせず肌の隅々を注意深く指と舌で愛撫した。

「リン」

「タ……タカさ、」

リンの呼吸が荒い。声をたえるような甘い喘《あえ》ぎが、単なる息苦しさに変わってきている気がする。

右側をむいて口もとに手の甲をあて、「はあ、はあ、」と声にだして空気を吸っている。

——……やめないで。

中断しようかという迷いが、リンの心の声に打ち砕かれた。

リンも望んでくれるなら我慢する理由はどこにもない。呼吸にあわせて烈しく上下するリンの腹を左手で覆い、心臓の上、左胸の中心を口に含んだ。

「ぅっ……あ、痛っ……」

口で覆っている皮膚の下、そこにリンを苦しめる元凶があるのを感じる。

「は、ぁっ……いっ……苦し、」

優しく吸おうとも、手で撫でようとも、俺にはリンの痛みを抑えることができない。

――やだ、やめなくていい。

リンはなおも切望していたが、歯を食いしばって苦痛にひきつった顔を見て、そのまま抱きすくめてなだめた。

「……よそう」

自分の声が絶望的な響きでおたがいを苛んだ。

激痛をたえて足でシーツをかいているリンを抱き、背をさすって「大丈夫」と言う。

「大丈夫、リンの寿命はまだある。今日が最期じゃない、落ちついて。怖がらなくていい」

こくこくうなずくリンは懸命に息を整えながら涙をこぼした。苦しませた。哀しませてしまった。

真っ暗な室内で痛みに震えるリンを胸のなかに感じていると、雨が降りそそいでいるようなひどい寂寞《せきばく》に襲われた。ふたりきり、俺たちはひとつにもなれずどこへにもいけない。

うぅ、と洩れていたリンの呻き声が徐々に和らいできても寒々しい不穏な哀しみは消えなかった。

どれほど経ったのか、やがてリンが落ちついてくるとおたがいの身体に腕を絡めたまま外から届く鈴虫の鳴き声を聴いていた。しずかだった。

「……タカさん」

「うん」

「俺……トイレいってくる」

リンがそっと身体を起こし、俺を見ずにベッドの縁へ座る。

「一緒にいくよ」

「ううん、いい。ここにいて」

「ひとりにしたくない」

背をむけて俯いているリンはパジャマのボタンをはめながら頭をふった。

「……ぱんつ洗うんだよ。そんなの見られんの恥ずかしいから」

明るめな口調ではあったが、肩の骨のラインが突きだした背は恐ろしいほど孤独だった。

スリッパを履いて、ロッカーから替えの下着をとってドアに手をかけても、一瞥もくれずにいってしまった。

リンにもひとりになりたいときがある、と、追いかけたい気持ちをたえてベッドの上に座り、両手を握りあわせて待つ。どんな想いでいるのかリンの姿を想像する。想像は事実に届かない。歯痒い。

リン、と胸のうちでくり返した。リン。……リン。

——……したかった。タカさんとしたかった。

リン。

——抱いてもらえたら今日死んでもよかったのにっ……。

泣いている。

――幸せだった……ああいうこと、猛とか藤丘先輩はしてんのかな。したいときにしたいだけ、何回でも、好きな人と……なんで俺は駄目なんだろう。なんで俺はできない身体で生まれたんだろう。病気なのはいいよ、もういい。でもべつの病気でもよかったじゃないか。なんでわざわざセックスできない病気だったんだよ。誰かかわってくんないかな？　死ぬのは俺が死ぬから、一日だけでいいから、身体貸してくれよっ……。猛みたいな、五体満足でスポーツ万能で、テストで赤点とった程度で落ちこめる人生が羨ましい。あいつこのまま順調に大学いって就職して結婚するんだろうな。明日で死ぬかもなんて怯えないで、奥さんとふたりで子どもつくって普通に幸せな夢見て家族にかこまれて死んでいくんだ。狡いよ……半日でも一時間でもいいよ、タカさんと寝るあいだだけその健康な身体俺にくれよっ……!!

リンの嘆きはこめかみに突き刺さるほど大声で響いた。

――……駄目だ、なに考えてるんだ俺……猛に八つあたりしてどうすんだ。やめよう。ごめん猛。猛のいいところ、いいところ。毎日暑いのに二日とあけずに見舞いにきてくれるとこ、運動できない俺をいろんな場所へ連れていって遊んでくれたとこ、ばかな話ができるとこ、真剣な話もできるとこ、特別視しないって言ってくれたとこ……。

自暴自棄になって誰かを攻撃すると、自戒したのちに相手のいいところを列挙して心を整えようとするのは、幼いころからのリンの癖だった。

目をとじる。洗面台の鏡の前でリンが泣き崩れている姿が見える。背中から抱き締めて慰めてあげるのを想像して、しかし床に足を重く縫いつけたまま思いとどまった。

――タカさんっ……。

できない。この身体では俺は、リンが望むものを与えてあげることができない。拳を握って地面を睨む。静寂が息苦しい。リンの泣き声がやまない。

俺もきみを抱きたかった。

病室内にカーテンのすきまから朝陽がさして光が満ちていく。リンは目の前で眠っており、ふたりでベッドへ横たわって右手を繋ぎあい、呼吸をくり返しているうちに夜が明けてきた。

夜空の群青が溶けて薄水色に浸る室内はまるで深海のようで、こうして手を繋いでむかいあっていると死を待ってただよっているんじゃないかと錯覚した。息をつめて、足掻きもせずに意識が途切れるまで浮遊する。空を飛ぶように沈んでいく。

リンの睫毛は先がひとまとめになっている部分もあって、整然とはしていない。昨夜泣いたせいかもしれない。顔が腫れていないかと心配していたら、すこしあとにうすい瞼を震わせて目をさました。

海底色の朝の気配がリンの顔やパジャマや右手にもおりて染めている。

いまは身投げしたあのときの絶望や自責などなくひどく穏やかで、千切れそうなほど幸福だった。

おはよう、と言うかわりのように、リンが俺の口に軽く唇を押しあててからひそやかに微笑む。

どんな夜もどんな朝も、幾度器《うつわ》を変えて生まれようとも、この子は大切な人のために笑うんだろう。ここでは泣けない、と俺も思い、微笑み返して繋いでいたリンの手の甲にくちづけた。

「リン」

「……うん」

「俺は人間になろうと思う」

え、というかたちに、リンの唇がかたまった。

「リンが生まれ変わるたびに探しだして幸せにする。きみに恋愛の喜びを与え続ける」

「そんなの……」

無理だよ——と心の声は続いたが、リンの目からは涙がこぼれてきた。

「俺はタカさんのこと忘れてるんでしょ?」

「俺は忘れない」

断言したらリンの涙がさらにあふれて、涙の線がふくらんだ。

忘れないことが可能かどうか確証はなかった。ただ規則も運命も叩き壊せるという自信があった。

リンを想う自分の気持ちは、外部の影響によって屈せられる程度の脆弱《ぜいじゃく》なものではない。

「でもリンより歳下だったり同い歳だったりする可能性もあるし、外見も多少変化すると思う。感情表現ももうすこしクリアになるはずだからいまとは違うところばかりだけど、気持ちは変わらないよ。リンを想ってる。……きみの恋人になれるように努力していく」

リンが左手で心臓を押さえて顔をゆがめる。鈍痛と、嬉しさがまざりあう笑みだった。

「……いまよか感情がクリアってどんなだろうね」

「昔でたとえるなら、心中しようって誘うぐらい情熱的なばかだった」

こたえると、リンが抑え気味に吹きだす。

「じゃあ指きりしよう」

微笑んだまま繋いでいた右手をそっとゆるめて、小指を立てるリンを見つめた。

「もう一度会って、恋人になろうね」

——……来世なんて本当にあるのかな。あったって、俺は俺じゃない。来世の俺の幸せはいまの俺の幸せじゃない。いまタカさんといたい。ずっといたい。いま恋人になりたいよ。抱かれたいよ。

「リン……」

——けど、タカさんにこんな必死な顔させて、哀しませてるのも俺で。心臓痛くなって、寝てばっかで。いまの俺じゃ、タカさんになにも返せなくて。死ぬだけで。ないものねだりしてもしかたないから、来世もあるんだって信じて、次の俺に託しておく。

「タカさん、小指絡めて」

うん、とうなずいてリンと小指を繋ぎあった。リンは嬉しそうに笑っている。

「……きっと会おうタカさん」

すり寄ってくるリンが強く小指を握り締める。その額に俺も額をつけて、もう一度うなずいた。

「絶対に見つけるよ。誓う」

「……うん、待ってる」

——来世ではもうちょっと軽い病気にかかりますように。せめて二十歳まで生きられますように。タカさん好みの、幻滅させない自分になっていますように。一日でも長く一緒にいられますように。いっぱいキスして、いっぱいセックスもしたい。それで、この人を幸せにできますように。

「タカさん……」

愛してる、とリンが優しく囁いた。

いつの間にか室内はまぶしい陽光に包まれて、真っ白く鮮やかな朝の輝きに彩られていた。

リンは一日ベッドにとどまり、胸を庇《かば》いながら過ごした。

セックスしようなんて、やっぱ無理が祟《たた》ったな……——と回顧していたが、俺には、

「大丈夫、ちょっと寝不足だったからだよ。すこし眠ったら元気になる」

と笑いかけ続けた。

リンの母親は近ごろ主治医と会うことや、話したことを、リンに悟らせないようにふる舞う。今日は午前中に容態についての報告を受けていたようで、リンには平素どおり陽気に接しながらも、

——夜中に軽い発作を起こしていたらしいって、なんで連絡してくれなかったのよっ……これから数日覚悟しておけって、産んだときからずっと、毎日毎日はらはらし続けて家族のわたしたちだって心臓がすり切れてるのよ、病院の不手際でもし看取《みと》れなかったらどうしてくれるのかしら……！

そう憤り、心のなかで泣いていた。

抱きあおうなどと想わなければ、リンはあと一日、二日、一週間、生きられたのかもしれない。

リンの寿命はたしかに決まっていた。しかし最期に加速させるのは俺だったのだ。

これもリンの運命のひとつなのに違いない。とはいえ、皮肉でやるせない。

あと三日。リンはこのまま胸の痛みにたえて、苦しみ続けて逝くのだろうか。

「……タカさん、」

ふたりきりになってベッドの縁へ腰かけ、リンの顔の横に右手をついて見おろすと、リンも俺の腕に手をかけて、澄んだ目で見あげてくる。

——……来世でもしまた心臓病になっても、医療技術がすすんで治るような未来になってるかな。

「来世で、」

「……うん」

言葉を切ったリンがとたんににっこりと朗らかに笑う。

「来世で会ったら、毎日遊ぼう」

「遊ぶ……?」

「自転車に乗っていろんなとこいくの。で、夏はアイス食べて、冬は焼き芋食べる」

リンの痛みや哀しみが、いますぐ俺のものになればいい。

「タカさんがコートじゃない服着てるとこも見たいな。なんかポロシャツとか似合わなそうだよね。Tシャツも、夏の服はあんまりイメージ湧かないよ」

喉から声を絞りだして、苦しげに話し続けるリンを見ていて、笑顔を繕う自分の頬が強ばっているのを感じる。笑うのがこんなに苦労することだと思ったのも初めてだ。

「どこにでもいこう。アイスも焼き芋も、見たことない美味しい料理もごちそうするよ。似合わない服を着ていたら笑ってくれればいい」

リンの瞳がいつかの未来への憧憬《しょうけい》に暮れて、にじむように細くなる。ひき寄せられて隣に寝転がると、俺の髭をおもしろそうに、不思議そうにざりざり撫でて微笑した。

「……考えてみたら俺、すごく幸福者だよね。だって何回生まれ変わっても絶対に恋人ができるんだよ。なんとなくつきあって別れるようなのじゃなくて、絶対無二の、運命の恋人。こんなのみんなが約束されてる人生じゃないよ」

「力不足にならないように、リン好みの素敵な人間にならないとね」

うん、そうだよ、とリンが茶化して吹く。

「いっぱいデートしたいな。恋人同士でいくようなところ全部いきたい。映画館も動物園も水族館も、みんな絶対いくんでしょ？　猛もいってたよ」

「リンが望むところは必ず連れていく」

「タカさんがいきたいところは？」

「俺？」

自分が人間だったころとは世間の状況が様変わりしているうえに、ずっとリンの傍にいたぶん、恋人同士のつきあいやデートの知識もリンと同様に乏しいから想像が難しい。

「俺は……旅行がしたいかな」

「旅行か！　いいね、俺全然旅行したことないしいろいろいってみたい、それこそ美味しいもの食べられそうだよね」

温泉入ってー、料理食べてー、とリンがうきうき計画する。〝自分〟がいない来世の計画を。

「リン」

「なになに？」

「ずっと思ってたけど、ムーさんは可愛くない」

リンのうしろで天井を眺めて転がっていたムーさんをとり、リンの頭にのせた。リンはこぼれ落ちてきたムーさんを俺と自分のあいだに入れて頭を撫で、「ひどいな〜」とまた笑った。

――……俺はほんとに、幸せな人間だと思う。ほんとに。

さらさらななめにながれるリンの髪と笑顔を見つめて抱き寄せた。

——この人は性欲がないのに俺のこと抱こうとしてくれて……それって生理的な衝動じゃなくって心だけで求めてくれたってことで。すごく……神聖で、貴重な体験だった。最期にこんな恋愛させてくれる人と会えると思ってなかった。後悔はない。……うん、ない。

窓のすぐそばを鳥が横切っていった。廊下のほうでは今日も看護師たちの声や足音が忙しない。そして花瓶には、俺がもらったしおりが柔らかな日ざしに照らされて寄りそっている。

酸素マスクをしたリンが「屋上いきたい」と息苦しげに言いだしたのは、さらに翌日の夜だった。桜凛の死は明日に迫っている。

無理だよ、ととめようとしたが、

——……駄目って言われても絶対にいく。

リンの心の声が頑とした響きで重なってきて、説得は無駄だとわかった。

「病室に、ずっといるほうが、病気になるよ。……風にあたりたい」

息を吸いあげて言葉を切りながらゆっくり、しかし真剣に訴えてくる。

「……わかった。ただし悪化しそうならすぐ戻る。いいね？」

「ン……」

時間的に無謀だったが、ナースステーションへ移動して看護師のひとりに「屋上へ見まわりにいって、ドアの鍵をあけたまま帰ってきてくれないか」と頼んだ。三十分ほど待ってからあいているのを確認し、部屋へ戻ると、リンはすでに身体を起こしてベッドの縁へ座っていた。

「大丈夫か」と、思わず駆け寄った。

「……うん、全然平気。はやくいきたい、鍵はあいた？」

だいぶ弱ってはいるものの嬉しそうな笑顔に嘘はない。もう自分のせいで体調に影響を与えるような失敗はしたくないけれど、病は気からと医師も言っていた。残り一日しかないのだし、多少無茶をしてでも本人にとって喜ばしい、快適な環境へ身をおくほうが治療になるのではないか。

「……あいてるよ。すこしずつ、歩いていこうか」

うん、とリンが満面の笑みを浮かべてうなずく。

リンを支えて立ちあがらせた。病室をでて忍び足で歩き、階段を一段ずつ踏みしめてのぼっていく。

リンにとって大切な、唯一の外の世界へ続く場所。

「ちょっと、苦しいけど……わくわくしてるせいだよ。胸が弾むってやつ」

言い訳っぽい言葉で、俺に謝ろうとしているらしい。

「怒ってはいないよ。リンが望むことをしてあげたいってつねに思ってる」

「……うん、ありがとう」

ドアの前について、「あけてごらん」と促した。

ノブに左手をかけたリンは握り締めたまま停止して、ふと俺を見あげる。

——一緒にあけたい。

言葉なく力強い瞳で希求されて、疑問に思いながら俺も左手を重ねると、

——……死ぬならここで、タカさんに看取られて逝く。

リンの痛切な意志に啞然として、ひっぱられるようにドアがひらいていった。

「タカさん、知ってる……？　朝にうたう鳩はキジ鳩っていうんだよ。ほかの鳩はうたわないの」

屋上の中央へすすんでいくリンがふりむいて笑う。

「……知ってるよ。リンが藤丘に教わってた」

放課後、校庭におりたった鳩を眺めてふたりで話していたのを、俺はうしろで見守っていた。

「あれ、そうだっけ。これ先輩に教えてもらったんだっけ……？」

憶えてないな、とこともなげに言って右肩をすくめ、リンは風にながれる髪を押さえる。

「気持ちいいー……夜風は冷たくていいね」

うん、と相槌を打ってリンを胸にひき寄せた。強く抱くのではなくほのかに触れあう程度にやんわりそっと。月のふくらかな今夜は薄暗くしずかで、星も小さく揺らいでいる。リーリーと虫も鳴く。

「タカさん、いままでいろいろありがとう。……タカさんが見えるようになってからのことだけじゃなくて、俺が〝ひとりだ〟って思ってたころにもね、傍にいてくれたのが本当に嬉しかったよ」

「改まってそんなこと言わなくていいよ」

「……うん、そうだけど」

――俺はたぶん、今日か明日か、それで最期で、タカさんには二度と会えないから。

「人間になってリンを見つけるよ。リンを幸せにするために生きる、きみだけを想う。愛してる」

焦りに駆られて言い募った。リンは心臓を押さえて俺を見あげ、照れくさそうにはにかんでいる。見つめ返していると、俺も身体の奥がひどく痛んだ。なにかが呼吸しているようにどくどくと痛む。

「……抱けなくてごめん」

ふと口を衝いてでた謝罪は情けなくて、虚しくて、自身に対する憎しみと悔しさが迫りあがった。

ごめん、という言葉に逃げて許しを請うのは本当に、心底いやだ。

「人間じゃないのはたしかにどうしようもない。けどリンを中途半端に喜ばせて傷つけた挙げ句に、寿命にまで影響を与えた。俺が抱こうとしたりしなければリンは泣かずにすんだし、もっと長生きできたのかもしれない」

「ばかだねタカさん」

必死に空気を吸って、リンは苦笑いする。

「タカさんのおかげで俺の身体に価値ができたんじゃん」

「価値……」

「魂は生きてるから来世でまた抱けばいいとかじゃなくて、この、いまの俺の身体に執着してくれたでしょ。タカさんみたいに求めてくれる人はいままでいなかったよ」

「でも傷つけたんだ」

「好きな人に〝欲しい〟って想いをぶつけてもらって死ぬんなら本望だよ。こんな幸せなことない。泣いたのは、タカさんが好きで好きで、しかたなかったからなだけ」

こんなこと言わせんなよなー、とリンが両手で俺の髪をかきまわす。

「今夜のタカさんは表情豊かで、すごく人間みたい」

それから俺の口にキスをしてにっこり微笑んだ。

「……タカさん。ありがとう、幸せにしてくれて」

ありがとう。

幸せにしてくれて。

昔恋人に言われた最期の言葉とリンがくれた告白は、おなじなのにまったく違って聞こえた。

「……そうだね」

途方もない心持ちになって俯き、リンの顔に自分の頬をこすりつけて、たまらなく唇を重ねる。

「リンといてわかったよ。幸不幸は光と影でも紙一重でもない……ひとつのものだった」

幸福を得ると恐ろしいものが増える。相手を傷つけること、関係が壊れること。死。

相手の喜びや苦悩まで自分のものになるからつねにふたりぶんの感情が胸を抉ってきて、ひとりでいるより断然生きづらい。不幸だ。こんなのは不幸に違いない。幸福は、不幸だ。

リンと出会わなければ永遠に気づかなかっただろう。あの恋人の言葉に罪悪感を抱いたまま無感情に天使でい続けた。心がこんなふうに痛むことも知らずにただよっていた。だからただ、この想いをリンとふたりで育んでいければいいのに、俺は人間ではない。

リンとおなじ世界に生きて、リンの両親や友人に認められて傍にいるわけではない。誰にも見えず、ひとりでいる俺のところへリンだけがきてくれているのにすぎない。人間同士の恋人ならできることを、ほとんどしてあげられない。映画館にも動物園にも水族館にもいけない。いったところで、他人の目にはリンがひとりで歩いているようにしかうつらない。抱けもしない。なにもかもが足りない。

そして凜は死ぬ。

「タカさんは天使じゃなくて、俺の神さまだよ」

「……違う」

「寂しかったときも傍にいてくれたのに、俺、なんにも恩返しできなくてごめんね。やっぱり花火ぐらい一緒に見たかったね。どこにも連れていってあげられなくてごめん」

「リン、」

「でも幸せだった。タカさんといられて毎日幸せでたまんなかった」

十七回ぶんの春と夏と、十六回ぶんの秋と冬を、春に生まれた桜凛と過ごしてきた。

成長するにつれ自分に絶望して孤独を知っていくリンがかわいそうで、なぜこんなに純粋で他人想いの優しい子がいくつもの理不尽さにまみれて生きていかなければならないのか納得できなくなり、話しかけ続けていた。他愛ないことも話した。傍にいる、とも告げた。でも届かなかった声を、いまリンが聞いて、応えて、恋人だと、神さまだと言ってくれている。

「なにもできないのは俺だ」

リンじゃない。話ができても、触れることができても、歯痒いばかりだ。

「……好きって、こういうことかもね」

リンが右手で俺の頬を覆い、あどけなく微笑む。

「してあげたいことばっかりになる。タカさんが喜んでくれても、俺も全然満足できない。好きって想えば想うほど、自分は駄目だ、もっと頑張らなくちゃって思うよ」

ふふっ、と無邪気に笑って、俺の胸に額をこすりつけながらリンが甘える。

このリンの笑顔、しぐさ、体温、声。おたがい抱いているのがおなじ痛みと愛情であるということ。心だけは、たしかにリンとひとつであるということ。

「——……え、雨？」

リンがそう言って顔をあげた瞬間、はっと我に返って自分の目から涙が落ちているのに気がついた。うろたえて「いや、困る、まだ駄目だ、」と慌てた。頬を拭っても、地面に染みが落ちていく。

「どうしよう、待ってくれ、これはとり消す、俺はリンの魂をおくってから人間になるつもりで、」

「いいよ、このまま消えちゃうんなら俺がタカさんを見おくる」

「なに言ってるんだ、約束が違うっ、」

「俺が先に逝ったらタカさんがまたひとりになるでしょ。俺だっておいて逝くのはいやだからいい」

怖いほど落ちついた表情で微笑んでいるリンを茫然と見つめているうちに、視界がぼやけてきた。

自分の掌を見ると透け始めている。リンの掌には俺の涙が。

「こんな、泣いてリンをおいていくなんて、」

心の準備もしていない。消えるのもはやすぎるだろ。もっと時間を。あとすこし。

「大丈夫、タカさん。落ちついて」

「無理だ！」

ばかか俺はっ……、と自戒して頭を抱えたら、リンが消えかけている俺の腕をとって、

「自分を責めなくていいよ」

と鋭利な目で言った。

「俺ばっかり大事にしてもらってたんだから、最期ぐらい俺にも守らせて」

「リン、」

「泣いてくれて嬉しい。……嬉しいよ、ありがとう」

水に沈むようにリンの顔や背後の景色がゆがんでいく。もがいて酸素を欲するかのごとくリンの両頬を包んで、その手の感覚のうすさに心がぞっと冷えるのを感じながら、必死に、リンの口に自分の唇を押しつけて噛みついた。

「……ひとりにさせて、すまない……っ」

「いいんだってば」

リンも俺の頬を両手でしっかりと包んで笑う。

「俺もすぐに、タカさんのところにいくよ」

「リンといたい」

「……うん、俺もタカさんといたい。ほら笑って。タカさんひどい顔じゃんか」

この涙のせいなのに、と歯を食いしばって嘆いても嘆いても、リンが優しい言葉を吐いて笑うたびに涙ははらはらこぼれ続けた。リンが見えなくなっていく。

「リン、ひとりで泣かないでほしい」

自分を顧《かえり》みもせず、このあと病室へ戻ってベッドで孤独に泣き崩れるリンの姿を想像するだけでたえきれず、懸命に懇願した。頬を撫でているのに、髪を摑んでいるのに、何度もキスをしているのに、リンの身体の感触がない。体温も伝わってこない。

「うん……タカさんに心配かけないようにするよ」

言葉とは裏腹に、聞こえてくるリンの声が上擦って濡れている。

「リン……」

「またね、タカさん。……愛してる」

かすかに見えたリンのにじんだ顔は、涙を浮かべながらもやはり微笑んでいた。

俺も愛してるよ、と声をふり絞って叫んだが、届いていたかどうかはわからない。

最後は虹色の激しい光が迫ってきて、一瞬で意識を失った。

——これが、俺が天使だったころにリンと過ごした記憶のすべてだ。

しゃぼん玉の虹

1

透明な球体が風に乗ってふわふわながれていく。野球の球ぐらいのもの、ピンポン球ぐらいのもの、さらにもっと小さいもの。ひとつ、ふたつ。数えきれないほどいくつも。

「……子どもを利用するのは狡くないですか」

俺の言葉に、横にならんで立っている暁天《あきたか》さんが「利用っていうのはよくない言葉だね」と苦笑してこたえた。

「本当のことじゃないですか」

「るりはリンに懐いてるんだよ」

「俺は一回会っただけなんです」

「それでももう一度遊びたいって言うからさ」

暁天さんの家の屋上にまたきている。ここへ初めて訪れた日、虫とりから戻ったるりちゃんが再びやってきて一緒にトランプをしたのだが、それがなぜか彼女をひどく喜ばせたそうなのだ。

――るりはお父さんと死別しててお母さんとふたり暮らしだから、父性に憧れがあるんだよ。またみんなで遊びたいって言うんだ、きてくれないかな。

晩天さんが俺のバイト先へきて、弁当を買いがてら毎晩そう誘ってくるものだから、俺もとうとう断りきれなくなって渋々やってきたのだった。

「そりゃ、俺もるりちゃんと会うのはいやじゃないですけどね……」

当の本人は暁天さんがつくったしゃぼん玉セットを気に入って、空へ吹き続けている。

肩下までの髪には天使の輪が照り、空色のワンピースからは灼けた手足がのびていてまぶしかった。先端が花模様に割れたストローに瓶のなかのしゃぼん液を浸してはしゃぎ、むかい風に乗って戻ってきたしゃぼん玉が顔にぶつかりそうになると、頭をふって「こっちきたー!」と逃げていく。可愛くて健《すこ》やかで、見守っているだけで心がなごみはする。

「るりとは会いたいけど、俺に会うのはいやだった」

問いかけか、はたまた俺の心中の代弁のつもりか判然としない物言いで暁天さんが俺を見返した。その表情はやや寂しげに感じられる。

「いやというか……間違いだと思うんです。あなたと親しくなるのは」

うしろめたさも拭えません、ともつけ足す。

「そうかな。世界中の誰に訊いても、兄とリンが会って親密にしていることのほうが間違ってるって言うと思うけど」

また堂々めぐりの会話。

「もうよしましょう」

るりちゃんがストローの先の花模様を小さな指で整えて、再びしゃぼん液につけて吹く。慎重にそうっと、玉を割らないように加減しながら息を長く吹きこんで、ひときわ大きな玉ができあがったところでストローをふっと離した。

「やったやった！　凜《りん》見て、テンちゃんも！」

足踏みして大喜びするるりちゃんより高く上空へ、風に押されるようにして舞いあがるしゃぼん玉は、日暮れ時の空に溶けこんでいく。夕焼け色の日ざしを浴び、七色に輝いて、表面に夕空や家々や、この屋上をうつして回転している。

「虹色の地球儀みたいだね」

誰にともなく暁天さんが呟いた。

「……リンにこう言えばいいのかなって思ってたんだよ」

首を傾げて彼を見あげると、懐かしげな遠い瞳でしゃぼん玉のゆくえを眺めている。

「俺はずっと前にリンと病院で会ってる」

「え……」

「また会おうって約束もしたんだよ」

驚いて頭が真っ白になった。会っている、約束もした、と言われた言葉を反芻して咀嚼する。

「それ本当ですか。俺が長期入院してた、子どものころの話ですよね？」

「まあ、昔のことだね」

「え、暁天さんも病気に入院してた？」

「いや、俺は用事があって病院にいただけだよ」

「用事って……あ、れいの、亡くなった恋人のお見舞いとかですか」

「そんな感じかな」

「そんな感じって……」

一瞬で素っ裸にされた気分になった。他人だと思っていた人が自分の過去を知っているとなると、理解が追いつかないのに羞恥だけは襲ってくる。

「……全然、憶えてない」

当時のことは検査や手術の辛さと、シーツの心地悪さしか印象にない。母親のほうがちゃんと憶えていて、ちょっと元気になるとベッドを抜けだして主治医や看護師だけじゃなくおなじ階の入院患者にも物怖《ものお》じせず話しかけて懐いていた、とは聞いている。しかし俺自身はおぼろげな映像の断片が過るのみで、誰の名前も外見も記憶にないのだ。

「暁天さんと俺、仲よしだったんですか」

「いろんな話をしたよ」

「たとえばどんな？」

「友だちのこととか恋愛のこととか、命のこととか」

「まじかよ……」

結構しっかりと濃い話をしていたんじゃないか。

「いや、だけど、そんな人が瑛仁《あきと》さんの弟さんって、話ができすぎじゃないですか」

「うん。この関係性には困らされた」

できすぎではあるが、俺が通っている地元の病院はかなり大きくて有名な大学病院だ。大物俳優がお忍びで大病治療にきたという噂があったり、アーティストが扁桃腺《へんとうせん》手術をしにきたりする。地元民ならあの病院はたいそう混んで待たされる、とわかっているから敬遠してもいるけれど、深刻な病を予感したら必ずいく。近隣の町の病人のほとんどを診ているといっても過言じゃないので、暁天さんと過去に会っている可能性があってもなんら不思議はなかった。

「俺が信じるかどうかわからなかったから、黙ってたんですか」

「どう言えばいいか悩んでたよ」

「そうですね……悩むのもわかるけど、でもいろいろ合点もいきましたよ。暁天さんが俺と初めて会ったときから初対面って顔してなかったのも、病気のこと言いあてたのも、知ってたからなんだ」

軽くつめ寄ると、暁天さんは俯いて苦笑を嚙んだ。

「よく俺だってわかりましたね。子どものころの面影あります？」

「リンのことはちゃんと見わけられるよ」

しっとりと強固な断言をする。

「暁天さんが執着してくれるぐらいの、その……いい思い出があったんですか」

「きみといた時間を忘れたことはない」

「またそういう……子どもの俺にまで変なこと想ってなかったでしょうね」

「俺がいまきみを愛してることだけ知っておいてくれればいいよ」

……愛。誰にも言われたことのないこの言葉は、自分にむけられてもうまく受けとめきれずに、頬の横あたりを掠めてすり抜けているような感覚に陥る。この人がなんの気負いもなく、あっさりと、何度も惜しみなく言ってのけるせいかもしれない。

「愛って、もっと重い言葉じゃないんですか」

それとも、重い言葉をも言ってしまえるなにかが、昔の俺たちにあったとでも言うんだろうか。

「ン、だからきみにしか言わない」

微苦笑を浮かべているが、彼の目にはこちらを射るような厳しい真剣さがあった。

「ケンカしちゃだめだよー……？」

気がつくと、俺と暁天さんの前にるりちゃんがきて大きな瞳でじっと見あげていた。

「喧嘩じゃないよ」

暁天さんがるりちゃんの目線にあわせてしゃがみ、穏やかに微笑んでなだめる。

「そうだよ。暁天さんが俺とずーっと前に会ってたって言うから、ほんとですかー？　って尋問《じんもん》してたんだよ」

俺もしゃがんで、おどけた口調で説明する。

「ふう〜ん。凜はテンちゃんのこと憶えてないの？」

「うん。子どもすぎて忘れちゃったみたい」

「るりちっちゃいときのこと、ちゃんと憶えてるよ」

目の前にいるるりちゃんは華奢で幼くて、外見すらいまも充分ちっちゃいのに、と面食らっていると、暁天さんが「るりはママのお腹のなかにいたときのことも憶えてるんだよね」と会話を拾った。

「うん！　あと、パパが死んじゃった日のことも憶えてるもん。るりはママにだっこしてもらって、パパが死んじゃうの見てたの。十月の、五日の、十時十六分！」

哀しい顔ひとつせず元気に言い放つるりちゃんの小さな頭を、暁天さんは厚い掌で撫でてあげた。

るりちゃんが知らない、あるいはこれから理解していくであろう哀惜《あいせき》を、彼のほうが全部ひき受けているような柔和で真摯《しんし》な表情をしていた。

「るり、しゃぼん玉貸してごらん」

「うん、テンちゃんすっごいおっきいのつくって！」

ストローと瓶をあずかった暁天さんが、「すっごいおっきいのかー……」と苦笑しながらしゃぼん液をつけて、ストローを咥《くわ》える。

大げさに空気を吸いこんだりはしなかったのに、暁天さんはずいぶん長いこと息を吐いてしゃぼん玉をふくらませていき、ちょうどるりちゃんの頭とおなじぐらいの大きさにして空へ放った。

「テンちゃんすごーい！」

るりちゃんがぱちぱち手を叩いて喜ぶ。

虹色の地球儀、とさっき暁天さんが比喩していたなと思い出す。ぼわぼわと不安定に揺らいで浮遊していく七色の球体。しかしそれは俺と暁天さんの頭上に舞いあがったところで強い風に煽られて、ぱちんと弾けて消えてしまった。

「あーあ……テンちゃんの壊れちゃった」

しゃぼん玉は短命で、視界に残るのは夕日色に染まり始めた空だけになる。

「……なんだか寂しいね」

俺も残念がると、暁天さんがふりむいて俺を見た。

「大丈夫。いくらでもつくるよ」

妙にたくましく請け負って、彼はまたストローを咥える。

初秋の日没は、ひぐらしの鳴き声とともにゆっくり訪れる。

「もう五時半すぎたから帰らないと」と暁天さんに促されたるりちゃんが、「ええっ、ママに怒られる!!」と飛びあがって、「凜、また遊ぼうねー」と手をふりながらどたばた走って帰るのを見おくると、俺と暁天さんは屋上でふたりきりになった。

「リンは今夜バイトは休みなんだよね。どこか食事にでもいこうか」

こたえあぐねて視線を横にながしたら、

「言い方が悪かった。きてもらったお礼に、夕飯をごちそうさせてくれませんか」

と言葉を変える。恩をかぶせられると、単なる誘いより断るのが困難になってしまう。過去に会っている、と教わっていたのもあって、当時の関係を詳細に訊きたい欲もまだ疼いている。

「……お礼なんていりませんけど、食が細いほうなので、あまりたくさん食べるのは苦手で」

これは本当だった。尊《たける》とファミレスへいってもいつも量の少ないドリアを頼んで、やっとのことで完食する。愛しているなどと囁く男と外食をするとか、その相手が瑛仁さんの弟だとかいう以前に、暁天さんの厚意と店の料理人の気持ちまで踏みにじるのはさけたかった。

「リンは胃が小さいのかな」

「運動ができれば、いっぱい美味しく食べられたのかもしれませんね」

「こら」

頭を軽くぽんぽん叩いてたしなめられ、自分が自虐的なことを口走ったんだと気がついた。

「……すみません」

叱責《しっせき》も含まれた彼の掌の重みの余韻を、羞恥と自戒に苛まれながら受けとめる。

「じゃあ夕飯はまた今度にしよう。家までおくっていくよ」

まだ残暑は厳しいものの、九月に入り暦《こよみ》のうえではとうに秋になっている。

ふたりで家をでて暁天さんの自転車に乗り、薄暮れの道を走って帰った。髪のすきまをくぐってい
く風に夏の残り香《が》が混在しているのに、朱色に色づく黄昏《たそがれ》の町には秋の哀愁《あいしゅう》がただよっている。

「コンビニに寄ろう」と唐突に暁天さんが言う。今日むかえにきてくれたときもそうだった。最初の
日、俺が途中でダウンしたせいなのかどうなのか、道程の途中で彼は必ず休憩をはさむ。

「はい」とうなずいて店の前に自転車をとめて入ると、暁天さんはチョコプレッツェルのスティック
菓子を手にした。これもきたときとおなじ。一袋目を食べていたようすはなかったのに。

「リン、中華まん食べようか」

「え……あ、はい」

もう売ってるんだな、とカウンター横の蒸し器を見やる。相談して、それぞれ肉まんとピザまんを
選んだら彼がおごってくれることになった。

会計をすませて退店し、暁天さんは自転車を押しながら肉まんを、俺は横を歩きながらピザまんを
食べる。

「リンはおもしろいのにしたね」

「ピザって変わってますよね。俺も初めて食べます」

「ひと口食べてみたいな」

どうやって……、と手もとの黄色い中華まんを見おろした。

おごってもらった手前、拒否もできない。思案したのち四分の一ほど千切って「どうぞ」とさしだしたら、右手を自転車のハンドル、左手を肉まんに奪われている彼は、立ちどまって俺のほうにあーんと口をあけてきた。一瞬どきりと戸惑ったものの、動揺を隠して口に押しこんであげる。もぐっもぐっと咀嚼する顎の、短い髭も一緒に揺れているさまを眺めていると、きっちり全部飲みこんでから「うん」と眉をあげてうなずいた。

「チーズも入ってるね。結構美味しい。もっとへんてこな味を想像してたよ」

「暁天さんはあんまり食べ物で冒険しないタイプですか」

「しないのもあるけど、中華まんはつい肉まんかあんまんを選んじゃうな」

「あ、それわかるかも」

再び歩きだした俺たちの足もとで自転車の車輪がチキチキチキと鳴り、夕日が浸る道へ響き渡る。

……もしかしたらこれは夕飯のかわり、だろうか。

「あの……昔病院で会っていたときのこと、もうすこし訊いてもいいですか」

暁天さんは喉で「ンン」とこたえてうなずいたあと、肉まんをまたきちんと食べきって、

「どんなことが知りたい」

と問うてきた。

「どんなことも。会っていた期間とか、場所とか、おたがいの状況？　とか」

暁天さんの、食べ物と会話のどちらもを大事に咀嚼するところがいいな、と思う。

「会っていたのは約二週間。場所はリンの病室とか屋上だったね。リンは入院していて、俺もそこにいてリンを見守ってたんだよ」

「見守る……暁天さんは恋人のお見舞いをしていたんでしょう？　濃い話したって聞きましたけど、そんな時間あったんですか？」

「あったよ」

「……俺、あなたになにを言いましたか」

「恋愛がしたい、長生きしたい、死ぬときにひとりなのが怖い、って教えてくれたね」

旅行もしたいって言ってたよ、と暁天さんが俺に顔をむけて唇でそっと微笑む。

思わず俯いてそらしてしまった。自分が隠している心の底の弱くて情けない部分をこの人には知られている、という焦りが背筋を走った。

「……でも、やっぱり、暁天さんの気持ちはわかりません。俺と瑛仁さんの関係を知ったから、それなら未婚で知己の自分のほうが恋愛するにしてもましだろってことだったんですか？　だとしたら〝愛〟なんて……」

そのとき暁天さんが肉まんを持ったまま俺の腕をひき、俺が息を呑んだのと同時に、真横をスーツ姿の男性がすり抜けていった。道を塞いでいたらしい。「すみません」と頭をさげる。

笑顔だけでこたえる暁天さんは、残りの肉まんを口に入れて前方へ視線を戻し、頬を動かしながら黙した。返答を考えているように見える。

「恋人と最期をむかえたあと、俺はリンを探してたんだよ。はやく、また会いたかった。だいぶ時間がかかったけど、会えてよかった」

「……はあ」

探されていた、のか……。

「このあいだリンは俺が恋人を捨てた酷薄な奴だって言ったでしょう。きみやほかの人間には、そう感じられるかもしれない。捨ててはいないって弁解しても体のいい言い訳に聞こえるだろうし、俺も正しく伝わるとは思わないよ。真実なのは、彼もきみも俺を支えてくれている、生きる理由そのもので、ふたりとも差違なく心から愛してるってことだよ。いつかわかってもらえたら嬉しい」

「生きる、理由って……ちょっと大仰すぎやしませんか。あなたが知ってる俺って、恋愛したい長生きしたいひとりがいやって、ただのわがままを言う子どもでしかなかったんだから」

「わがままじゃない」

言明した暁天さんの目が、今日最後の陽をまばゆく放つ太陽と対峙して遠く細くたわんでいく。

「リンの心からの願いだってことを知ってる。いまも辛さをひとりで我慢してやり過ごしているなら、俺は気兼ねなく弱音が吐ける休息の場みたいな、そんな相手になれたらいいなと思うよ」

彼の口調は重たくないのに決して軽佻《けいちょう》には響かなかった。

意識がほうけて飛ばないよう、俺はピザまんをむさぼることで現実にしがみつく。ただしなんと返答すればいいのか、言葉はまるで浮かんでこない。

「言いたいことが言えるようになってよかったな。いままでもどかしかったからね」

暁天さんがふぅーと大きく息を吐いて肩を上下し、からりと爽やかに笑う。

俺も調子をあわせて曖昧に苦笑してみたけれど、うまくできた気がしない。

おたがいの前方にはだかる太陽の、目を刺す輝きだけを睨んでぽくぽく歩いた。橙《だいだい》に焼ける上空に雲がのびてひろがり、そのすきまから天使の梯子《はしご》のような火先《ほさき》が洩れいでている。世界が綺麗すぎて、だからまだ俺が彼にお礼の一言すら言えなくても許されるんじゃないか、と無根拠な甘えに縋った。

俺がピザまんを食べ終えたら、暁天さんはすかさず「もうすこし歩こう」と言った。

「自転車で一瞬で帰っちゃうともったいないから」

はい、と彼を見ずに受け容れた。こんな些細な従順がいまの俺にしめせる精一杯の謝意だった。

ひぐらしの声と自転車の車輪音が物寂しい。角を曲がって裏路地へ入ると、率直だった日ざしは頭上からわずかにそそぐのみになり、やがて薄明《はくめい》に沈んで暗くなった。笑いながら走っていく子どもたちの影が、アスファルトの上で団子になったり離れたりしてたわむれる。

家付近の見知った町に戻ってきたら、さらに夜の気配が寂寞と迫ってきて陰鬱になった。

この町にあるもの。バイト先の弁当屋、両親、病院、主治医。瑛仁さん、彼の妻、ひとりの家。

「あっという間について残念だよ」

見あげると暁天さんは屈託のない笑顔で小首を傾げていた。安心感をくれる笑みだった。

「わざわざ家までおくっていただいてすみません」

彼の好意まじりの優しさを拒絶する理由はもうない。かといって掌を返して懐ける相手でもない。

「また会ってくれるかな」

「……るりちゃんが会いたいって言ってくれたら教えてください。検討します」

小さな女の子を利用する小賢《こざか》しい返答に逃げた自分に嫌悪が過った。だが考え得るいくつかの返答のなかで、これがもっとも正しいもののように思えた。

そしてアパートの前につくと、暁天さんに改めて頭をさげた。

「ありがとうございました、気をつけて帰ってくださいね」

「うん、ありがとう」

相変わらず俺のありがとうに、ありがとうを返してくる。軽く笑ってしまったら、暁天さんは今度は笑わなかった。

「リン」

「はい……？」

「きみにずっと謝りたいことがあった」

急に摯実《しじつ》さを帯びた彼の眼ざしに、え、と身がまえる。

「きみと別れるまでの時間を短くしてしまったことと、最期まで傍にいるっていう約束が守れなかったことを、長年、毎日後悔し続けてた。でも本当に謝りたいのはべつのことだ」

リン、と浅く悶えるようなため息とともに呼ばれた。

「あの日きみの最期を目のあたりにしなくてよかったたって、本当は心の底で安堵した。……ごめん。自分が見おくるって言ってくれたきみの優しさに甘えたよ。けどだからこれからは俺がおくり続ける。約束する」

最後……？

俺が退院する前に、見舞いにくるのをやめた、とか、そういうことか？

「俺、ほんとにその……憶えてないから。深刻にならないでください、余計申し訳なくなります」

暁天さんは微動だにせずしばらく俺を見つめていた。笑顔を繕ってなだめてもまばたきしかしない男とむかいあって俺がいよいようろたえだすと、ようやく目もとだけほころばせて微笑を洩らした。

「リン、今度一緒に夜の動物園にいこう」

「え、夜？」

「ナイトサファリ。夏場はそういうキャンペーンをしてる動物園があるんだよ。夜ならすずしいから、リンも歩けるでしょう」

「はあ、まあ……」

弁当屋にもまたいくね、と何事もなかったかのように続けて、彼は自転車をターンさせ跨《また》がった。

「おやすみリン」

「はい……おやすみなさい」

俺の返事を聞くと暁天さんはペダルをもったり踏みだして、いまにも停止して倒れそうなのろさで体勢を保ちつつ、何度もふりむいて手をふりながらゆらゆら帰っていった。

……いまの謝罪はなんだったんだろう。おたがいにとって重要そうな事柄に感じられたが暁天さんはスイッチがきりかわると再びいつもの彼に戻った。昔の俺たちはいったいどんな間柄だったんだ。

路地のむこうで暁天さんの自転車と背中が角を曲がって消えていく。ひとりになるととたんに現実へ帰ってきたことを実感してうすら寒くなった。それをふり払うように身をひるがえし、アパートの階段をあがる。

自宅のドアへ鍵をさしこんだ拍子に携帯電話が鳴りだした。母さんからだった。

『あら凜、外？』

「帰ってきたところ」

『やだもう、最近しょっちゅうでかけてるけど体調大丈夫なの？』

あんたご飯もほとんど食べないんだから、三食ちゃんと食べてる？　ねえ、と母さんが過保護を発揮してけんけん怒るのを半分受けながしつつ、靴を脱いで家へ入る。

「平気だよ。バイト先でよくしてくれる人と知りあって、ちょっとね」

『そう……無理だけはしないでね？』

「しない」

というより、相手は俺以上に俺の身体を気づかってくれている。

『お客さんとか言って、悪い遊び教わってるんじゃないでしょうね？』

「ないって」

『母さんお昼にも電話したんだから。半日ずっといなかったでしょ』

「ストーカーかよ、っとに……——なに、なにか用事があったの？」

母さんは『田舎からお米が届いたから凜にもわけてあげようと思ったの』と理由を説明する。

俺が実家をでたあと両親は基本的に放任だけど、食材や日用品を買いすぎたりもらったりすると、必ずお裾わけをしてくれている。

「じゃあ明日にでもいくよ」

『暑いから無理しないで、日が暮れてからでもいいからね』

「うん、いく前に連絡する」

会話が終わりそうになった刹那、思わず「あ、ねえ」と呼びとめた。

「母さん、俺が昔入院してたときに仲よくしてた男の人って知ってる？」

『男の人ぉ？』と母さんは唸って考える。

『どうだろうね……あんたベッドが嫌いって言って歩きまわってたから、友だちのひとりやふたりいたんじゃない？』

「俺ほんとにそんな活動的だったっけ？」

『そうよ、お見舞いにいくたびに探すの大変だったんだから。誰にでもすーぐ懐いて、べつの病室で患者さんとけらけら笑ってるんだもの、母さん恥ずかしかったったら。元気でよかったけど』

母さんの声にしんみりと感慨がにじんで、俺もその慈愛を傷つけないよう小さく相槌を打った。

「今日一緒にいた人が、そのころの俺を知ってる人らしくてさ」

『あらやだ、そうなのっ？　こんなにおっきくなったのに気づいてくれたなんてすごいわね』

だったらいい人だわ、と母さんの評価が百八十度変わった。

『偶然ってあるのね……縁って不思議。そういう人は大事にしなさい。あんなやんちゃ坊主のこと憶えててくれたのもありがたい話だわ。大人になったんだからもう迷惑かけちゃ駄目よ？』

「ン、わかってるよ」

『今度わたしにも会わせなさい、ね』

「えー……」と濁してふたりで笑いあったあと、じゃ明日ね、と挨拶をかわして携帯電話を切った。

黒いテレビ画面、窓の外の夕闇、テーブルの上の朝顔のしおり。部屋が夜と調和し始めている。

ソファーに仰むけに転がって、いまの母さんとの会話や、暁天さんとるりちゃんの三人で過ごした一日をぼんやりふり返る。明日は実家訪問と、バイトと……それ以外の時間になにをして過ごそう。時間がありすぎると自分を試される。でももし大学へ進学していたとしても毎日数時間拘束してくれる予定ができるだけで、結局知識も友だちもいままでどおり無駄にしていたんだろうな。

かぶりをふって起きあがり、キッチンへ移動して冷蔵庫の野菜室をあけた。皮をむくのが面倒で食べるのをあとまわしにしていた里芋がまるまる残っている。今夜はこれで煮物を作ろう。

にんじん、鶏肉、その他諸々選んだ食材をシンクにおいて里芋をとり、掌で包むようにして洗う。料理は俺の唯一の大事な趣味だ。あとはそのまま無心になり、皮むきに集中する。

――こんなにおっきくなったのに、

――大人になったんだから、

俺の母親は、大学にもいかずフリーターをして親の脛《すね》を齧《かじ》っている息子を半人前扱いしない。二十歳まで生きられるかわからない、と宣告されたこともある俺の二十一歳の現在を両親はたぶん有り得なかった奇跡だと思っている。

実家へいってもらってきたお米は、母さんがスーパーのビニール袋を二重にした包みによりわけてくれていたが、十キロ近くもあってとんでもなく重たかった。

夜、閉店間際に弁当を買いにきてくれた暁天さんへそう教えると、

「愛情の重さだね」

と笑った。

「嬉しいんですけど、二時あたりの一番暑い時間にいっちゃったんで大変でした」

「今日はまた暑かったね」

「九月だからって油断しましたよ」

「呼んでくれたら車だしたのに」

「暁天さんは車も持ってるんですか」

「あるよ。好きな人といろんなところへいくために買ったんだ」

ベンチに腰かけている彼が悪びれもせずにっこり告白する。俺は背後の厨房を意識して背中がひやりとした。

「水族館にも映画館にもいきたいなって思ってる」

「……そういう話は、ここではやめてください」

「独り言だよ。好きな人の名前は言ってないでしょ」

優男《やさおとこ》かと思いきや、この人が意外と意地の悪い面も持ちあわせているのだと最近知った。

「ナイトサファリもそろそろ終わっちゃうからはやくいきたいんだよね」

厨房から「きのこできたよー」と声がかかる。今夜最後のお客さん、暁天さんのきのこ弁当だ。

呼びかけてお箸をそえ、丁寧に包む。

「リンは、俺がその好きな人を明日誘ったら急すぎると思う」

カウンターへきた暁天さんが訊く。

「どうでしょうね」

「真剣に相談してるからちゃんとこたえてほしいな」

策士め、と睨み据えても、彼は微笑していて動じない。

「開催期間が終わりに近づくと混んでくるから、その子に楽しんでもらうためにも明日か明後日にはいきたいんだよ」

「詳しいんですね」

「ああ、いいや、調べて得た情報なの。俺もまだ一度もいったことなくて」

「一度も？　いき慣れてる口ぶりだったじゃないですか」

「ないよ。ずっと昔に連れていってあげるって約束して、俺も彼といくのを楽しみにしてた」

この人の口の巧みさにあてられていると、詐欺師なんじゃないかと疑いたくなってくる。

「そういう、昔からの約束なら、しょうがないかもしれないですね」

「しょうがないか。渋々だと申し訳ないな。約束も大切だけどいまの彼の気持ちを大事にしたいし」

「……なにを言わせたいんですか」

「リンの本心」

お弁当の入った袋を突きだして早口に言い放った。

「子どものころの約束を憶えててくれてるだけで喜んでると思いますよ」

ありがとうございましたまたどうぞ、と続ける。視線を横にそらして暁天さんの顔は見なかった。

ふっと吐息のような笑みが彼の口からこぼれる。

「ありがとう、じゃああとで連絡してみるよ」

弁当を受けとった彼が身をひるがえして夜道へでた。自転車に乗って手をふり、去っていく。

「……凜、面倒な客なら来禁にしてやるぞ」

ふいに厨房から険《けわ》しい声で店長に話しかけられてぎょっとした。

「す、すみません、大丈夫です」

「あの人最近よくくるだろ。つきまとわれて困ってるんじゃないか」

みんなが片づけをしながらこっちに注目して、鈴子《すずこ》さんも「ストーカー？」と怪訝な表情になる。

「いいえ、一応知りあいなんです。なんていうか……悪い人ではないので」

鈴子さんとおばあちゃんが「変態だったらちゃんと言ってね」「そうだよ、警察に頼めばここらへんの見まわり回数ぐらい増やしてくれるだろうしね」とまくしたてる。

俺は苦笑いしながら右手をふって恐縮した。

「大丈夫です、ほんとにすみません」

暁天さんの家はここから自転車だと二十分……三十分弱、だろうか。

毎晩のように通ってくれている弁当屋の厨房で変態になりかけていることも知らず、自転車をのほほんとこいで家へ帰り、すっかり冷めたきのこ弁当を屋上の自室で食べる彼を想像した。季節限定のきのこ弁当。まぜご飯がメインのそれを、美味しいと言って聞いてくれる相手はおそらくいない。瑛仁さんも暁天さんも、うちの弁当をひとりで食べる。腹を満たしながら、心はなにを思うんだろう。

店長たちとの軽い談笑のあと身支度と挨拶をすませて店をでると、見計らったようなタイミングで携帯電話が鳴った。暁天さんだった。

『こんばんはリン。バイトお疲れさま』

ありがとうございます、と返して左右確認し、暗くなった道路へ踏みだす。

「暁天さん、うちの店でストーカーとか変態とか言われてますよ」

『えぇ、どうして。毎晩リンに声かけてるから？』

「うん」

つい笑ってしまった。初めて聞くあたふたした声は愛嬌《あいきょう》があっておかしかった。

暁天さんが『いくのひかえたほうがいいのかな。お弁当気に入ってるのになあ……』と途方に暮れるので、「ちゃんとフォローしておきました」と補足したら『ああ、ならよかった』と彼も笑った。

『俺のことはともかく、帰り道気をつけてね。そこの周辺は公園があるせいで夜でも人通りが多いし、電話してて注意力散漫になって事故にでも遭ったら困る』

「じゃあ切ります」

『待った待った。話しながら帰るのはいいんだよ、最近女の子なんかはわざと彼氏に電話して家に帰るまでつきあってもらうって聞くよ。なにかあったら真っ先に助けを求められるからって』

「ストーカーと話してて、いざとなったら助けてもらうっていうのも変な話ですね」

『リン……それ俺のことじゃないよね』

またおかしくなって、声をひそめて笑いながら歩いた。

家は近いものの外灯の数が少なくて物騒な夜道だから、会話があるのはありがたかった。膝あたりまでひたひたと夜気が迫っているのに、耳には暁天さんの笑い声がある。

『……リン、本当に動物園につきあってくれる』

さっきの悠々とした誘い方とは一変して、今度の口調は甚《いた》くしずかでいささか及び腰だった。

「昔約束したっていうのは嘘じゃないんですよね」

『俺は自転車も車も、リンとの約束のために乗ってるんだよ』

「自転車も？」

『きみにいろんな景色を見せてあげたい』

夜だというのに、耳朶《じだ》を震わせた彼の声が群青色の夜空さえも黄金色に塗りかえてきらめかせていく錯覚を見た。

「……いろんな、景色ですか」

『うん。動物園も水族館も映画館も、花火も流星群もなんでも』

自分が住んでいる町をほとんどでたことがなかった。初めて暁天さんの自転車のうしろに乗って彼の家へいった日、遅すぎた反抗期のごとく日常の束縛から逃れて世界へ飛びだしていくことに期待したあの胸の高鳴りは、まだここにある。暁天さんはいとも簡単に手をさしのべてくれる。世界をひろげてあげると言ってくれている。

「……あなたと約束をした昔の自分に、感謝したいです」

ようやく口を衝いてでた返答は素直さの欠片もないまわりくどい呟きになった。それでも暁天さんは安堵の息をつく。

『よかった。じゃあ明日、夕方ごろにむかえにいくよ。こっちでる前に連絡するね』

はい、とうなずいて電話を終えるころにちょうどアパートへ到着し、おやすみなさいと言いあって電話を終えた。

いきたいです、ありがとうございます、嬉しいです——そう伝えて喜びをあらわにするのは抵抗があった。想像のなかで、ひとりで夕飯を食べている瑛仁さんの寂しげな姿が脳裏にはりついている。

最近、あの人に会っていない。


暁天さんは翌日、てんとう虫みたいな赤い車でむかえにきてくれた。ふたり乗りで小さくてまるっこい、女性に好まれそうな可愛らしいデザインで、髭面の暁天さんが運転席にいる光景はどことなくミスマッチだ。

動物園には一時間半ほどでついて車も駐車場にとめられたが、すでに車も人も増え始めていた。

「前売りチケットを今日買っておいたんだよ」と暁天さんが一枚くれて、一緒にゲートをくぐる。

入って真っ先に目を奪われたのは色とりどりのイルミネーション。道の端にある芝生にシロクマやペンギンやカンガルーのかたちをした電飾がある。木々にもクリスマスさながらの飾りつけがしてあってきらきら輝いているのに、周囲にはひぐらしの鳴き声が響いていて不思議な気分になった。

綺麗、と俺がうっとり洩らす前に、家族連れの子どもたちが「きれーい！」とはしゃいで走りまわり始めて、暁天さんと目をあわせて苦笑した。

ぞろぞろとみんながむかう方向に一緒に歩きだしてすぐ、獣《けもの》の匂いに包まれているのに気づいた。前方から「ゾウさんだよ」「カンガルーもいるって」「トラが見たーい」と聞こえてきて、いよいよ動物の気配も迫ってくる。でもあきらかに人間のほうが多い。

「おいでリン」

暁天さんが俺の手をとって人ごみをかきわけ、ゾウの目の前まで誘導してくれた。

水場の傍に数頭いて、前脚とうしろ脚をのっそり動かして前進していく。その躍動感、でっかい顔、耳、鼻、尻。

「すごい」

ハエかなにかを払うように耳がばさっと動いた。隣のもう一頭は鼻をだらんと垂らして水を掬《すく》い、背中にざばんとかける。

「水浴びした、すごい！」

「ゾウも暑いのかもね」

すごいすごい、と小学生の感想文みたいにくり返す俺に、暁天さんも微笑んでつきあってくれる。

「親子っぽいね」

「子ゾウの頭、毛がちょんちょんちょんって生えてますよ」

「うん」

「暁天さんの髭に似てる」

「え」

俺の指摘に反応して、近くにいる子ども数人が暁天さんを見あげた。俺が吹きだすと、暁天さんも困った顔をして「……こら」と肘でついてくる。

ゾウが飼育員の人にもらったスイカを鼻で器用に食べるのを見たあと、トラのところへ移動した。

「トラは肉食獣で夜行性だから、昼間より活発かもしれないよ」

「そういうのがナイトサファリのいいところ？」

「そうそう」

猫と犬にしか馴染みがないから本当はどんな動物も珍しいし、昼間のトラの挙動自体わからない。どんな感じなんだろう、と期待をふくらませて人垣からトラ舎を覗きこむと、一頭のトラが堂々とした足どりで歩いていた。しなやかな体躯《たいく》がモデルのような美しい歩行にあわせてくねるようすに思わず釘《くぎ》づけになる。

「暁天さん見て、格好いい」

「ほんとだね。目がぎらっとしてて獲物探してるみたいだ」

「餌ってなに食べてるんだろ」

「生肉だと思うよ」

「こえぇ」

「友だちにフクロウを飼ってる奴がいて、そいつは冷凍のネズミをあげてたな」

「まじで？」

「まじで。フクロウも肉食だからね」

「顔は可愛いのに、餌は結構グロいんですね」

「人間だって調理してるだけで、肉も魚も食べるでしょ」

「そうだけど……人間よか野性的で、弱肉強食っていうか、生きてるんだなって感じがします」

子どもっぽい俺の感嘆を、暁天さんはまたばかにするでもなく笑顔で聞いてくれた。隣でお父さんに肩車されている男の子が「すっげえ歩いてる！」と喜んでいるのを聞くと、「やっぱり日中は大人しいのかもね」とこそっと耳打ちしてくる。

「トラも猫科だから、きっと昼は猫みたいに寝てるんだよ」

「あそっか、猫科……じゃあトラもナイトサファリにきてもらったほうが睡眠の邪魔にならなくてありがたいのかも」

「そうだね」

ほかのトラももったり立ちあがって厳めしい顔つきで周囲をうかがいつつ歩きだす。俺たちも餌になれるんだよなと思うと檻越しでも緊張した。カメラのフラッシュは禁止、と看板やアナウンスで注意されているのに設定ができないのかなんなのか、時折人ごみのなかで光が明滅するのでトラもぐるると唸って、ぞくりとする。

どれぐらい見入っていたのか、暁天さんに「そろそろいこうか」と肩を叩かれて我に返ると、うなずいてトラ舎を離れた。

「リン、ジュース飲む？」

「はい、ちょっと喉渇きました」

とっぷり日も暮れてすずしくなっていたものの、肌は汗ばむ。幸い小さな売店はそこかしこにあって飲み物を買うには困らなかったから、暁天さんはレモンソーダ、俺は麦茶を選んで、「おごるよ」と言ってくれる彼にごちそうしてもらってしまった。

「人がどんどん増えてますね」

木陰によけて、飲み物を口にしながらお客のながれに驚嘆する。

「年々口コミで評判がひろまってるし、最終日近いから余計なんだよ。来年はもっとはやくこよう」

「……さりげなく誘うし」

「一年悩んでくれてかまわないから」

暁天さんは意外と押しが強くて焦る。

「一年後なんて、俺なにしてるかわかりません」

麦茶のペットボトルが右手の掌を冷やしていく。

「大丈夫。俺はリンの傍にいる」

自信にあふれた断言が返ってきた。

俺は暁天さんの肩先をグーで押す。彼が笑うと、俺も苦笑した。

近くのカンガルー舎から『運がよければカンガルーパンチが見られるんですよ』とガイドアナウン

スが聞こえてくる。「喧嘩を見て運がいいなんて怖いね」と暁天さんが目をまたたいて、俺も「ですね」とこたえて、空気が変わっていく。

興味を惹かれるまま移動してカンガルー親子の可愛い姿に満足すると、そのあとは海の動物たちのところへいった。オットセイやペンギンやシロクマ。オットセイは黒くてまるい両目が愛らしくて、ペンギンは群れになって泳ぐのが優雅で、シロクマは氷とたわむれていてすずしそうだ。

俺と暁天さんはふたりして気に入って、とくにペンギンが右に左に角度を変えて泳ぐ姿は不思議と心を奪われ、おたがい子どもたちにまざっていつまでも目で追い続けた。

「なんでこんなに惹かれるんだろう……泳ぐ姿って、自由でのびのび感じるからかな……」

「気持ちよさそうだよねえ……」

暁天さんも左隣で感動していて、自分と一緒にじっと集中してくれている熱心なオーラを感じる。黙っていてもおなじ喜びを共有しているのが伝わってくるから、安心して動物への好奇心を解放できる。

「……俺、シロクマも好きです。白くて綺麗で、おっきくて、ゆったりしてた」

「わかるよ。大らかだったよね」

そっと話しかけると暁天さんも空気を邪魔しない囁き声でこたえてくれた。

「うん、氷抱いて浮いてたから。ぷか〜って」

「クマは人間を襲うけど、あれは怖がってるだけだって聞いたことあるよ」

「俺たち怖がらせてるんだ」

「人間も動物も、知らないものに会ったら怖いのはきっとおなじなんだよ」

「そっか……」

この幸福で温かい充足感を懐かしく思うのに、いったいいつのどんな瞬間だったたか。

「ねえリン」

呼ばれて「はい？」と見あげたら、暁天さんは左腕をぽりぽりかいて、

「……蚊《か》に刺されたから虫刺されの薬持ってたらまた塗ってくれないかな」

と哀しげに言う。

たしかに赤く腫れていて、彼が幼稚園児みたいに可愛くて笑ってしまった。

「持ってますよ」とバッグからとりだして彼の腕を支え、塗ってあげる。「白状するとあのときね、」

と暁天さんは呟いた。

「あのときこうやって塗ってもらったのは、リンにすこしでも触りたかったからだよ」

「暁天さん、それちょっと変態チック……」

「……切実だったんです」

彼の腕に薬を塗る自分の手はごく普通の男の手だ。女性のようにネイルアートで飾っているでもないかさついた爪の、ひ弱な細くて白い手。執着してもらうほどの価値もない。

暁天さんの顔を盗み見る。薄暗闇に灯る外灯の光に、仄明るく浮かぶ穏やかな表情。自分の軟弱な身体をこんなふうに想ってくれる男は、この先も彼以外現れないんだろう。

「リンはお腹すいてない？　ここ限定のハンバーガーがあるから食べようよ」

「うん……腹、減りましたね」

夜空にはミルク色の月がかかり、コウモリが忙しなく浮遊している。

人気のレッサーパンダ舎を人の後頭部越しに眺めながらハンバーガーショップへむかって、途中、木々にかこまれた小道に光の輪でできたけんけんぱを見つけた。

「懐かしいですね」と俺が言うと、暁天さんは周囲に人がいないのをいいことに臆面もなくぴょんぴょん跳ねて道をすすんだ。

「リンも飛んでおいで」

笑っていたら誘われた。

「えぇ、恥ずかしいからいいですよ」

「大丈夫だからほら、誰もこないうちに」

この程度の運動さえずっとしなくなっていた。

意を決して、えいっと地面を蹴る。まるひとつ、まるふたつ、ひとつが続いて、もう一度ふたつ。不器用によろけたもののつっかえずに全部飛んで暁天さんのもとへたどりつき、彼が両手を叩いてむかえてくれた瞬間、達成感と、言葉では形容しがたい喜びが胸にあふれた。

「たまに子どもに戻るのもいいよね」

微笑む彼は温かい目をしている。

この人のことをもう疑いたくないな、とふいに思った。不信感や嫌悪感で拒絶するのではなく、まず信じてから真意や人柄をはかる接し方をしてみよう、となぜか急に悔い改めたのだった。

そうして光のアーチをはしゃぎながらくぐってようやくハンバーガーショップへついたら、また食事をおごってもらってしまった。限定ハンバーガーにはシマウマと動物園名の絵柄の焼き印がしてある。ポテトはひとつをふたりでわけた。小食の俺に暁天さんがあわせてくれているのを察する。

「焼き印がついてるだけでも特別って感じがするね」

テラス席でハンバーグを頬ばる彼は嬉しそうだ。

「はい。なんか囓るのが忍びない」

「出口付近におもしろいアイスも売ってるらしいから、帰りに食べられたら食べよう」

うん、と神妙にうなずく。自分はハンバーガーひとつで腹いっぱいになるが、暁天さんもそうとは思えないので、無理してでも食べようと決めた。

「リン、動物園はどう」

この人は今夜も口内の食べ物をきちんと飲みこんでから話しだす。

「楽しいです。たぶん前にきたのって小学生の遠足のときで、ほとんど記憶にないからな……」

「家族とは？」

「すっごいちっさいころにはきたのかもしれません。それも憶えてないんですよ」

「友だちともいかないんだ」

「いきません」

暁天さんが俺を見る目を細めてしばし黙してから「……そう」と相槌を打つ。寂しい子、と思わせたのがわかった。

「夏にも、友だちとプールにいかなかったって教えてくれたね」

誰にも言わずにいた弱い本心が喉もとまででかかる。このまま呑みこもう。いつもそうしてきた。でも俺の身体のことも弱音も知っているこの人は、たぶん吐きだしても聞いてくれる。

「……俺、」と一言声にして言いかけたら、もうとめられなかった。

「俺、学校で体育の時間に休んでるだけでも、みんなが自分にどう話しかければいいのかって戸惑ってるの感じて、そういうの、苦手だったんです」

　普通ではない身体、気づかわせる自分、輪にくわわれない異端児。その疎外感を明るく笑いながら打ち破ってみんなのところへいく根性がなかった。〝普通〟に扱おうと努力してくれる人たちに器用に甘えて〝普通〟を演じ続ける図太さもいまいち足りていない。

「そうやってひとりでいるあいだ、リンは幸せだったの」

　視線をさげると、手もとには焼き印のシマウマの背中が欠けたハンバーガーがある。

「いまの生活は好きです。でもたまに自分をごまかしてるだけかもとも思います。……大学進学かフリーターかって進路を迫られたときに、俺、大学は明るい未来で、フリーターは死を待つだけの道だって思いが本当は一瞬だけ過ったんですよね。あの感覚がいまも、ちょっとだけ残ってるから」

「大学でなにがしたかった」

「なんでもしたかったな。いろんな勉強して友だちとも遊んで、趣味も、したい仕事も見つけたかった。自分が夢を持ったってしかたないって拗ねてたところもあるんですよ。ばかですよね」

　だから生きる目的と料理という趣味をくれた瑛仁さんに感謝の念と、恋情を抱いた。

「いまリンが言ったことは、これからできないことなのかな」

　暁天さんは頼もしく笑んでいる。

「一緒に遊ぼう。勉強したいことがあるなら俺が教える」

「暁天さんは頭いいんですか」

「そこそこの大学で院までいったし、留学もしたね」

「え、なのに古本屋を不真面目に経営してるの？」

「不真面目に見えてるのか」

「しめっぱなしにしてるから」

「しめてるのはリンがきてくれる日だけだよ。……まあ、兄の仕事に比べたら道楽に感じられるかもしれないけど」

兄の仕事。

「瑛仁さんはすごい仕事してるんですか。エリート？」

「聞いてないんだ」

凛々《りり》しい体軀に立派なスーツを身につけている、瑛仁さんの寄る辺ない背中が脳裏を掠めた。

「俺は、あの人のなにも言わないところが好きだから」

ハンバーガーにかぶりついて笑顔で嚙み砕いた。

「リンは兄を綺麗にしようとするね」

「汚い面まで見せないのは、俺たちのルールなんです」

「なに言ってるの。きみは兄の汚い面しか見てないんだよ」

……ああ、そうか。

「それも、そうですね」

苦笑いをした。麦茶を飲んで息をつく。冷ややかな風が頰をなぞって、シャツの首もとにだけ汗が暑苦しくまとわりついた。暁天さんは食べかけのハンバーガーを持ったまま俺を凝視している。

「リンが自分をさらけだせるのはどんな相手」

彼を見返した。柔和でいて、鋭い冷厳さをひめた双眸《そうぼう》。

こたえられなかった。わかってるんでしょう、と心中で責めただけでその会話は終わった。


夜が更《ふ》けるにつれ、イルミネーションはくっきりと輪郭をきわだたせて輝きだしていた。

食事を終えて片づけをすると、俺たちは携帯電話のカメラで闇にきらきらまたたく動物のかたちのイルミネーションを撮影して楽しんだ。上むき加減に羽根をひろげているペンギンたち、ほわと欠伸《あくび》しているようなシロクマ、飛び跳ねそうなカンガルーの親子、草を食《は》んでいるシカと、ピンクが鮮やかなフラミンゴ。気がつくと四十枚近く撮っていて、「たった一日でこんなに撮影したの初めてだ！」と暁天さんと笑いあった。

満足したあとはショップに寄っておみやげも見た。可愛い動物イラスト入りの文房具や食器や衣類や玩具がならんでいる。気に入ったのをひとつずつ手にとって冷やかしていると、暁天さんが、

「このバッジも夏限定の商品なんだって」

と言って光るバッジをくれた。シロクマをかたどったプラスチック素材のバッジのなかにライトがひとつ入っていて、青、赤、緑、とゆっくり色を変えていく。商品名には虹色バッジ、とある。

「虹色っていうけど三色しかないですよ」

「うーん……たぶん青から赤に変わるあいだに紫っぽく見えたりするのもカウントされてるんだよ」

「はは、そっかー……――うん、綺麗ですね」

シロクマ以外も種類があって人気らしく、俺たちが見入っている間にもカップルや子どもたちが選んで買っていく。

「リン、俺ちょっと買ってくるよ。リンはどうする」

「あ、俺は……とりあえず、待ってます」

暁天さんはバッジみっつとほかの商品を持ってレジへいった。誰へのおみやげだろうか。俺も渡す相手を考えてみたが、友人にも親にも動物園へ訪れた理由をうまく説明できそうにないので諦めた。

暁天さんが戻ってくると、また外へでて出入口へむかった。ゲート付近にはお好み焼きやたこ焼きなどの屋台も連なってにぎわっており、俺たちはさっき約束したアイスの店へ寄った。

教えてもらった〝おもしろいアイス〟というのは、二段重ねのまるいアイスにチョコのつぶらな目とクッキーの耳とクリームの鼻がついたゾウさんアイスだった。「レジが混んでるから待ってて」と暁天さんに言われて外のベンチで待機してるあいだ、さすがに一個は食えそうにねえ……、とたじろいでいたら、人ごみをかきわけて帰ってきた暁天さんの手にはゾウさんアイスがひとつだけあった。

闇夜に煌々と輝く店とイルミネーションの灯る花壇を背景に、ゾウのアイスを持って笑顔で近づいてくる髭面の男が、そのとき途方もなく優しい熱の塊に感じられた。

暁天さんは自分ではなく、他人を軸に生きられる男なんだなと思った。相手を察する、思いやる、という当然でいて難しいことをあたり前にやってのける。ちゃんと身につけていて他人と接し、日々を過ごしている。

「食べよう」

ふわっと横に座った彼からすこし汗の香りがしたけれど、いやだとは思わなかった。

「レジ、ならびましたか」

「うん、大人気みたいで子どもも大人もみんな買ってたよ」

ちっとも辛そうな顔をしない彼に、ありがとうございます、と礼を言ってから、一緒にスプーンでアイスを食べた。目と耳もひとつずつわけあった。俺が残したぶんは彼がかわりにたいらげてくれた。苦しいことはなにひとつなく、アイスの美味しさと感謝だけが心に残った。

最後は出入口の手前で見つけたオリジナルのメダルを買うことにした。無地の鉄板が落ちてきてプレスされ、動物の絵が刻印されて平べったい楕円形のメダルになってでてくる。

俺はシロクマを、暁天さんはペンギンを選んだ。彼が「財布に入れてお守りにする」と提案したので、俺も倣《なら》って自分の財布の小銭入れにしまった。

ゲートをくぐって動物園をでたら、夢から現実へ戻ったんだという空虚な感触をたしかに抱いた。ひと組のカップルが数メートル先にいて、俺たちとともに駐車場へむかっていく。道を照らすのは淡く無感情な外灯だけになり、イルミネーションの明朗さがもはや遠い。

「またきたいね」

暁天さんも名残惜しんでくれている。はい、と、でも俺は言えなかった。

瑛仁さんとはこんな夜を過ごせない。彼の弟の暁天さんとデートスポットでもある場所で遊んでしまったんだと、夢からさめたら突然いたたまれなくなってきたのだった。

車に乗って、俺の家へいく途中で暁天さんはコンビニへ寄った。またチョコプレッツェルを手にして、「リンも夜にお腹がすくかもしれないから、なにか買うといいよ」と微笑む。

言われたとおり小腹がすいている。彼の目的がチョコプレッツェルではなく俺の夕飯だというのはもう知っている。底なしの思慮に戦きつつ、若干高級ないくらと生たらこのおむすびをふたつ選んで、それも彼に奪われておごってもらってしまい、再び帰路へついた。

アパート前に停車する。ライトを消すとたんに闇に包まれ、静寂が迫ってくる。今日が終わる。

「リン、これ」

暁天さんは座席横においていた動物園のおみやげ袋をとり、なかから小さな包みをだして俺にくれた。え、と戸惑ってあけると、シロクマの、虹色バッジがでてくる。

「リンにあげるよ」

みっつ買っていたバッジのひとつ。声を発せずにいるうちに、暁天さんは俺の手からバッジをとって開封し、ボタンを押して光らせた。暗い車内に小さな光が灯り、俺と暁天さんの顔を照らしながらやんわり七色に変容していく。

微笑む彼がそれを俺の掌にのせてくれて、光と彼を、俺は交互に見た。

「……暁天さん」

彼の想いの深さは今夜十二分《じゅうにぶん》にわかった。しかしだからこそ、容易くながされてはいけないと強く思った。

「ありがとうございます。今日のことは大切な思い出になりました。……あなたは俺の病名だけじゃなくて昔どんな苦しみ方をしていたのかも知ってるから、俺もつい甘えてしまいます。生意気なこともたくさん言ったけど、あなたの誠実さもわかってきました。でも俺も誠実でありたい人がいます。他人から見たらはた迷惑で愚かしい想いだとしても、命をかけるって決意して好きになったんです。いらないって言われるまで貫くつもりです。それだけはわかってください。すみません」

頭をさげて、視線の先にある暁天さんのジーンズをかたく見据える。

「……何度も念を押さなくていいよ」

暁天さんは喉で小さく苦笑した。

「リンの気持ちは尊重する。けど俺にもゆずれない想いがあるってことを受け容れてもらいたいな。ふりたいんなら〝兄が好きだから〟じゃなくて、俺が嫌いだからって突き放してほしい。でなければ認められない」

「嫌いだから……？」

「〝性格が嫌い〟でも〝生理的に無理〟でもいいよ、俺を否定して徹底的に傷つけてごらん」

傷つけろ、と、今日この夜、ここで要求するのは狡くないか。

「……脅迫じみてますね」

「怯えてるよ、これでも」

彼は悠然と笑んでいて、怯えているようにはとても見えない。

「リンと初めて話した日のことを憶えてる。俺の声がきみの耳に届いて、きみがこたえてくれた瞬間の感情が至福感だったんだっていまならわかるよ。俺を支えているのはきみで、きみがいるから俺は生きてる。これは比喩でもロマンチックな告白でもない、真実で現実だよ」

初めて話した日が、俺は思い出せない。

「俺を誠実だってリンは言ったけど、そんなにお綺麗で生温い人間じゃない。俺がきみの言葉に従うだけの男だと思わないでね」

「……瑛仁さんに、なにかするつもりですか」

夜をねり歩くトラのように威嚇《いかく》されて、警戒しながらも俺も瑛仁さんを想った。

「いますぐきみを抱いてやりたいよ」

「あなたは、そんなことする人じゃないはずです」

「拒絶のしかたはうまいんだね」

上半身をひいてかまえていると、暁天さんはまた口内で苦笑した。

「……いいよ、でも見くびらないでほしい。愛してるんだよ、狂気的に」

彼の右手がのびてきて頬を捕らえられた。狭い車内で追いつめられて顔を覗きこまれる。彼は先程までと変わらない笑顔を浮かべているのに、その温厚な奥底に不敵な炎が燃えているのを察知して戦《せん》慄《りつ》した。

「顔が赤いね。強引にされるほうが好きなのかな」

「違うっ……」

身体が硬直して動かない苛だちを懸命にぶつけたが、彼は俺の首筋に顔を埋めて耳にキスをするとすっと離れていった。

「なに、するんですかっ……!」

怯んでされるがままの自分にも怒りがあふれて混乱する。暁天さんは微笑している。

「きみより長く生きて、長くきみを愛してる証拠だよ」

「意味がわかりません」

「うん。……まあ、わかるわけがない」

俺の手から落ちた虹色バッジを拾って、暁天さんが改めて持たせてくれる。

「俺も自分のすべてかけてきみを愛してる。本当に断りたいなら打ちのめす覚悟できてもらいたいんだよ。中途半端にされても諦めてあげられない」

それからこちらに身を乗りだしてきて抱きくるむように手をのばし、助手席側のドアをあけた。

「気をつけて帰ってね。またお弁当屋に会いにいくよ、おやすみ」

目の前にある彼の笑顔を睨んで身がまえたまま、慎重に車をおりた。

初めて見た獣じみたこの暁天さんこそが本物の彼なんじゃないか、と恐ろしくて、逃げるように部屋へ帰った。車は俺がソファーに突っ伏したころようやく去っていったようだった。

男じゃなくて雄《おす》を感じた。首と耳が痒い。鼓動がおさまらない。……悔しい。動揺に性的な昂奮がひそんでいるのを否めないのがなにより心臓を慄然《りつぜん》とさせて、恥ずかしさで燃えそうだった。


夕方バイト先へ歩いていく途中、ポケットで携帯電話が震えた気がして手にとる。が、着信はない。仕事中も、でられないとわかっていてポケットに携帯電話を入れたまま働く。なんの反応もなかったにもかかわらず、休憩に入ると真っ先に確認してしまう。

そろそろ一ヶ月経つのに、瑛仁さんから依然として連絡がない。

かわりに暁天さんは古本屋を八時に閉めると相変わらず来店してくれていた。「今日は疲れたよ」とか「珍しい古書が手に入ったんだ」とか「鶏チリ玉子丼にすっかりハマった」とか他愛ない話をして帰っていく。

毎日会っている人と、どんどん会わなくなる人は、日に日に存在感を変えていく。会っていると自然と親しくなって色濃くなり現実味も増していくが、会わずにいると否が応でも生活、思考、姿形を見失って淡く霞がかり幻じみていく。

瑛仁さんと会話をかわしたことも、手料理をごちそうしたことも、キスをしたことも、セックスをしたことも、出会ったことさえ、自分ではない誰かの体験のような感覚に陥って、そしてその状況に危機感を抱いていた。

会いたい。瑛仁さんが現実にいるんだと、この目で、文字でだけでも確認したい。

これまでの経験上、家庭のある彼が八時以降に弁当屋へ来店したことはない。八時半ごろに期待するのを諦めて、今日も会えなかった、と落胆していると暁天さんが自転車をこいで笑顔で現れる。俺と関係を持つことを暁天さんとバトンタッチしてしまったかのように、瑛仁さんはぴたりと消えた。

——兄弟そろって迷惑かけてすまないね。

このまま自然消滅してしまうんだろうか。それを瑛仁さんは望んでいるんだろうか。

幻のわけがない、瑛仁さんはちゃんといる、と現実にしがみついて不安を押しやる一方で、友人でも恋人でも愛人でもなく、関係に名前のない自分たちはしれっと切れても当然なのだと冷静に捉える自分がいる。

奥さんと関係が修復できたのならいい。突然の事故や体調不良だったらと想像すると心配だった。健康な姿でいつかまた自分のところへきてさよならぐらい告げてもらえたら充分で、出会ったことに意味はあった、と確認しあって終わりたい。それでいい。それすら、瑛仁さんは煩わしいだろうか。

キスをしてもセックスをしても一緒に食卓をかこんで料理を食べた仲であっても、こんなにも俺はあなたがわからない。

「凜君今日は顔色がいいね、肌もつやつやしてる。なにかいいことあった?」

動物園へいってから十日後の通院で、柿里《かきざと》先生ににっこり訊かれた。

「いえ、とくには……あ、食生活を変えたからかな。朝食をちゃんと食べるようになったんですよ」

「食べてなかったの?」

「いままでは食パン半分とかで満足してたんです。でももっと生活を正して体力つけようと思って、先週あたりからご飯と味噌汁で食べ始めました」

「それはよかった。三食の食事のなかで一番大事なのは朝食だよ、しっかり食べて健康管理なさい」

はい、とこたえて「早朝に散歩して、帰ってから食事してるんです」とも打ちあける。

最初はなりふりかまわずがっつり食べていたら胃が重たくなってどうしても気分が悪くなったので、運動したあとに食べようとひらめいたのだった。案の定これは効果抜群で、夜明けの路地裏探検を楽しんで目も身体も目ざめたのちに食べるご飯は美味しさも格別だったから、心地よく続けられた。規則正しく生きると立派な人間になれたような自信も芽生える。

「いいね」

俺の話を聞いてくれていた先生はしみじみ微笑んだ。

「凜君、子どものころぼくにさ『どうせおんなじ一日なら泣いて終わらしちゃうよりいっぱい笑って終わりたい』って言ったの憶えてる?」

「え、俺そんなこと言いましたか」

「憶えてないか〜……そうだね、きみにとっては特別な言葉じゃなかったんだろうね。けどぼくは励まされたんだよ。凜君、あのときと似たような顔つきになってきてる」

自分ではない前むきでいい子への賛辞を聞いている気分になって、苦笑いしかでなかった。

「先生が言う、子どものころの自分に戻れたらいいなって思いますよ」

俺が肩をすくめたら、

「戻るもなにも、凜君本人だからね」

と、先生はなんのてらいもなく笑って応じた。

「今日はこのあとバイト？」

「いいえ。バイトは休みで、人と会う約束をしてます」

「お、れいの旅行の相手だな」

先生の目がにやっといやらしくゆがむ。

「違います。旅行もいってませんから」

「なあんだ、いかなかったのかー……」

さもつまらない、という顔をされた。

「いまはともかく、健康な身体づくりをしたいんです」

「……そうか」

先生がまたしんみり微笑む。左手の角度が変わって、薬指の指輪が新品めいた輝きを放った。

次の通院の予約をとって、診察室をあとにする。

一階のひろい総合受付へいくと、暁天さんはすでに椅子に腰かけて待っていた。俺がいた循環器内科と受付を繋ぐ階段はひとつだからか、彼のほうがすぐに俺を見つけて「リン」とにっこり手をあげた。

「どうだった」

「うん、問題ないです。雑談時間のほうが長くなりました」

会計の順番がくるまでならんで座って会話をし、運よく十分程度で諸々終えられて外へでる。今日も暁天さんの家へいく約束だった。

「るりちゃんが会いたいって言ってくれてるの、本当の本当の本当ですよね？」

「不安なの」

「違いますよ、暁天さんを疑ってるんです」

「そろそろ警戒心を解いてくれてもいいのにな」

「打ち解けたのに豹変《ひょうへん》したのはあなたでしょ」

「ふうん……そうか、意識してくれてるってことか」

自転車に跨がる暁天さんのうしろに乗って、背後から左耳をひっぱってやった。「いたいいたい」と笑う彼がペダルを踏みだす。

「リン、変なこと言ってもいい？」

昼さがりの空は青く澄んで爽やかな秋晴れだ。十月に入り街角や公園の樹葉もくすみ始めている。

「いやです」

「聞くだけ聞いてよ」

「許可とろうとしたくせに、俺に選択権ないじゃないですか」

笑いながらごちゃごちゃ押し問答したのち、暁天さんが「あのね、」と話しだす。

「俺は医者になればよかったなと思うよ」

「……なんでですか」

「リンの病と自ら闘えるし、裸も独占できるから」

今度はうしろから両耳をつねってやった。

「いたた」

「そういう不純な動機を持った人は医者にならないでほしいですね」

「俺は俺で思うところがあるんだよ。リンの胸見て、聴診器で心音を聞いてる医者だって恨めしい」

「診察ですよ」

「誰にも見せたくなかったんだよ」

やや強引に、真剣な声色で断言されてどきりとする。

「……あなたのものじゃないでしょ」

身も心も、俺は瑛仁さんのものだ。

「寂しいな」

街のオフィスビル前には軽トラのお弁当売りがきていて、会社員とおぼしき男女が群がっている。ゆるやかで穏やかな午後の一時《ひととき》。

『通院日なら病院までむかえにいくよ』と昨夜電話で申しでてくれたときの暁天さんの声が蘇った。

恋人を亡くしたあの病院へべつの男のために立ち入るのは、この人にとってどんな感覚なんだろう。

『俺は俺で思うところがあるんだよ』という言葉がひっかかる。なにをどう想って恋人の死を消化し、心うつりしていったのか。前の恋人と俺をどういう位置づけにして〝リンの病と自ら闘える〟と言ってくれているのか。俺はどんなふうに瑛仁さんと別れていくのか。

そこまで考えて、やめよう、と頭を打ちふった。

「今日はみんなでなにして遊びますか」

話題を変えたら、暁天さんは「るりは折り紙がしたいらしいよ」と楽しげにこたえた。

「凜、るりは怒ってますからね！」

屋上部屋で会ったるりちゃんはぷくぷくした両腕をくみ、仁王立《におうだ》ちで頬をふくらませた。

「えーと……なんででしょうか」

思わずソファーで居ずまいを正すと、横で暁天さんも飲んでいた紅茶をテーブルにおく。

「これ！」

で、るりちゃんがずいっと突きだしたのはペンギンの虹色バッジ。

「ふたりだけでいってずるいでしょ!!」

暁天さんがとたんにぶっと吹きだして、るりちゃんに肩を叩かれた。「痛いよ」と笑い続ける彼の膝に「テンちゃんもおー!!」とるりちゃんが馬乗りして、暁天さんは両頬を両手でぐっとはさまれ、たこ口にされてしまう。

「るりもいきたかったー！」

「今度ねって謝ったでしょうが」

「ダメ！　笑わないで、るり真剣に怒ってんのにっ」

どうやら暁天さんはるりちゃんの怒りの理由を知っていたみたいだ。このバッジをおみやげであげたときから抗議を受けていたっぽい。

「るり、三人でいきたいならリンにお願いしな。リンがいいよって言ったら俺はいつでも連れていってあげるから」

え、と虚《きょ》を衝かれてすくむ俺に、暁天さんとるりちゃんの視線が刺さってきて追いつめられる。

「俺は次は水族館にいきたいな」

暁天さんがにっこり笑顔になって、

「水族館、いきたい……」

と、るりちゃんも上目づかいのおねだり顔になる。

ふたりとも卑怯だろ……こんなの断れないじゃないか。

「……わかった。水族館はみんなでいこう」

るりちゃんが「やったー！」とバンザイして、暁天さんとふたりで大げさに喜びあう。ひとしきりはしゃいだあと、「ママに許可もらったらいく日を決めようね」と父親のように諭す暁天さんに、るりちゃんも「はい」と素直に返事をしたのだった。……なんだか、すっかり仲よくなってしまった。

それから三人で折り紙をした。るりちゃんは折り紙の本を持っていて、鶴もひまわりも上手につくれるのに〝本〟というのだけどうしてもできないと必死に話し、「凜できる？」と託してくる。

これは暁天さんも「何遍チャレンジしてもこの八番のところで躓くんだよ」と、お手あげらしい。

たしかに八番は図も難解だ。

「本屋さんが〝本〟をつくれないっていうのもおもしろいですね」

からかいつつ俺も挑戦して、なんとかつくりあげた。

四ページの本文がある、なかなか立派な掌サイズの小さな本。

「すごい凛！　なんでできたの⁉　もっかいして、もっかい‼」

　注文に応えて二冊目をつくりながら、谷折り、山折り、ひっくり返してひろげて山折り、と丁寧にすすめて教えてあげる。成功するとるりちゃんはたいそう喜んで、「絵本にする！」とカラーペンで表紙に絵を描き始めた。真剣で夢中な横顔を覗き見ていると、嬉しくなってくる。

　折り紙は昔、入院中にもよくつくった。看護師さんか、別室のおじいさんかおばあさんか、はたまたお兄さんかお姉さんだったか、きちんと憶えていないけれど、歳上の人に教わってつくって楽しかった喜びの余韻だけは残っている。

「リンは昔から器用だね」

　るりちゃんをはさんで右隣から暁天さんが囁いた。……あ、この人もあのころのことを知ってるのかも、と予感する。懐かしげな、優しい表情をしていた。

「あ、テンちゃんピンポン鳴ってるよ」

「ん？　ほんと？」

「うん。あ、ほらまた」

　るりは耳がいいな、と呟いた暁天さんがソファーを立ち、「すぐ戻るからふたりで遊んでてね」と部屋をでていく。

「家のチャイムが鳴るとるりちゃんが教えてあげるの？」

「そうだよ、ちっちゃ〜い音だからテンちゃんいっつも聞こえないの」

「俺も聞こえなかった」

「あははは、凛もだめだめ〜」

本当に仲がいいんだな、と面食らう。もう何年も暁天さんと暮らしているのではと錯覚するぐらい家にも暁天さん本人にも慣れ親しんでいて、疎外感すら覚えた。

るりちゃんは折り紙でつくった本に、声をだして「おーとーもーだーちーのーほーん」と、うねうねのひらがなを書いている。ワンピースの胸もとにはペンギンの虹色バッジが。

「るりちゃんは暁天さんとどんなふうに知りあったの？」

「テンちゃん？　テンちゃんは本屋さんで、るりがひとりでおるすばんのとき本読んでくれるから」

「お母さんは仕事忙しいんだ」

「うん。テンちゃんたまに幼稚園のおむかいにもきてくれるよ」

「そうなの？　じゃあほとんど家族ぐるみのつきあいだ」

「そう、テンちゃんとママも仲よし」

暁天さんがるりちゃんをだっこして若い女性と笑いあう情景が浮かび、それがとても似合っていて複雑な気分になった。男の腕は子どもや女性を抱くとパズルピースのごとくしっくりはまる。

「ママはテンちゃんとケッコンしないよ」

るりちゃんの一言にぎょっとすると、

「だってママはまだパパをあいしてるから」

と、彼女は大きな瞳できっぱり言い放った。

「テンちゃんもママとおんなじで、ママの寂しいのがわかるから、それで仲よしなの。テンちゃんもあいしてる人がいるんだよ、てんごくに」

天国に。

「うん……そうだったね」

「るりもパパ好き。ずうっと好き。てんごくにいったらまた会うんだ」

——結局死んだら無だ。あなたは忘れる。

——あなたの想いは信じられないし、俺はあなたとの関係に使命なんてほしくもない。もしあるとしたら絶望を知る使命でしょうね。昔の彼も絶対、天国で泣いてる。

憤慨していたとはいえ、遺された彼に遺して逝く者の気持ちを押しつけてしまったのを反省した。彼も傷を負っているのに、自分の無念さだけをぶつけた俺の身勝手さは自虐に酔ったのと変わりなかったじゃないか。暁天さんはるりちゃんや彼女のママと接することで孤独感や哀惜を癒やしてきたのかもしれない。彼の傷を知ろうともせず抉った自分はガキで浅慮で、愚かだった。

「ねえ凜、もっと本つくって。絵本のページ足んない」

「うん、いいよ」

新しい折り紙をとって、三冊目の本をつくる。るりちゃんは描いた絵に色鉛筆で色を塗り始めた。女の子が森を歩いていく途中でカメやウサギやクマたちが友だちになっていく、という物語らしい。

「テンちゃん言ってた。友だちいっぱいの人は前世でたくさんの人と縁を結んできた人なんだって」

「前世で縁？」

「うん。いい縁も悪い縁もあるけど、結べた人はタマシーをけずってしゅぎょーしてきた人なんだよ。自分のことばっか大好きで、怖がって誰とも縁を結べなかった人は、ひとりぼっちなの。だからいま誰かを好きになったり嫌いになったりして、いっぱいの人と心のおべんきょうして縁結んでりっぱなタマシーになんなきゃ、ずっとひとりぼっちのまんまなの」

「前世でひとりでも、いま頑張ればいいの？」

「うん。寂しくていいなら、がんばんなくていいんだよ。るりは来世も、その次の来世も、いっぱい友だちつくる。ひとりぼっちは寂しいもん」

暁天さんてばまた変な話を吹きこんで、と思ったけど、多少おとぎ話じみた教えでも教育のひとつとしてはありなのかなと苦笑する。魂の修行、他人との縁か。

「凜ももう友だちだよ！」

るりちゃんがにっこり微笑んで、俺を見あげる。

「うん、友だちね」

まったく、こんなお日さまみたいな笑顔をむけられたら心が蕩けちゃって敵わない。

暁天さんが「宅配便だったよ」と戻ってきた。

「るりは絵本をつくり始めたのか。そういえば子どものころB４くらいの紙でメモ帳つくったな」

「あ、それ俺も知ってます」

なになに⁉　とるりちゃんが興味をしめして、暁天さんが「折り紙より簡単だよ」とつくり始める。これはB４サイズならB７サイズになるまで合計三回折って折り目をつけ、半分のB５サイズに戻して中央に切りこみを入れてからひろげて折って整えれば完成だ。

今度はみんなでこのメモ帳に絵を描くのに夢中になった。暁天さんは絵がうまい。俺とるりちゃんはいまいちだから、彼の描く可愛いゾウやキリンを「すごい」「かわいいっ」と褒める。

暁天さんが買いためたチョコプレッツェルをおやつに遊び続けて一時間半ほど経過したころ、俺の携帯電話が鳴った。尊だ。

ふたりに「ごめんね」と頭をさげて出入口のドア付近まで退き、小声で「はい」と応答する。

『いまからいく』

挨拶もなかった。

「ごめん、いま外にでてるんだよ」

『何時ごろ帰る？』

「いや……それは決めてないけど、」

暁天さんとるりちゃんに視線をながしたら、暁天さんが気づいた。とくになにを言うでもなく真顔でひとつうなずいてみせる。いいんだよ、帰るならおくるよ、という合図らしい。

ふいにるりちゃんが「見て！」と暁天さんの服の袖をひっぱり、満面の笑顔で自分の絵をしめす。暁天さんも微笑んで「うまいうまい」と褒める。

『凜、聞いてる？　相談したいことがあんだよ。会って話してえの』

耳にはたいそう不機嫌そうな尊の声。

ため息がでた。たぶん尊がここまで必死になるのは香澄《かすみ》の件だろうけど、電話も訪問も強引すぎないか。こっちに断る余地もないじゃないか。

「……わかったよ、すぐ帰るからつくころ連絡する」

『おう。じゃ近くのファミレスで時間潰してるわ』

悪びれもせずに尊はさっさと通話を切った。

〝どうせ暇だろ、おまえ俺らのほかに友だちなんかいねえしな〟と言われているようで、その居丈高《いたけだか》な態度に苛だちが湧いてきた。

「リン、帰る?」

「ええ……」

肩を落として戻ったら、るりちゃんが両手拳を握って「えーいやだ、まだちょっとしか遊んでないじゃんっ」とだだをこねてくれて胸がつまった。横に座ると、「やーだやーだやーだっ!」と色鉛筆を持ったままぎゅっと首にしがみついてくる。柔らかくて小さな、あったかい身体。

「なにか大事な用事だったんだ」

暁天さんに訊かれて、俺はため息しかでない。

「友だちです。心あたりはあるんですけど、あいついつも自分都合で突然だから……」

「まあ、友だちならしかたないね。おくっていくよ。——るり、また今度みんなで遊ぼう。リンのことおくってくるから離れて」

「やだー……」と弱々しく不満を洩らしたるりちゃんは、それでも暁天さんにうしろからひきはがされると素直にゆだねた。無気力なぬいぐるみみたいに手足をぶらんと垂らして、眉間にしわを何本も刻んで口をへの字にひん曲げて。

「ごめんね、またくるよ」

るりちゃんだけ留守番することになってみんなで一階へおり、暁天さんの自転車に乗った。

「またねー……」

秋色の日ざしに染まる道端で、るりちゃんが両腕をぶんぶんふって哀しそうに見おくってくれる姿が遠退いていく。なんだかますます尊が憎くなってくる。

「名残惜しいな……」

「また遊ぼう。俺がむかえにいくから」

「……はい」

尊は俺が狭い世界で生きていると思ってるだろうが、もう違うんだぞと怒鳴りたかった。暁天さんに導かれてるりちゃんとも出会い、自宅以外で過ごす時間が増えている。夜の動物園にもいった。尊には尊の、俺には俺の生活があって、おたがい知らないことだってある。簡単に他人を拘束できると思うなよ。

「あーもう帰りたくないな」

自転車はシャーとスマートな音をたてて風を切り颯爽《さっそう》と走っていく。空は青く太陽は半分雲に隠れ、左右には民家や塀や花壇、色褪せ始めた木々があって視界の端をながれた。見知った自分の町へ一歩でも入ると、いつもながら世界が暗く様変わりしたように感じるのはなんでだろう。

「友だちと会うのはいやなの」

暁天さんが訊ねてくる。

「いやっていうか……もっと遊びたかったから」

自分と尊が病のことをおたがいのあいだにはさんで双方の主張、感情をこんがらがらせながらつきあっている、という複雑な説明は、上手にできる気がしないし暁天さんにしていいとも思えない。

暁天さんは「可愛いね」と笑っている。

「暁天さんは俺のことつまらない奴だって思わないんですか」

「いきなりだね。どうしたの」

心持ち語尾をあげるだけの疑問系は柔和でいて、深刻に響く。

「いえ、単純に、るりちゃんの家族と比べて俺に思いやりのなさとか力不足とか……人としてこう、問題を感じないかって訊きたくて」

「俺はリンを誰かと比較したりしないよ」

どう言えば伝わるのか思案する。

「その……今日主治医に、子どものころ俺が言った言葉に励まされたって、ちょっと感謝されたんですよ」

「言葉？」

「おなじ一日なら泣くより笑いたい、とかそんなような。でも俺、記憶にないんです。自分が言ったんだとも思えなかった。とっくに変わってるって証拠でしょう。純粋さがなくなって性根も腐って、友だちともなんか……あれで、駄目なんです。暁天さんが好きになった俺でもない」

ああまたこんな吐露をして甘えてる、と自戒するのに、暁天さんは小さく笑った。

「なんで笑うんですか」

「……ごめん。なんだろうな。リンの言う変化は俺にとって些細なことで」

「暁天さんは昔の俺を美化してるんですよ」

「美化か……」

「俺が暁天さんにしてあげられたことだってひとつもないじゃないですか」

「そう。じゃあなにかしてもらえるのを楽しみにしておこう」

彼は風に髪をなびかせて自転車をこぎ続ける。

「俺は昔の凛《りん》もいまの凛もリンの一部だと思うだけで、失望も期待もしないな」

彼の大らかさと寛容さと屈託のなさに、呆れるよりも満たされてしまい当惑した。

瑛仁さん——心のなかから呼びかけて瑛仁さんへの想いをたぐり寄せる。しかし近ごろ会っていない彼の姿はぼやけた亡霊じみて頼りない。

「リン、あとでメールするよ。友だちのことでもなんでも、悩み事があったら頼っておいで」

暁天さんの包容力に戸惑い、いびつにゆがんだうなずきしか返せなかった。


尊は俺の家へくると足音を鳴らしてソファーへ直行し、

「香澄の奴、やっぱり浮気してやがった」

と、文句とコンビニ袋を放り投げた。

「ぜってー許さねえ」

苛々と右脚を上下に揺らして両腕をくむ。

俺はテーブルに転がったふたつのペットボトルをたてた。サイダーは尊、オレンジジュースは俺。

「どうして浮気してるってわかったんだよ」

「目で見た。会う約束してたからあいつの大学むかえにいったら男とキスしてやがったわ」

大学構内にもかかわらず下半身が密着するほど抱きあってディープキスをかわし笑いあっていた、らしい。尊はその場でひき返してここにきた、とわめいた。

「……香澄だけのせいなのかな」

「は？　どういう意味だよ」

「恋人同士なんだからどっちにも原因があるんじゃないか。そこらへんちゃんと話しあったのかよ」

オレンジジュースをもらってひと口飲んだ。尊が横から睨んでいるのを痛いぐらい感じるけど、俺は手もとのペットボトルに視線を落としてオレンジ色の液体を眺める。

「おまえは香澄の肩を持つの」

「どっちの味方にもならねえよ」

「あのな、俺だって大学で可愛いと思う女がいるよ。酒呑んでいい雰囲気になったりもするけど自制の問題だろ？　おまえは自制させられない俺が悪《わり》ぃって言うのか？」

「落ちつけよ」

「落ちつけるかっ。俺は一度でも裏切った奴と、前とまるっきりおんなじにつきあっていけるほどお人好しじゃねえよ」

「話しあえって言ってるんだよ。楽しかったことも全部このままなかったことにしていいのか？」

「なかったことにしたのはあいつだろ」

「尊」

「なかったことにさせたのも俺なんだよな？　俺も悪《わり》ぃんだよな⁉　じゃあこっちも忘れるわ！」

サイダーのキャップを乱暴にあけて尊も一気に呷《あお》る。冷静になれ、と現場を目撃した直後に言われたところで難しいのもわかるが、頭に血をのぼらせたこんな状態では解決などできない。

「……なあ尊。誰だって救われたいと思って生きてるんだよ。そういう寂しさとか虚しさは恋人だけが補ってくれるわけじゃないだろ。友だちとか家族もいろんなかたちで拠りどころになったりする。香澄だっておまえにないものを求めたんじゃないのか？　もちろんその方法は悪すぎたけど、」

努めてなるべくしずかな口調で説得したが、「悪すぎるじゃすませらんねえよ」と打ち消された。

「救われたいってなんだよ、だったら俺と別れろよ。どんな理由があろうと普通はやっちゃいけねえことなんだよ、俺にないものが欲しくなったんなら終わらせてから次いくのが常識だろうがよ!!」

「常識の物差しではかれないことだって言ってるんだよ」

「はかれんだろ!! 浮気しないなんて常識なんだよ、どんな誘惑があろうと我慢すんだよ、それができない奴はクズなんだよ! おまえはなんなの? どんな偽善者だよ!?」

こっちにまで矢が飛んできて、いよいよ苛だちが限界になってきた。

「……ああ、そうだな、おまえは正しいよ」

「あ?」

やめろ、駄目だもう言うな、と警笛が鳴るのにとまらない。

「おまえは一個の恋愛にこだわる必要がないから香澄にも怒り狂えるんだよな。綺麗事言って潔癖気どって、幸せだなおまえの人生。別れたって何回でも恋愛できる可能性があって贅沢で羨ましいな」

「贅沢かよ」

「俺から見たらおまえが恋愛して〝辛い辛い〟って言ってるのも楽しそうだよ。一回納得できないことされたぐらいで別れられるんならその程度なんだからとっととやめたらいいんじゃねえの」

尊の右手が拳を握って震えている。

「ふざけんなよ、おまえは病気病気って甘えてるだけじゃねえか。大学にいかねえで親に養われて、こんなにいい部屋でひとり暮らししてよ。心臓弱いのが偉いのか? 死ぬのがそんなに偉いのか!? それ言い訳にして他人羨んで八つあたりしてるだけじゃねえか!」

「そうだよ、俺たちは根本的に違うんだよ。香澄のこと相談したいならべつの相手選んでくれよ!」

「死ぬ日のために生きてるのはみんな一緒なんだよ、おまえだって恋愛すりゃいいだろうがよ、死ぬって思うんならもっと必死に、ひきこもってねえで探しにいけよ、誰か好きになれよ!!」

おまえが言うのか。健康で健全で女を好きになれるおまえが、セックスさえ命がけでしなきゃならない同性愛者の俺にそれを。

「おまえにわかるかよ!! 〝いつか死ぬ〟なんて教えたら捨てられるんじゃないかって怯える怖さも、恋人ができたところでその相手をおいて逝かなくちゃいけなくなる苦しさもおまえは知らないだろ⁉ 偉そうなこと言うならおまえの心臓俺にくれよ!! かわりに死んでくれよ!! そうしたら俺はプールにでも海にでも走っていって遊びまくって、思う存分人を好きになるから!!」

香澄の浮気話だったはずが、最後にはおたがいを攻撃して睨みあっていた。

尊はサイダーのペットボトルをキッチンのシンクに放り投げてガコンと響かせ、でていった。

俺に怒鳴り散らしてなにがしたかったんだ。俺に会ってなにを、どんな言葉をかけてもらえるのを期待していたんだ。優しく頭を撫でながら香澄を一緒に貶《けな》してほしかったのか?

憤懣と蟠《わだかま》りが肚《はら》の奥でとぐろをまいて苛だちが全身を支配している。暴れだしたいような暴力的な気分になってきて散歩にでもいこうかと逡巡していたら携帯電話が短く鳴った。

『大丈夫だった?』

暁天さんからのメールだった。

画面にぽつんと表示されているたった一言の文字が、天からの救いの声に感じられた。

匂い、温もりの手触り。見えるし、感じる。彼と、それにるりちゃんと三人でいるときの晩夏の夕焼けの屋上に満ちる空気、

いつも直接会っているせいか、文字で話しかけられると声が聞こえないことに違和感がある。でも彼がどんなふうに言ったのかわかる。『大丈夫だった』――文字とは違って、きっと疑問符のない、それでもただしずかに温かい、深い思慮が内包された声なんだろう。

『大丈夫です』

そっけない言葉を返した。けれどその気持ちに偽りはなかった。

あなたのメールを見たから大丈夫になりました、という赤裸々な本音までは届きませんように、と切に願った。

また携帯電話が鳴ったのは、ベッドで眠っていた深夜一時のことだった。

『明日どうかな』

瑛仁さんだ。

――明日どうかな。

味気ない黒のフォントで書かれた文章を凝視した。あしたどうかな。心で反芻する。二度、三度。なんでだ。ずっと待っていたはずの命の支えだったメールが、心にまったく響かないどころか麻薬を吸えとすすめられているような危機感と違和感しか生まない。

『すみません、明日は用事があるんです』

重たい指を動かしてそう打ちこみ送信すると、数秒後に、

『そうか、しかたないね』

と返事がきた。当然の返答なのにこうなればなったでなぜかわずかに落胆した。

ベッドからでて立ちあがった。意識を覚醒させて気持ちの整理をしようと思った。ところがうまくいかないまま再び携帯電話が鳴った。

『弟と会ってるの』

弟——暁天さんと動物園へいって見た色とりどりのイルミネーション、ゾウ、トラ、ペンギン、シロクマたちの姿が写真を散らしたように脳内に降ってくる。

『はい』という返答のあとに『昔、病院で会っていたらしいんです。それで初対面じゃなかったってわかって』と言い訳っぽい言葉もつけ足した。

『病院？』

『俺も暁天さんもちょっとした用事があって通っていて、偶然に』

『あいつ病院にいってたことなんかあったんだ』

『みたいです』

わざわざ〝病院〟と暴露する必要はなかった、と気づいたのは十分経過してからだった。つっ立ったまま携帯電話を眺めていたが瑛仁さんからの返答はなく、ラリーが終了したんだと理解して、〝おやすみなさい〟の一言をさっきのメールにそえ忘れたのを後悔した。後悔しながら、いまだ途絶えずに心臓を騒がせている危機感、違和感、焦燥の激しさに吐き気を覚えた。

キッチンへ移動する。冷蔵庫の野菜室をあけると根菜類が豊富にあったのでシチューを作りおいておくことにして料理を始めた。

料理は瑛仁さんがくれた大事な趣味だ。不味《まず》い料理を作っても全部食べてくれる瑛仁さんの優しさは、小食がコンプレックスの俺にとって充分すぎる感動と恋情をもたらした。

彼といて知ったとんでもない幸福と、初めて体内に湧き起こった恋に対する強靭な意志、得た自分、内面からごっそり変わった感動。それが心にかろうじてひっかかっている状態なのがわかる。

——明日どうかな。

したくない、と真っ先に思ったのだ。瑛仁さんと会うのはつまり〝セックスをする〟ということで、それがどうしてもいやだった。

してはいけない。自分は彼とセックスをしていい人間じゃないし、抱かれるためだけに会う人間なのもいやだ。自分と瑛仁さんの関係は、男同士だという以前に倫理的に間違っている。こんな、一番最初に受け容れたはずの不毛な関係がどうしてかいまさらになってたえがたかった。

ふいに洗剤のマスカットの香りが鼻を掠めて、暁天さんとるりちゃんと三人で遊んだしゃぼん玉を思い出した。暁天さんがしゃぼん液につかっていた洗剤はいまどきのフルーティな匂いがするものじゃなくて、昔ながらの石けんっぽい香りがした。でもしゃぼん玉っていうとあの匂いだよな。

風にながされていく球体。小さいもの大きいもの。すぐ割れてしまうたくさんの虹色の地球儀たち。そして頭上にひろがる赤々とした夕焼け。

瑛仁さんに会いたい。

声が聞きたい。

笑顔が見たい。

いますぐ瑛仁さんに会って彼を前にして好きだと心臓の鼓動で確信しなければこれまで大事にしてきた恋情や記憶のすべてが葬られ、ぎりぎりで繋がっている関係の糸さえ切れしまう予感がした。

会いたい、会わなければ。でもそう思う反面絶対に、瑛仁さんにだけは会いたくなかった。

矛盾している。

たまねぎを切り始めたら涙があふれてきて、はやく終わらせたくて急いで切っていると一片一片が大きく不格好なかたちになった。力まかせに目もとを拭って歯を食いしばる。

矛盾している、と感じたら同時になにかを、誰かを否定している。

辛かった。

2

中学の同窓会の案内状がきていた。無視していたら、ひと月後『思ってた以上に楽しくてさ、当日こられなかった奴らも呼んでまた呑もうって話になったから藤岡《ふじおか》もこいよ』と友人から電話がきた。面子のなかには俺がプールに落としたあの初恋の男もいるらしい。

「まだ迷ってるの？」

深夜、携帯電話片手にリビングのソファーで考えこんでいると、パジャマ姿の明美《あけみ》がやってきた。

「うん……今日も昼間に連絡がきて、明日こいってしつこいからさ」

「わたしに尻叩いてほしい？」

「いや……」

冷蔵庫から麦茶のボトルをとってグラスにそそいだ明美が、飲みながら俺の横へ腰をおろす。

同窓会の案内状が届いたのは明美も知っていたので、欠席したこともその後誘いがきていることも話していた。伝えていないのはこの一ヶ月凜《りん》をさけていたことぐらいだ。

「……なにか、状況が好転するきっかけになるならいってみようかな」

俺がため息まじりに言うと、明美は「好転」と呟くように復唱した。

「瑛仁《あきと》がそう思うならいくべきかもね」

そして真面目な顔で言う。こちらの悩みに真摯にこたえてくれている目だ。こういう眼ざしでくだす彼女の判断は、俺には全人類同意の決定のように響く。

「そうだよね。わかった」

こたえて唇をひき結び、二度うなずいた。


明美と「おやすみ」と言いあって自室へ戻ると、ベッドに入って天井を仰いだ。

先程、凜にもメールで断られていた。

――『すみません、明日は用事があるんです』

凜がいいと言ってくれたら口実にして呑み会から逃げるつもりでいたのだが、それも叶わなかった。断られたのは初めてでもある。不思議に思って弟のことを訊ねてみると案の定だった。

――『昔、病院で会っていたらしいんです。それで初対面じゃなかったってわかって』

病院。

サクラリンの名前を弟から初めて聞かされたのは俺が小学校に入るか入らないかのころだったはずで、当時幼稚園児だった弟が通院していたことなどないと記憶している。そもそもあいつは兄さんが先にリンと会う、と主張していた。一度でも自分が会っていたなら俺に縋ったりしなかっただろう。

奇妙な弟と凜のそういった不可解な一切がっさいは、しかしどうでもいいことだった。複雑になればなるほど、むしろくるっとひとまとめにして隅に追いやり、遠目で眺めていたいと思う。

俺が凜を求めていたのは、明美との未来のために己の異常な性癖とむきあうことが目的で、ほかにはなんの意図も望みもなかったのだ。だが本当にむきあいたいのならば相手が違う。

弟と凜が出会い、俺にはうやむやなまま別れたきりだった初恋男との再会の機会が舞いこんできた。奇跡も運命も信じないが、言うなればこれは天の思《おぼ》し召しみたいなものなんじゃなかろうか。

――瑛仁がそう思うならいくべきかもね。

明美の言葉を思い、そうだね、と再び胸のうちで同意する。

きみが言うならそれがもっとも正しいんだろう。


中学校は公立で、自分の出身小学校を含め学区内のみっつの小学校を卒業した生徒が入学した。初恋男――戸田征也《とだせいや》は、中学で出会った同級生だ。家がたいそうな金持ちで、噂では資産家の息子だと聞いていた。なんで私立を受験しなかったんだろう、などと嫉視《しっし》も浴びていたようだが、本人は明るくて素直で気どったところがなく、金持ち然とした嫌味や風格も匂わせなかったからほとんどの生徒に好かれていたと思う。

呑み会の会場だと教わった居酒屋に一時間ほど遅れてつくと、すでに酒に酔った男女のにぎやかな輪ができあがっていた。

誰が誰だかわからない、というか、名乗りあってもおたがいに困惑する相手のほうがきっと多い。卒業アルバムを見て予習しておくべきだったかと軽く悔いた。

「お、藤岡こいよ!」と手招きして声をかけてくれたのは今夜誘ってくれた友人の門脇《かどわき》で、ひとまず彼のところへ移動した。門脇のほかにふたりぐらいは小学生からの腐れ縁でいまだつきあいがある。でも二十年近く経っているいま、見知った奴らでさえ歳を食って変わっている。

「誰が誰だかわからないよ」

驚きと戸惑いをそのまま口にすると、門脇は酒に溺れた赤い顔で「みんなそうだよ」と笑った。

生ビールがきて食事を始める。

「おまえ誰だ？　——ああ、藤岡な。いたいた、目つき悪い奴。おまえそこだけは変わんねえな！」

自分も改めて自己紹介すると、みんなもむかえ入れてくれて案外とあっさり場に順応した。「きみなにさんだっけ」と訊ねて憶えていなくとも「わたし二組で藤岡君とは接点なかったもんね」と新しい縁に繋がって会話が進展していく。おたがいを話のネタにできない場合は、教師への共通の記憶で盛りあがった。

いまさら昔の同級生に会ったって、と物怖じしていたが、なるほど、全員大人になっているぶん話を嚙みあわせる術も得ているからそれなりに楽しめるわけだ。

思春期をともに過ごした者同士で語る、それぞれの仕事や家族の話も興味深くて聞き入った。

「俺なんか妻と娘のせいで禿《は》げあがった」と何度も笑わせてくる剽軽《ひょうきん》者もいて、騒がしい居酒屋は得意じゃなかったのにくり返し笑いもした。中学生のころにも経験しなかったばか笑いだった。

今夜はもうこれで満足だ、と思って洗面所へ離席したときだった。

「藤岡」

洗っていた手をとめて顔をあげると、鏡越しに自分の背後、すぐうしろに、戸田征也がいた。

「このあと抜けて、二次会は俺につきあえよ」

頭が真っ白になった。同い歳とは思えないほど彼は美形で、いまだ蠱惑的《こわくてき》だった。

「おまえ、さっき店で俺のこと見ないようにさけてただろ」

戸田に連れられてきたのは居酒屋とは打って変わって、駅裏にある地下のしずかなバーだった。すすめられた甘いカクテルをカウンター席で呑みながら、俺は返答を濁す。うちの団体が確保していたふたつの長テーブルの片隅に、飛び抜けてきらびやかなオーラを放つ輪があったのは入店してすぐに気がついた。戸田がいる、と直感して、意図的に視線をやらずにいたのも図星だ。

「どんな顔をして会えばいいのかわからなかったからな」

ここまでついてきたのだからもう偽る必要もない。正直に言ったら、戸田は小さく吹きだした。

「俺が恐かった？　大昔のこと怒られると思って？」

「まあ、うん……うしろめたくはあるよ」

口を押さえて戸田がひかえめに、おかしそうに笑う。店内は薄暗いがカウンターのライトは明るくて、笑う戸田を照らし、睫毛の揺れまで鮮明にする。歳をとったらとったで、くたびれ具合まで色気にしてしまう危うい男だな、と素直に感心した。

「謝れなんて言わないけど理由は聞いてみたかったんだよ、なんであんなことしてきたのか。俺たちほとんどしゃべったことなかっただろ。だから噂話でつまらない恨みかってたのかなっていうぐらいにしか想像できなかったし」

「ああ……いや、そういうわけでもないよ」

「違うのか」

「強《し》いて言うなら……憧れてた、かな」

「え？　悪い理由じゃなかったの」

「ない」

戸田はまた楽しそうに、可憐に笑う。

はあ!?　とか、まじかよ！　とか、派手なリアクションをせずに終始すんなり穏やかに受けこたえしてくれるのが気持ちいい。こんな奴だったんだな、といま知ったような、昔から知っていたような、不思議な心地よさが胸を温もらせて彼の空気に馴染んでいく。

「憧れてたのは俺だったのに」と戸田が言った。

「藤岡って一年のときから百八十センチ近くあって目立ってたろ。格好いいなって思ってたんだよ。身長のことで褒められると相手が女でも男でもちょっと居心地悪そうにはにかんでさ、でも普通に友だちも多くて、気さくで話もうまくて」

他人事めいた「へえ……」という驚嘆が洩れた。

「戸田にはそんなふうに見えてたのか」

カクテルをひと口呑んだ戸田が左手で前髪をよけて、俺にすうと視線をながす。

「クラスも別々で、あのプールのときだけ合同で、藤岡とやっとゆっくり話せるって浮かれてたのにまさか突き飛ばされると思わなかったから結構ショックだったな」

「……ごめん」

数十年越しの謝罪を、戸田はやはり微笑んで受けとってくれた。あの日ではなく、この歳になって今日言うべき言葉だったんだなと、都合よくはあるが、そんな確信的な感慨が芽生えた。

「俺も戸田が気になってたよ。うまく言えないけど、一番近づきたくて、絶対に近づきたくない相手だった」

「矛盾してるな」

「ほんとにな」

「小学生が好きな子をいじめる的なやつか」

「近いと思うよ」

そうかー……、と戸田が語尾をのばして、最後嘆息にかえた。懐かしげな、儚げな影が笑みににじんでいる。

「藤岡の奥さんってどんな人」

指輪に気づかれていたらしい。

「気があうよ。価値観がおなじで一緒にいて楽な相手だね。戸田は?」

戸田の左薬指にも指輪がある。

「うちはどうだろうな。親が決めた結婚で、恋愛っていうより友情みたいな感覚だから」

「家柄が関係してる?」

「ン。どろどろした感情がないせいかうまくいってるよ。虚しくはあるけどね」

ドラマみたいだな、と感じた。

御曹司はさすがに結婚のかたちも違うようだ。

「家とか親の重圧が、やっぱり辛いのか」

訊ねると、戸田は笑って俺の肩をぽんと叩いた。それがこたえだった。

現在は次期社長として働いているそうで、続けて会社や仕事についても話題にのぼったが、相槌を打って聞いているうちに断ち消えた。すごいな、羨ましいよ、と月並みな返答をしてしまうと戸田との距離がさらにひろがっていく気がしたし、それは戸田を傷つけるのではとも危ぶんでしなかった。同窓会の延長で会ったのだから、同級生らしい無邪気な面をひきだしあって興じられる時間にしてあげたい。

「給食でなにが好きだった」

話題を変えると、戸田は上品に吹いた。

「なんだよ急に」

「さっき一次会でも〝カレーの味が忘れられない〟って盛りあがったからさ」

「ああ、わかる。給食のカレーってみんな絶品だったって言うよな。俺も好きだったよ」

「あと運動会とか特別な日だけ飲めるコーヒー牛乳が嬉しかったとか」

「あるある、懐かしいな〜」

「いま牛乳って飲まなくていいらしいな、みんな水筒持っていくんだぜ」「ランドセルも自由な色選んでもいじめられないなんてびっくりだ」と、おっさん話に火がついてしまえば思惑どおりに高揚して陰気さは払拭された。

それぞれ二杯目のカクテルを注文して呑みつつ、当時我慢して毎日牛乳飲んだよな、と笑いあう。笑ってくれてよかった、戸田を笑わせられる自分になっていてよかった、と俺はひとり安堵した。

日付が変わるころに店をでた。ふたりで終電を目指して駅へむかう。夜風は思いのほか冷たくて、「もうすぐ冬だな」とそろって肩をすぼめた。

「秋はいつも知らないあいだに終わってるよ」

言いながら仰いだ夜空には唯一知っているオリオン座がまたたいており、自分たちについてくる。

「藤岡は運命の相手っていると思う」

見返すと、戸田は俯いてうすく微笑んでいた。

「感傷的になってるのか」

「なのかな。俺はなんとなく、まだ会ってない相手がいるような、ずっと誰か探してるような感覚があるんだよ」

「浮気願望？」

「違うって」

そういう夢想じみた話は弟のほうが得意で、俺は門外漢だ。

「ロマンチストなんだな」

酔ってるんだろ、と笑い飛ばさない程度には戸田を好きなんだと、己を淡々と分析する。

「恥ずかしいから誰にも言ったことなかったよ。藤岡が初めて」

「三十すぎの〝初めて〟は貴重だ」

「大事にしろよ、俺の〝初めて〟」

人気《ひとけ》のない裏通りでささやかに笑いあう。

「その、運命の相手？　に会って離婚したいのか」

「会ってみないとわからないな」

「まあそうか」

「ドラマチックに心中って手もあるだろ」

「それはさすがにばかげてる」

「――ン。おまえはそう言うと思ってた」

戸田は暗い路地裏の隅にいようと、星などとも比べものにならないほど綺麗だった。しかしだからこそ寂しげで他人を寄せつけず、どこかが決定的に遠かった。

「昔もっと素直だったら、俺たちどうなってただろうな」

戸田が言う。

友だち、親友、あるいは恋人――そのどの自分たちを想像しても納得いかないまま駅につき、結局結論をだせずに、じゃあな、と俺たちは別れた。


電車に揺られて自宅の最寄り駅へ到着し、徒歩で家路へつく。

長年の蟠《わだかま》りが消えて相性のよさも感じたが、連絡先を交換したりはしなかった。これから始まる、というより、ようやく終わった、という充足感のほうが強かった。たぶんおたがいに。

戸田が自分の人生について悩んでいるのもあきらかだったが、俺が介入することでも、できることでもないのもわかった。平凡な家で育った自分には、彼の苦しみを正確には理解できない。社交辞令で数回会ったところで、支えられずいたずらに哀しませるだけだろうし、それこそ逃避行して心中してやれるぐらいの情熱を持った相手でなければ戸田は救われないのだろう。

すぎてしまえば、邂逅《かいこう》はあまりに他愛のない現実だった。自分の感情が喜怒哀楽のどれにも大きくふれなかったことが単純な驚きとしてあるだけだ。

恋情が再燃することもなかった。魅力的ではあったが下心も生まれなかった。それは凜と出会い、同性愛について学ばせてもらって充分に満たされていたせいでもあると思う。めぐりあわせがあるのなら、こういうことなんじゃなかろうか。戸田と俺には恋愛的な縁が生涯とおして皆無だったのだ。

なんだ、という気分だ。

なんだ、こんなことならもっとはやく会っておけばよかった。はやく終わらせておけばよかった。十代のころの経験は美しいことも汚いことも無駄に濃厚になるのだと改めて確認させられただけで、よくも悪くも拍子抜けした。トラウマにし続けた自分にほとほと呆れ返る。

肩の荷がおりた、自分は乗り越えた。いまもちゃんと、昨日まで以上に俺は普通の人間だ。

清々《すがすが》しい気分で帰宅してリビングへ入ると、明美がまだ起きていた。

「おかえり」

携帯電話から視線をあげて〝あれ、はやかったね〟みたいな表情をしている明美が、ふいに強烈な安堵感を与えてくれた。帰ってきた、と思った。ここが自分の帰る場所だ。

「ただいま」

「呑み会どうだった」

「普通だったよ」

「なに普通って」

明美が笑う。携帯電話を横に伏せてくれた些細な気づかいが嬉しくて、自分も隣に腰かけてネクタイをほどく。

「普通は普通。普通としか言いようがないよ」

「れいの初恋相手の戸田君とは会わなかったの」

「会ったよ。二次会はふたりで呑んだ。それで終わった」

自分の声が弾んで、明美との会話に高揚している。

「終わったって?」と繋いでくれる明美に、一次会から抜けたときのことや、戸田と話した昔話の内容や、自分の感情、変化について洗いざらい打ちあけた。

自分は初めてのおつかいを成し遂げて褒めてほしがる幼児のようだ、と思う。認められたいのも、喜ばせたいのも、自分を浮かれさせ幸福にするのも、明美しかいない。

「そっか……瑛仁、晴れやかな顔してるね」

「つまらないことで悩んでたんだって思えたんだよ」

「つまらないってこともないでしょ。性癖に気づかせてもらえたんだから」

「……うん、まあ」

「でも戸田君は戸田君で大変そうだね。心中かー……思いつめてるな。わたしは幸せな凡人だわ」

明美が両腕をのばして首をこきこき鳴らし、あたり前のように〝幸せ〟と洩らした声が、奇跡みたいな音色で鼓膜を震わせた。

幸せ、と言ってくれた。俺のようなゆがんだ性癖を持つ男と結婚したのに、幸せと。

「瑛仁、わたしそろそろ寝るね」

ソファーを立った明美がリビングをでていく背中。

「明美、」

今夜もしかして俺の帰りを待っていてくれたのか。

「なに？」

ふりむいた明美はふ抜けた顔でまばたきし、欠伸をする。よれたパジャマは実家から持ってきて、同棲していたころから愛用している気に入りのものだ。羽織っている青いフリースは数年前おそろいで買ったメンズサイズ。パジャマの上に着るから大きいのがいいの、と得意げに選んでいた。

「おやすみ」

そう告げると明美がふっと笑った。

「おやすみ」

身をひるがえして戻っていく。明美のシングルベッドがある、俺とは別々の寝室へ。


翌朝、洗面所で顔を洗って歯を磨いてリビングへ移動すると、パンと卵焼きの朝食と、弁当がおいてあった。

『ついでに作っておきました』

短いメッセージの書かれたメモ紙がそえてある。

今日は憂鬱な週の始まり月曜日だというのに、一瞬にして心が華やいだ。どれぐらいぶりだろう、明美がこうして自分に想いをむけてくれたのは。

仕事鞄には入らないので慌てて棚をひっくり返して適当な袋を探しあて、傾かないよう慎重にしまって出勤した。弁当袋を持つ右手が緊張している。満員の電車内でも貴重な家宝を運んでいる気分でしっかと抱え、そうしながら明美にメールを送った。

『朝食とお弁当ありがとう、嬉しかったよ』

昼休みに弁当をひらいたころ、ちょうど返事が届いた。

『どういたしまして』

明美のメールがそっけないのはつきあい始めたときからだ。顔文字や絵文字を一切使用しない、およそ女性らしさのないメールが結構気に入っている。

反して弁当は色彩豊かで可愛らしく、凝っていた。生姜焼きと、ほうれん草のおひたしと、大葉《おおば》入り卵焼きと、プチトマトと、チーズちくわ。二段重ねのもうひとつの器には鮭ご飯。

「お、藤岡さん今日は弁当ですか」

「ああ」

いつも茶化してくる鈴木《すずき》さんと深山《みやま》のふたりが、俺の手もとを覗きこんできて「奥さんの弁当だ」「美味しそう〜」と冷やかしてくる。いやな気分ではなかった。

『今夜は一緒に外食しよう』

嬉しさに乗じて、いまなら受け容れてくれるんじゃないかと誘ってみたら、

『なんで?』

と短く返ってきた。

『一緒に食べたら美味しいだろうからさ』

ふたりで食事など何年ぶりだろう。返信を待ちながら卵焼きを食べていると、後輩たちがまた「昼休みにそわそわメールなんて女の子みたい」とつついてくる。「うるさいよ」と苦笑してあしらっていたら、携帯電話が震えていさんで確認した。

『あなたはわたしに料理をしろって言わないの？』

は？　と声にしたくなるような奇想天外な返事だった。

『しろなんて言わないよ』

『そう』

なぜそう思わせたのか皆目見当がつかない。そりゃ作ってくれたら喜んで食べるが、もっとも強く望んでいるのはそこじゃない。

『外食しよう。誰が作るどんな料理だろうと、きみと食べるのが一番楽しいし幸せなんだよ』

つきあっていたころしか言ったことのない、クサくて必死な愛情メールだった。メールじゃなければ言えなかったと思う。

『瑛仁クサい……笑』

さすがに明美にもからかわれたが、その一文から数行空白をあけて、

『今夜は七時に仕事が終わります。あとで店の名前と場所メールしておいて』

とあった。

初めてデートの約束をとりつけた中学生か、と情けなくなるぐらい嬉しかった。

明美に会ったらすぐ、昼間もらったメールについての念押しの弁解と、告白をするつもりでいた。ところがいざ本人を目の前にしてしまうと、「仕事お疲れさま」と挨拶をしあい、「いい店だね。瑛仁、仕事かなんかできたの？」「ああ、前に上司に連れてきてもらったんだよ」などと、ごく普通の話しかできずじまいだった。

俺が〝昼間のメールの話をしたい〟という目で見ると、明美は苦い顔をして笑い「なによ」と言う。彼女も俺が言わんとしていることとメールの不自然さに勘づいているからこそわざと拒んでいる、と俺もわかってしまって言葉が続かない。険悪なのではなく、これはただただ単純な羞恥だ。

夫婦で、同居していて、おたがいの生活ぶりも把握しており、近すぎるし気心が知れすぎている。寝起きの寝癖だらけの頭や腫れぼったいノーメイクの顔、腹をくだしてトイレにこもっている時間、そういうものさえおたがいに許容しあってきているぶん、ふたりして〝明美と食事がしたかったよ〟だの〝愛してるんだよ〟だのと改まった話をするのが、ともかく照れくさすぎるのだった。

きちんと明美の目を見つめて、明美が楽しいであろう話題を探して会話をかわして、不自然なく笑いあって、注文した食事を完食する、という多すぎるミッションに気後れする。

「……瑛仁、緊張してるでしょ」

「そんなことないよ」

なにもかも知っていてつっこんでくる明美は小悪魔で、俺は高校男子のような惨めさを味わう。

彼女はなんの気負いもなさげに生うにのおつくりをたいらげ、海鮮刺身サラダをつつき、店長おすすめの地酒を飲みほしていく。

「会社で長年わたしの後輩だった女の子がね、ついこのあいだ寿退社したの。今度その子と呑む約束したからいってくる」

「ふたりでお祝い？」

「違う違う。っていうか社内恋愛で、会社全体でも部署でもさんざっぱら結婚祝いの呑み会したからもういいよ。どっちかっていうとお疲れさま会かな」

「退職したんなら、後輩は家で退屈してるんじゃない」

「そうみたい。仕事中だっつうのに『先輩今日もお仕事頑張ってますかあ』って携帯メールしてくるからね」

厳かに仕切られた個室ふうの席で、ひさびさにむかいあって会話と食事を咀嚼する。緊張の〝き〟の字も覗かせない明美に嫉妬しつつも、彼女の日常をまたこうして教えてもらえる幸せに浸った。

すっかり腹を満たして退店し、結局大事な話はなにひとつできないまま帰路へついたのは十一時。昨日とおなじく夜空を仰いで、冬の香りのする風に煽られて歩く。ただし今夜隣にいるのは人生をともにすると誓った女性であり、乗る電車も、おりる駅も、むかう家もおなじ妻だ。

このまま帰宅して、またすれ違いの日常を始めてしまっては駄目だと危ぶむ。しかしそれ以上に、明日は今日までとは違うだろう、わずかばかりでも明るい光がさした新しい日々が始まる、といわく形容しがたいたしかな予感がなぜかある。

「瑛仁、ご機嫌だよね」

自宅近くになり、公園横の歩道を歩く明美の歩調がゆるくなってくる。

「うん。もうちょっと散歩して帰ろうか」

それはいつだったか、凜にかけられなかった誘いの言葉だった。

「いいけど、寒いからあんまり遠くはいや。明日も仕事だし」

可愛さの欠片もない返事だ。でもそれでいい。これがいい。

「わかったよ」

空っぽの弁当箱が入った袋を持ちなおしてつかず離れずの距離を保ち、家路をそれて歩き続けた。

セックスをしなくとも、明美の前では自分は裸だ。これからもなにも隠すつもりもない。隠す必要性も感じない。人生にたったひとりきりの、真実の自分を知っている相手。

頭上には今日もオリオン座がまたたいていて、俺と明美にぴったり寄りそってついてくる。さざめく雑木林から浮かぶ香りは芳しく、夜道は延々と続いていく。

家へ帰ったら明美はジャケットを脱いで〝先お風呂入る〟と言うだろう。〝はやく眠りたいから〟と疲れたようすで肩を揉み、明日また会社へ出勤する心がまえをし始める。明美はそういう明敏さで、社会人としての自身を窮屈なぐらい律しているところがある。

俺はいつものように自室へはひっこまず、リビングで待っていようと思う。土日や平日のあいた時間を利用して明美が綺麗に保ってくれているリビングは居心地がいい。ぼうっと座っているのもなんだし、たまには家事を手伝ってみようか。なにもかもまかせているから明美は『あなたはわたしに料理をしろって言わないの?』などと的外れな怒りにかられていたのに違いない。そうだ、そうしよう。欠陥品の俺がきみにとってすこしでもいい夫になれるなら、どんな努力だって厭《いと》わない。

「奥さんが怒る理由ですかあ……?」

昼休みの社員食堂で弁当を食べながら、鈴木さんが大げさに眉を持ちあげる。

「洗い物をしただけなんだよ。なのに怒られた」

昨夜弁当箱を洗ったことで明美を不機嫌にさせてしまい、俺はそれを彼女に相談してみた。女性同士なら理由がわかるんじゃないかと期待したのだ。

「変な洗い方しました?」

「いやまさか、スポンジに洗剤つけて普通に洗ったよ」

「うーん……なら、スポンジに種類があるんじゃないかな。フライパンとかの油がつくものとほかのものとわけたりしますもん」

「ああ、みっつぐらいあるよ。なんであんなにあるのか不思議だったんだよな……」

「それですよ、奥さんちゃんとつかいわけてるんですよ」

「はあ、なるほど……そうなのか」

——いいの、なんにもしないで。残さず食べてシンクにおいといてくれればいいよ、もう……。

怒りより〝仕事を増やされて辟易〟といったようすで肩を落としてしまい、俺はそれまでなごんでいた雰囲気を台なしにして一日を締め括ってしまった。

「奥さんにとってキッチンって仕事場だから、たとえ親切心だろうと近づいちゃ駄目なんですよ。藤岡さんも〝あなたのために掃除してあげる〟ってデスクかきまわされたら困りません?」

「……困る、かな」

「大事な伝言メモとかさ、〝日付がすぎてたから〟とかって捨てられちゃったりして」

「うわ、勘弁してもらいたいね……」

「そういうことなんですよきっと。もう奥さんの規則があるんですよ」

「規則か……」

まいったな、とうな垂れる。明美との関係はまた悪化してしまっただろうか。けれど今日も続けて作ってもらえた弁当がここにはあって、唸りながら口に入れる。青のりの卵焼き。

「藤岡さんってほんと奥さんの惚気ばっかりですよね～……」

鈴木さんににやにや笑われて眉をひそめる。

「俺には深刻だよ」

「深刻とかってっ」

ぎゃはは、と爆笑された。

「愛妻家って都市伝説じゃないんですね、藤岡さんは絶対浮気しなさそう～」とげらげら笑われて不快に思っていると、またいつものように深山が「お疲れーす」とやってきて鈴木さんの隣に座った。

コンビニ袋を持っている。

「深山、いま出勤？」

「はい、午前中は外まわりだったんで。あー疲れた」

コンビニ袋からでてきたのはのり弁当と飲みかけのペットボトルのお茶。

「S社いってきたんですけど、あそこの広報の砂岩《すないわ》さんって藤岡さん知ってます？」

「知ってるよ、たまに一緒に仕事するから」

「ですよね。あの人、オネエっぽくないですか？　四十すぎのおじさんなのにしゃべり方も可愛くってくねくねしてて、おもしろくて困るんですよね、笑いたくなっちゃって」

弁当をあけながら深山がおかしそうに話す砂岩さんについて、鈴木さんも「わたしも電話で話したことある、丁寧だなって思ってたけどオネエなの？」と食いついて笑った。

彼らが盛りあがるテーブルの片隅で、俺は次第に気分が塞いでいくのを感じた。

悪意はない、とわかっている。

砂岩さんはもともと言動が女性っぽく品があって母性を感じさせるところがあり、マスコット的な愛着でもってからかわれながらも慕われている。だがそうして接する外野に対し、俺は一緒に笑い飛ばすことも、やめなさいとたしなめることもできず、いつも執拗に意識し、逡巡してしまう。どうしたらはみださないのか、どれが普通の常識的な対応なのか、と躓いて煩悶する自分は異常者なんだと思い知らされる。

「うちもあいうキャラ濃い人いたらおもしろいのになあ〜」

深山が笑い、俺は「取引先の社員にキャラとか言うな」と先輩風を吹かせるにとどめて苦笑した。おもしろがれるのはおまえたちがマジョリティーだからだ。

オネエ、ホモ、ゲイ——ふいに凜のむきだしの胸、腹、恥部、それらが蘇ってきて震慄《しんりつ》する。俺が常識の輪から簡単にはずれてしまうのは、凜を抱いてしまったからか。戸田への欲望も霧消し、明美を愛しく想い、なにもかも正常に動き始めた人生に汚点をたったひとつ残してしまった……？

——俺がなにか作ってごちそうしましょうか。

あの誘いはときに救いに感じ、ときに悪魔の囁きに感じられる。

明美はその後も時折弁当を作ってくれるようになった。仕事の都合か体調の関係か単なる気分の問題か規則性ははっきりしないものの、彼女が買い物をして帰宅する気配を感じたり、冷蔵庫が食材で満杯になっていたりすると、明日も作ってくれるかもしれない、と胸を弾ませて一晩過ごす。

明美が俺の食生活を気にしてくれること、彼女が思慕をむけてくれること、に意味があった。

定時で会社をでられた今夜は、明美と外食した日から二週間ほど経過していた。また近々誘ってみよう、明美の誕生日や結婚記念日ならちょっと奮発しても訝られないのにどちらも数ヶ月後だな、とそんなことを考えながら最寄り駅につくと、改札口の外に見知った人影を見つけ、目を眇めた。

「おかえり」

弟が微苦笑している。

「ああ。なんだよ、用事か」

「うん、ちょっと話そう」

「電話でいいだろ」

「直接話したかったからきたんだよ」

凜のことだな。

「……わかったよ」

駅ビルのレストランへ入って「夕飯食うか」と訊ねると、弟は「このあとリンのところにいくから紅茶でいい。兄さんは食べたら」と淡々とすすめてきた。……なんだろうな。事を荒立てず穏便にすませようとしてもこいつの言動からはいちいち棘を感じる。

だったら、と俺が煮こみイタリアンハンバーグセットと紅茶を注文したら笑いやがった。

「いまだにハンバーグなのか。子どものころから変わらないな」

「一日働いて腹減ってるんだよ」

「ならステーキは」

「重すぎる」

「ふうん……」

相槌さえいささか癪に障る。

おしぼりで手を拭いて水を飲み、「凜のことだろ」とさっさとふった。

「そうだよ」

弟は厳《いか》つい、真剣な表情でこちらを見据えている。店内にながれるピアノ曲や周囲の客の談笑する声が浮いて感じられるほど凄みがあり、これじゃあタイマンじゃないかと呆れた。

「おまえ、凜と病院で会ったって言ったらしいな」

微動だにせず、動揺も見せない。

「病院なんか嘘で、俺が子どものころからおまえに『サクラリンと会ったら教えろ』ってせっつかれてたんだって凜に暴露したらどうなる」

「厄介なことになる」

「だよな」

弟の嘘と懸命さが浮き彫りになって、俺たちがかこむテーブルの中空を心地悪くただよった。

「嫉妬するぐらいには、兄さんもリンを好きなのか」

好き、という弟が発した一言は子どもの玩具のように響いてつい鼻で笑ってしまう。玩具。拙くて脆くて、ばかばかしいほど純粋なもの。それだけで武器になると信じている愚かな純情さ。

「兄さん。俺はいずれ親に自分が男を好きになる人間だって言おうと思ってる。……それがどういう意味かわかるよな」

ちょうどハンバーグがきて、膝にナプキンをかけてナイフとフォークを持った。

「俺はもともと兄さんみたいに立派な会社で働いているわけでもない不良息子だけど、カミングアウトすれば親の期待は結婚してる兄さんに全部むけられる。兄さんはリンと義姉さんどっちを選ぶ」

しっかり煮こんだハンバーグは柔らかく、ソースはほろ苦くてまろやかに口に溶けていく。

「俺が奔放《ほんぽう》なぶん、兄さんが母さんたちを安心させてきたのもわかってる。兄さんが親の期待に応えるために我慢してきたから、俺は自営で働きながらリンのために生きていられるんだと思うよ。でも兄さんも一度ぐらい、自分を幸せにすることを考えてもいいんじゃないか」

「俺をけしかけてどうするんだよ」

「誰がどうリンを好きになろうと俺は自分の気持ちに誠実でいるだけだ。——このままでいいのか。兄さんは本当の自分を永遠に押し殺して生きていくつもりなのか」

本当の自分などこいつに教えたことは一度だってない。

「欲望のむく方向がその人間の真の姿だっていうなら、正常でありたいって望んでるのが俺自身だ。おまえには不自由な生き方に感じられるかもしれないけど、俺にはおまえみたいな無邪気な生き方のほうが息苦しく見えるんだよ」

そうだろ。マイノリティが生きづらいなんてガキでもわかることだ。〝好き〟だから〝誠実〟でいたいから、と真顔で言い放つ弟は夢見心地で非現実的でロマンチストでばかだ。

「やっぱりリンを好きじゃないんだな」

「感謝はしてる。救ってもらった。それだけだ」

弟は誠実のつかい方を間違えている。夢で人は生きていけはしない。だが価値観は十人十色だし、弟も己の人生に責任を持たねばならない大人だ。どんな生き方をしようと口をだすつもりはない。

「俺も自分が正しいと思うことを信じて生きてきたんだよ。おまえの恩なんか知ったこっちゃない、変な感謝されるほうが迷惑だし気持ち悪いからやめてくれ。俺は俺なりに親孝行して、そい遂げたい相手と暮らしていく、それでいいだろ」

弟は俺の真意をうかがうようにじっと凝視し、やがて、

「それが兄さんの覚悟なんだな」

と言った。

「そうだよ」

覚悟で本心で信念で、俺のすべてだ。

弟は黙り、俺も食事を続けていると、ピアノの音楽が耳をついて場が鎮静した。弟もようやく紅茶にミルクだけ入れて飲み始める。

「ずっと昔から気になってたんだけど、兄さんは義姉さんのことどう思ってる」

生まれたときからゲイだったのに、と透視能力かなにかで見抜いているかのような鋭さを裏に感じて「気持ち悪いなおまえは」と顔をしかめてしまった。

「妻だと想ってるよ」

「ちゃんと愛してるのか」

「よくそういうこと言えるな……おまえの臆面のなさを見習いたいもんだ」

こいつはちょっと日本人離れしている、と思う。

「想ってることは言ったほうがいい。この人生はいまだけのものなんだから」

この人生はいまだけのもの。

「おまえそのうち宗教とか始めそうで心配だよ。本ばっかり読んでるとそうなるのか？」

「いや、うん、ごめん。……気をつけてるんだけどどうもね」

「他人を本気で守りたいならあんまり夢ばっかり語ってるなよ」

歳も歳だし、と叱咤《しった》すると、弟は目をまたたいてから笑った。

「はい、お兄ちゃん」

「やめろ」

こいつ笑うとこんな顔だったか。忘れきっていて懐かしさすら感じない、屈託のない弟の笑顔を眺める。

「兄さんさ、子どものころ俺にしゃぼん玉つくってくれたの憶えてる？」

それから唐突にそんな思い出話を始めた。


凜からメールが届いたのは、その二日後の深夜だった。

『瑛仁さんは俺のことをどう思っていましたか』

いままで凜は俺と外で会うと〝藤岡さん〟と呼び、ふたりきりでいると〝瑛仁さん〟と呼んだ。セックスだけじゃなく、キスもした。しかし恋愛のような話や告白は一切しなかった。不倫ではない、不倫にしてはならない。それが俺たちふたりのルールのはずだった。

『凜は同士だよ』

『ゲイの仲間って意味ですか』

『おなじ傷を癒やしあえる者同士だと思ってた』

凛の過去形の言葉に、俺も過去形で返す。終わりを悟る。

『俺は最初あなたに会ったとき、なにも傷ついていませんでした』

傷ついたのはそのあとだった——文字にない言葉が凛の声になって聞こえてくる。

今夜携帯電話のむこうにいる凛は、俺が知る奥ゆかしくて慎ましやかな櫻《さくら》凛とは別人だった。

精神だけがごっそり入れかえられた、あるいは背中のねじを目いっぱいまかれて急に意思を持って歩きだしたロボットのような、得体の知れない畏怖《いふ》を感じる。——弟の影響か。

『凛に不満があるならもう会うのはよそう』

『また会ってくれるつもりでしたか』

『こんな会話をする関係になる気はなかった。俺の認識違いで凛を傷つけていたなら謝る』

『それは別れの言葉ですか』

責められたとたん逃げだすクズ男みたいだな、と自分に苛だつ。

『近々会いにいくよ。ちゃんと話して終わりにしよう』

その後、凛の返事はなかった。

ベッドからでてリビングへいき、キッチンでグラスにペットボトルの飲料水を入れる。

冷蔵庫にはまだひとつも減っていない卵の十個入りパックと、ふた袋セットのウインナーと、ベーコン、プチトマト、どれも明美の弁当によく入っているものが豊富に補充されており、そっととじて自室へ戻る。

ベッドの縁に腰をおろして冷気を肌に感じながら水を飲んだ。

こんなふうに夜中に起きると、凜は決まって俺の肩先に頭をのせて『どうしたの』と訊いてきた。

俺と一緒にいる夜に凜は一睡もしていなかったんじゃないかとずっと疑っていて、一度も問い質《ただ》したことはなかったけれど、おそらくこの予感はあたっている。俺も熟睡できたことがなかったからだ。

俺も凜も、たぶんそれぞれに罪悪や恐怖を抱いていた。そうしてガラス戸から外灯のにぶい光のみがさしこむ暗い夜の淵に佇み、ふたりで寄りそって長いあいだ黙していた。

恋の会話などしない俺たちにとって、心がひとつになっていると実感できる唯一の安らぎの一時《ひととき》があの時間だったように思う。

——……美味しくなかったでしょう。俺から誘ったのに変なのばっかり食べさせてごめんなさい。

料理の失敗を、不思議なほど気にしていた凜。

——手料理は味じゃなくて、思いがこもってることに意味があるんでしょう。

——想い……。

——うん。

——美味しければ美味しいほど想いが強いとは思わないの。

——思わないよ。〝作ろう〟って最初に行動を起こしてくれた時点でもう充分なんだから。

——……瑛仁さんは優しいね。

優しいのはいつもきみだった。

男が男を求めることを、凜は異常だと言わなかった。セックスをしてもキスをしても、照れて微笑んで受け容れてくれた。好きだとか一生こうしていたいだとか、俺との関係を恋愛だと肯定して維持させるための言葉さえ言わずなにも欲しないで、俺を自由なまま傍に居続けてくれた。

別離に感傷的になるのは夜のせいか、ここが会社じゃないせいか――。この数週間凛をさけていたのは、会ってしまえば夢に酔って現実からあぶれてしまうと知っていたからにほかならない。

知っていた。笑顔を見れば凛を可愛いと思い、しゃべる横顔を眺めていれば見惚れ、抱き締めたいと感じ、たまらなく、とめられようもなく魅了されて溺れていってしまうことを。あの家にも凛にも馴染んではならないと自制して緊張しながら、ふたりでいればそれがどんどん曖昧になり蕩けて消えていくまで狂っていってしまうことも。

だが夢は続かないし、やがてさめる。俺は凛と過ごす未来に希望が持てない。

凛に弁当を作ってもらっても、出勤時に浮かれたり社員食堂で後輩に茶化されて喜んで食べたりはできないだろう。外食して、男ふたりで睦みあう姿を世間にさらして幸せを感じられるとも思えない。誕生日も記念日も虚しいばかりで楽しく祝えない。

同性愛の寂しさと苦悩に苛まれて狭い世界でどんどん畏縮していき、心の底から愛せないどころかいずれ俺はきっと凛を恨み、憎み、妬ましく思い始めるのだと思う。

それはしかし凛のせいでも、ましてや性別だけのせいでもない。

俺は明美の人柄を、性格を、ひとりの人間として愛していた。あのそっけないメールを、照れたぶっきらぼうな態度を、小悪魔な面を、『心だけちょうだい』と言ってくれたときの涙を、男よりべつの女性より、誰よりなにより愛しているのだ。生まれ変わってまた同性愛者になろうとも、明美か、明美と似た人間を探し、愛するんだろう。それがこたえだ。

自分はいまたしかに幸せなのだ。そしてこの感慨は、明美が俺を許し続けてきてくれた日々の堆積の結果でもある。

——俺はいずれ親に自分が男を好きになる人間だって言おうと思ってる。

——兄さんが親の期待に応えるために我慢してきたから、俺は自営で働きながらリンのために生きていられるんだと思うよ。

——誰がどうリンを好きになろうと俺は自分の気持ちに誠実でいるだけだ。

凜のことはあいつにまかせよう。

俺と違って危険なぐらい非現実的な男だよ。好きだの愛してるだの、恥ずかしげもなく堂々と言うおかしな奴だけど、あいつなら凜を本当に、芯から癒やせるんじゃないかな。

最初から帰る場所を決めていた俺のことを、きみがどんなふうに思ってくれていたのか訊いたことさえ一回だってなかったね。

最後まで狡猾で、中途半端に臆病で、きみがどれだけ傷ついているのか別れ際にさえわからない、そんなつきあい方しかできなかったのを申し訳なく思う。残酷な手段だった。でも欲望だけで愛情は成りたたず、精神の安寧が愛に繋がるのだと凜に会わなければ知ることはできなかった。自分の愚かさときみへの恩は忘れないよ。反省し、感謝し続ける。

窓ガラス越しの夜空にはオリオン座の端っこが覗いている。

慰められ、支えられるばかりでなにも返せなかった俺のかわりに、明日の朝、凜の部屋の外にくるキジ鳩が、彼に綺麗な歌をうたって聴かせてあげてほしい——そう願った。

3

新しいカメラを買ったから一緒に散歩しよう、と暁天《あきたか》さんから電話がきたのは朝の七時だった。

『むかえにいくよ、リンの家のそばにある公園でどうかな』

今夜はバイトだとこたえると、自分も午後は仕事があるから午前中の数時間だけ会えればいいよ、と言う。『気分転換にでも』と。

それで支度をして彼を待ち、八時半すぎに落ちあった。

「だいぶ紅葉してきたね」

暁天さんは歩きながらインスタントカメラで写真を撮っていく。その古いカメラは最近フィルムがとても高価で、一枚三百円もするそうだ。

「リンも撮ってごらんよ」

俺も彼の愛用の一台を貸してもらったものの、そう教わってしまうと失敗を恐れて慎重になる。

「なんか……もっと、いい景色を探しますよ」

笑った暁天さんが隣にきて、「こんなふうに撮れるよ」と見せてくれる。普通の写真と違って画が霞がかって褪《あ》せており、フィルムが劣化した古い映画みたいにノスタルジックな味があった。

シアンが強い空と雲と飛行機や、セピア色にくすんだ銀杏《いちょう》の木と葉や、白く淡くにじむ陽光のもとで日向ぼっこをする野良猫。

「素敵ですね」

「リンも素敵に撮れるから」

すすめられて周囲の景色に視線をむける。

朝はやいのに公園には犬の散歩にきている人が多くいる。通学路にもつかわれているらしく、耳にヘッドフォンをしていたり、携帯電話を眺めたりしている制服姿の中高生も歩いていた。

周囲には黄色や赤色に紅葉し始めている木も、葉の落ちた枝ばかり目立つ寂しい木々もある。地面にはかさかさ転がっていく枯れ葉、その香り。鈍色《にびいろ》に曇っている空は物悲しい。刷《は》いたようなうすい秋の雲は、見ていると肌寒くなるのはなんでだろう。

試しに撮ったら、カメラからすぐにじーと写真がでてきた。真っ白いだけのフィルムに画が浮かんでくるのを、暁天さんと覗きこんで待つ。やがて水彩絵の具を落としたように色がじんわりにじんできて、左上のほうにうす茶けた空と、中央に雲っぽい白い影がでてきた。でもそれ以上はぱたぱたふっても画が濃くならない。

「……失敗したかも」

「そんなことないよ、綺麗な色がでてる」

「白っぽくて、空だかなんだかわからないですよ」

「それがいいんだよ。記念にちょうだい」

こんな不出来な一枚を嬉しそうに微笑んで欲しがってくれる。申し訳なさと喜びとが胸のなかでごっちゃになって、根こそぎふり切るように「どうぞ」と突きだした。

「リンの貴重な一枚目だ」

「それどうするんですか」

「飾るか、本のしおりにでもしようかな」

大事そうにショルダーバッグのなかへしまい、暁天さんはまた歩きだす。

冷たい風に持ちあげられるうしろ髪、ブルーのダンガリーシャツとジャケットに身を包んだ、ひろい、体あたりしてもしっかり受けとめてくれそうな骨ばった背中。

「リン、今朝電話にでてくれたとき結構はきはきしゃべってたね。あまり眠れなかったの」

軽くてなにげない口調だったが違和感はあった。普通なら〝起きてたの〟と訊くものじゃないか。〝眠れなかったの〟という問いかけには意図が多分に含まれている。

「……暁天さんってなんでそうなんですか」

「そうって」

「俺のことを監視して、隅々まで知ろうとして」

「怖いなそれ」

いつも心配して見守っていてくれてありがとうございます、という思いが、失礼な難癖になった。

「案外、的《まと》を射《い》てるからちょっと困る」

暁天さんはそれでも笑っている。俺に背中をむけたまましゃがんで、名前の知らない黄色い花をカシャと撮った。

「……俺はあなたに絆されてる」

当惑は、ため息とともにこぼれた。

――俺から見たらおまえは〝辛い〟って言ってるのも楽しそうだよ。

――偉そうなこと言うならおまえの心臓俺にくれよ!! かわりに死んでくれよ!!

――『瑛仁《あきと》さんは俺のことをどう思っていましたか』

――『俺は最初あなたに会ったとき、なにも傷ついていませんでした』

尊《たける》に暴言を吐いて、瑛仁さんにずっと隠していた本心を突きつけた、あんな行動はこれまでありえないものだった。むしゃくしゃした自分をこうして暁天さんにぶつけて、拗ねて甘えたりするのも考えられないことで、この人に会って俺は変わってしまった。

「俺のせいで辛いことがあったなら責任とるから話してごらん」

共犯者になってあげる、と聞こえた。

「……いえ、遠慮しておきます」

「俺も関係してるのに頼ってくれないの」

「歯どめが――、」

「歯どめがなに」

「……なんでもない」

きかなくなりそうでいやだ。

「俺と関わるのはそんなに辛いか」

「うん」

「うん、ね……」

ちらりとふりむいた暁天さんの目がじとりと俺を睨んでくる。吹きだしてしまった。

彼はしゃがんだまま、今度は落葉を撮る。

「俺がリンにもらったのは、ポケットに入る物よりずっと尊いものだよ。きみが教えてくれたことがいまの俺をつくってる。いくらでも待つよ」

ポケットに入る物より尊いもの。

暁天さんが肩にななめに背負っているショルダーバッグにはゾウの虹色バッジがついている。彼がおみやげで買ったみっつのバッジの最後のひとつはここにあった。俺はそれをカメラで撮った。

「ん、なに撮ったの」

「ひみつ」

「教えなさい」

「そんな義務ありましたか」

「三百円」

「っ……これは、許してください」

「〝いやいや〟言っていいのはベッドのなかでだけだよ」

暁天さんが近づいてきて、俺は焦って写真をジーンズの尻ポケットにねじこんだ。

「こら」

「勘弁して」

正面に立った彼に左頬をつねられたが、俺はそっぽをむいて黙秘権を行使する。

「失敗なんか気にしなくていいのに……」

彼の手の力はゆるく、痛みは一切感じなかった。

〝いやいや〟なんてベッドで言ったことはない。痛いとも、苦しいとも、言ったことはなかった。自分の身体で満足してもらうことに集中して、とにかく必死で、全身で受け容れて受けとめてつねに緊張していたし怯えていた。

いやなんて言ったら嫌われてしまうかもしれない、待ってなんて言ったら怒らせてしまうかもしれない、二度と会ってもらえなくなるかもしれない、と、心臓が痛んでも辛抱して死ぬ気で尽くした。

俺が知るセックスはそういうものだった。

「今夜は雨かもしれないねー……」

暁天さんが空を仰いで呟き、写真を撮る。

「そうですね」

ポケットのなかで写真がごわついていて痛いけど、家へ帰るまで触れないでおこう。

ふたりで池まで歩いて水面や草花や猫を写真におさめ、最後に羽根が茶色い鳩を撮って秋の公園をあとにした。


午後になると天気は見る間に崩れ始め、夕方バイト先へついたらちょうど雨がざっと降りだした。

「凜君《りん》、濡れなくてよかったね」と店長夫婦に笑顔でむかえられて、俺も「はい、ほんとに」とこたえる。それからエプロンをつけてカウンターへ立った。

雨の日は相変わらずお客さんが減り、電話注文が増える。

暁天さんから電話があったのは七時すぎだった。

『今夜は帰りが遅くなるんだ。お弁当は食べたいからリンが受けとっておいてくれないかな。九時半ごろにはいけると思う』

うちの電話注文はあくまでお待たせせずにお渡しするだけのもので、営業時間内にきていただけない場合は基本的にお断りしている。これは知人としての〝買っておいて〟というお願いだ。

「……特別ですよ」

『嬉しいな』

「利益のためならしかたない」

『リンと店に貢献できるんだったら本望だね』

くちへらず。

「お弁当はなににしますか」

『今日は――……豚キャベで』

瑛仁さんの好きなメニューだ。

「かしこまりました」

好きなメニューではなく、好きだった、と表現したほうが正しいか。

『じゃあまたあとでね』

「はい」と電話を切ったあとも雨は強くなったり弱くなったりをくり返し、お客さんがぽつぽつやってきてはお弁当を買っていった。

もうあと十分で八時になる。

――『近々会いにいくよ。ちゃんと話して終わりにしよう』

瑛仁さんにとっての〝近々〟が今日なのか、仕事や気分で変動するものなのか、こういう約束をしたときの彼の対応方法も俺は知らない。怠惰な面もあるのかな。好きになる隙はあったのに嫌いになる隙はもらえなかったんだと回顧してしまうのは、俺がまだ想いを断ち切れていない証拠だろうか。

――きみは兄の汚い面しか見てないんだよ。

頭ではわかっている。どうして俺の料理を食べてくれたのか、キスをしてくれたのか、抱いてくれたのか、教えてもくれなかったし訊いたらとたんに消えてしまうような危うさが彼にはあったから。同士だよ、とメールの返信を見たとき怖いぐらい納得がいったのだけど、優しさ以外に好意らしいものを感じたことも一瞬たりともなかった。

それでいいと諦めたのは、彼を失ったら二度と恋愛などできないに違いないと怯えていたからだ。好かれていなくとも自分が死ぬときに悔いのない経験をさせてもらえれば幸せだと思ってしまった。彼だけを責めることはできない、利用したのは俺もおなじだ、俺にとっても汚いばかりの恋だった。

「五十円のお返しになります、ありがとうございました」

電話注文をくれていた近所のおじさんが、またひとり去っていった。雨雲は濃く、店の外もすっかり暗くなっている。背後の厨房から料理を炒める音と、フライパンの底とコンロのゴトクとがぶつかる音が響くのを聞きつつ、店先のアスファルトにできた水たまりに雨粒が落ちるのを眺める。

艶やかな男物の靴の爪先が、その波紋を踏んだ。

「こんばんは」

ほぼ二ヶ月ぶりになる彼の姿が視界に飛びこんできた刹那、目と喉の奥に重い痛みが走った。

「いらっしゃいませ」

平然と、笑顔さえ浮かべて彼をむかえられたのは動揺していたからだと思う。

彼はかすかに微笑んだ。傘をとじて、水気を払って、丁寧に紐《ひも》でとめて近づいてくる。

「雨で寒いね」

またすこしのびた髪が湿っている。それを長い指でよけるしぐさ。「はい」となんとかこたえた。

「ひさしぶりだな。今日は豚キャベにするよ。味噌汁もひとつ」

「かしこまりました」

あらかじめ決めてきたのだとわかる口調だった。彼のスーツの胸もとから彼の匂いが香ってくる。雨のせいで濃く感じる。煙草の匂いもする。

不自然にならないよう目をそらして背後をむき、「豚キャベと味噌汁ひとつ」と声をはりあげた。

彼はベンチに移動して腰かけた。すこし距離ができたことに安堵する。しかし厨房から響く料理の音と雨音だけのしずけさのなかで黙ってそうしていると、次第に息苦しくなってきた。

黒髪の横顔、物憂い瞳、うすい唇、長い手足、左手の薬指――あの手に、あの身体に、ひき寄せられて包まれ、抱き締められたのだ。忘れていた彼の体温が自分の掌や首筋や胸もとにも蘇ってくる。

瑛仁さんだ。この人だった。

汚い面だけで俺とつきあってくれた、最低の、狡猾で非道な男だろうとも好きだった。

命をかけて好きになろうと思った。最期の人にしようと思った。全部嘘じゃない、現実だ。

ただ俯き加減に黙っている彼からも自分への感情が伝わってくる。おぼろげで曖昧で、すべて明確な言葉ではないのに沈黙のなかにせめぎあう心は饒舌で、初めてこんなに会話をした、そう思った。

「豚キャベと味噌汁ひとつできたよー」

何分経過したのか、うしろから声をかけられて「はい」と弁当を受けとり、袋につめた。

瑛仁さん、と名前を声にできなくて目配せすると、彼はうなずいて微笑み、こちらへきてくれた。

俺が値段を告げて、彼が五百円玉をくれる。

お釣りを用意して、さしだす。

「いままでありがとう」

囁いた瑛仁さんの目は真剣で、でもそっと柔らかくほころんでいた。俺の掌にのった彼の手から、温もっていてかたい、合鍵がのせられた。

「俺のわがままにつきあってくれて感謝してる。……すまなかった」

「俺のほうこそ、ありがとうございます」

即座にこたえて頭をさげた。繋がっていた関係を切る瞬間の、終わった、という喪失感を、カウンターの上のメニュー表とむきあいながら実感した。

視界の隅でお弁当と味噌汁の入った袋を、彼の手が持ちあげて消えていく。

またね、も、さよなら、も言わずに去っていってしまった瑛仁さんを、とても彼らしいと想った。

九時にバイトを終えて店をでると、豚キャベ弁当の袋を持って家とは逆方向へむかって歩いた。

この町からでよう。一時だけでもここから逃れて、隣町の澄んだ空気を吸いこんで深呼吸しないと窒息しそうだ、と考えていた。

水たまりを蹴散らしてすすむ。

携帯電話をだして暁天さんにコールするも、留守番電話になってしまう。歩いて彼の家までいくのは無謀だろうか。そういえばいつも送りむかえしてもらっているから道もよくわからないな。

結局俺は自分の足で逃げることもできないのか、と途方に暮れたら喉がつまった。

「……くそ」

ありがとうございました、と最後の言葉が過去形で言えなかった。

すまなかった、なんて謝られたくなかった。

ものわかりのいい男になってしまった、別れるときにまで。

吐きだせない感情が渦まきながら内臓をひっかいて蓄積していき、ひどく重苦しい。

どうすることもできずに痛む胸を庇って歩いていると、やがて駅前付近について人が増えてきた。ファストフード店や牛丼屋やドーナツ屋の明るい光がさしている。

すこし落ちついてほっと息をついたら、携帯電話が鳴った。

『リン、お疲れさま。ごめんね、電車に乗ってたんだよ。いまちょうど駅についたから急いでいく。十分もかからないかな』

彼の声の他愛なさに平和な日常を感じた。いま自分がいる陰気な非日常とは真逆の、屋上でしゃぼん玉を飛ばしたり折り紙をしたり絵を描いたり、朝陽のおりる公園で写真撮影をしたりするような、平穏で単純で幸福な場所から届く声だ。

「俺も駅にいます」

喉が掠れてしまって咳《せき》払いした。

『そうなの。じゃあ場所教えて』

そばにあるファストフード店を告げる。

『わかった』

こたえた彼が歩きながら話しているのは伝わってきたが、通話を終えると五秒もしないうちに駅側の通りの角から現れて、肩にさげた大きなトートバッグを押さえつつ小走りに近づき、

「ひとりにしてごめん」

と言った。泣きそうなの、声でわかったよ。

「兄さんに会ったの」

なにもかも知っているような沈着な表情で続けられて、自制が切れた。

「会いました。……わがままにつきあわせたって言われた。俺たちの関係を瑛仁さんは自分だけの勝手だったって思ってたみたいで」

「リンが兄さんを救ったのは事実だと思うよ」

「そんなの俺も一緒でした。でも言えなかった。好きだったってことも、一言も」

「兄さんのために言わなかったんでしょう」

「違います」

そんな美談じゃない。

「俺は、瑛仁さんが自分に恩を感じてくれてれば、ずっと憶えててくれるんじゃないかって……泣いて修羅場にするより、あの人のなかで綺麗なまま残るんじゃないかって、思った」

本心を叩きつけなければ綺麗に終わる、俺が命をかけたのはこんな恋愛だった。嘘と建前と諂《へつら》いの、偽りでかためられた最後まで汚くて綺麗な矛盾だらけの——。

「リン」

辛くてしかたがないものの、場所が場所だし人通りもあるから意識の半分は冷静で、傘を持ちかえて身を隠すように再び歩きだした。暁天さんもついてきてくれる。

「どこにいく」

どこへでもつきあうよ、という調子で彼が言い、安心したらまたさらに気持ちが冴えた。

「……とりあえず帰りましょう。雨だし、暁天さんのお弁当も冷めますから」

「俺もいっていいの」

「はい」

逃げだしたいと勢いこんで闊歩した道をひき返す。

ふいに暁天さんが俺の腕をひいて「コンビニに寄ろう」と反対側の通りにある店へ誘導した。

「こういう日は呑まないと」

さっさと店内へ入って買い物かご片手に酒売り場へむかっていく。

「暁天さん、俺、酒は、」

「すこしだけだよ。あ、杏子酒《あんずしゅ》にしようか。小瓶でわけやすいし、甘くて呑みやすい」

「いや、でも」

「つまみはなにがいい」

中ぐらいの杏子酒ひと瓶と、ピーナッツ、サラミの燻製《くんせい》、チーズ、あたりめが次々入れられていく買い物かごを盗み見て、これぐらいなら平気かな、と観念する。なんでこんなことにと戸惑う反面、人と酒を呑むのなんて初めてで、不本意ながら興味を惹かれるのも自覚してしまう。

全部おごってもらって退店すると、おたがいに傘と、風にがさがさなびくコンビニ袋と弁当袋に両手を塞がれて家へ帰った。招き入れてソファーへ座るよう促し、彼が「コップくれるかな」と酒とつまみをひろげるのにこたえて、俺はそれをふたつ渡してから豚キャベ弁当をレンジで温めて戻る。

「兄さん、何時ごろにきた」

からっとした声で訊かれた。この人は他人の心の砕き方を知っている。

「八時前です」

「どんなようすだった」

「ひさしぶりで、髪がのびてました」

「ああ、あの人散髪いくのが遅いよね。普段きちっとしてるのに変なところが抜けてて」

軽妙な会話の合間に、豚キャベが美味しいだとか、杏子酒は薬みたいな味だとかの冗談をまじえてくれるから、その後俺も心地よく酒に酔いながら、徐々に鬱積を吐露していけた。

会わずにいたこの二ヶ月で、俺は瑛仁さんを理想化していたと思う。実際目の前にしたら驚くほどリアルで、届かなくて、つねにそうやって恋欲と怯えに麻痺《まひ》して従ってきたこと、彼には一度も抵抗できたことがなかった事実を思い知った。同時に狡さも昔より鮮明で、憎しみまで湧いた。

「〝凜は同士〟とか〝おなじ傷を癒やしあえる者〟とか、不倫って思いたくないだけの言い訳じゃないか。しかも〝凜に不満があるならもう会うのはよそう〟って俺の気持ちを尊重するような言い方してセコいし、〝こんな会話をする関係になる気はなかった〟〝認識違いで傷つけてたなら謝る〟とか、いかにもまともな大人ぶった言いぶんで自分は悪くないって主張して、ここまで最低な男だったのかってむかついたよ」

「うん」

「でも、憎んで終わるのもいやだし、どうせやっぱり、それだけじゃ終わらない」

恩があって、忘れられないのは俺もおなじだ。

「……おなじ気持ちで別れられてよかった。憎みあって終わらなくてよかった」

情緒不安定な告白をしているうちに泣けてきた。暁天さんはいつの間にか豚キャベを食べ終えて、サラミを小さく囓りながら聞いてくれている。

あたりめの糸っぽいカス、ピーナッツの細かいクズ、欠けたチーズからただようまろやかな匂い。自室のテーブルが酒盛りで荒れているのが新鮮だ。混沌としていて、意識もふわついている。

「……杏子酒、美味しいですね」

「でしょ」

暁天さんは酔っ払っている気配もなくそっと正面にいて微笑んでいる。誰も責めずなにも解かず、中立的な位置から見守って寄りそっていてくれるのがありがたくて安らいだ。

「失恋を慰めるのは得意ですか」

「どうして」

「動じないっていうか……慣れてる感じがするから」

みっともなくあふれていた涙を拭うと、暁天さんはちょっと笑った。

「慣れてはいないけど、失恋した子といるのは一度目じゃないね」

「くどい言い方」

「真実です」

「その子の話も上手に聞いてあげましたか」

「いや、怒らせたよ」

「え」

「口をきいてくれなくなって、必死で謝って、彼が許してくれたかな」

眉をさげて苦笑している。

「それ、前の恋人……？」

訊ねたら、なにも言わずにうなずいた。

「……会えなくて寂しいですか」

「一緒にいるよ」

コップにそえられている彼の右の指先が停止しているのを眺めて、質問を変える。

「死んでしまったとき、辛かったですか」

親指がコップの縁を押さえた。

「……俺は看取れなかった。そのことを悔いてる」

「看取るのを辛いとは思わないんですか」

暁天さんの左手が俺の額を前髪ごと押さえるように覆い包んで、数秒そうしていてから離れた。

「人には必ず最期があるでしょう。生きてるあいだにはそれこそ出会いと別れが何度もあるし、一生愛してると想う相手にも会うだろうけど、実際にはなかなかそうはいかないんだよ。夫婦だって長年連れそえば愛情もかたちを変える。最期の瞬間までおたがいが一緒にいたいって想いあえていたら、こんなに幸福なことはないいんじゃないかって俺は思うよ」

目頭が熱くなって、こらえる間もなく涙がこぼれていた。

「暁天さんはなんか、失恋とか、しなさそ」

胸が締めつけられて、彼といるこの時間が嬉しくて死ぬのが怖くて辛くて泣きわめきたくて、涙を拭いながら笑って茶化した。

「いま俺が失恋するかどうかはあなたにかかってるんですけどね」

そうつっこまれて緊張して、またへらへら笑うしかなくなる。

「暁天さんが言うような、幸せな恋愛ができたら、夢みたいですね」

ちり紙で洟をかんで明るくこたえた。暁天さんは唇だけで微笑んで、俺の首筋に人差し指と中指をそろえて押しあてる。脈をはかられているっぽい。

「平気ですよ」

「リンは酒が弱いみたいだね」

「呑まないから、強いんだか弱いんだか」

「コップ一杯で顔が赤いじゃない」

呑もうと誘ったあとも俺の体調に責任を持ってくれるのが、もう、本当に……。

「雨も落ちついてきたし、リンがひとりで大丈夫そうならそろそろ帰ろうかな」

「あ……はい。歩いてだと、結構遠いんじゃ」

「電車に乗るよ、終電に間にあうから」

暁天さんが豚キャベの空の器と割り箸を一緒に袋へ入れて結び、テーブルに散ったつまみのカスをちり紙で集めて片づけ始める。

綺麗になっていくテーブルをほうけて眺めていたら、「……それとも、」と彼が言った。

「それとも一晩一緒にいたほうがいい」

彼はおかしそうに苦笑している。

「俺ね、ちょうどリンとしたいなと思ってた遊びがあるんだよ」

「あそび……？」

「親指相撲。知ってる？」

頭をふって「知らない」とこたえると、彼が片づけの手をとめて右手を俺にさしだした。

「じゃあ教えてあげる。リンが満足したら帰るよ」


きっと眠れない、と思っていたのに、酒のせいもあってか短く熟睡していた。

目がさめたのは深夜二時半。雨音が遠くのほうでかすかに響いている。

「……暁天さん」

彼が寝ていたはずのソファーに毛布だけが残されており、ベッドの上で上半身を起こして見まわしたらガラス戸横に立っていた。ふりむいた彼が微苦笑する。

「眠れないんですか」

「いや、うん……起きてるのが癖なんだよ」

癖……？

なにそれ、と笑ってベッドをでた。暁天さんの横へ移動してならんで立つ。すこしひらいたカーテンのすきまから、雨雲のせいかいつもより暗い町並みと、近所の家の灯りと外灯が見える。

暁天さんが寝ないのも、なにか悩みや心配事があるからだろうか。

「今夜、泊まってもらって平気でしたか。仕事も忙しそうでしたよね」

「大丈夫だよ。リンが必要なときは傍にいる」

彼は夜の景色に目をむけたまま強く、意志的に囁く。

その言葉を信じる、という選択肢しかくれない眼ざしと声色だった。

「リン、なにか飲み物くれる」

喉渇いてるの我慢してて、と彼が苦笑して、俺は目をまたたいた。

「麦茶でいいですか?」

「うん。酒のあとはべつのもの飲みたくなるのに買い忘れちゃったんだよね」

急いでコップについで、ソファーに戻っていた彼の横に座って手渡す。

「あの、冷蔵庫とか勝手にあけて、好きに飲み食いしてください。テレビもつけていいし、そういうの気にしなくていいですよ。変に他人行儀なほうが苦手っていうか……なので」

麦茶をふた口飲んだ暁天さんが察したように喉で笑い、

「ありがとう」

とだけ言う。とたんに心から、心臓が熱くなるほどに喜びがこみあげた。

「暁天さん、また親指相撲しよう」

「あーあ、はまったね」

笑いあって右手を握りあい、親指で闘う。

「暁天さんの親指は長いですよね」

「そうかな」

「そもそも手が大きいからな」

と、会話の隙をついてさっと親指を攻撃してやったら、読まれていたかのようにあっけなくかわされて反対に潰された。

「いたいいたいっ」

「ズルすると罰があたるよ」

「作戦だろっ」

「それは通用しない」

「指の大きさが違いすぎるじゃないですか、ハンデちょうだいっ」

「……。じゃあ俺は十秒待ってから攻撃するよ」

「よっしゃ」

ところが俺は力がないので、暁天さんの立たせたままの指さえ倒すことができない。彼のカウントが六秒をすぎて焦って、歯を食いしばって唸りつつ必死に攻撃するのに、暁天さんときたら数をかぞえながら笑いだした。で、十秒経ってしまって瞬殺。俺の負け。

「狡いよ！」

「ハンデあげたよ」

「強くて狡い！　もっと弱くして！」

笑って叫ぶ俺の手を繋いだまま、暁天さんがふいに遠い目をして口を噤む。出会って間もないころに感じていた果てのない距離感が生まれて息を呑んだ。

なにか気に障ることを言ってしまったのか……？　と身がまえたら、彼が倒れるように身を寄せてきて、俺の額に唇をつけた。

「……愛してるよ」

痛みをたえるようなくぐもった声で告白して、俺の手をしっかりときつく握り締める。

泣いている気がした。でも顔が見えない。かわりに、俺も手を強く握り返した。

「……暁天さん」

「うん」

ここでおきた過日の逢瀬の記憶が、視界いっぱいに蘇ってきた。

——……どうしたの。

深夜、瑛仁さんはふいに起きてベッドの縁に腰かけ、俯いて黙していることがあった。

心配して声をかけても唇をわずかに曲げて微笑むのみでなにも言わない。辛いことがあったのかな。あなたはなにを悩んでるんだろう。俺はなにも訊けない、できない。ごめんねと悔やむのに、それでも肩先に頭をのせて寄りそうと、いま自分たちは苦しみをわけあえている、と信じられて、安らいで落ちついた。

今夜も俺の下手な料理食べてくれてありがとうね。

俺小食だから、不味くても瑛仁さんが平気な顔して全部食べてくれるの、すごく嬉しいんだよ。

ありがとう。

……瑛仁さん、辛いことがあったら話してよ。仕事のことでも奥さんのことでもいいから。

俺もね、寂しいこともあるよ。怖いこともある。

生きていたいんだ。死にたくない。

瑛仁さんに泣いて縋らせてほしい。あなたに傍にいてほしい。

ごめんね。ごめんなさい……――。

伝えたい言葉は、いつも心のなかだけで言った。

あのふたりきりの一時、ひどく寂しくてもおたがいの孤独はたしかに俺たちだけのものだった。

「……リン」

深く温かい声で呼ばれて、微苦笑して口をひらいた。

「最後に、ひとつだけ訊いてもいいですか」

「なに」

瑛仁さんはこれから、奥さんと、大丈夫なんですか。

訊ねた声が夜気にまぎれていく。

「……あの人は親や奥さんや、自分のまわりの人が笑ってないと幸せになれない人間なんだよ。それを知ってる人はあの人のことも見捨てない。だから大丈夫」

暁天さんの力強い返答が額の上で響いた。

わかりました、とこたえた。この人が大丈夫だと言うのならそうなんだろう。ちゃんと信じられる。

これで本当に終えられる。

「……ありがとう、暁天さん」

雨がすこし強くなり、ガラス戸や地面を打つ音、雨どいをたどっていく音が清らかに室内に満ちている。

暁天さんの厚い掌から体温が伝わってきて熱い。彼の手も俺の手も汗ばんで湿っている。それでもそうして長いあいだ繋ぎあったまま、離さないでいた。


朝になってもまだ降っていた細かな雨は、朝食を食べ終えるころにようやくやんだ。

「通勤ラッシュが落ちついたら帰ろうかな」と暁天さんが定めたので、俺も見おくるために九時すぎに一緒に家をでて、ふたりで散歩がてら駅まで歩いた。

「今夜はバイト？」

「いえ、今日はお休みです」

「じゃあまた明日会いにいくよ」

「はい、わかりました。……いろいろ、ご迷惑おかけしてすみませんでした」

改札口の前で、暁天さんが乗車カードをだして俺にむきあう。

「もっとわがまま言っていいんだよ。なにかあったら我慢しないでいつでも電話しておいで。すぐに会いにくるから」

そんなの無理だ、と思って笑ってしまったけど、「はい」とうなずいた。どんな迷惑も無理もこの人は本当に受け容れてくれそうで、そう思わせてくれる深い思慮と眼ざしが嬉しい。

「リンも気をつけて帰ってね」

「はい」

彼が手をふって改札をとおり、またふりむいて微笑んで階段をのぼって消えていくまで見守った。

駅をでて再び歩き始めると、地面の水たまりが太陽の光を反射してまぶしく輝いている。

喪失感はまだたしかにあった。胸に人ひとりぶんの空洞があって、ぽかりと虚しく風通しがいい。でもこれが瑛仁さんのものか、別れたばかりの暁天さんのものなのかは判別できなくなっていた。

途中図書館へ寄って本を借りて帰宅すると、そのままソファーに寝転がって読書をした。二時間ぐらいで腹が減ってきてきりのいい行で中断し、昼飯作るかな、とキッチンへいく。

日常が戻ってきた。自分はここにいて昨日までとおなじように時間を潰し、自炊して生きている。別れのひと区切りでなにかが劇的に変化するわけじゃなかった。ただ、自分はもうセックスする相手がいないんだな、とふと思った。信頼してゆだねる者のない自分だけの身体だ。共有している相手も、自分が接触を許している相手もいない。なんだかそれは、すこし寂しいことのように感じた。

病に冒された脆弱さごと生まれたときから自分が抱えてきた自分自身の身体なのに、ひとりに戻ってもこの物寂しさだけは消せず、もとの感覚に戻せない。瑛仁さんがくれた幸せは、こんなかたちで残ってしまったのか。

昼食は朝飯の残りの肉じゃがと、ほうれん草のおひたしとわかめのお味噌汁にした。


また一日経ってバイトをしていると、瑛仁さんとの別離の場面が蘇って脳裏にまとわりつき、邪魔をした。泣いて感傷に暮れるほどではないものの、好きだったな、と、仕事を笑顔でこなす頭の隅に過っては消えていく。

こういう感慨もそのうち慣れてうすれて、過去になっていくんだろうか。

「こんばんは、リン」

八時四十分、暁天さんが自転車に乗ってやってきた。

暗い夜道に灯る店のライトのもとでにっこり笑って自転車をとめ、

「今日はー……初心に戻ってのり弁当にするよ」

とカウンターへ近づいてくる。

彼は俺が知る、楽しくてわくわくして、苦しいぐらい胸が躍る優しいものの全部を内包している。

こうやってむきあって立っているだけでも、彼から発せられる慈愛にあふれた熱で肌や心がぬくぬく温もっていき、穏やかな気持ちになれる。

「るりと水族館にいくのは来週末になりそうなんだけど、リンはどう？」

「うん、大丈夫です」

「じゃあるりにもそう伝えておくね。るり喜ぶだろうなあ、ほんと楽しみにしてるから」

「俺も楽しみですよ」

暁天さんたちがいる場所へいって一緒に過ごしたら、毎日の一分一秒はどんな時間になるだろう。

この身体を暁天さんやるりちゃんと遊んで思い出をつくることにつかい、ゆだねるのは、自分だけの世界にとじこもらず、共有し、許しあうことにはならないだろうか。

「俺もリンたちと遊べるのが楽しみだよ」

この人といれば生きるために体力や精神を費やしていける、そんな気がする。

「ふたりでも、またどこかにいこう」

暁天さんが厨房を気にしてこそこそ言った。

「はは。……はい、変態さん」

「しーっ」

制されて、もっと笑えた。

「もう……――リンは映画は好き？」

「大好きです」

「だと思った。なら次は映画に誘うよ」

のり弁当ができてお会計がすむと、暁天さんは再び自転車に跨がって、

「また明日ね」

と、手をふって帰っていった。


俺から電話をしなくちゃな。

二日後の午後、意を決して携帯電話のボタンを押し、コールをしたのは唯一の友だちだ。

「尊」

『おう』

「いま外？」

『そうだけどいいよ。俺もおまえに電話しようと思ってたからよかったわ』

喧嘩した日以来、三週間近くおたがい連絡をとらずじまいだった。ひさしぶりすぎて照れくささが先に立ち、ふたりして苦笑いになる。

「尊の都合がよければ、近々会わないか」

『ああ、今日いまから平気だぞ。いこうか』

「そか、じゃあ待ってる」

尊は『なんか買ってこうか』なんて言う。それで俺も「杏子酒」とこたえる。

『おまえ呑めんのかよ』「最近ちょっと覚えたんだよ」『つか昼間だぞ』「たしなむ程度に」と、ふざけ半分の応酬をして笑いあい、んじゃあとで、と通話を切った。

で、四十分後、尊が買ってきてくれたのはノンアルコールの梅酒だった。……やっぱり、こいつも憎めない。中途半端な飲み物を選んできてくれた尊の優しい人となりが、そう痛感させた。

「俺来年さ、教育実習いくことになったんだよ。体育の教師になろうと思って」

なにげなく言いながら、おなじノンアルコールの缶ビールをあけた尊が俺の缶にかつんとぶつけてから飲み始める。

「尊が先生？」

「なんだよ、文句あるか」

「いやー……」

らしいっちゃらしいんだけど、ずっと一緒にばかしてきた友だちが成長して教育者になっていく姿が想像できない。

「夢の話とかすっとおまえ嫉む？」

「いや、平気だよ」

すんなりそうこたえられたのは、きっと暁天さんのおかげだ。

「嫉んでもウザがってもいいけどよ、それ黙ってねーで全部言えよ。くだらねえ気ぃつかわなくていいから」

　尊は煙たげな表情で目をそらして缶を傾ける。これはたぶん、照れている。

「なあ、尊はなんで俺のことかまってくれんの。面倒いだろ、病気だしみんなみたいに大学いってないしで」

「お、さばさばぶっちゃけるようになったな」

「まあ、うん」

「なんでってなー……おまえが〝病気だし〟とか言うのが腹立つからじゃね」

「怒らせてんのか」

「ああ、まじ苛つくぜ」

「先生が〝まじ〟とか言うなよ」

「うるせえ」

　やっぱりこうやって、なにかとばかみたいに笑いあう。それでも俺たちはすこしずつ大人になっているんだろうか。

「……俺ら対等じゃないだろ。俺は自分の病気を尊たちに背負わせるのがいやだったんだよ。発作起こして入院でもしたら、見舞いにいかなくちゃいけないかなとか、入院患者になんて話しかけたらいいのかなとか悩ませて、余計な負担かけそうでさ」

「おまえ俺が入院したら見舞いにいくの怠《だり》ぃとか思うの？」

「思わないよ。でもそうじゃない奴もいるだろってこ、」

「あのさ、見舞いしたいとかしたくないとかはそいつらの関係の問題じゃね？　大事な相手ならいくし、他人なら面倒くせえと思うんだよ、単純なことだろ？」

「ああ……うん」

「だからおまえは卑屈になんないで友だちつくって仲よくすりゃいいんだよ。目いっぱい仲よくしろ、死んだあとまで大事にしたいと思うぐらいな。俺らだって病人の友だちになってやってるんじゃねえ、友だちが病気だっただけなんだよ。入院したらエロ本持って見舞いにいくだけだ、それがなんなんだよ」

「……ン」

るりちゃんが教えてくれた魂の修行の話を思い出した。

——友だちいっぱいいる人は、前世でたくさんの人と縁を結んできた人なんだって。

——自分のことばっか大好きで、怖がって誰とも縁を結べなかった人は、ひとりぼっちなの。

——るりは来世も、その次の来世も、いっぱい友だちつくる。ひとりぼっちは寂しいもん。

そうだな。それが俺の駄目なところなんだよな。尊たちのためと訴えながら、結局自分が傷つかないための逃げだった。いまのままじゃずっとひとりのままだ。

「おまえはもっと他人を信じて頼れ」

尊が投げ捨てるように言う。

「うん……わかった。ごめんな」

「〝ありがとう〟だろ」

「ありがと先生」

「まじでぶっちゃけるけど、俺は石井《いしい》たちよりおまえが一番相性あうなって思ってんだよ。恋愛相談すんなみたいにおまえ怒ってたけど、あいつらに話してもまともな会話になんねーってわかってっから頼ってんの。そこんとこもわかっとけよ」

「はあい」

嬉しくてふざけた返事をしたら頭を叩かれた。「いてー」と笑って、テーブルにこぼれた偽梅酒をちり紙で拭く。

「……香澄《かすみ》とはどうした」

「一応話しあった。〝尊はお父さんみたいでうざいんだもん〟だってよ。はあ⁉ わけわかんねえ、そんな理由あるかっつーんだよ」

あはははっ、と爆笑してしまった。

「〝お父さん〟は変化球だなー……」

「んで別れたよ。しゃーねえ、相性があわなかったんだろ」

「ふうん。友だちのときからつきあい長いのに、相性ってわかんねえもんだな」

「こっちはあいつがアバズレだったのも初めて知ったしな」

「お父さんとアバズレじゃ、そりゃ相性悪ぃわ」

尊がソファーに突っ伏して「あー……なんで俺ノンアル買ってきたんだー……」と嘆く。

「また夏になったら花火いこうって約束してたのにな……新しい彼女できなかったらおまえといってやってもいいけどよ」

「寂しいからひとりでいたくねえよお、って正直に言ったらついていってやる」

「まじふざけんなっ」と尊が首を絞めてきて、「図星だろ」「うっせえ」「素直になれふられ男」「傷つくわっ」と笑ってはしゃいでじゃれあった。

昼の軽い日ざしが、ガラス戸のカーテンのすきまからおりてフローリングの床を照らしている。

「俺さ、尊」

「ん？」

「じつは二年ぐらい既婚者とつきあってたんだよ」

「は？　まじか」

「ちょっと前に別れたんだけどね。だからおまえと香澄の話も、私情が入ったっていうか……うまく聞けてなかったと思う。ごめん」

はー……なるほどな、と尊が唇を舐めつつ納得してくれる。

「なんで二年も黙ってたんだよ」

「相手が相手だから」

目を細めて睨まれた。

「わかんなくもないけどよー……」

「追々話してくよ。今日はおまえの失恋祝いしないとな」

「おい」

「おら呑め呑め」

自分の梅酒缶を尊の缶にぶつけてすすめたら、また頭をはたかれた。

「いてーって」

ふたりでげらげら笑いながら、友だちともっと遊ぼう、と思う。これからは海もプールもスノボーもスケートも、誘ってもらえたらできるだけいく。それで尊が言うようにその場の空気を共有する。明るい輪のなかで、接していておもしろい奴、つまんない奴、尊敬できる奴、理解できない奴、さまざまいるのは当然で、でもそれもむきあっていかなければ絆にも糧にもならない。

最期に傍にいてくれるのは、自分が生きているあいだに信頼関係を築けた人たちなんだろう。

自分が最期まで一緒にいたいと思うのもそういう相手だ。ならばもっと他人を大事にして、時間を有効活用しなければ。

「――凜。かわりに死ぬこたできねえけど半分あずけろよ。特別視っつーんじゃなくて特別な友だちだし、俺は対等だと思ってっから。な」

「……おう」

今度は俺が泣きそうになった。尊がにやっと唇の端をひきあげたから、ばれているのがわかる。

おどけたりつついたりして、その後もおたがいのバイト時間までノンアルビールと梅酒で酒盛りを楽しんだ。

入院して、尊が笑顔でふらっと見舞いにきてくれる情景は容易に思い描けて、嬉しくて、不思議な気分だった。

暁天さんが連れてきてくれた映画館は旧作品を中心に上映している名画座で、夜七時からふたりで海外の恋愛映画を観た。

鼻の高い綺麗な顔だちの男女が、出会ってデートをして惹かれあい、紆余曲折《うよきょくせつ》を経て別れていく。有名な作品で俺もタイトルは知っていたものの観るのは初めてだったから興奮して見入った。

　上映が終わって九時すぎに映画館をでたあとは、車で横浜中華街《よこはまちゅうかがい》まで足をのばした。中華は小皿にわけて食べられるからと、彼がすすめてくれた店へ入ってチャーハンと小籠包《ショウロンポウ》と北京《ペキン》ダックとフカヒレスープを注文して食べた。最初は炒め物も頼もうかと相談していたけど充分で、俺がギブアップして残したぶんは暁天さんがたいらげてくれて完食できた。

　満腹満足で夜の中華街を歩く。雑貨屋は全店閉店してライトも落とされている。車もほとんど入ってこない薄暗く閑散とした街は一見眠っているようだけど、裏路地の小さな料理店はまだにぎわっているのがうかがえた。

　夜風がすずしくて気持ちいい。

「お腹もいっぱいになったし、映画もすごくよかったです。暁天さんは名画座によくいくんですか」

「いくよ。昔の映画を大きなスクリーンで観るのが好きで」

「わかる。やっぱり迫力が違いますよね。俺も一度いってみたいと思ってたから本当に嬉しかった」

「またいこう。毎月いろんな映画がやってるから」

「はい、ぜひ」

　あのシーンがよかった、あの俳優の演技が印象的だった、と感想を言いあって駐車場へむかった。おなじ場面でおなじように感動しているのがわかると余計に興奮して会話に夢中になる。もっと話していたいと俺が思うと、暁天さんはそれを察知したように「こっちにいこう」とさりげなく促して遠まわりし、中華街の散策がてらつきあってくれた。

「リンとこうやって映画の話がしてみたかった」

しみじみと彼も喜んでくれている。

「もっと観て、もっと話しましょう」

未来の話をしてる、と自分の発言に我に返る。

暁天さんは微笑んでうなずいている。

「そうだね」

胸に湧きあがる解放感に押されて、歩道の段差をおりて車道の端を歩く。ほとんど歩行者天国みたいにしんとした二車線の道には自分たち以外誰もおらず、遠くのほうに男女のカップルらしいふたりがいるのみだ。

「日中はあの店で中華まんを売ってるんだよ」

暁天さんがシャッターの閉まった店を指さして教えてくれる。

「一番有名な店なんじゃないかな。おっきい中華まんでいろんな種類があって、いつも人だかりができてるの」

「どんぐらい大きい中華まん？」

訊ねると、彼は「こんぐらい」と両手で大きな輪っかをつくった。しゃぼん玉をふくらませたときのに似た、るりちゃんの頭ぐらいの大きさで、俺は「嘘だ」と笑ってしまった。

「本当だよ。フカヒレまんとかエビまんとかパンダまんとかいろいろあるんだから」

「わ〜美味しそう」

「味は有名なところより裏通りのこぢんまりした店のほうがよかったりするけどね」

「あ、いまも表通りより、そっちの入りくんだ路地裏のほうがわいわいしてますね」

暁天さんが連れていってくれた料理店もそうだった。

「うん。地元民が好んで通ってるような隠れた名店は本当に美味しいんだよ」

「ふうん……」

俺は中華街に初めてきたけど、暁天さんは何度もきているみたいだ。

「リンに会ったら案内してあげたくて、いままで結構遊んできたんだよ」

心を読まれる。「遊び人なんだ」と茶化すと、彼も「そう」と笑う。

車道を歩く俺の外側にまわって、彼は俺を守る位置に立った。

「暁天さんは友だちも多そうですね。図書館の司書の女の人も、大学からのつきあいって」

「柏樹《かしわぎ》さん？」

「かしわぎさんっていうんですか」

「名前は教えてなかったか。柏樹聡美《さとみ》っていうんだけど、彼女とはまあ……そうだね、なんだかんだ縁があって、長いつきあいだね」

すうっと視線をさげた暁天さんは、親しげというより懐かしげな表情をしている。

「俺も友だちと遊ぼうって思うようになりましたよ」

報告したら、彼は微笑んで優しくたわんだ目を俺にむけた。

「じゃあ俺は今度、リンを旅に誘おうかな」

「旅か──……」

旅行じゃなくて旅という表現の広漠さが心に沁み入った。

もう駐車場に近いからと、暁天さんが「ジュース買ってこう」と自販機の前に立つ。十月になって温かい飲み物が増えていて、彼はミルクティーを、俺はお茶を選んで買ってもらってしまった。

目の前にある中華街の門の壮観さに感激して「格好いい」と洩らしたら、暁天さんが「ここをくぐったら中華街は終わりだよ」と言うから、記念に携帯電話のカメラで撮影する。

「そういえばさ、リン。このあいだ見せてくれなかったインスタントカメラの写真、あれリンの部屋にいったとき見たよ」

どきっとした。暁天さんは横でちょっといやらしく微笑している。そうだ、帰宅してジーンズからだしたあと、低い本棚の上に無造作においていいたんだった。

バッジを撮ったことより隠していたことのほうが恥ずかしくなってきて、「そのことは、もう……その、」と返事を濁すしかなくなる。

吹きだして笑う暁天さんは楽しそうで、俺は腕を叩いてやった。「いたいなあ」「笑うから」「笑うよ、嬉しいもん」「もんって、」とふざけあっているうちに、門をとおりすぎた。右手に持っているお茶のペットボトルが熱くて、掌ごとジャケットのポケットへしまう。

中華街をでて大通りに入ると雰囲気が一変して〝外〟の喧騒を響かせているのがわかる。華やかな場所は遠退いていく。けれど隣には暁天さんがいて、道の先を見据えて寄りそってくれている。

「暁天さん」

赤信号で歩みをとめたのと同時に声をかけた。

「これからも一緒にいてください」

ふりむいた彼と目があう。

「俺、暁天さんといるとなんでもしたいって思えます。最近まで自分は前むきに生きてるって信じてたけど全然違ったじゃないですか。人を好きになっても、命かけるとか死んでもいいとかそんなことばかりで、それも辛いだけじゃなかったけど、やっぱり望んでる幸せじゃなくて、」

「……うん」

「全部暁天さんが指摘してくれたから気づくことができて、思いなおして、視野もひろがりました。るりちゃんと三人でいるのも楽しいし、暁天さんは死に方じゃなくて生き方を教えてくれるんです。大事な人だって想ってます」

死ぬために生きるのはもうやめる。

生きるために一秒一秒を大事にして、最期にも至福感をきちんと抱いて逝きたい。この人の傍で。

「俺もリンが大事だよ」

微笑んだ暁天さんが俺にそっと身を寄せて、背中に右手だけやんわりまわしてぽんぽんと叩いた。彼の肩が鼻先に近づいて匂いを感じる。胸と胸がわずかに触れあわないささやかな距離と抱擁が、驚くほど心を温かく貫いた。

ここだ——彼の身体に包まれるようにして立っていて、そう思った。

目の前にある彼の胸も、背中にある掌も、全部が自分の身体にぴったり馴染むという確信がある。

ここにいたい。

「ひとりにしないよ。……ずっと一緒に生きていこう」

信号機が青に変わってメロディがながれだしても、おたがいすぐには動かなかった。

4

選択を誤ったつもりはないのに、時折ふと立ちどまりたくなるような孤独のすきまに落ちる。

仮面夫婦というのだろうか、わたしと瑛仁《あきと》のような関係も。


三年前入社してきた後輩が社内恋愛のすえ結婚した。

いわゆるできちゃった婚で、二ヶ月前に寿退社した彼女は真っ昼間に電話してきて『倦怠期《けんたいき》なんですう』と鼻にひっかかった猫撫で声をだし、

『彼のことはある意味愛してる』

と言った。

旦那はわたしが退勤するときもまだ仕事をしていて『今夜も残業です』と疲れた顔で笑っていた。

瑛仁は近ごろわたしが作るお弁当を、恵みの雨を降らせた神に感謝するかのごとく綺麗に食べる。

ある意味愛してる、だ？　どの意味だよ、ったくばか芽衣子《めいこ》。

「結婚してから四六時中一緒にいるじゃないですかあ？　すっぴん見せるわけにいかないからこそこそ化粧しないとだし下着でうろうろできないし、そーいうのもう鬱でー……」

昼の休憩時間を狙って連絡してくる後輩の芽衣子に『夜会いましょうと』呼びだされるのは、決まって会社から電車で三十分の街にあるイタリアンレストランだ。

昔ふたりで買い物をしていたとき偶然見つけた気に入りの店で、全席ソファーで心地いいうえ冬場はブランケットまでおいてあり、パスタは希望の具材と味つけでオリジナルのものを作ってくれる、女性に優しい隠れた名店だった。

「いままでセックスしたあとすっぴんじゃなかったわけ？」

「あたり前じゃないですか。すっぴんなんて見せたらあっくんに嫌われちゃいますもん。わたし眉毛ないんで」

「あんた結婚するってどういうことかわかってる？」

「わかってますよー」

芽衣子は鮭とほうれん草のクリームパスタをスプーンとフォークでまきながら肩をすくめる。

目立ってきたお腹を抱えて、今夜も肩までのショートボブの髪を綺麗にセットして目もつけ睫毛ばさばさのばっちりメイク。……セックス後もすっぴんじゃないって、シャワー浴びるときはどうしてるんだか。想像不可能な涙ぐましい努力があることはわかるものの、その努力が旦那に対して必要なものだとはとうてい思えない。最近の若い子の感覚って謎だわ。芽衣子とはみっつしか違わないけど。

そのとき、ぶ、と芽衣子のお尻から音がして「あ、すみません」と顔色ひとつ変えずに謝られた。

「ちょっとあんた……旦那にはすっぴんすら見せられないのにわたしにはおならするわけ」

「いいじゃないですか、先輩怒らないですもん」

「女同士でしょ、ちょっとは見栄はんなさいよ」

「はりますよ。でも先輩とかあ、あと高校からの友だちの晴子《はるこ》はべつ。わたしが腹黒くてばかなことも知ってるから」

ぶりっこかと思いきや、芽衣子はじつは雄々《おお》しくてがさつなところがある。本気で男に媚びを売るタイプの女は大嫌いだし、一度嫌うと二度と受け容れないきつい面もあるのだ。社内にも才知ある男前の上司には女をだしてすり寄り、部下の醜男《ぶおとこ》と女たちにはあからさまに横柄なお局がいるのだが、芽衣子は彼女におもしろいぐらいのぶりっこ仮面で素気なく接していたのだった。

「あんたは男より女とつきあうほうがむいてるんじゃないの」

「なにそれー。まあ、わたしのこと食べさせてくれる働き者の女ならいいかなあ」

「殴ってやろうか」

「先輩ってば妊婦に対してひどーい」

けらけら笑った芽衣子は、自分のパスタをわたしのほうに寄せて「ひと口味見どうぞ」と微笑む。

「わたしのうちって母子家庭じゃないですかー。離婚の原因って、父親が母親に〝いつまでも綺麗でいてほしい〟って言ったからなんですよね。わたしの弟産んだあと母親がお洒落に気をつかわなくなったのがいやだったんですって」

「それだけが離婚の原因のわけないでしょ」

「決定打だったのかきっかけだったのかはわからないけど、でも子どものころ聞いて以来ちょっとトラウマなんです。男の人って女に理想を押しつけ続けるんだなーみたいな」

芽衣子のパスタは美味しかった。情けなさそうに苦笑いしている彼女に、わたしも自分の完熟トマトとアスパラガスのパスタをあげる。

「男の理想ね……」

「理想って幻想で、真実じゃないでしょ。あっくんの理想どおりになれたらいいけど、まだようす見っていうか……じわじわと女の現実を見せていかないと怖いじゃないですか」

ははん、と納得がいった。

「芽衣子は芽衣子で〝あっくん〟が好きなわけだ」

「そりゃあそうですよ。あー……結婚までもっと慎重にすすめたかったなあ～」

「できちゃった婚なんてあんたたちのせいでしょ」

「違うんですよ！　ねえ先輩、ゴムって最中になかでとれちゃうことありません？」

「店でそういう話やめて」

「えー……でも本当なんだもおん……」

頬をふくらませてぐずぐず言いつつ「先輩のも美味しい。トマトとアスパラがすごくあってる」と熱心に感想を続けて皿をよこし、「でしょ」とふたりで笑いあう。

「男にとって結婚って〝人生の終わり〟らしいけど、わたしにも似たようなもんかなー。もっと先輩と働きたかったたし」

「子ども欲しくなかった？」

「それはない」

眼光鋭くきっぱり断言した。

「どうせ働かなきゃ生活できないし、すぐ復帰する予定ではあるんですけどね。わたし弟がいたからひとりっ子ってすごくかわいそうな気がしちゃって、できるかぎり傍にいてあげたいなとも思うし」

芽衣子はお金に異常な執着心がある。働きたくない、と嘆く社員が多いなかで、残業も休日出勤も率先して大喜びでひき受ける芽衣子のバイタリティには驚かされたし助けられた。それも母子家庭で弟の面倒を見てきた彼女らしさなのかと、尊敬もしていた。

「わたし両親とも働きでひとりっ子だったよ」

安心させたくて言ったのに、

「うん、先輩寂しがりやですもんね」

とため息をつかれた。

「ひとりで平気だったって言ってるの」

「はいはい」

「お人形遊びとか折り紙とかして楽しかったもん」

「やだもう、かわいそすぎるっ」

そんな不幸話やめて！　と芽衣子がブランケットで顔を隠して、わたしが「睫毛とれるよ」とつっこんだらあはははっと爆笑した。

「ねー先輩、わたしと先輩って前世で恋人同士だったかもしれませんよ」

「は？　なに言ってんの」

「わたしたぶん男だったと思うんですよねー。正直、お洒落とかめちゃくちゃ面倒くさいし」

「男だって最近はお洒落するよ」

「男の化粧とかまじキモい」

「キモい」

同意してふたりで生ハムサラダをもしゃもしゃ食べる。しゃきしゃき新鮮な音がする。

「ねーねー先輩、来世でわたしと結婚しましょう。わたしいっぱい働いて先輩のこと養いますから。で、ちょー幸せにしてあげます」

「あっそ、ありがとう」

「約束ですよ」

「約束約束」

生ハムもう一枚あげますよ、と芽衣子が多めによけてくれる。

「ねえ先輩」

「なによ」

「わたしがいなくて平気ですか？」

「へーきに決まってんでしょ」

芽衣子は殺伐《さつばつ》とした社内で女子高生の親友みたいに親密にしていた、ただひとりの後輩だった。


会社の昼食は憂鬱だ。おなじ営業事務にいる女子社員の、エステで女を磨いた自慢だの海外旅行いきたい妄想だの、女子力高い空っぽな会話には辟易するので、電話番担当を利用して休憩時間をずらしている。だから別部署の同期やタイミングよく帰社した営業と一緒か、もしくはひとりだ。

入社当時は黒髪ロングのせいで大和撫子《やまとなでしこ》とか囃《はや》されて男子社員にモテたし、性にあった仕事をこなすのも楽しくて積極的に働いていたけど、結婚して若い社員も増えて社内の雰囲気も不況だなんだと勢いをなくしている現在は切ないぐらい穏やかだった。

芽衣子がいたころは楽しかったな。

——やりたーいいきたーいって希望言うだけの話ってクソつまんなくありません？　こいつ趣味もないんだなーって憐れになっちゃうんですよね、なんか。

——じゃあどういうのがつまんなくない話なの。

——この人が生きてる世界ってひろいんだなーって感じさせてくれる話かな。多趣味だったり夢があったりする人は話してるの見てるだけでも楽しい。

——ああ。

——会社とエステ往復して生きてるんだなあみたいな、せっまい日常しか見えてこない人ってほんとつまんないしかわいそう。

——会社の愚痴しか言えない奴もいるね。頭のなかそれだけかっつの。

——そーそーそー。あとね、こうやって自分の本音ぶっちゃけられない相手って一緒にいて普通に疲れる。だから芽衣子、先輩のことだーい好き〜。

うざっ、と笑いあって、それからわたしたちはホットケーキについて真剣に話しあった。芽衣子は近所の喫茶店で食べたぶ厚いホットケーキに感動したあと自分でもおなじふくらみと風味で作る研究をしていたそうで、ぶ厚くする工夫や裏返すタイミングについて教えてくれ、翌日作ってきてくれた。昼食後に生クリームたっぷりのホットケーキを食べて、あの日は本当に楽しかった。

「藤岡《ふじおか》さん」

お弁当をひろげたところで声をかけられた。あっくんこと加野敦郎《かのあつろう》だ。芽衣子のひとつ先輩で旦那で、わたしの後輩。

「先週はすみません、芽衣子と遊んでくれたみたいで」

へこっと頭をさげて正面の席に座る優男。妻のおこないに謝罪するのが夫婦って感じでいいね。

「楽しかったよ。先週どころか頻繁《ひんぱん》に呼びだされてるけどね」

「すみませんほんと。なんか、お腹が大きくなってから家で退屈してるっぽいんですよね」

「そうなの」

「言ってませんでした？　ゲームばっかりしてるんですって」

「ゲームの話は聞かなかったな」

〝せっまい日常〟の話を嫌う芽衣子らしい。

「芽衣子、藤岡さんに一番懐いてますよね。高校のころの友だちともよくでかけますけど、先輩の話以外しませんもん」

それはわたしがあなたたちふたりの共通の知りあいで、話題にしやすいからだと思うけど。

「いつでも呼んで。……って言ったら芽衣子調子にのるか」

「のりますよ～」

ふたりで笑った。

加野君はコンビニのカルビ弁当を食べ始める。営業で、外出先でお偉いさんと突発的に食事をすることも多いからだろうが、新婚の彼がコンビニ弁当っていうのは侘しさを感じた。

瑛仁は既婚者で内勤だし、もっと侘しそう。

「芽衣子はああ見えてかなりしっかりしてるんですよ」

「なに、嫁自慢?」

「違いますよぉ……なんでもひとりでできるぶん頼ってくれないっていうか、信頼されてないんじゃないかと思ったりしてまして。女性同士だと深い話もできるのかなあなんて、先輩が羨ましいです」

「新婚だねえ」

加野君は童顔で頑張り屋でマスコット的な可愛さがあり、男女問わず上司にも部下にも好かれる。からかうとはにかんで「真剣なんですってっ」と照れるのがまた可愛い。

普通夫婦の不和は恥じて隠すものでしょうに、社員食堂で憚《はばか》りもせず暴露してしまうところも天然なんだかどうなんだか。

「まあ、加野君のそういうところ、芽衣子もなんだかんだで好きなんだと思うな」

「なんだかんだってなんですか、気になるんですけどっ」

すっぴんすら見せないように努力して怯えている芽衣子と、もっと信じてほしいと願っている加野君は、お似合いの初々しい夫婦に見える。わたしは同棲していたから夫婦に転じたラインが曖昧で、そこ悩むのいまかよ、と思わなくもないけれど、ふたりに離婚の危機的な空気は全然感じなかった。

「芽衣子のこと、よく見ておいてあげてね。気丈な子ほど弱いんだから」

先輩面してよく言うわ、と自分の言葉に苦笑いしたら、加野君は左頰を動かしてカルビを嚙みながらわたしを見つめて微笑んだ。

「芽衣子とおなじこと言うんですね」

「え？」

「藤岡先輩のこと心配だってしょっちゅう言ってるんですよ、芽衣子」

「なにそれ」

「俺社内にあまりいないんでよくわからないんですけど、『先輩が気を許してるのはわたしだけだったから社内で孤立しないように見ててあげて』って」

「やめてよ、ちょっともうあいつ～……女ってグループつくるでしょ。芽衣子がきてから一緒に行動してたせいで微妙な感じになってるけど、同期とも仲いいしほかの社員ともうまくやってるから」

むきになったら逆効果、とわかっていながらも結構本気で否定していた。図星だった。いま加野君がくるまでひとりで食堂にいたことも彼にはばれている。

「まあ、また芽衣子が暇持てあまして連絡したら、遊んでやってくださいね」

加野君は唇の両端をくいっとひいてにっこりと純真な笑顔をひろげる。


仕事を終えて会社をでると、新宿《しんじゅく》へ移動して高校の同級生と落ちあった。

瑛仁には話していなかったが、一年前にわたしも同窓会で旧友と再会していたのだ。そのとき声をかけられてなんとなく会い続けているのが神田《かんだ》君だった。

インディーズのミュージシャンだという彼は、いつも小洒落たバーにわたしを誘う。

「後藤《ごとう》はどうして俺と会ってるの」

当時のまま、わたしを旧姓で呼ぶ男。

「自分が女だって確認するため」

わたしが即答すると、彼は苦笑した。

「旦那さんは確認させてくれないんだ」

「くれるよ、いやってぐらいに。でもわたしが求めてる方法じゃないの」

隣から彼が顔を寄せてきて、酒の匂いを感じたところでそむけてよけた。

「人目があるところではしゃがないでよ」

「ふたりきりならいい？」

「いや」

「だいぶ経つんだから、もうキスぐらいさせてくれてもいいんじゃない？」

「時間の問題じゃないでしょう」

神田君はあくまで友人だ。三十すぎても夢を抱いている少年っぽさがいいなと思うけど、でもそれだけ。身体の関係はないし、そんな関係になるつもりもない。

「こういう方法で女だって確認したいんじゃなくて？」

「神田君は下品になったね」

「大人になったんだよ」

ふうん、と肩をすくめて、金色のカクテルを呑んだ。彼が注文してくれたこのカクテルは、カクテル通なら知っているという、裏メニューなのだそう。

こっちはあんたが高校デビューで、あほみたいな金髪を時代遅れなヴィジュアル系のロン毛にしていきがってた姿も知ってるんだからね、と思う。

あれを思い出してしまうと、どんなに格好つけられても全部抜けて感じられるから同級生っていうのも厄介だ。メジャーデビューもせず、インディーズでだした三枚のCDも鳴かず飛ばず、という彼が、わたしの知る彼らしい。

「大人の神田君は、わたしと寝たら飽きるんでしょう？　それが最終目的だから」

「後藤の最終目的はなんなの？」

「いまでいい。恋みたいな空気に酔えれば満足だよ」

「後藤もつまらない大人になったわけだ」

「うん」

わたしの生活にも恋愛の匂いがある、そう実感させてもらえればよかった。

この身体に、魅力を感じてくれる人間がいる。恋愛ごっこを愉しんでくれる相手がいる。腐敗したミイラのようでも、存在感のない亡霊のようでもない。心臓も石じゃなくきちんと躍るし胸は弾む。

「神田君は奥さんが嫌いになったの」

「それとこれはべつでしょ」

「どんなふうに」

「うーん……後藤は俺の初恋だから」

「初恋は特別なんだ」

「そりゃあね」

生涯を誓った奥さんと、初めて恋を知った相手はべつ。言いたいことは理解できなくもないけど、不倫を正当化する理由にはならない。

「なんか中途半端な関係だけど、俺が後藤に再会した理由はあるんだなって思ってるんだよ」

「わたしも思ってるよ」

神田君と一緒にいるといつももうひとつ確信できた。

わたしの夫はまともだ。


甘ったるいカクテルを呑んだせいで喉が渇く。

日付が変わるころ最寄り駅についてコンビニへ寄った。目についたカルビ弁当に加野君の姿が過り、芽衣子を連想し、瑛仁が夜ひとりでなにを食べたのか考える。

外は肌寒かったけどコーラを選んで、これだけ買うのもな、とうろついていたら、子どものころに好きだった駄菓子のチョコバー三十本セットを見つけた。昔は多くても三本しか買えなかったし、たくさん食べると母親に怒られた。『お菓子ばっかり食べてたら夕飯食べられなくなるでしょ！』と。いまは怒る母親も、決まった時間に食卓をかこむ家族もいない。それを手にとってレジへむかった。

店をでて夜道を歩く。大人買いか。って、こういうことするのが子どもみたい。

帰りたくないな。視線を落とすと、芽衣子と遊びにいったときに買ったパンプスが薄汚れている。

あんな寂しい家には帰りたくない。散歩でもしようか。女ひとりじゃ危険かな。

瑛仁はわたしを神聖視しているのだ。理由は同性愛を受け容れて認めた女だから。……ほんとばかみたい。いまどき同性愛なんかでがたがた騒ぐ奴がいるかっつうの。

瑛仁がゲイだって知ったときはたしかに辛かった。自分のことも憐れになった。

それでも結婚したい、と押しきった理由のひとつは、自分の年齢を考えても瑛仁を手放したあとの恋愛に希望が見いだせなかったからで、要は自己憐憫と打算に襲われた結果でもある。ゲイだろうと瑛仁は生涯無二の愛しい男で、妻になれたら人生安泰だと思ったのだ。

瑛仁をほかの男と共有するのと、べつの理解ある女にゆずるのだったら、無論いまでも前者を選ぶ。瑛仁を支え、もっとも理解のある妻になりたい。それは愛があれば簡単だと信じられた当時の自分は若かったんだか、はたまた傷つきすぎて狂乱していたんだか。いまとなってはどうでもいい。

いつからか気がついた。わたしは瑛仁にとって神さまで、彼はわたしのなにもかもを許してしまうことに。仕事にかまけて家事をサボっても職場の苛だちを持ち帰って汚い暴言で八つあたりしても、瑛仁は〝ゲイを認めてくれた素晴らしい妻〟を決して責めたりはしない。マイナス面はむしろゲイの自分が追いつめた責任であって、すべて〝素晴らしい妻〟のせいではない。そう考えているらしい。

真面目なのかばかなのか、結局瑛仁はわたしを見ていないのだ。醜い面を含めた藤岡明美《あけみ》自身を。

わたしは瑛仁のクソ真面目なばかさを憎みながら、どうしたってこんなにも愛しているのに不公平だ。だから〝素晴らしい妻〟を壊してやりたくて料理を作るのもやめた、掃除洗濯も瑛仁と自分のぶんをきっちり分担した。瑛仁が仕事から帰っても悠々とビールを呷りもする。瑛仁がわたしを軽蔑して怒るまでやめるつもりはない。

わたしは神さまじゃないし、頼りになる強い先輩でもないし、不倫を楽しみたい恋愛脳の尻軽妻でもない。身体を愛してくれないゲイの夫に、心を愛してほしいと願いながらも隠れてこそこそ足掻くだけの格好つけの子どもだ。

全部わかっている。若いころは勇気を持ってなんでも挑めたのに、大人になったら逃げることのほうがうまくなった。冷静を演じて穏便な解決を言い訳に、こそくな策をねって試し続ける。

「……あなたが欲しいの」

死んだら焼かれて灰になるだけの身体なんかいらない、あなたの心が欲しい。

どうしてたった数秒ですむ一言を恐れるようになったんだろう。

瑛仁がわたしをいらないと言うわけがないと知っていても〝もしも〟の妄想に怯えてしまう。

俺は明美のものだよ、と言う瑛仁の顔がもし人生を女に捧げた生け贄《いにえ》みたいな目をしていたら、と想像するだけで発狂しそうになる。

こんなの全然神さまじゃない。

臆病で平凡でつまらないわたしにはやく気づいてほしい。ちゃんと愛してほしい。

「お姉さん、」

ふらふら公園に入って歩いていたら、背後から声をかけられて緊張した。……お姉さんってわたしのこと？　と恐る恐るふりむくと、細身の男の子が立っている。

「あの、おひとりでしたら、ここから先は道が真っ暗で危ないですよ」

夜目ではっきりと見えないけれど、頭が小さくて顎のあたりがすっきりした美少年っぽいシルエット。すこしおどおどしていて、勇気をふるって話しかけてくれたのがわかる。

「きみは悪い人じゃないの」

「俺そこの弁当屋でバイトしてて、いま帰るところだったんです。この公園俺もよく散歩するけど、夜はひとりだと物騒だから。お姉さん、酔っ払ってるみたいだし」

「レイプされて殺されそう？」

酔ってないし、と反発して笑って冗談を返したが、言下に、あ、こりゃ酔ってるな、と自覚した。

「シャレにならないよ」

男の子は怒ってくれる。

「じゃあきみがつきあってよ」

いい子ちゃんな意見で制されてむかついた。それに見ず知らずの男の子と夜の散歩なんてわくわくする。芽衣子に報告したら〝先輩なにおもしろいことしてるの〟って喜んでくれるかもしれない。

「ちょっと、お姉さんっ」

湾曲したアスファルトの歩道をすすんでいくと、彼もついてきた。

「本当に、奥は外灯あっても真っ暗だから危ないって」

「そこのベンチまででいいよ。あ、チョコバー一緒に食べよ、わたしこれ好きなの」

ンン〜……っ、と唸るようすも可愛い。美少年って声も可愛いね。

ぐんぐん歩いてベンチに座り、袋からコーラをだして飲んだ。続けてチョコバーをとりだしてしゃくしゃく食べるわたしの傍らで、男の子は周囲を見まわし心底困ったようにため息をこぼす。

「ねえ、わたしと子どもつくらない?」

腹立たしいほど綺麗な満月が夜空のてっぺんで煌々と輝いている。

「……お姉さん、セックスが好きな人なの」

「かもね」

ばかみたい。

「わたし子どもがつくれない身体だから、たまに自棄になるの」

結婚前に瑛仁と寝て以来、わたしの身体はずっと瑛仁のものだ。

「病気なんですか」

「そんな感じかな」

かさ、と落葉を踏む音がして、男の子がわたしの左横に腰をおろした。

「俺も病気なんですよ」

「そうなの？」

「心臓悪いんです。それで昔から運動ができなかったり、いろいろ諦めたりで」

「……ふうん」

仲間だと思ってくれたみたいだけど、きみのほうが大変だよ。

重度なら移植手術しないと治らないんじゃなかったっけ。それだって簡単にドナーが現れるわけじゃないいんだろうし。

「きみなんていう名前なの？」

「凜《りん》です」

「綺麗な名前だね。鐘の音みたい。りんりんって」

ふふ、と照れくさそうに笑った横顔を間近で確認すると、加野君とおなじ可愛い童顔をしていた。

「お姉さんは子どもつくる相手はいないんですか」

「うん、いない」

「世の中って不公平ですね」

「ほんとにね」

こんな親切な子が難病に苦しんでいるなんて不公平。

「あげるよ」とチョコバーを一本さしだすと、凜君も「ありがとうございます」と笑って、袋を千切って食べ始めた。しゃくしゃくいい音がする。

「指輪の相手はお姉さんに優しくないんですか」

月明かりがあるとはいえ、なかなか目ざとい。

「優しいからむかつくの」

コーラを呷る。

「……そっか。結婚したら幸せってわけでもないんだね」

「どうだろ。幸せだから面倒くさい気もするけどね」

「幸せだから？」

「そ」

瑛仁の妻でいられて幸せだ。結婚しなければよかった、と後悔したことは一度だってない。

瑛仁に妻にしてもいいと受け容れられ、ある意味で愛され、寄りそいながら苦しめること、それは絶対的な幸福だった。生まれ変わっても何度でも愚かでも、わたしはおなじ道を選択するだろう。

「幸せだからか……」

凜君が俯いて考えこむ。

「なに、凜君も結婚したい人がいるの？」

彼の視線に誰かを見つめているような距離感が生まれて、ふいに微笑した。

「……そうですね、ずっと一緒にいたい人はいますよ」

肩をど突いてやった。

「幸せなんじゃん」

「いってー」

「可愛くて幸せでむかつく」

「お姉さんも幸せだって言ったじゃないですか」

「言ったけどこんな美少年に好かれる子もまとめてむかつくー」

「子って……」

凜君がチョコバーの入っていた小袋を小さくたたみながら照れ笑いする。

本当は酔いもさめてきていたのに、気分だけ酔って普段より妙に浮かれて、親切な男の子との逢瀬に満たされていた。他愛ない偶然、というかわたしが迷惑をかけているだけだけど、奇跡みたいに感じるのはどうしてだろう。やっぱり酔ってるのかな。

「よし、これ凜君にあげよう」

「えっ」

「今夜の記念と前祝いだよ。プロポーズ成功するといいね」

「あ、りがとうございます……え、俺プロポーズするの？」

「しな。ね」

え、え、と困惑している凜君にチョコバーの袋を押しつけた。そして心のなかから満月に祈った。

凜君が幸せになれますように。

お願いね、本物の神さま。

子どものころから言葉では表現しがたい力で否応なしに魅了されるものがあった。

たとえばカエル。実際のカエルは苦手だが、つくりもののカエルにはなぜか惹かれてカエルのグッズをつい集めてしまう。

職場ではカエルのシャーペンでカエルのメモ帳に文字を書き、それをカエルのマグネットでとめている。部屋にはわたしのカエル好きを知っている友だちがくれた置物もたくさん飾っていた。あんたは好きなものがわかってるからプレゼントも簡単、と喜ばれたりもして。でもなんで好きなのかと訊ねられてもこたえられない。目とか手とか、全体のかたちとか、とにかく可愛い、と必死に想いをかき集めてもそんな返答しかできず、他人には〝気持ち悪いじゃん〟と一蹴されてもどかしさに苛まれることもしばしばだ。

発端はなにか、と考えると思い出すのは子どものころに読んだ絵本だった。

王子さまが魔女にカエルにされてしまい、助けてくれた町娘と恋に落ちてキスをして人間に戻るファンタジーで、わたしはその王子さまの絵に惹かれた。輪郭や瞳の大きさやスタイルや、ともかく格好よくて、初恋だったと言っても過言じゃない。

自分を納得させる明確な理由さえ見つけられないいんだけど、もう本当に、とにかく好き。王子さまが先かカエルが先か微妙なところでもあるが、わたしの恋の原点だと思う。

神さまの手にひき寄せられるような、このどうしようもない欲求はなんだろう。

芽衣子の言葉を借りるなら、前世が原因かもしれない。わたしじゃないわたしが、王子さまに似た男と恋をしたのだ。

そして瑛仁はその王子さまに似ていた。

「おかえり」

帰宅すると、リビングのソファーにパジャマ姿の瑛仁が座っていた。

「どうしたの」

真っ先に可愛げのない言葉がでる。ここ二年ほど、帰ってもすぐ自室へひっこむ生活をおたがいがしていたのに、わたしがまたお弁当を作るようになってから、瑛仁はなにかとリビングにいて会話するタイミングをそわそわうかがっている気配があり、わたしは苛ついてしまう。

甘やかされてこっちの顔色を見ながら尻尾ふる犬に成りさがるなよ。

王子さまらしく『帰るの遅かったじゃないか』って叱ったらどうなの。

「明美、ちょっとふたりで呑もう」

「わたし呑んできたんだけど」

「呑めるだけでいいからさ」

瑛仁がソファーを立ってキッチンにある冷蔵庫から缶ビールをふたつだしてくる。わたしと話すためにわざわざ用意していたらしい。

離婚しよう、と言われるのだろうか。ぞっと背筋が冷えて動けなくなった。

「じつは明美にお願いがあって」

「……なに」

「これなんだけど」

テーブルに缶ビールをおいた瑛仁が、再びソファーに腰をおろして足もとの紙袋からなにやらとりだす。

離婚届、ではなかった。四角いふたつの箱。

「ゲーム、一緒にやろう」

「はあ?」

横にいって見ると、新品の携帯型ゲーム機だった。「これが明美の」と渡されたのは赤色で、瑛仁のは黒色をしている。

「俺ゲームって学生のころ友だちの家で遊んだぐらいで、あんまりやったことないんだよね」

「暁天君《あきたか》がいたのに?」

「弟とは遊ばないし、うちの親はゲーム買ってくれなかったし」

たしかに瑛仁のご両親は昔気質《むかしかたぎ》で厳格だ。漫画を見下していて読ませてもらえなかったと聞くし、妻は夫に尽くすべし、というタイプなのもあってわたし自身よく思われていない。最初から同棲も嫌がられていた。正月やお盆に挨拶へいくと、姑《しゅうとめ》に『結婚前に子どもつくるようなだらしないことはしないでくださいね』と釘を刺され、いまだ『男みたいに働いて家事はできます?』と訊かれる。

瑛仁が自分の性癖を認めるわけにいかなかったのはご両親への愛情と敬意ゆえなのだと知ったとき、わたしは初めて彼らを憎んだ。

「そうはいっても、わたしも詳しくないよ」

瑛仁とおなじで、友だちにすすめられて遊べば楽しいと感じるが、わざわざ自分のために購入して時間を捻出したいと思うほど情熱の湧くものじゃなかった。

「ふたりで勉強しよう」

瑛仁がしごく真剣な面持ちで言う。

遊ぶためのものを勉強するっていうのも変な話だが、根が真面目な瑛仁らしい。わたしと過ごす時間を増やそうとして悩んでくれたのも理解した。芽衣子がゲームばかりしている、と加野君に聞いていたのもあって興味も芽生えてくる。

「どんなソフト買ったの」

「一応いろいろ選んできたよ、ふたりで通信プレイできるようなの」

すごろくゲームやパズルゲーム、怪物退治ものに物語性のあるもの、と、瑛仁は一本五千円からするソフトをすべてふたつずつ次々ならべていく。……本体とあわせていくらつかったんだこいつ。

「……わかったよ、やってみよう」

お金にものを言わせる王子さまとはななめ上をいく。でもそのななめさに必死な想いを見てしまっては観念せざるを得ない。

わたしは持ち帰ったコーラを冷蔵庫にしまってかわりに缶ビールをあけ、着がえもしないで瑛仁と一緒に携帯ゲーム機を開封した。真新しい玩具を手にしてしまうとそれなりに心が躍る。

説明書と勘を頼りに、本体に充電器をつけてソフトを起動していく。

とりあえずすごろくゲームなら子どものころ遊んだボードゲーム感覚で簡単にできるんじゃないかと相談してプレイしたら、案の定すんなりできた。携帯ゲーム機ならではの特殊ルールがでてきたときだけ説明書のお世話になればいい。

のめりこんでくると、不本意ながら瑛仁と純粋に笑いあう瞬間も増えてきた。幸い明日は土曜日。夜更かしをしても仕事はない。

瑛仁の策にまんまとはまっていく。

「瑛仁の彼氏もゲームをやるの？」

訊ねたら、夢中で画面に見入っていた瑛仁の目もとがほどけた。

「……ああ、言ってなかったけど別れたんだよ」

「どうして」

「疲れたからかな。男はもういいんだ」

男は、という言葉に戦慄した。女のわたしでは癒やせない、と悔いてふたりで自身を責めて激しく衝突した過去が、わたしたちにはある。瑛仁はあの日を境に彼氏をつくったのだ。瑛仁に恋人がいなくなれば、息苦しく自分たちを責める毎日に戻りかねない。

「ストレスを発散できる場所は必要だよ」

わたしは瑛仁のご両親のように瑛仁の首を絞めたくはない。自由でいてほしい。彼がありのままのわたしを信頼してくれていればわたしは幸せでいられるのだ。

「俺にとっては男といるほうがストレスなんだよ」

「真面目すぎるからでしょ」

「これが俺だからしかたない。……彼にはいい思い出をもらったよ。でもそれでこたえはでたから」

こたえ。

「それでいいの」

「いいもなにも、俺は明美がいればいいんだってば」

あなたの理想の明美がでしょ、と苛だちもふくらんだが、瑛仁が照れ隠しをして画面にじっと視線を落としているのを見ていたら、悔しいけど嬉しかった。

「瑛仁はわたしを綺麗だと思う？」

「思うよ」

「妻失格だとは思わないの？」

「家事とかのこと？」

「そう、正直に言って」

ようやく顔をあげた瑛仁が「うーん」と唸って苦笑した。

「おたがい働いてるし、掃除と洗濯を分担するのはいいと思う。食事は本当言うと一緒にしたいよ。でもキッチンは俺が立ち入っていい場所じゃないらしいって学んだから、それも明美の生活に支障がないときにお願いできれば充分で、時間をもらえる日に外食できたら解決じゃないかな。俺には妻が家事をすべきって感覚がとくにないんだよ」

「わたしが仕事辞めたいって言ったら？」

「専業主婦ってこと？」

「うん」

「んー……そうしたらちょっとやってって言いたくなるかな。仕事辞めたいの？」

「ううん、続けたい」

とんちんかんなわたしの言葉に瑛仁が笑った。

「仕事とか家事のことはさ、勘違いしないでもらいたいんだけど、こう……明美と一緒に家を支えていきたいってことなんだよ。一緒に生活して生きていくことをやめないでほしいだけ。だから疲れてやりたくないなら言ってよ。キッチンの規則も教えてくれたらちゃんと従ってやるしさ」

「規則?」

「うん、スポンジの種類とか、なんかあるんでしょ?」

「ああ……」

なんだか、結局瑛仁っぽいばか真面目な言葉が返ってきておかしくなった。

〝妻失格だよ、やってよ〟だけでよかったのに、そしてそれでも隣にいることを許してくれればゲイだろうとなんだろうとあなたを愛していけるのに、瑛仁はただの瑛仁だ。どうしたって好きでしかたない、他人想いの生真面目なゲイの夫。

「俺が一緒にいて幸せなのはきみで、その……なんていうか、愛してます、みたいな……うん、まあ、そんなね」

ゲーム画面とむかいあって、真っ赤になって首のうしろをさすりながら瑛仁が言った。

高校生の初めての告白みたいだった。でも絶対高校生のころより勇気を持って大照れで真剣に言ってくれた。

十一月に入ったたっていうのに全身が火照《ほて》って幸せでおかしくなる。

「瑛仁」

好き、と女の子みたいな言葉を言いそうになって、恥ずかしくてにまにまにやけるだけになった。

「わたし来世はべつの人にプロポーズされちゃったから、結婚してあげられないかもしれないよ」

「なにそれ」

「安心して、その子いまは女の子だから。……って、あ、性別は関係ないか」

「危ないなあ……」

長く一緒に暮らしていると恋人同士に戻るのは至難の業《わざ》だ。いつかわたしも勇気を持って、また昔みたいに愛してると告げられるだろうか。

これから先も一緒にいたい。わたしの厄介で大切な、無二の男。

5

「まーる描いてちょん、まーる描いてちょん、もひとつおまけにまーる描ーいてお山がみっつ立ちましてー雨が降ーって虹がでたー」

年が明けて三日。実家への挨拶もすませて、俺は暁天《あきたか》さんの家に遊びにきていた。

るりちゃんも幼稚園が休みだから頻繁にくるそうで、今日も一緒に絵描き歌をして遊んでいる。

「虹が逆さだよ」

俺とるりちゃんの横で紅茶を飲みながら眺めていた暁天さんが指摘する。

いま描いたのは人の顔で、まるちょんが目、おまけのまるが輪郭、みっつの山が髪の毛、雨が雫型の鼻、虹がにいっと笑っている口なのだった。

「絵描き歌は強引なものだから」と俺がフォローして苦笑すると、るりちゃんは「テンちゃんうるさーい」と暁天さんを睨んだ。

「テンちゃん一緒にやんないのに文句言わないでよ」

るりちゃんは絵描き歌に参加しない暁天さんにさっきから不満いっぱいなのだ。

「そーだよー」

俺ものっかって笑ったら、彼は唇を曲げて困った顔をした。

「……リンもどうしてもって言うならやるよ」

「どうしても」

「後悔するなよ」

「おっ」

やっと一緒に遊んでくれることになってるりちゃんも「おおっ」と俺の真似をし、やったやったー！　と笑ってはしゃぐ。ふたりでいさんで暁天さん用の紙と色鉛筆を用意して、彼が色鉛筆を持ったのを合図にもう一度さっきの歌をくり返した。

「せーの、まーる描いてちょん、まーる描いてちょん、もひとつおまけにまーる描ーいて、」

でも途中で吹きだして、手をとめてしまった。

「テンちゃん歌へたー！」

「だからいやだったんだよ」

ひとりだけずれた音でうたった暁天さんがくしゃりと顔をゆがめる。

るりちゃんと俺はあはははっとひとしきり笑って、けれど「下手っぴでもいいからうたって」と、それから三枚の絵を描いた。

「るりちゃんのうさぎの絵、上手」「るり絵描くの好きだかられんしゅうしてるの。クマさんもうまく描けるようになったよ」「どれどれ？」と興味がうつったあとは、うたうのをやめて絵を描くのに夢中になった。

絵だけならばやっぱり暁天さんが一番うまい。

「テンちゃんのパンダすごくパンダっぽい！」

「パンダは前脚のまわりとうしろ脚が黒いんだよ。あと耳と目のまわり」

「あそっかー……あんまし黒いとこないんだね。るりの水玉もようできもちわるぅ」

三人で笑って、色鉛筆とクレヨンを好き好きにつかいながら絵を描く。去年水族館へいって観たイルカやクラゲやウミガメもみんなで思い出話をしながら描いて、見比べた総合評価として俺がもっとも下手だという結論にいたった。

「暁天さんはなんでそんなにちゃんと特徴を捉えてるの？　観察力の違いかな」

「CSの動物チャンネルが好きでよく観てるからかな」

「そんなのあるの？」

大自然のなかで生きる野生動物たちの生態や弱肉強食を紹介しているドキュメンタリーもあれば、犬や猫が玩具で遊んだり眠ったりしている姿を延々と流しているだけの番組もある、と暁天さんが教えてくれる。

「おもしろそう！」

「いいな、るりも観たいー」

暁天さんはるりちゃんの頭を撫でてあげた。

「いいけど、るりはそろそろ帰ったほうがいいんじゃないの。ママももう仕事から帰ってくるころでしょう。お正月なのにこっちに入り浸って、きっとひとりで寂しがってるよ」

時計を見ると四時三十分。窓の外も薄暗く、日が暮れ始めているのがわかる。

「ほんとだ、もう帰んないとだ。ねーねーでも今度観して。凛《りん》も一緒に」

「うん、いいよ」

「絶対ね」

「わかった」

るりちゃんが俺を見て「凛もね」と念を押すので、「うん」と微笑みかけて約束した。

「凛もっと絵、描く?」と訊かれて、「るりちゃんが帰るならやめるよ」と返したら、彼女はさっきの絵描き歌を口ずさみながら色鉛筆とクレヨンと画用紙を、暁天さんの家においているおどうぐ箱にしまって、「それじゃ帰る」とちょっと残念そうに立ちあがった。

暁天さんとふたりで外まで見おくりにいく。

お隣のアパートの一室の前でるりちゃんが俺たちに手をふり、無事に入っていったのを見届けると、夕暮れの空を見あげた。

「リンは何日までバイト休みなんだっけ」

「店長たちが六日まで帰省してて、営業開始は七日から」

「じゃあまだ平気だね。夕飯にしようか」

「うん」

近ごろ暁天さんの家にくると、夕飯を作って一緒に食べてから帰る生活をしている。今日はあらかじめ作っておいたお節料理を持ってきたから、再び屋上の部屋へ戻ると用意をしてふたりで食べた。

「俺が作ったのは煮物とだし巻き卵と焼き魚ぐらいで、栗きんとんとか伊達巻《だてま》きは買ってきたものだけど」

「充分だよ、煮物もちゃんとリンの味がする」

「俺の味ってわかる？」

「わかるよ」

「んー……味の個性って自分じゃわかんないな」

「そう？　あんまり濃くない優しい味だよ」

「それは暁天さんが薄味好きだからじゃん」

「うん、俺好み」

微笑んだ彼が鰤の照り焼きを口に入れる。そのタレの加減も鰤にうっすら色がつく程度に抑えていて、「甘さがちょうどいい」と喜んでくれた。実家の母親にもらった高級ハムもそえておいたんだけど、それも「こんなに美味しいもの食べさせてもらってお母さまに申し訳ないな」と恐縮する。

お雑煮のつもりで作った、白味噌にお餅を入れただけの汁物も、「味噌の甘さと生姜の加減がいいね」と隠し味に気づいて最後のしめにじっくり味わってくれた。とても嬉しかった。

「ごちそうさまでした」

ふたりで両手をあわせて食事を終える。

つかった食器類はシンクへ、料理の残りは冷蔵庫へ、というあと片づけも、暁天さんはいつも一緒にやってくれる。で、洗い物をする前に満腹の腹が落ちつくまでソファーでまったりするのも、いつの間にかできたふたりにとってのつねだった。彼が左で俺が右、これも自然とできた定位置。

「会ってないあいだなにしてた」

暁天さんがしずかな目で俺を見つめる。

「メールしたまんまだよ。大晦日と元旦は実家に泊まってて、昨日は尊《たける》たちと初詣でにいった。それで帰ってからお節作って」

映画を観にいった日以降、バイトがある日も日中彼の古本屋の手伝いをしたりして一緒にいたから、たった三日でも会えないあいだは心許なかった。手足のどちらか一本を失ったような不自由な気分がつきまとって、その違和感を埋めるためにたくさんメールをかわしていた。

「寂しかったよ」

囁いて、暁天さんは俺を見つめたまま身を寄せてくる。

「……知ってる」

メールでも『会いたいな』『我慢できると思ってたのに、寂しいって感じてる自分に驚いてるよ』『愛してる』と、彼は大げさな告白をくり返していたから。

「また会えて嬉しい」

右側から彼の左手が腰にまわって強くひき寄せられた。額に彼の唇がつく。

彼の『愛してる』というメールに、俺は『俺も』と返していたのだった。

「……そんな、永遠の別れってわけでもないのに」

「うん。ただ、一緒にいられる時間を無駄にしたくないんだよ。一秒でも」

額が彼の唇で湿るのを感じながら「……俺の身体のこと」と訊ねたら、「ばか」と胸のなかにきつく抱きすくめられた。両腕で息苦しく束縛されて、こんなに密着するのは初めてで心がつまる。

「好きだよリン」

彼の肩に目を押しつけて、うんとうなずいた。

ずっと訊かなければと思っていたことがあった。

「……俺は暁天さんのことを、また、前の恋人とおなじようにひとりにすると思う。それでも一緒にいてもらっていいの」

「リンといたいんだって何度も言ったよね」

彼はこともなげに、苦笑さえ洩らしてこたえてくれる。

目をとじて歯を食いしばり、俺も自分の両腕を彼の腰にまわした。

「……キスさせて」

上半身をすこし離して、暁天さんが俺の顔を覗きこむように近づいてくる。きちんと見返せなくて俯き加減になる自分の口に彼の口がつきそうになると、ひどく緊張して、顎をひいて逃げてしまった。笑った彼が「照れないの」と叱ると俺も笑って、そしてふたり同時に唇を寄せあいどうしようもなくたまらないキスをした。

人生を見届けようとしてくれる男と出会って、恋して恋人にしてもらえるなんて夢だと思ってた。最初から一瞬のぶれもなく想いをむけてくれている彼は奇跡のような存在で、自分の身体を初めて受け容れて、生きることにも死ぬことにもようやく挑めるようになれた。

ひとりじゃ無理だった。暁天さんがいないと駄目だった。

この人が生まれて、俺を見つけて好いて一緒に生きていてくれて、本当にとても、言葉の数を不自由に感じるほど嬉しいし、幸せに想う。

「……帰したくなくなったな」

おたがいをむさぼりあっていた唇をやっとのことで離すと、暁天さんが俺を抱き締めて苦笑した。

「俺も、帰りたくないよ」

「いいの」

その、いいの、の甘い囁き声が、彼と一晩ベッドで蕩けるまで抱きあう時間を想像させて、すごく幸福すぎて意識までぼんやりした。

「帰らなくていいのかって意味だよ。なんでこんなに真っ赤になるの」

「……俺は、そういう意味でもいいって、思ったから」

瞼をゆるくさげて目を細め、彼が微笑する。

「あまり浮かれさせると優しくしてあげられなくなるでしょう」

「暁天さんの優しいとこもちょっとサドなとこも、俺どっちも好きだよ」

顎をあげて強引にまたキスされた。驚いてひらいた口に舌をさし入れられて、サドというよりは切羽つまった、身が裂けそうなもどかしげなキスを受けとめる。

「……きみの好みの男になれてよかった」

好みもなにも、いまでは暁天さんに愛してると告げられるたびに自分にはもったいない人だと痛感してしまう。

「俺も、暁天さんに見捨てないでいてもらえてよかった」

自分からもキスを返して笑ったら、彼も嬉しそうに頬をほころばせた。

「俺がリンを見捨てる日は永遠にこないよ」

返したキスに、さらなるお返しのキスがくる。初めてのキスから数分で、口と口がひとつになってしまったみたいに離せなくなって何度もくり返した。

舌を絡めたまま鼻で息をつぎ、おたがいの唇を食べ尽くしていく。

暁天さんの唇の柔らかさに胸が震える、唾液がまざって自分の口が濡れることに心ごと締めつけられる、俺の口内を吸ってなぞって舐めてくれる彼の舌の動きに愛情を感じて計り知れない喜びに全身が熱くなる。

「……大丈夫」

口の端や頬を吸いながら暁天さんに訊かれて、正直に「くらくらする」とこたえた。

「ゆっくりしていこう」

彼は俺の身体を抱いて立ちあがり、ベッドへ移動していく。あ、もしかしたら心臓のことを心配させてしまったのかもしれない。

「どきどきはしてるけど平気だよ」

仰むけに寝かされながら弁解する。彼も俺の上にきて髪を撫でてくれつつ「よかった」と微笑む。

「でも大事にするよ」

安心してと言い聞かせるように唇を甘く吸いながら、暁天さんが俺のカーディガンとダンガリーシャツのボタンをはずしていく。そのあいだにも目をそらさないでおたがいの瞳や頬や唇や、笑みや、しぐさを見つめていた。

あらわになった肌に彼の手がそえられて、首筋から肩、胸から腹までを、ゆっくり、ここにいるのが自分たちだとたしかめるように撫でられ、

「……リン、」

慟哭に千切れそうな切実な声で呼ばれて、うん、と微笑んでこたえた。

「がりがりで、不健康な身体で……ごめんね」

許してくれると知っていたけど申し訳なくて謝った。

「愛してるんだよ。またきみに会って、こうして触りたかったし抱きたかった」

涙がぽろ、と左目から無意識にこぼれて、でも、彼の至福に潤む真摯な瞳を見つめ続けた。

「俺がリンの身体とリン自身にどれだけ焦がれてきたか教えてあげるよ」

「……わかった」

全部受けとめる、と言い終えるのと同時に、暁天さんの唇が首筋についた。上唇と下唇の柔らかい感触がはっきり伝わってきたのち、その中心から舌先がおりてきて舐められる。うすい皮膚をなめらかに嬲られてくすぐったさと羞恥にびくりと反応したら、すぐさま彼の右手が俺の左胸を押さえた。壊れ物か、あるいはアイスクリームみたいな、強く触ったら溶けて消えてしまうものでも相手にしているかのように、暁天さんは俺の心臓の鼓動を確認しつつそっと慎重に愛撫をしてくれる。

喉が上から下へ彼の唾液で湿っていってひやりと冷える。鎖骨のでっぱりも、左右とも指先で大切に撫でてから、端から端まで一ミリずつぐらい丁寧に吸ってくれた。

興奮は、つねにゆるやかだった。怯えて我を忘れたり、翻弄されて混乱したりすることもなく、彼がどう自分を触ってくれているのか思考する余裕さえある。

「ここ吸うよ」

左の乳首の先を親指で押されて、うんとうなずいた。

心臓に一番近い場所。そこを口に含むと彼はいっそうゆるやかに、しずかに舌で搦めとって、永遠かと錯覚するような穏やかさで吸いあげた。

はっ、と息を呑みこんで震える。するとまた彼が瞬時に俺の腰を抱いて、平気だよというふうに撫で、やんわり吸ってくれる。

どっちの胸もそうしておなじように執拗に味わわれて恥ずかしいまでにかたく変化したころ、彼が俺のジーンズと下着に手をかけて「腰あげて」とそれらをおろし、自分も服を脱ぎ捨てて、また俺の上へ戻ってきた。

「大丈夫」

幸せそうに微笑んで訊く。

「……うん、平気」

優しさと忍耐からなる彼の途方もない愛情は、愛撫してくれる唇や指をとおして伝わってきて俺のなかで熱く、際限なくふくらんでいく。こうして抱き締めて笑顔とキスで愛《め》でられていると、うららかな陽光に包まれているようだった。

俺も彼の背中に手をまわして素肌を抱いた。あったかくてすべらかでたくましい。もどかしくなって、俺のほうが腰をひき寄せてねだる。

暁天さんはふっと笑って、叱るような、じゃれるようなしぐさで俺に額をごりごり押しあて、音つきのキスをしてから俺の内腿に手を忍ばせた。性器に触れて、身体にキスをしながら柔く慰める。

優しすぎて歯痒さが増し、俺が両脚をシーツにこすらせて身を捩《よじ》っても、彼は手の力を変えない。

「……もっと、……っと、乱暴で、いいよ」

含羞《がんしゅう》にたえて訴えても無反応。むず痒さが腹の下に蓄積して不愉快にうねり、次第に呼吸しづらくなってきて苦しさに苛まれた。辛い。腹が重い。破裂させてしまいたい。

「もっとったらっ……」

しがみついて自分から腰をすり寄せた瞬間、暁天さんが小さく笑ったのが聞こえた。

「……いじ、わる、」

「ごめん」

乱暴にはできないよ、と俺の耳を吸う。

「何時間でも時間かけてリンに触っていたいんだから」

「焦らさないように、何時間も触っててほしい、」

「ねだってくれる可愛いところも堪能したいからすこし我慢」

ひどい、と責めたくなったけど、そうしてふたりでたわむれて息苦しくなりながら抱きあえるのも幸せでしかたない。

だったらとひらきなおり、俺は彼になにもかもゆだねて欲しいだけ欲しいと喘いで、焦れるだけ身を震わせて、辛いだけ泣いた。

掌でやっと達《い》かせてくれたら、次は口と舌でも性器と後孔を愛撫して濡らして蕩かされた。初めてされた口淫に恥ずかしさと幸福と快感が入り乱れて意識が朦朧とする。

ベッドサイドの棚の奥から彼が潤滑ジェルをだしたのに気づくまで、すこし時間を要した。

いつもは自分ひとりで後孔の準備しておくか痛みを我慢するかのどちらかで、相手が用意してくれるものという感覚がなかったから驚いた。

「どうしたの」

俺のひらいた脚もとに座って真新しいそれをあけながら暁天さんが笑っている。

思わず起きあがって彼の首に両腕をまわし、縋りついて強く抱き締めたら、「なになに」とさらに笑って俺の背中を撫でてなだめてくれた。

「ありがと」

「黙って買っておいたから嗤《わら》われると思ってたのに」

「嗤うわけない」

「喜んでくれたの」

「うん」

「そうか……フルーツの甘い匂いつきにしてよかったよ」

ははっ、とふたりで顔を見合わせて笑った。そのままキスをしておたがいの舌を吸って、そうしながら、彼が俺を膝の上に乗せた体勢で器用に身体の準備をしてくれるのにまかせた。

自分より厚みと太さと長さのある彼の綺麗な指をいくつか容易く呑みこめるようになってくると、再び仰むけに横たえられて、彼自身が徐々に俺のなかへ挿入ってきた。

押しひろげられる感覚はあるものの痛みはほとんどない。瞼をとじて、彼と自分がひとつになっていく感触に目を凝らす。ゆっくりすこし、もっと、もっと奥まで。

「……大丈夫」

身体と身体がきっちり繋がりあうと、暁天さんは俺の前髪をよけて額に唇をつけ、声を震わせながら訊いた。

俺も精一杯うんうんとうなずく。声がでない。

やがて彼が俺の心臓の上に右手をおいて、力を加減しつつ腰をそっと動かし始めた。

いなくなる、という危機感にぞっとしてすぐ、彼が俺の上で長く息を吐いてもう一度わけ入ってくる。それを二度三度とくり返しながら、俺を抱きすくめてキスをして、烈しく熱をこめてくれる。

繋がっているのは身体全体からしたらほんの一部でしかないのに、快楽に恍惚《こうこつ》と溺れていると自分たちの全身が溶けて絡んでひとつにまざりあっているんじゃないかと思えてきて、幸福感が強烈な勢いで満ちていって眩暈《めまい》がした。

暁天さんが腰をすすめながら俺にくちづけて食む。吐息まで震わせて、リン、と呼び、好きだよ、と囁く。

「……愛してる、リン」

この人とこうして抱きあうために俺は生まれてきたんだ。そうわかった。

「俺、も……愛してる、よ、あき、……たかさん」

必死に声を絞りだして告白したら、暁天さんが俺の背をより強く抱き締めて腰を大きく打ちつけた。喘ぎ声をあげて俺も彼の背中にしがみつく。心臓が彼の胸に密着して鼓動している。生きている。

暁天さんを感じる箇所からまた快感が迫りあがってきて達すると、あとは喉のつまる至福だけがどっと降り落ちてきておたがいを包みこみ、その安らかさのなかで俺たちは抱きあったまま、気怠さが消えるまでしっかり寄りそいあっていた。

「泊まるのはいいけど、俺なんにも準備してないな」

ふたりで浴室へいき、ずっとキスで邪魔しあいながらようやく身体を洗い終えて戻ってきて気がついた。下着がない。

「まだ七時だから国道沿いの洋品店がぎりぎりあいてるよ」

「今日まだお正月だよ」

んー、と暁天さんが携帯電話で検索して「平気平気、八時まで」と言う。

「ばっちいパンツでいくのかあ……ちょっとやだな」

「帰ったらまた一緒に風呂に入ればいいよ」

うしろから暁天さんの腕がまわってきて左頬にキスされる。もう、と笑って口を寄せ、またちゃんとキスをして満足してから、ふたりでいそいそ服を着て家をでた。

この二ヶ月ほどでいろんなところへでかけたけれど、一緒に洋服を見たことはなかった。

夜の突然の買い物に浮かれて車に乗りこみ、夜道を走って店へむかう。

下着のほかにも暁天さんに「これ似合いそう」とすすめられたトレーナーやシャツを選んだら、

「六日まで一緒にいられそうだね」

とにっこり言われた。

「そんなに長く？」

「たった三日だよ」

「え……じゃあもう何着か買わないと」

彼の提案に異論はない。冷蔵庫の中身も消費期限がやばいのは実家へいく前日に処分したしな、と思考をめぐらせつつ、パジャマとさっき諦めようと思ったセーターも余分に足して会計をすませた。

暁天さんも安売り棚にあった夏物のTシャツやポロシャツなんかをついでに買う。

「髭の男の人のポロシャツって、なんか想像できない……」

からかって笑ったら、横目で睨むように見られた。こら、とか、いいの、とか適当な反論をもらって一緒に笑いあえると思っていたのに彼は無言で、本当に怒らせてしまったのかな、と戦慄する。

店をでて裏の駐車場にとめている車へ戻り、ごめんなさいと謝ろうとしたら、

「おいで」

狭い車内で腰をひき寄せられて唐突に唇を塞がれた。優しくて甘い、数時間前と変わらないキス。

「怒らせたかと思った」

「なんで」

「……服のこと茶化したから」

暁天さんは眉をさげて微苦笑し、

「ばかだね」

と俺の右耳に囁いて耳たぶを舐める。

エンジンをかけて車を発進させ、「ケーキでも買って帰ろうか」と話す暁天さんの横顔を見つめた。好きで好きで、急に身体が焼き切れそうになった。

別々の場所で過ごしていた三日間を埋めるように今夜から三日間一緒にいるというのに、それに、もう心身ともにおたがいのものになったというのに、いままで以上の心許なさに襲われる。

好きだと自覚するときに心が喜びや温もりだけに弾んだためしはない。

好きで胸が苦しくて、大好きで身体が千切れそうになって、愛しくて泣き叫びたい衝動にかられる。抱きあってひとつになってしまえば別離も辛くなくなるのだと思っていた。でも違った。ひとつになってしまったからこそ、一瞬さえ離れることがもうできない。

「ケーキ屋さんはまだあいてるかな」

言いながら、暁天さんがギアを握っている手に掌を重ねた。どこでもいいから触って安心したくなった。

「帰り道にいつも気になってた店があるんだけど、もし閉まってたらコンビニで断念しよう」

「うん、わかった」

甘えてどうしたの、みたいに彼が俺の顔をちらりと見返して微笑む。

なんでもない、というふうに俺も笑って返した。

数十分後についたケーキ屋さんは、まだあいていたけど売り切ればかりで種類がほとんどなかった。ともあれどれも美味しそうなことにかわりなく、ふたりでふたつずつ頼もうと決めて俺はショートケーキと完熟焼き林檎パイ、暁天さんは生チョコケーキとモンブランをお願いして包んでもらった。

帰宅して、「暁天さん、本当にまたふたりで風呂入るの」「面倒なら俺がリンの下半身だけ洗ってあげようか」「それ恥ずかしい……」「恥ずかしがる必要ないよ」とうだうだ話しあったすえに結局俺ひとりでさっさとシャワーをすませ、そのあと暁天さんがいれておいてくれた紅茶とともにケーキを食べた。

夕方教わったCSの動物番組をつけてもらって、ハイエナがヌーを狩るようすを観ながら味わう。

ハイエナははやく走れないからほかの動物の餌を横どりしたりする狡猾な動物なのだそうだ。自ら狩りをするときは数頭でグループをつくって挑むのだが、執拗につきまとって追いつめる攻撃方法でとにかく粘り強く努力する。映像では、だだっぴろい大自然の真んなかでヌーの群れのもっとも弱いと見なされた一頭が執拗に追跡され、とうとう捕まってお尻から囓りつかれた。まさに弱肉強食。

「かわいそうになるけど、ハイエナも生きていかなきゃいけないんだもんね……」

ショートケーキを食べて感想をこぼす。

「生きるっていうのは美しいことだけじゃないよ」

暁天さんも生チョコケーキをフォークで削いで口に入れる。

「うん、ほんとだ」

派手なパフォーマンスやでかい文字テロップのない、動物の視線を追うだけのしずかな番組なのに、考えさせられるし好奇心を刺激される。おたがいのケーキを好き好きにつついて食べ終え、透明フィルムや紙皿を片づけても、しばらく紅茶を飲んで観入った。

来月の二月は、二日や二十二日の〝にゃんにゃんの日〟にちなんで猫特集、とCMがながれる。

「子猫可愛い！」

「これが猫ばっかりやってる番組だよ。特集を組む月は枠が増えて朝から晩まで延々とやってるの」

「いいな、俺猫好きだよ」

「じゃあまた泊まりにおいで」

そんな誘い方しなくてもくるし……、と頬がゆるんで、ふたりでにやにや笑いあった。

そろそろ寝ようか、とフォークや紅茶カップをシンクにおいてストーブを消し、ベッドへ移動する。

一緒に布団へ入ると暁天さんは腕枕をしてくれた。ぴったりくっついてハイエナやヌーや猫や犬について話しながら、頭を撫でられたりキスをしたりしていつまでも寝ずに時間を潰す。

暁天さんの身体は体温が高くて温かい。胸板に寄りそって素足を絡めて冷気から自分たちを守る。

腕枕って腕痛くないのかな、大丈夫……？　申し訳なくなるけど、でももうちょっとしていてほしい。

気持ちいいし、とても安心するから。

「明日はどこにいこうか」

暁天さんが俺の口に何十回目かのキスをして微笑む。


新しい年が始まってから四日目の朝がきた。

瞼に朝陽のまぶしい刺激を感じて目をひらくと、

「おはようリン」

暁天さんが目の前にいてにっこり言った。

俺の左瞼に唇を寄せて、口をひらいて食む。厚くて柔らかい唇が目のほとんどを覆って、口内からおりてきた舌が目尻を嬲っていく。目やにが、ととっさに危機感を覚えて顔をそむけようとしたけど、彼は俺の右頬を左手で押さえて逃すまいとする。そして俺にわずかな躊躇いも感じさせない積極さで瞼ごと強引に、甘く舐め溶かしていく。

絶対食べた、と確信していた。だってさっき自分の目もとに目やにの違和感があったから。どうしよう、なんでこんな汚いことするんだろう。

動揺もおさまらないのに、今度は顎をあげられた。口のなかも寝起きは乾いていていい匂いとは言いがたい、絶対にいやだ、恥ずかしい。

「や、」

さすがに声をだして暁天さんの胸を軽く押しながら拒絶をしめした。

「どうしたの」

「……歯、磨きたい」

暁天さんは笑って、鼻と鼻がこすれる位置まで顔を寄せてじゃれついてくる。それから有無を言わさずに俺の唇にも吸いついてきた。んー、と喉で抗議しても、彼は角度を変えて俺の口の奥へ舌をねじ入れつつ、どんどん情熱的に俺を支配していく。

ばかげてる、と言われているみたいだった。汚れていてもかまわない、どんな匂いがしようと、どんなに無様だろうと気にしないと、彼のもどかしそうに俺をむさぼる唇や、肩や腕や胸を押し潰さんばかりに撫でて摩擦熱で翻弄してくる掌が、訴えている気がする。

愛されているんだ、と思った。目をとじて、もう自分のものじゃないなと感じるぐらい唇を彼の口に思うさま吸われながら、自分は愛され、許されていると、徐々に、たしかに理解していった。胸が安堵感でいっぱいに満たされていく。

歯の内側だけじゃなく外側まで舌先でたどられて、これ以上は暁天さんを汚してしまう、と限界を感じてようやく口を離したら、

「俺がリンの歯を綺麗にしてあげるよ」

と微笑まれて、顔が紅潮して破裂しかけた。

「もういい、充分……。ちゃんとしてくる」

そう言ってるのに、暁天さんが俺の身体に両腕をまわして首筋に顔を埋め、甘えるように唇をこすりつけながら首から鎖骨までの肌を吸い続けるから、観念しかけて、やっぱり駄目だ、と奮起して、また時間をかけながらなんとか離れてベッドをでた。

洗面所へ移動して歯を磨く。鏡にうつる自分の顔は頬がふやけて瞼も腫れているし、髪も寝癖でひどいもんだった。最悪だ……、と歯ブラシ片手に寝癖を撫でつけていたら、暁天さんもやってきた。うしろから俺の身体を抱き締めて、眠たげに頭をもたげる。

「……リン、」

はやくしないと歯磨き粉ごとキスしちゃうよ、と俺の左耳を噛んで彼が囁く。

汚いでしょ、と叱ったら、彼は喉の奥で笑った。

「愛してる」

リンに汚いところなんかないよ、とおかしそうに言って、彼が俺の腰を強く苦しく抱きすくめる。

数分後、歯を磨いて顔を洗って、起きる準備をしたというのに、どうしてなのか再びベッドに戻って暁天さんとキスをしていた。

ずっとしゃぶっている暁天さんの唇が、もはや柔らかいお菓子みたいに感じられる。感覚がうすれて、ふわふわの優しい甘いものを食べているような気分だった。

「……百年分ぐらいキスしてる気がする」

朦朧としながら呟いたら、

「千年分しないと俺は足りない」

と彼が甚《いた》く真面目な口調で返してきて、俺は笑ってしまった。

「暁天さんに抱かれてると、天国にいくって意味がわかるよ」

「……だろうね」

得意げというよりは、諦めまじりのため息みたいな返答だった。

どうしたの、と訊こうとした口を塞がれて、唾液に濡れた、歯磨き粉の清潔な味の唇に吸われる。

しかたなく吸い返して彼の背中にしがみつき、話をするのはまたあとにしよう、とキスに浸る。

どんどんどん、とドアにノックがあったのはそのときだった。

「テンちゃーん、るりきたよー」

ぱちっと目を見ひらいたら、おなじように目をまるめている暁天さんがいた。

ぶっ、と吹きだして口を離し、

「テンちゃんってばー」

ドアががちゃがちゃがちゃ、と揺すられる音にふたりで焦って慌ててベッドをでる。

「るり、寝起きだからちょっと待って」

「まだ寝てたのー？」

「まだって、いま九時だよ」

「九時はおひるだよ」

暁天さんが上着を脱ぎながら話している隙に、俺もパジャマを脱いで急いで着がえた。

シーツの汚れやらジェルの場所やら転がったちり紙やら諸々チェックをして、暁天さんとむかいあってふたりでおたがいの身なりも確認し、うん平気！　とうなずきあってようやくるりちゃんをむかえ入れる。

「お邪魔しまあ……あ！　凜もいる！」

「おはよるりちゃん。いまジュース入れるね」

暁天さんの奥さんみたいな返事になった。

るりちゃんが「凜もいる凜もいる！　わいわいわーい」とうたうように言って喜んでくれながら、おどうぐ箱をだしてソファーにいく。俺がコップにオレンジジュースをそそいで渡しにいくと、「凜、ありがとー」と笑った。

昨夜さぼってしまった食器洗いをしているあいだ、ふたりが「るり、ママは今日も仕事？」「うん、パートのお仕事。こうこうせーとかのわかい子はバイトきらいだからパートのお仕事大変なんだって」と話すのを聞く。

るりちゃんのお母さんの志保《しほ》さんは、印刷会社の事務仕事のほかに近所のスーパーでも働いている。俺も水族館や遊園地にみんなといって以来面識があるのだが、美人で気丈なお母さんだ。るりちゃんは母親似だとひと目でわかるぐらいそっくり。

最初会った日、暁天さんと志保さんがお似合いの夫婦に見えてしまって、横にいるのがいたたまれなかった俺に、彼女はそっと『あなたはテンちゃんの彼氏さん？』と訊いてきた。

――テンちゃんはゲイだって知ってるからるりのことも安心して助けてもらってるのよ。

なんでも、るりちゃんが暁天さんに懐き始めたころ志保さんが警戒したのを察した暁天さんが、『俺はゲイなんです。小さな女の子に変な興味はありませんよ』とカミングアウトした、というのだ。

俺が当惑して『あ、まあ……彼氏、かな、ンン』とか曖昧に濁したのも、たぶんあまり意味がなかったと思う。志保さんは見惚れるほど綺麗な笑顔で俺の肩をつついてから、『迷惑かけてごめんなさい。よければこれからもるりと遊んでやってください』と丁寧に頭をさげた。

自分と暁天さんの紅茶もいれて戻ったら、オレンジジュースをおいたるりちゃんがにっこりした。

「凜、きょうはなにして遊ぶ！」

午前中はるりちゃんとお絵描きして、午後からは庭で焼き芋を焼いて三人で食べた。

落葉のいい匂いがする焼き芋は、中身が真っ黄色でほくほくに焼けて甘くてむちゃくちゃ美味しい。半分に割った芋の表面から白い湯気があがって、真っ青な空にそよそよ泳いでいく。

「すごい、綺麗に美味しく焼けたね！」

俺が感激すると、るりちゃんと暁天さんは「ふふん」と得意げに笑った。

「テンちゃんべてらんだもん！」

「冬になるとよく食べてて、落葉の焼き芋も最近やっとうまくできるようになったんだよ」

「ねー、テンちゃんはいろんなの焼いてくれるんだよねー、夏はお肉も！」

「バーベキューね」

どうやらこの庭では普段からささやかなパーティーが開催されているらしい。

「ママとテンちゃんとるりと、三人でやるの！　花火も！　今年は凜もしようね！」

暁天さんもアルミホイルにまかれた焼き芋を食べつつ、「楽しみだな」と微笑む。

「うん、俺もまぜてほしい。楽しみだよ」

疎外感、というか、暁天さんと長く過ごしているるりちゃんたちにすこし嫉妬してしまった。

俺ももっとはやく知り合って……じゃなくて、はやく再会して、暁天さんともるりちゃんたちとも遊びたかった。焼き芋もバーベキューも花火も、飽きるほどしたかったな。

「ねー明日は凧あげしよう、公園いったらみんなしてて、こおんな小さく飛んでて、すごかった！」

「あーあの公園、普段からおじさんが凧あげしてるもんね」

こたえた暁天さんに「そうなの」と訊いたら、「どういう人たちか俺も詳しくは知らないんだけど、毎日凧あげ同好会みたいなおっちゃんたちが集まってやってるんだよ」と教えてくれる。

「あのね、でもお正月はね、みんなおとうさんとかおかあさんと一緒に、遠足みたいにシート敷いて、おべんとう食べたりして、そんで凧あげしてるの」

お父さん、の一言に心が冷える。

「うん、じゃあ明日は公園でみんなで凧あげね」

暁天さんはるりちゃんの頭を撫でて約束した。

「わー！　やったやった！」

「なら俺はお弁当作るよ」

俺も約束する。

「ほんとに!?　嬉しい、やったー！　……ありがとうございます」

るりちゃんが丁重に両手をあわせて、水行《すいぎょう》をする修行僧みたいに目をとじる。テレビかなんかで観たのを真似ているような所作で、おかしくて可愛くて俺も「とんでもございません」と真似た。

本当は昨夜暁天さんと丹沢湖《たんざわこ》にいこうと話していたんだけど、るりちゃんのお願いには敵わない。それに逃げない丹沢湖と違って、いまるりちゃんと過ごす明日は、明日しかない。

「あとでお弁当の食材買いにいこう。サンドウィッチかな、おにぎりかな」

隣にいる暁天さんに声をかけたら、彼も「ンー……俺はおにぎりかな」と柔らかく微笑んだ。

るりちゃんは落葉でこんもりしている焚《た》き火から空へのぼっていく煙を追いかけて、ぐんと背のびしながら木の枝をふりまわして笑っている。

夕飯はまたお節の残りに、明日のお弁当用に作ったたこさんウインナーとミートボールをよりわけて足して食べた。

食後、ちくわの梅じそ巻きを作りながら、ソファーにいる暁天さんと、

「るりちゃんは絶対美人になるよね」

「なるね」

なんて話をした。

「志保さんの子だもんなあ……今年から小学生だっけ」

「そうだよ」

「もう入学したとたんにモテモテじゃんね」

「幼稚園でも人気者だからねえ」

「そっかあ。いつかあほな彼氏とかできちゃうのかなー……」

縦に切ったちくわの焼き目のついたほうに大葉と梅肉をのせてくるくるまるめ、可愛いピンクの串で刺す。

こうして愛情こめて作ったお弁当もきっと明日喜んで食べてくれるんだろう。るりちゃんが得体の知れないあほ男に汚されるなんて想像するだけで不愉快だ。

「あほかどうかわからないでしょう」

「どうかな。もしるりちゃんのこと傷つけたら殴りにいってやる」

そう思うほどにもう深く親しい。

「でも、いつまでるりちゃんといられるかわからないんだよね……」

未来を思ってしみじみ苦笑したら、暁天さんがきて背後から俺の腰に両腕をまわし、顎を左肩にのせた。

あ、と彼からただよう哀感に我に返る。

「るりちゃんが俺たちとずっと遊んでくれたらいいなって意味だよ。るりちゃんからしたら俺らおじさんで、そのうち同年代の子といるほうが楽しくなっちゃうだろうしさ」

「……リンがおじさんだったら俺はおじいちゃんだね」

「うん」

笑ったら、首筋をがぶと嚙まれて吹いてしまった。

「一個食べたいな」と暁天さんに言われて「いいよ」とひと串あーんしてあげる。

「美味しい」

「明日の朝、素揚げしてもっと美味しくするよ」

「ああそれ楽しみだな。おにぎりにもあうね」

おにぎりはさけとたらことのりたまごの三種類を作る予定だ。暁天さんとふたりで大真面目に悩んでふりかけを選んできた。一緒に食材の買い物をするのはすごく楽しいって最近思う。

「おにぎりは俺も一緒に握るよ」

「お。ちゃんと三角にできるかな？」

「がんばる」

あはは、と笑って「まるでもいいけど」と最後のちくわを巻く。

「……こうしてると新婚夫婦みたいだね」

囁いた暁天さんに両腕で抱きすくめられて、苦しくて身動きがとれなくなった。

「あとひとつだから待って」

ほどけたちくわがまな板の上にのびてしまう。

「待ったらいいことがあるのかな」

「もちろん」

どんな、と続けて訊かれて俺はこたえる。

暁天さんが望むこと全部、どんなことも。

「一晩じゃ足りないね」

くすくす笑いあいながらちくわを巻き終えたら、まず初めに数時間ぶりの長い長いキスをした。

キッチンを片づけてベッドへいく。

「エプロンは神聖なものって感じがする」と暁天さんが慎重に、性的な匂いを感じさせない指先で紐をといて脱がせてくれた。

カーディガンも脱ぐと、暁天さんのふわふわの下唇を唇の先で揉みしだくようなキスをして、自分もお返しに上唇を吸われて、それから見つめあって照れてはにかんだ。

「……上と下どっちからしたい?」

いたずらっぽく訊きながら、俺は自分のシャツのボタンに手をかけて誘う。

「どっちも」

暁天さんは狡い返事をして嬉しそうに微笑む。

「どっちかにしてください」

「じゃあ……下」

「いいよ」

要望どおりジーンズのホックをはずして下着ごと脱ぎ、ベッドの下へ落とした。

暁天さんの左手が俺の右脚の膝を覆ってゆっくり内股へ移動し、俺の表情をうかがって慮《おもんぱか》ってくれつつそっとひらいていく。あらわになって、そこでまたキスでなだめてくれてから俺の腰をひいて背中を支え、仰むけに寝かせてくれた。

キスを続けるあいだに、彼の手は俺の上着をたくしあげて胸まで暴いてしまう。

「ほら、簡単にどっちも触れるようになった」

楽しげに言って俺の右の乳首を甘噛みする。息をつめて反応しながら「暁天さんえっちだ」と責めてみたけど、軽く苦笑していなされた。

「えっちだよ。……リンにだけね」

頬と耳も噛まれて身をすくめる。

昨日もしたから今夜は触るだけね、と耳打ちした暁天さんが俺の胴体を右の掌で上から下へじっくり撫でほぐし、体温と感触を指先の一本一本にしっかり刻みつけていく。優しい力加減で押しあてて何遍も。

挿入《い》れなくていい、という彼の想いに絶句していた。

「……本当にしないの」

「触りあってるほうが長く愉しめるでしょう。明日朝はやいから早々に中断して寝ないとだけど」

面倒だとか不快だとかの感情は一切見受けられない。挿入のない行為で満たしあえるのか自信もなくて戸惑ったけど、そのあと俺は怖いぐらいこの悦楽に溺れることとなった。

見つめあい、微笑みあいながら、自分を手淫と口淫で達かせてもらうのも、自ら暁天さんの性器を愛撫して彼の快感と熱情をかりたてていくのも密で饒舌な行為で、終わりのない充足感を得られた。俺の手で、彼が快感に震えてくれる。汗ばんだ腕で俺を強く抱き締めながら吐息を洩らし、ふくらんでくれる。

自分の掌に放たれる彼の体液もすべて、自分たちの想いの果てに発生したものだと思うと全部欲しくて苦しくて、愛しくなった。

渇望して抑えきれずに彼の濡れた性器を口に含んで愛でていると、しばらくしたのち今度は俺が組み敷かれて、微笑む彼に仕返しみたいに烈しく扱いて吸われる。

劣情と愛情を胸の奥にささやかに燻《くゆ》らせたまま、自分の好きなときに暁天さんの好きなところへ、舌や指で想いを撫でこむ。

疲れたら腕と脚を絡めあって横たわり、ぼんやりするおたがいの顔を見て笑って、呼吸が整わないうちに我慢しきれずキスをした。

「……こうしてるの、好き」

二時間近く経っただろうか。

甘えてそう告げながら、自分も雄なんだなと自覚していた。

「リンも充分えっちで可愛いね」

口の端からこぼれた唾液を舐めとられる。

好きな人ならそのなにもかもが愛おしく許しあえるのかもしれない。事実、暁天さんにも汚いところなんかない。頭のてっぺんから爪先まですべて恋しい。

「……好き」

うわごとみたいに呟いて暁天さんにすり寄り、彼の髪をもぐもぐ噛んだ。歯のすきまに髪が数本挟まってひっかかり、口内にわさわさした感触がひろがる。

「いたた」

頭皮の汗とシャンプーのまじりあった香りごと堪能した。暁天さんに笑いながらひきはがされて、「なんてことするの」とキスで叱られる。

「暁天さんのこと食べたくなったから」

突飛もない俺の言葉を、暁天さんはただうすい微笑をたたえて聞いてくれる。

「……俺もリンが自分の一部になったらいいのにって想うけどね」

火照った頬を彼の掌に包まれて、その手に口を寄せ、甘く噛む。

「身体も、魂ごとリンが欲しいよ」

彼が俺の頭に唇をつけて真剣な声音で囁いた。

あげる、とこたえた。

あげる。暁天さんにもらってほしい。

この人と抱きあっているといつも太陽に焼かれているような温もりに包まれる。

ふたりで淡い日ざしに照らされてうたた寝をする情景を思い浮かべながら、いつの間にか会話をとめておたがいの身体に触れあったまま眠りに落ちた。

五日の朝、すこし寝坊してから暁天さんと入浴をすませると、一緒にお弁当の仕上げをした。

暁天さんがおにぎりを握って、俺はちくわの梅じそ巻きを素揚げする。ひととおりおかずの準備が整ったら使い捨てのお弁当容器につめていって、それも終わると俺も暁天さんとおにぎりを結んだ。

おにぎりは味がみっつもあるから大変だ。多すぎるぐらい作って、残りは夕飯にしよう、と話す。

ちょうどお弁当を包み終わったところでるりちゃんが「おはよー！」とやってきた。それで俺たちもマフラーとニット帽を身につけて家をでた。

外は日ざしが強くて思いのほか暖かい。

「肝心の凧がないよ？」

暁天さんを見て訊ねると、

「コンビニで売ってるから大丈夫だよ」

と言う。

俺と暁天さんのあいだで、俺らと手を繋いでいるるりちゃんは「飛んだ飛んだー！」と脚を浮かせてぶらぶらはしゃぐ。お弁当も背負ってるから重てえ。

「こら、るり」

ちょっと怒った暁天さんがるりちゃんをひょいと抱きあげて肩車した。

「テンちゃん高ーい！　やばーい！」

「〝やばい〟は〝危ない〟とおなじ言葉。〝すごい〟〝素晴らしい〟って褒め言葉とは違うの」

「じゃあ、すごーい！　すばらしー！」

「そうそう」

「テンちゃんすごいよ、るり飛んでるみたい～っ！　景色がすばらしいです！　すばら、すばら！」

るりちゃんが大喜びできゃたきゃた笑って暁天さんの帽子を髪ごとハンドルみたいにひっぱるから、

「いたいいたい」と暁天さんも苦笑いして、俺も吹きだす。

コンビニに寄って、るりちゃんが気に入った可愛い猫のキャラクターが描かれた凧と、みんなのぶんのジュースを購入すると、いよいよ公園へ入った。

るりちゃんの言っていたとおり子ども連れの家族が大勢きてにぎわっている。

芝生にところ狭しとシートが敷かれ、ゲームや携帯電話をいじったり寝たりお菓子を食べたりしている親子もいれば、周囲で凧あげをしたり遊具で遊んだり犬と駆けまわったりしている親子もいる。平日のしんとしたのどかさが嘘のようだ。

俺たちも場所を確保してシートを敷き、お弁当の入ったトートバッグで固定すると、そばで凧あげを始めた。

るりちゃんが持って、暁天さんが風にむかって走る。最初は失敗したものの、二回目はうまく風に乗ってふわふわ浮遊した。すかさず紐の長さを調整してどんどん上へ誘導していく。

「テンちゃんすごーい！」

「暁天さん上手！」

手を叩いて俺たちが喜ぶと、暁天さんも「風を読むのは得意だよ」と格好よさげなセリフを言うから吹いてしまった。

水色の澄んだ空に猫の凧がはためいてのぼっていく。暁天さんが忙しなく左右に紐をふって調整していたのは数分で、そのうち平たい綿のような白い雲と隣りあって空の一部になってしまった。

「凧、ちっこくなっちゃったー……」

「米粒より小さいね……」

るりちゃんの横にしゃがんでふたりでぼんやり眺めていたら、暁天さんに「リン」と呼ばれた。

「暑くなってきたからマフラーとって」

あっ、うん、と急いで横にいってマフラーと、帽子もとってあげる。傍で見ると暁天さんの指が紐にものすごい力でひっぱられて白く変色していた。

「凧、すごい力だね」

「突っぱってないと風に持っていかれそうになるよ。リンもやってみる？」

「やってみたいけど俺にできるかな」

「こっちにおいで」

暁天さんが片手をはずして俺の肩をひき、うしろから抱く格好で立つ。「持ってごらん」と、糸がぴんとはっている糸巻きを慎重に支えつつ、俺の手に握らせてくれた。

「うわっ、重っ！」

風に煽られる凧の重たさったらない。糸巻きをぎゅっと摑んでおかないとすっ飛んでいきそうだ。

「うわわわわ、やばいやばいっ」

腰を低くしてかまえても上空にひき寄せられて足で芝生を蹴ってしまう。

「大丈夫だよ」

暁天さんが右手で俺の手ごと糸巻きを、左手で腰を抱いて押さえてくれた。っていうか、こうしてもらわないと本当に身体ごと飛んでいく。

「リンは軽いからな」

「あんなちっさい凧なのにすごい力！」

焦って変な汗がでてきた。暁天さんも俺のマフラーと帽子をとってくれて、横にいるるりちゃんに「持ってて」と手渡す。

「いーないーな、るりもやりたい〜っ！」

「るりちゃんがやったらすぽーんって飛んでっちゃうよっ」

「凧大変？」

「大変！」

でもとってもとっても楽しい。初めてスポーツらしいスポーツをしている気分だった。全身で集中してはりつめて細胞が騒ぐ、胸が弾む、心が躍る。どきどきする！

「凧あげって奥が深いよ！」

興奮したらうしろで暁天さんが笑った。

「じゃあ手離してみようか」

「待って、ちょっとずつ！」

俺の手と糸巻きを押さえてくれていた彼の手が離れていく。

「凧は安定して飛んでるから、リンも糸巻き持ってるだけで平気だよ」

「うん。持ってるだけでも難しいけど！」

腰を抱いてもらったまま凧を風に乗せてしばらく緊張感と開放感を楽しんだ。

るりちゃんが俺のオレンジジュースを持ってきてくれて、暁天さんが横から飲ませてくれる。

楽しくて楽しくて、自分にあう運動はこれだと開眼さえしたけど、でもこれじゃ一番楽しまなきゃいけないるりちゃんが暇だ。

何十分かして凧がふらふら不安定に揺れ始め、「風むきが悪くなってきたかもな」と暁天さんが呟いたのを潮に凧あげはやめることにした。時間をかけてすこしずつ糸を巻き、地上に近づけていく。

「凧また大きくなってきたー」

ぼやけていた猫の絵がくっきり目視できるようになってくると俺ひとりでも支えられるようになって、そして人気《ひとけ》のない芝生の上を定めてそっとおろした。

「いい運動になった」

疲れて肩を上下する俺を見て、暁天さんも「いいことだね」と笑んでくれる。

るりちゃんが落ちた凧をひろって「次はなにして遊ぶー」と走ってきたけど、時間も時間だからご飯にしようと決めていったんシートへ戻った。

まわりでも家族連れがご飯を食べ始めている。

俺たちもお弁当をひろげてるりちゃんにさしだし、

「わあぁ！　美味しそう、おにぎりも可愛い！」

と喜んでもらえた。じつはおにぎりには暁天さんがのりで顔を描いていたのだった。

「このおにぎり、暁天さんがしたんだよ」

「テンちゃんすごく可愛いよ！　すばらしい！」

どれにしようかな〜……食べちゃうのかわいそう〜っ、と、いろんな顔のおにぎりを見て迷うるりちゃんのようすに、俺たちも嬉しくて笑ってしまう。

「これにした！」と自分に似たおかっぱの女の子のおにぎりを選びとったら、おかずのたこさんウィンナーやちくわの梅じそ巻きも食べて「素敵！　美味しい！」と喜んでくれた。

「凜とテンちゃん、ありがとうございます！」

「こちらこそありがとうございます」

お礼を言いあって笑い、いっそう強くなってきた冬の日ざしのもとでご飯を食べる。

遊具広場のほうから子どもたちの声や、近くで犬の鳴き声がしてひろい原っぱにこだましている。空にはまだ凧があがっていた。暁天さんが話していた凧同好会みたいなおじさんたちは両手で糸を操作する本格的な凧を高くまであげていて、「あれはなんだろ」と洩らしたら、暁天さんが「あれはスポーツカイトっていうんだよ」と教えてくれた。ほほーう。

みんなそれぞれにお正月の公園を満喫している。

太陽は明るく、風は冷たく心地いい。

生きてるって感じがする——お弁当を食べて頬をふくらませている暁天さんの横顔とるりちゃんのお花みたいな笑顔の傍で、身体に疲れと高揚を感じながら、そう思っていた。

るりちゃんは夕暮れの帰り道で「ママにテンちゃんたちのじゃましちゃ駄目って言われたの。そんで明日はママが遊んでくれるからこないね」と言った。

暁天さんにまた肩車してもらっているのに、るりちゃんは物憂げな表情で寂しそうだ。

「俺たちはいつでもいるし、お母さんと遊ぶのも嬉しいでしょ?」

「うん、嬉しいけど……」

言葉尻を消して俯いてしまう。

「どうしたのるり」

暁天さんは彼女の声色だけでようすを察しているようだった。

るりちゃんは尖らせていた小さな唇をひらいて、「……こわいの」とこぼした。

「幼稚園はじまったら、テンちゃんと凜のお仕事もはじまるでしょ。たぶんもうずっといっぱいは遊べないでしょ。それでるり小学校にいくでしょ。小学校いったらもっとテンちゃんと凜と遊べなくなるでしょ。でも……るり、小学校こわい」

「なにが怖いの」

「お友だちちゃんとできるかわかんない。おべんきょううまくできるかわかんない。運動もちっとも駄目かもしんない。なんにも、全然上手にできないかもしんない。……ひとりで学校いくのこわい。テンちゃんと凜も一緒がいいよっ……」

るりちゃんが大きな目から急に涙をこぼしてわんわん泣き始めた。涙が暁天さんの帽子と地面にきらきら光って落ちていく。

胸がつまって動揺してしまう俺に反して、暁天さんはるりちゃんを肩からおろして胸に抱いてあげた。彼の大きな手に小さな背中をぽんぽん叩かれると余計に声をあげて号泣《ごうきゅう》し、ひろい胸板に顔を押しつけておいおい泣く。子どもの泣き声は悲愴感が強くて、心を絞られる。

お友だちいっぱいつくる、と元気に言っていたのに、こんなに怯えていたなんて知らなかった。

幼稚園でどんなに人気者だろうと、新しい環境へ身を投じるときは、しかもそれが数年間続く学業生活の始まりとなれば、世界が未知すぎてやはり不安に思うところがあるようだった。

母子家庭で、お母さんが仕事で家を留守にしがちなのも関係している気がした。お母さんの大変さを理解していてもたぶん寂しいのだ。いつも傍で見守って支えてくれる人の待つ、泣き場所が欲しいのかもしれない。その気持ちは俺も痛いほどわかる。

「大丈夫だよるり。俺は毎日本屋さんにいるから、なにかあったらすぐおいで」

暁天さんの胸の服を握り締めてるりちゃんがしゃくりあげる。

「リンもるりを傷つける奴がいたら殴りにいくって、昨日言ってたよ」

うぅ、うっ、と今度は目をきつく瞑って、とじた目のすきまから涙の粒を押しだした。

「うん、辛いことがあったらおいで。俺るりちゃんの傍にずっといるから」

ずっと、なんて約束を、昔の俺ならできなかったはずだ。いまの俺は暁天さんだけじゃなく、るりちゃんにもたくさん救われてきた。ずっとだ。ずっと。この命を大切にしながら、ずっと。

「殴るとか……ぼうりょくは、いけないんだよっ」

るりちゃんが大泣きしながらも冷静な返答をする。「じゃあ優しく殴るよ」と俺が訂正したら、るりちゃんはぷっと吹いて、すこし笑顔をとり戻してくれたのだった。

家に帰ってお弁当の片づけをしていたら、暁天さんが「残りは外で食べようか」と提案してくれたので、ふたりで屋上の外へでて再びピクニック気分でシートを敷いた。

ならんで夕空を眺めながらおにぎりとおかずを頬ばる。

「俺も小学校にいくの怖かったな……」

るりちゃんの涙はまだ脳裏にはりついている。

「そうなの」

「うん。友だちとか勉強のことも、病気のこともあったから、尊に会うまで駄目だったな。……いや、会ってからも結構駄目だったか」

暁天さんには尊との仲についてもすでに細かく話している。俺に似せたというおにぎりを、彼は考え事をしている顔で俯き加減に咀嚼する。

「リンは尊のことは好きにならなかったの」

「え？　ないない。尊はそういうんじゃないもん。友だちではいたいけど恋人とはまた違うかな」

「やっぱりそうなのか」

「やっぱりって……」

苦笑して俺もおにぎりを食べた。顎に髭ののりが余分にある、暁天さん似のおにぎり。

「暁天さんはどんな小学生だった？」

「俺はつまらない奴だったと思うよ」

「どうして？」

「ひとつの目的にしか興味を持たない子どもだったから」

目的、と復唱したら彼が視線を俺にむけた。

「会いたい人がいたんだよ。勉強するのも身体を鍛えるのもいまの仕事を選んだのも、全部その子のためだった」

前の彼氏さん、と言いかけたら微笑んで「リンだよ」と制された。

「リンに会うために生きてきた」

凜然《りんぜん》と断言するその意味は、以前も言ってくれたようにめぐりめぐって俺という結論にたどりついたということだろうと納得した。

「……うん。俺も暁天さんのことを長いあいだ待ってたんだと思う」

暁天さんが「きて」と俺の肩を抱いて、背後から包む体勢になる。

屋上の地面は橙色の夕日に染まり、空には夜と夕の巨大なグラデーションがおりている。

俺が泣ける場所は暁天さんのところだ。

この人がいない人生なんて恐ろしくてもう想像することもできない。


また朝がきて六日になった。

世界でどんなに残酷な事件が起きようと、人が死のうと産まれようと、日々は刻々とすぎてゆく。

「……丹沢湖にいく」

暁天さんが疑問符のない甘い問いかけをしてきたとき、俺は彼の腕枕に頬をのせてくっついていて、そしておたがい裸のままだった。

「ンー……」

でかけたいけど離れたくない。暁天さんもおなじ気持ちでいるんだと知っている。朝陽を受けてベッドで絡みあって一日こうして怠惰に寄りそっていたかった。だって今夜は帰らなければいけない。

彼の背中に左手をまわして胸に顔をぐっと押しつけたら、頭の上のほうから喉で転がすような小さな笑い声が降ってきた。

「……いいよ。今日はずっとこうしてようか」

彼も右手で俺の腰をひいて、腹と腹のすきまをぴったりあわせて抱いてくれる。

甘えても、わがままな姿を見せても、暁天さんは許してくれる。

彼の胸と胸の中心に唇をつけて舐めて、くすぐったいよと抗議されて笑ってしつこく続けながらべたべたしていたら、ふいに彼のお腹がぐぅと鳴った。

「お腹すいた？」

顔をあげて訊いたら、「すいた」という苦笑。ずっとこうしてよう、と空腹を我慢して言ってくれたのか。

「人間だものね」

微笑んで、「ひとまずなにか食べよう」と彼の口にキスをした。

窓辺には日ざしがあふれかえっている。俺たちは暁天さんが夜食にと買いおきしていた冷凍ピザを解凍してソファーで食べた。俺は裸にカーディガン、暁天さんは下着だけ身につけて。

「このチープな味がいいね」

ふっくらしたピザ生地にチーズとサラミと申し訳程度のピーマンがのっかっていて、ケチャップメインの味つけがしてある。

「夜食にはちょうどいいんだよ」

カットされた小さな一片を暁天さんも食べる。その頬、唇、髭。

「俺、暁天さんが食事するときの口が好き」

「たいした特徴ないでしょ」

「ううん。顎を左右に回転させてる感じっていうのかな？　食べ物を撫でて咀嚼してる動きがいい」

「すごい観察してるね」

「暁天さんだけだよ。いつも口のなか空っぽにしてしゃべるから、つい上品だなーって見てて」

「ああ……嚙み砕いたもの見せる人が好きじゃないからな」

「え、俺結構見せてるんじゃない？」

「リンだと可愛く感じるから自分は現金だなと思う」

へへへ……、と卑しく笑ったら暁天さんに色気たっぷりの横目で見られて苦笑された。

彼の肩先にうっすら鳥肌が立っている。撫でてあげたらなにも言わずに横抱きで膝の上にのせられた。密着していれば寒くないということだろうか。まあ、もうお腹もいっぱいだから、俺はちり紙で手を拭いて暁天さんの左肩に頭を寄せる。

目の前にはもぐもぐ動く髭の顎。昨日よりちょっとのびているのがおもしろくて指で弄んだ。かたい髭がざりざりと尖った音をあげて弾ける。

……帰りたくないな。

「暁天さんはお店いつから営業？」

「明日にしようかな」

「いま決めたろ」

ふっ、と唇をひいて笑う。この横顔も格好いい。

「……じゃあ夜はまた弁当屋で会えるかな」

「いくよ」

「ありがと」

明日もほんの一瞬だけど会える。明後日は俺が日中ここへきて本屋の手伝いをしよう。それでまた夜に弁当屋で会って——。

会う時間はつくろうと思えばつくれるのに、すこしの別離さえ物悲しくなるのをごまかしきれない。身体でも満たしあう喜びを覚えて彼の言うとおり新婚みたいに休みを満喫してしまったからだろうか。単に連休から日常へ戻るのより重度の寂しさがある。離れたくない、と、危機感や恐怖心までともなって背筋を這い寄ってくる。

もう午後一時だ。

「俺も寂しいよ」

暁天さんもピザを食べ終えた手を拭いて俺のカーディガンのなかに右手をさし入れ、左胸の乳首をさすりながら言った。いまの会話のせいで心情がばれてしまったか。

「大人なのに」

茶化してみたけどあんまりうまく笑えなかった。

「リンのことでは俺は大人になれないからね」

暁天さんはあっさり認めて俺の口にキスをする。

「……俺も暁天さんといると子どもだ」

こたえて、髭の感触を下唇に感じながらキスを続けた。

ピザのチーズの風味と脂っぽさで唇に味がついている。胸にあった彼の右手は俺の腰にまわってカーディガンの裾をめくり、脇腹や胴をたどっていく。

「すごくチーズ味だね」

口を離して彼が言うから吹いてしまった。ちり紙をとって自分の口を拭き、俺のも拭いてくれて、改めて唇をあわせる。そうしながら話をする。

「るりちゃん、志保さんとどこいったのかな」

「ああ、どこだろう。駅に買い物にいってるかもよ。女の子はお洒落好きだから」

「もうお洒落?」

「色つきのリップして化粧の真似事もしてるよ」

「えっ、気づかなかった」

「派手な色は志保さんが許さないからな」

うすいピンクのマニキュアしてるから今度見ててごらん、と教わって戦きながら、るりちゃんに思いを馳《は》せた。いなくても、会話の話題にして一緒にいる。るりちゃんももう自分たちの一部だ。

「魂の修行って、俺るりちゃんから教わったよ」

暁天さんがまたふっとかすかに笑った拍子に、俺の唇に彼の熱い吐息がかかった。

「変なこと言ったね」

「もう慣れた」

唇をがぶと甘噛みされて笑う。

「……俺も出会いを大事にしたいなって思ってるんだよ」

上唇や下唇や、どちらか、どこかが、会話中も一瞬たりとも離れないように顔を寄せて笑いあった。とじた瞼越しに日ざしと温もりがずっとある。

ベッドに戻ろう、と暁天さんが言う。

うんとうなずいて俺は彼の肩に寄りかかる。右肩にほんのわずか、彼の胸の鼓動が伝わってくる。

ニュースでは今週末に雪が降るかもしれないと報《しら》せている。


夕方になり、気怠い身体を起こしてふたりで風呂へ入ると夕飯を食べた。

日が暮れて外はすっかり夜色に暮れ渡り、一日の終わりの気配をただよわせている。

帰り支度をすませて、おくるよ、と言ってくれる彼と一緒に外へでたら、彼は自転車の鍵をはずして持ってきた。そのままひきずって歩きだす。俺を乗せるためではなく、自分が帰るときに乗るための自転車なのだ。

一分でも長く一緒にいて別れまでの時間を長引かせよう、という彼の想いがわかって、嬉しくて、照れて、なんだか笑ってしまう。

また会えるじゃないか。

すぐに明日がきて、週末も休日もやってくる。そうしたら再びここへきてふたりでいればいい。

どうしてそんな他愛ない日々の継続を信じられないいんだろう。ばかみたいに怯えているんだろう。

外では手に触ることもできない男同士の現実に哀しみながら、薄闇のなかにいる暁天さんを見つめた。抱きあっていないと奇妙なほど身軽で虚しく寒々しい。数日しか一緒にいなかったのも疑わしくて、何十年もひとつだった身体が突然ひきはがされてしまったような錯覚がつねにあった。

「途中でコンビニに寄ろう」

暁天さんが促す。

「……またチョコのやつ？」

食べないで全部るりちゃんにあげるくせに、という目で見たら、暁天さんは唇で苦笑した。

「なんでもいいんだよ」

なにか欲しいわけじゃないから、と帽子の頭を撫でられた。彼の手の温かさが伝わってくる。

マフラーと帽子があっても寒くて、暖かいコンビニ休憩は救いになった。

暁天さんがなにを買おうか考えている横で俺がチョコプレッツェルを選んだら、肘でつついて笑われた。でもこれがあれば家に帰っても暁天さんを感じられる気がしたから欲しかった。

暁天さんはホットの梅昆布茶《こんぶ》を選んで、俺のチョコプレッツェルも一緒に買ってくれた。

「暁天さんの梅昆布茶飲ませて」

「いいよ」

再び自転車をひいて歩きだした彼と、小さなペットボトルを交換して飲みながら暖まる。

「美味しい――……梅昆布茶考えた人は天才だよね」

「うん、これは美味い」

褒めたたえて夜風を吸う。冬の空は星が綺麗だ。

コンビニの先はもう俺の住む町になる。数日ぶりに帰ってきてみると、どことなく景色が違って感じられた。曇っていた眼鏡を拭いて見渡すような、透きとおった綺麗な景色。以前は真っ暗闇に思えた町が変容して見えるのも、暁天さんが自分のなかに住みついた証拠なのだろう。

帰ったらガラス戸をあけて換気して、冷蔵庫の中身の確認をして、洋服類を洗濯して……現実だな。生活が平穏なのは贅沢なことだけど、なんだか滅入ってしまう。

「明日の夜のお弁当はなににしようかな。リンのおすすめはある」

そっと次の逢瀬についての話をふってもらえて、また夢心地な幸福感が戻ってきた。

「お正月っぽい限定ものがあるよ。お赤飯で、煮物とかのほかにでっかいエビが入ってて、デザートに小さなお餅がついてるの」

「お、豪華でいいね。それにしよう」

この人はこういう人だな、と愛おしんだ。寂しいとき楽しい話をしてくれる。幸せにしてくれる。

とうとう家について、自転車の車輪のチキチキ音がとまった。

「おくってくれてありがとう。気をつけて帰ってね」

「ン」

離れがたく想いつつも、路上で見つめあってずっと立ち尽くしているわけにもいかないので、むかいあって軽く会釈して微笑んで、それで左手をふって身をひるがえした。

階段をのぼりながらふりむいて、まだいる彼と笑いあって、のぼりきってまたふりむいて、やっぱりまだいる彼とにやけて笑って手をふりあう。

「おやすみね」

小声で言ったら、

「また明日」

と彼はこたえた。

たぶん俺がいなくなるまでいてくれるだろうから、ふり切るように家のドアへむかう。

鍵をあけて入って荷物をおろした。はーあ、とため息をこぼして靴を脱ぎ、部屋を見まわして唐突に違和感を覚える。

しずかでがらんとしている。風とおしのいい、人気《ひとけ》のない侘しさがすさまじい。

……俺、こんなところにひとりで暮らしていたんだったか。

とりあえず換気して冷蔵庫を見て麦茶をだし、コップにそそいでソファーで飲んだ。なにをしよう。読書……は、違う。テーブルにあったテレビのリモコンをとり、電源をつけてみた。バラエティ番組の笑い声が一気に室内にあふれ、すこし安らいだけど、欲しいのはこの野蛮な空気じゃない。

暁天さんはいまどこらへんにいるだろう。自転車ならはやいし、コンビニはすぎたころだろうか。

テレビの内容がわかってきて感情がだんだん持っていかれるのに、頭の隅では暁天さんへの想いが揺らぎ続けている。胸や腹や腕には暁天さんの指の余韻が疼いている。

自分という存在の意識も身体も、本当にすべてが、自分だけのものじゃなくなっていた。

彼となにか話がしたい衝動にかられて携帯電話をだし、メールを打つ。

『三日間、本当にありがとう。楽しかった。また明日はやく会いたいな』

甘いメールは苦手だったけれど暁天さんが笑わないで受けとめてくれるのはわかっていたから、思うまま書いて送信した。

あけ放した窓からひやりと凍える夜気がながれこんでくる。

ははは、とテレビから大きな笑い声が発せられた刹那、負けないぐらいの音量でメール着信音が響き、考える間もなく確認した。

『俺もリンと一緒にいたい』

その一行の文章をくり返し読んだ。

確固たるかたい表情と眼ざしで、あの声で、真摯に囁く彼の姿がいまではもう明晰に想い描ける。

テレビを消して、返信画面をだして指をおいた。言葉は自然とあふれでた。

『ありがとう、暁天さん。暁天さんにそう想ってもらえることが嬉しいよ。暁天さんだから嬉しい。俺、普段はあまり意識してないけど、やっぱり心のどこかで長生きできないって覚悟持ってるから、すこし離れるのも猛烈に寂しく感じるんだと思う。セックスもひさびさで、本当はうまくできないんじゃないかって不安だったんだ。でもできてよかった。ずっと暁天さんといて、歳とっていきたいよ。るりちゃんたちとするバーベキューも花火も楽しみだね。暁天さんといると毎日楽しくてたまらない。キスもセックスももっとたくさんしたい。愛してる』

携帯電話をおいて麦茶を飲んだ。

幾分か落ちついたので、明日の朝食べるおかずでも作ろうかなと考える。冷蔵庫にあるのはじゃがいもだけ。コンミート缶詰があるからあわせて炒めようか。

キッチンへ移動して缶詰を用意し、じゃがいもをみっつ洗い始めたら、やがてピンポンと玄関のチャイムが鳴った。

ああ……、と、驚きより納得と、苦笑のほうがこぼれてくる。

「暁天です」

丁寧な口調の声が届いた。

濡れていた手を拭いて玄関へいき、チェーンをはずしてドアをあける。

自転車を必死にこいできたのか、常時冷静な彼には似つかわしくない、荒い呼吸と切迫した表情。一瞬でかき抱かれた。

「……ごめんね、」

あんなメールして、と続けた声は彼に後頭部を押さえられたせいで肩先に潰れた。

謝る必要などないことはとっくに知っていたし、家に入ってきた暁天さんが俺の背中をきつく抱きすくめてキスをしてくれた動作のひとつひとつ全部が自然で、こうしていなければいけないのだと、ふたりして一ミリの誤差もなく想っているのも理解していた。

暁天さんの左手が俺のうなじから徐々にのぼってきて、髪のすきまに指をさし入れるようにしながら頭皮をゆっくり撫であげる。髪が乱れているのが感触でわかったけど、隠れた部分の皮膚まで手で触れて知りたいと希求してくれているような愛撫が嬉しくて、眩暈にも似た至福に落ちていった。

俺も暁天さんの背中に両腕をまわして抱き締める。

一秒でも離れていたくない、と口癖のように彼が言ってくれる声を想う。

この人が自分の最後の人だ。何人かの人たちに出会って影響や感動を受け、救われながら生きていく人生の、俺が最後にたどりつく相手は暁天さんだ。

「……今夜はここに泊めてもらってもいいかな」

暁天さんが言って、俺はうなずいた。

三日間も俺が彼の家に泊まっていたのに、今夜は彼が俺の家に泊まる。一連の顛末《てんまつ》を思い返したら自分たちの浮かれた行動がおかしくなってきて、俺が彼の胸に隠れてふふふっ、と笑いだすと、彼も笑い始めた。

「暁天さんのせいで、俺幸せすぎて怖いよ……」

俺のわがままを彼はいとも容易くふたりの幸福にかえてしまう。

朝食の準備をするから待ってて、と告げながらもキスをやめなかった。

窓の外では一日ぶん欠けた満月が煌々と輝いている。

虹色の雨

凜《りん》が発作を起こして倒れた、とリンの母親から連絡を受けたのは、蝉が鳴き始めた初夏だった。

二日間だけという約束でちょうど実家へ帰省していた日の午後で、店を閉めて病院へ駆けつけたときには幸い意識もはっきりしてだいぶ落ちついて見えた。

「……ごめんね」

「謝る必要ないよ」

「でも店あけてたでしょ」

「俺の店だから閉めるのも俺の自由」

「不良店長だなー……」

掠れた声で懸命に笑ってみせるひきつった頬が痛々しくて、もうしゃべらなくていい、と前髪と頬を撫でる。眠そうな、疲れたようなようすで目をとじるから、そのままベッドを離れて廊下へでた。

「ご連絡ありがとうございました」

席をはずしてくれていた母親に頭をさげるが、煙たげな表情で俺とは目をあわせようとしない。

「柿里《かきざと》先生から病状についてなにかお話はありましたか」

続けて訊ねると、眉根を寄せて泣きだしそうに顔をゆがめた。

「一応今回も大事ないって……でも、心の準備はしておいてほしいって……」

「……そうですか」

胸をつまらせて俯く彼女の背中を力強くさすって慰撫すると、うな垂れて口を押さえた。

リンと一緒に暮らし始めて三年になる。

彼の実家へでむき、ご両親に同棲させてほしいと頭をさげて挨拶をしたとき、彼女は激昂してこう言った。

——百歩ゆずって同居は許します。でも主治医にいよいよだって宣告されたら返してもらいます。

無理もないだろう。

大切に育ててきた病弱な息子を、突然現れた男に掠めとられる母親の思いは想像するに余りある。リンも『死ぬときに暁天《あきたか》さんがいないなんていやだ！』と泣き叫んで説得してくれたが、話はそこで決別した。

しかし、時間をかけていこうとリンをなだめ、暗澹《あんたん》とした気分を抱えたままひとまず引っ越しをすませて三ヶ月ほど経ったころ、リンの父親が俺の店へきて『母さんとも話したよ。最期まで一緒にいていいから藤岡《ふじおか》さんもどうぞよろしくお願いします』と許可をくれ、現在にいたる。

以来リンが倒れるたびに母親とも顔をあわせるが、すべては許容できない、ということなのだろうと納得していた。

充分だ。ご両親に対しては感謝と、それに応えるための覚悟しかない。

「あき、たかさ、……たかさ、」

病室から呼び声がして母親と顔を見あわせ、慌ててリンの横へいったら、

「水、ちょ、だい、」

と右手で喉をさすっている。

「わかった。オレンジジュースも自販機にあるよ、買ってこようか」

「うん……」

再び病室をでてデイルームの自販機でジュースを買って戻ると、母親が入れかわりに「わたしは帰ります」と椅子を立った。

「大勢病室にいて騒いでいたら身体に触るし、明日の午後退院だって聞いてるから、そのころまたきます」

「はい、わかりました」

おくります、と促したら、いいですよ、と苦笑いで遠慮された。それでも病室の外まで同行して別れ際に頭をさげ、丁重に見おくった。

それから吸い飲みにジュースを入れてリンの隣へいき、酸素マスクをはずして飲ませた。

「俺……もう死ぬ？」

「今回も軽い発作だよ、心配ない」

「嘘つかなくて、いいよ」

「俺は一度もリンに嘘をついたことはないよ」

「そっか……そうだね。じゃあはやく帰りたいな。病院のベッド嫌いなんだよ」

リンの左手を握り締めて見つめあう。

今日はとても暑い日だ。窓から入る日ざしがベッドの枕もとまでのびていて、シーツの白が目に痛いほどまぶしい。

「……リン」

ふいに、微笑むリンの目もとから涙がぽろとこぼれてきた。

「なんでだろう。離れると思うと、意識してなくてもいつもすごい、苦しくなって、泣けてくるよ」

ごめんね、とまた続けて、無気力な腕をあげて涙を拭う。

「今夜はここに泊まるから」

「でも、」

「大丈夫」

「家の鍵閉めてきた……?」

「うん」

苦笑したら、リンも、はは、とおかしそうに笑った。

「母さんのこと……ごめんね」

そしてそう続けるから、手の甲にキスをして返答にかえた。

リンには黙っているが、うちの両親もリンとのつきあいをよく思っていない。ほとんど絶縁間際の親子のあいだに、兄——瑛仁《あきと》が入って『藤岡の家は俺が守るし孫の顔も見せてやるから自由にさせてやってほしい』ととりもってくれている状態だ。その宣言どおり彼は去年義姉とのあいだに男の子を授かった。リンにはまだ〝俺は勘当されてるから〟という説明のみでとおしている。

「ねえリン、今度の休みの話でもしよう。どこにいきたい」

「ンー……家で、ふたりで、ずっとくっついていたい」

話ながら、リンが目をとじる。

「それで……最近、暁天さんがチキンカレー食べたいって言ってたから作って、お腹がすいたらふたりでソファーにいって食べて、キスして、ベッドに戻って……あったかくて、」

「うん」

「るりちゃんも、きてくれたらいいな。俺、新しい髪の結い方勉強したから、またしてあげる。このあいだした三つ編みのやつ、学校でも友だちみんなに好評だったって、喜んでくれたよ。嬉しかったなー……」

「うん、可愛かったね」

るりは小学四年生になった。友だちもたくさんいるし、勉強もできる。

俺の家で愛用していたおどうぐ箱に、いまでは色鉛筆とクレヨンのほかに勉強道具と小説がくわわった。今年のバレンタインデーに豪華なチョコを隠し持っていたのを知ったリンはたいそうショックを受けて、いまだに相手の男について『どんな奴かな』と気にしているから、俺は笑ってしまう。

「あ……俺、暁天さんがくれた本も、続き読みたいんだ。暁天さんの腕枕で、本読んで、寝たいな」

「キスしたらごめんね」

「暁天さんが邪魔するからなかなかすすまないんだよ……。なんなら公園にいくのもいいね。またお弁当作ってさ、シート敷いてそこで読むんだよ。どっかの犬とか子どもとか、爪も飛んでて……、」

リンはその情景を瞼のむこうに見ているように、幸せそうに微笑んでいる。

「リンがしたいことは俺が全部叶える」

約束したら、またリンの瞼に涙がにじんだ。

「リン、俺たちはリンが感じてる以上に長い時間一緒に生きてるんだよ」

「……そうなの」

「俺は来世でもまたリンを見つけて恋人になるから」

「来世……？」

「リンは俺のことを忘れていて、初恋もすませて恋人をつくったりもしているのかもしれない。俺は〝前世でのことを教えてしまえば手っとりばやいし、焦れなくてすむのに〟って悔やみながら、でもそんなことをしたらリンに不審がられて嫌われるだけだから我慢して、きみがまた俺を好きになってくれるように努力していくんだよ」

「どうして、俺だけ記憶がないの……？」

俺だって忘れないよ、とリンが拗ねるから、俺は頭を撫でて先を続ける。

「生まれ変わったあとリンが俺を好きになってくれる保証はないから、不安にもなるし怯えもする。けど俺は〝好きになる〟って言ってもらった言葉を頼りに、信じて想い続ける。長い輪廻のあいだには、リンが俺とは違うべつの誰かを好きになって、どうしてもその人がいいって望む人生があってもおかしくないね。そうしたら俺は、リンが幸せならって身をひいて、見守るだけで終える気もする。でも次にまた新しい人生を始めたら、そんな情けないことをくり返さないためにまたリンを探すよ。俺といるのが幸せだって、想わせてあげられる男になる」

ふふっ、とリンが吹きだして俺の首にしがみつく。

「わかった。……でもそんな人生、暁天さん、辛くない」

「これが俺の幸せだよ」

こうやって白いベッドで弱々しく涙ぐむきみを、懐かしいと思ってしまうのがいますこし寂しい。

今後も俺は何度もきみの姿を見守ってやがて死んで逝くんだろう。選んだのは俺で、そしてやはり、これ以上の幸福はないと想える。

最後の最期までおたがいを想いあえる幸福。きみが俺を見つめて、想いながら息絶えていってくれる至福。ほかの誰もいらない。リンだけでいい。

「すこし眠ったほうがいい」

リンの涙を拭って瞼を撫で、とじてあげた。

「……ここにいてね」

「いるよ」

額にくちづけて、リンの掌から力がなくなっていくのをじっと見つめていた。

「――……いるんだろ」

陽光が背中を焼いている。

「リンがあとどれぐらい生きられるのか、おまえは知ってるんだよな」

教えてくれないか――。

胸のうちでそう続けたが、すぐに頭を打ちふった。

「おなじ名前にしてくれたのもおまえだってわかってるよ。ありがとう」

リンの左手を両手で祈るように握り締めて唇をつけた。

はやく帰ろう。

俺も家でまたきみの手料理が食べたい。きみを抱き締めて眠りたい。休日にはるりもまたくるよ。みんなで遊んでずっと笑っていたいね。そして自転車をこいで、車に乗って、かぞえきれないほどの想い出をつくりにいこう。

……愛してる。

――……手に、虹色の粒が落ちてくる。夜の闇にきらきら光る、小さくて綺麗な涙たち。

「タカさん……」

天使って最期は虹色の光になるんだね。迷信だなんて話したけど、タカさんの涙が虹をつくってるっていうのはやっぱり本当かもしれないよ。

愛してるって言ってくれてありがとう。

大丈夫、泣かないよ。俺怖くないし辛くもない。また絶対タカさんに会えるって信じてるから。きっと探してね。もし俺がタカさんのこと忘れてても、何度でも好きになるから見捨てないでね。それで一緒にたくさん遊ぼう。その日が本当に楽しみでしかたないよ。

タカさん、俺も愛してる。

走るのは無理かもしれないけど、俺もちゃんといくから待ってて。

生まれ変わるたんびに、幸せになるために、俺の大切な恋人の天使のところに――。

あとがき

『Heaven's Rain　天国の雨』は、五年前『あめの帰るところ』執筆終了直後に生まれた物語です。執筆に入る前、全員が必ず号泣すること、を決めて挑みました。涙は魂の叫び声だと思います。


挿絵は『坂道のソラ』から二作目になります、yoco先生を指名させていただきました。

今作の人物、雰囲気をかたちづくっていくとき、yoco先生の絵で頭に鮮やかにひろがりました。

絵をいただくたびに作品の空気を一ミリのずれもなく共有しあえているのを実感するばかりか、その世界が目で見られるものとして息づいていくことに感動を覚えて涙をこぼして受けとっていました。

これが『天国の雨』の人たちと景色です、と世界中に自慢したいです。

おなじく、長いお付き合いでよき理解者でもある担当さんと、校正者さん、デザイナーさん、その他本の制作に携わってくださいました皆様と、ダリア編集部の方々に心から謝辞をおおくりします。

そして『天国の雨』を手にとってくださいました読者の皆様。

四六判という責任重大な、幸福な機会をいただき、長期間かけて真摯にむきあってきました。

彼らを知り、出会ってくださいました皆様にお礼を申しあげますとともに、きちんとご恩返しできていますようにと心から祈っております。本当にありがとうございました。

皆様にもこの世界にも、たくさんの幸福が降りそそぎますように。

二〇一五年　三月　　朝丘《あさおか》　戻《もどる》

Illustration yoco

この本をお買い上げいただきましてありがとうございます。
ご意見・ご感想・ファンレターをお待ちしております。

＜あて先＞
〒173-8561　東京都板橋区弥生町78-3
(株)フロンティアワークス　ダリア編集部
感想係、または「朝丘 戻先生」「yoco先生」係

初出一覧

Heaven's Rain 天国の雨
書き下ろし

Daria Series

Heaven's Rain
天国の雨 Limited Edition

2015年4月20日　第一刷発行

著　者 ── 朝丘 戻
©MODORU ASAOKA 2015

発行者 ── 及川 武

発行所 ── 株式会社フロンティアワークス
〒173-8561　東京都板橋区弥生町78-3
[営業] TEL 03-3972-0346
[編集] TEL 03-3972-1445
http://www.fwinc.jp/daria/

印刷所 ── 図書印刷株式会社

装　丁 ── nob